星落凝成糖
我的一生，如宇宙星骸，
都是尘埃。
而你在尘埃中盛开。

少典有琴
离光夜昙
『愿你如星辰般，在天璀璨，在地从容，扛得起倾慕仰望，经得住黯淡平凡。』

离光青葵
离光夜昙

「我要我姐姐活下去，去哪里都可以。若四界不容，
我便为她屠尽四界，若天地不容，我便为她重开天
地，再辟方圆。」

嘲风
离光青葵
「我要她扎根在忘川河畔，
蔓蔓日茂，芝成灵华。」

魅丽文化 花火工作室

星落凝成糖

上

一度君华 著

江苏凤凰文艺出版社
JIANGSU PHOENIX LITERATURE AND ART PUBLISHING

图书在版编目（CIP）数据

星落凝成糖．上 / 一度君华著．-- 南京：江苏凤凰文艺出版社，2023.3
ISBN 978-7-5594-6895-6

Ⅰ．①星… Ⅱ．①一… Ⅲ．①长篇小说－中国－当代
Ⅳ．①I247.5

中国版本图书馆 CIP 数据核字（2022）第 095262 号

星落凝成糖．上

一度君华 著

出版统筹 曾英姿
责任编辑 张　倩
特约编辑 代小天 图　南
装帧设计 黄　梅 李　娟
封面绘制 正版青团子
出版发行 江苏凤凰文艺出版社
南京市中央路 165 号，邮编：210009
网　　址 http://www.jswenyi.com
印　　刷 湖南天闻新华印务有限公司
开　　本 710mm×1000mm　1/16
印　　张 20
字　　数 346 千字
版　　次 2023 年 3 月第 1 版
印　　次 2023 年 3 月第 1 次印刷
书　　号 ISBN 978-7-5594-6895-6
定　　价 52.80 元

目　录

目　录

第一章 卿云烂兮★

★ 全文章节名摘自《卿云歌》

夜昙已经跪了很久。

就跪在朝露殿外的宫道中间。宫女内侍往来不绝，但都低着头远远避开，没人多看一眼。

夜昙也没有看他们。身边的人，无论长相如何，大抵是一副相同的面孔。那些面孔上总是带着恐惧、厌恶，再配上两分虚假的笑容。

难看。

天空飘起小雨，淅淅沥沥。夜昙感觉膝盖有点酸痛了，于是她往旁边挪了挪，低下头。宫道上的杂草间，几只蚂蚁正齐心协力地把刚寻得的一只虫子扛回家去。虫子略肥，蚂蚁费了好一番力气，眼看就要大功告成。夜昙随手捡了根棍子，把虫子拨出老远。

蚂蚁四散奔逃，她嘴角扬起，但不一会儿，那些蚂蚁又爬回虫子身边，显然不甘心大半天的努力就这么付诸东流。

夜昙再次伸手，将虫子拨得更远一点，冷不丁头上有人说："世间生灵本已多蹇，你生而为人，应该心怀慈悲，为何再三为难？"

夜昙猛地抬头，才发现不知几时，自己面前站了一个男人，白衣丝履、身姿挺拔。夜昙跪在地上，在如丝细雨之中只能看清他腰间所系的，竟是一块小小的星辰碎片，明亮剔透，辉光隐隐。

她仰起脸，看见一副……跟她身边所有人都不一样的面孔。男人目深而鼻高，双唇薄而温润，烟灰色的长发垂落腰间。

本是端方君子，但此时他眉峰微蹙，容色冷肃，只有唇色温润，像一朵暖花绽于寒雪中，有意无意地，勾人采撷。

他眼里没有其他人惯有的畏惧，漆黑如墨的眼眸里带着居高临下的审视和探究。这种目光，夜昙不喜欢。她问："你是谁？"

男人的声音如冰如玉，清澈干净：“神族少典氏，有琴。”

“少典有琴？”夜昙一字一字地重复这个名字，怎么听起来有点耳熟？她念完，少典有琴眉峰微蹙。

他身份不同，天界大多称他尊号玄商神君。倒是真实姓名，已经很久没有人称呼过了。面前唤起它的女子，一身浓紫色的衣裳，在灰白色的宫道上，显得浓烈张狂，像要融化流淌。不知道她跪了多久，此时细雨婆娑，漫漫而下，她紫衣黑发如缀散珠碎玉。

倒是衬得那小小的一张脸越发地白。

他问：“你是何人？”

夜昙眸子微动，突然记起了他是谁！

神族少典氏！哟！这不是我那位未来姐夫吗？

夜昙还真有一个姐姐，名叫青葵，自幼许给神族为储妃。神族多清高啊，第一次纡尊降贵，从凡人中遴选天妃，就选中了离光氏的青葵公主。

整个离光氏都高兴得疯了，皇帝暾更是恨不得建座高塔，提前把姐姐供起来。

每年姐姐生日之时，送礼朝贺的人就像这些蚂蚁一样，络绎不绝。宫中每每宴饮，人声鼎沸，说的也全是神族的事。

夜昙对神族的事真是一点也不关心，但架不住这么多人说啊。她不情不愿地还是听了一耳朵。

姐姐许给神族为未来天妃，而神帝长子正是少典有琴，尊号玄商神君。据传也是神帝和神后都属意的储君人选。

所以，说他是未来姐夫，还真是颇有可能。

一想起这个人的身份，夜昙就翻了个白眼。连带少典有琴这张脸，也是怎么看怎么不顺眼了。看人不顺眼，对他的态度当然也就不好了。她说：“神族了不起吗？你管我是谁！”

“嗯？”玄商神君眉头皱成一个川字，怎么现在离光氏对神族很不满吗？他说，“即使本君只是普通来客，你也应以礼相待。我观你衣饰，并非一般宫女仆从，为何如此不识礼数？”

“混账啊！”夜昙白眼翻得更厉害了，她指指自己端端正正的跪姿，说，“你们家管我这叫不识礼数啊？”

这……玄商神君一时无语，过了半晌，问：“那姑娘是为何行此大礼呢？”

这倒不是他有闲暇跟夜昙聊天，主要还是对离光氏的女子大感意外。她发髻未盘，显然是闺阁女子，身上衣饰贵重，绝非一般宫人仆从。

身在宫中，未出阁，又能配得上这身衣饰的……他问：“你是离光氏哪位公主？”

这个什么神君还挺聪明。夜昙眼珠咕噜一转，已经想出了一个足以吓他一跳的坏主意。她问：“离光氏还有哪位公主？”

果然，玄商神君眸光微沉：“青葵公主？”语气加重，已是威压之势。

夜昙哪里怕他！也不要怨本公主骗你，谁叫你自己无知呢！哼，跟其他人一样，一提到离光氏的公主，就只知道一个青葵。她不置可否，反而理直气壮地问：“你来这里干什么？”

到了这时候，玄商神君终于露了一丝诧异，竟然真是青葵公主？传闻青葵公主蕙心纨质、秉性柔顺，为何此时看来，传言竟然严重失实？！

他心念如电，但很快就找到了理由。青葵公主自幼被立为神族储妃，是否离光氏过于纵容？可未来天妃关乎神族血脉，岂能儿戏？

他沉默不语。夜昙说：“跟你说话呢，你聋啦？”

这……还真是半点不惧。玄商神君说：“明日是你十五岁生辰，父神与母神念及你年将及笄，令本君亲临离光氏，送上贺礼。”

说着话，他右手一抬，一个锦盒出现在掌中。这个人也还算是好涵养。夜昙接过锦盒，并不打开，只是挥了挥手，说：“知道了，你走吧。”

玄商神君被尊崇了两千七百年，第一次被人像赶狗一样驱赶。他说：“你对神族，半点敬畏也无吗？”

夜昙倒是奇怪了，说：“我长这么大，只敬畏过一物。知道是什么吗？”

玄商神君知道不该问，但是第一次有人在他面前说话敢留悬念，他明知不妥，却还是问：“何物？”

夜昙眉飞色舞，说：“日晞宫巡夜的那条狗啊！它食秽而咬人，我两样都做不到，自然敬它畏它。怎么，你们神族也……哎！我话还没说完呢，你怎么就走了？招呼也不打一个，没礼貌！”

她大声喊，可玄商神君去如疾风，头也没回。

何必问这一句？多余。

可不巧的是，玄商神君刚走没几步，就遇上匆匆赶来的暾帝离光旸。离光旸一眼就看见了跪在宫道中间的夜昙。她倒是跪得乖，从小到大，也就这跪姿，让人挑不出一点错来。

离光旸当然知道自己女儿的德行！他只觉得血气都涌向头，顿时整个人感觉一阵眩晕：“玄商神君！”他强忍着一口老血，赔着笑说，“神君骤然驾临，离光氏蓬荜生辉。还请神君入日晞宫饮茶。”

然而玄商神君不愧是最不好打交道的神族人员，他只是冷冷地盯了离光旸一眼，说了句：“不必。”

话落，他拂袖而去。

离光旸气急败坏，大步走到夜昙面前厉声问道：“孽畜，你到底对神君说了什么？！”

夜昙哪里把他的雷霆之怒放在眼里，她不仅跪得端正，还递上锦盒：“我说宫里有条狗会咬人啊。父王何必气成这样。神族本来就自命清高、傲慢矜持，玄商神君目中无人，只是他不懂礼貌罢了，与我何干？喏，这是神帝、神后送给姐姐的生辰贺仪。父王不气了啊。”

离光旸哪里是不气了，说是火冒三丈也不过如此了。他用力夺过锦盒，指着夜昙的手一个劲儿地抖：“你这混账东西，若是胆敢搅了青葵与神族的亲事，我剥了你的皮！！！”

夜昙哈了一声：“父王，堂堂神族若是因我几句话便退婚，那是他们心胸狭窄、小肚鸡肠。那样的地方，姐姐就算嫁过去，也是遭人白眼，吃苦受罪。她可是您捧在手掌心里养了十几年的心肝宝贝儿，吃不得这样的苦。不如早早作罢。”

“你！”离光旸举起手来。夜昙说：“打我一耳光你就有理了？那你就打吧。反正从小到大，我也不被你喜欢。我真是觉得奇怪，你若当真不喜，当初就应该听他们的话，烧死我也就是了。何必非要养大，白白地看了生气？”

离光旸举起的手抖了半天，最后恨恨地收回，说：“你总怨我偏爱青葵，可你看看你自己！这么多年，你都干了些什么混账事？！你与青葵一母双生，可论学识品德，论言谈举止，你可有半分及得上她？！”

夜昙说：“父王，什么品德学识都是世人溜须拍马捧出来的，您听听也就算了，怎么还当真了呢？如果我被定为未来天妃，你朝中那拨文武朝臣，也会这般赞我。我姐姐，说好听点是天真单纯，说得真实一点，就是愚蠢无知。她那样的人，若是有强人保护还罢了，否则稍微遇到心怀不轨之人，只怕立时便要被啃得渣都不剩。你哪里指望得上。”

“你……混账！孽畜！”离光旸被气得语无伦次，眼看就要昏倒在地，幸好身后有人扶住了他。

“父王，天晚风凉，又下着雨，您还是不要在风口上久站了。”未见其人，只听其声，便觉得甜美怡人。

离光旸的火气莫名其妙地便降了大半：“青葵，你怎么出来了？”

来的当然是青葵公主，她长裙曳地，洁白如雪，又在广袖与前襟上绣云气纹。绣纹精致，淡如水墨，而伊人端庄，典雅不可方物。

此时她看看宫道中间的夜昙，不由得也是露出了一丝苦笑，说：“女儿听见外面的动静，出来看看。我新做了几个小菜，若是父王有暇，便入日晞宫小坐片刻，为女儿试菜吧。”

她一边说话一边扶着离光旸往日晞宫走。

青葵擅岐黄之术，素来性子沉稳，待人温和，颇得人心。再加上从小被定为神族储妃，地位自是无比尊崇。她这日晞宫，一应器物无不精美雅致。

进得宫里，她扶离光旸坐下，自己调了些清凉药膏，亲手为离光旸涂抹在太阳穴上。离光旸只觉得一阵清凉入脑，整个人也冷静下来。他轻声叹气：“还是你省心。”

青葵笑不露齿，然双颊梨涡醉人：“父王，夜昙年纪还小，贪玩也是常有的。她已然跪了这样久，外面雨势渐大，父王就让她起身吧。”

“那个荒唐东西，竟然跟妖族少君帝岚绝胡混！简直丢尽了离光氏的脸……”离光旸一提起外面那个女儿就火气上升。青葵见状，忙微蹙了眉头，轻抚自己的膝盖。

离光旸这才想起，青葵与夜昙素来心灵相通，每每夜昙被罚，青葵也会觉得疼痛不适。

他虽悻悻，然而到底心疼青葵，只得传旨：“让那个不成器的东西滚回朝露殿，面壁思过！三个月内，不准踏出宫门一步！”

青葵眉间微舒，这才说：“父王稍坐，我去看看小厨房的菜做得如何了。”

离光旸的声音也缓和下来，说：“你的厨艺，父王从不担心。青葵，今日玄商神君突然临凡，却遇上夜昙。那个不争气的东西向来出言无状，不知在神君面前是否失礼。父王真是越想越不安。”说着话，他递过来一个锦盒，“这是玄商神君亲自送来的锦盒，说是神族赠给你的生辰贺礼。”

青葵接过锦盒，说：“神族素来重信重义，玄商神君又是神帝长子，断不会因为区区几句冒犯言语便毁诺退亲。父王不必担心。青葵从小受父王养育栽培，离光氏待我，更是恩深似海。青葵定然不负使命，以维系神族与人族安稳为己任。”

离光旸点点头，这一番宽慰之言深得他心，倒是暂时忘记了隔壁朝露殿那个烦心的东西。

神族，蓬莱绛阙。琼楼玉宇之下是一片云涛雾海，繁花次第盛开，沿着玉石大道延伸至天外。

玄商神君步上玉阶，向神帝、神后行礼：“父神、母神。”

座上神帝威严，神后居于他右侧，仪态端庄温婉。帝后二人看着殿中长子，神情各异。神帝严厉，而神后慈爱。

玄商神君如今仙龄两千七百岁，已经到了神族的婚娶之龄。他身姿挺拔如松，面容一如往常的冷肃。神后叹了一口气。自己这个儿子最是省心的，从小到大，他言行谨慎，律己严苛，待人待事再公正周到不过，处处都好，只是这性子未免太过冷淡严肃，像极了神帝。

神帝没有开口，她虽然关心，却不敢先行问话。好在神帝终于发问：“今日，你见过离光氏的青葵公主了？”

玄商神君垂手肃立，恭敬地道：“已然见过。”

神帝问：“如何？”

玄商神君久未答言，因为实在是不如何。

但方正君子，从不背后论人长短。他略微沉思，说：“回父神，未来天妃乃天界一柱，其性情德行，皆关乎神族未来。儿臣建议，先将青葵公主接入神族，一则，让她适应天界环境，二则，可以早日为她培固仙根，增进修为。”

神帝说：“未来天妃对神族确实至关重要。你有此意，甚好。”

神后欣喜之意溢于言表，但也等神帝话落之后她才说：“早就听闻，离光氏青葵公主澧兰沅芷、温文尔雅，琴、棋、书、画，样样皆通晓，又精于岐黄之术与厨艺，称得上才貌双绝。母后也想亲眼一见。如今既然你也作此想，你父神亦已首肯，便知会离光氏一声，早日将人接来天界吧。”

澧兰沅芷、温文尔雅？玄商神君想起那个跪在宫道上，牙尖嘴利的女子，眉头都皱到了一处。

亲眼一见？只怕是见面不如闻名。

夜里，月白如霜。

青葵公主的日晞宫里有宫人守夜，外面不时有成队守卫巡查。

相比之下，一墙之隔的朝露殿就冷清多了。宫人都像是怕沾了晦气，远远地在外面伺候，殿中一整晚连个鬼影子都看不见。

夜昙坐在日晞宫和朝露殿相接的屋脊上，衣袂沐月，紫光流转，浓华耀目，以至于玄商神君一眼就看见了她。玄商神君日间回到天界，仍然是不放心这未来天妃。夜间再临，果然见她并没有安分睡觉。

“你在干什么？”他问。

夜昙倒是吓了一跳，猛地回头，才看见玄商神君站在自己身后。他这次过来，身上换了素色常服，腰间也没有系星辰碎片，倒系了一块春水秋山玉佩。整个人看上去少了些凌厉，多了些容光温醇。

这个人，姐姐要是真的嫁给了他，也不算太亏，起码眼福还是有的嘛。夜昙说：“你要不要这么神出鬼没啊。哎，你今年多大了？”

“多大？”玄商神君见识过她的无礼，也不计较，只是这个问题还是让他皱眉，他说，“自气凝神聚……至此两千七百年。”

“两千七百岁？”夜昙瞪大眼睛，“不是吧？你都这么大年纪了，还学人娶妻！那……万一要是已经不行了……”

不行……是指哪方面啊？哪方面啊！

玄商神君飞快地截住她的话头：“神族年岁，较凡人漫长。一千六百岁才能算作成年，开始婚娶。历代神帝之子，成婚都晚。”

“噢。”夜昙有点明白了，“也就是说，你现在相当于凡人二十七岁了。”玄商神君刚“嗯”了一声，她已经一脸同情地安慰道，“虽然很老了，但你也不要太灰心了。”

谢谢关心啊！再说本君哪里老了？哪里老了？正值盛年好吗？！

玄商神君不想再接着这个话题聊下去了，转而问：“这么晚你为什么还不睡？”

夜昙说：“你怎么知道凡人夜里会睡觉？神经常下界吗？”

玄商神君说：“神族素来就有下凡历劫的传统，凡人习性，吾等并不陌生。”

夜昙点点头，随手把一个小玉瓶放到一边。玄商神君这才发现，原来方才她是在拧开瓶盖。瓶盖打开，气息外泄，他已然嗅出里面的药膏是散瘀消肿的药，配方称得上高明。

玄商神君心中略觉宽慰，好歹这青葵公主对岐黄之术确实是精通。他问：“何处受伤了？”

话刚出口，就见夜昙撩起裤腿，直至膝盖。她小腿白皙修长，被月光一映照，如玉生辉。

“你！”玄商神君片刻之后才反应过来，猛地侧过脸去，这次是真的沉下脸来，“你一闺阁女子，在陌生男人面前，如此行为不检，难道不知男女有别？”

话至此处，已是疾言厉色的训斥。

可夜昙毫无反应。她从小就被离光旸训斥惯了，脸皮厚如城墙，当然也不把玄商神君这点怒气放在眼里。她只是觉得莫名其妙，说：“我只是挽个裤腿，又没脱裤子，哪就行为不检了？你们神族都这么心脏的吗？自己心思龌龊，才会看什么都污秽腌臜。”

“你！”玄商神君终于是恼了，转头看了一眼，见她仍在施施然上药，忙又转过脸去，“离光氏竟然如此教养我族未来天妃，其心可诛！”

“这话就太严重了。”夜昙一边上药一边说，“神族不是一向超脱物外吗？堂堂神君，竟然如此着于色相。”她摇摇头，啧啧了几声，倒是很熟练地上完药，把裤腿放了下来。

玄商神君余光一瞥，见她衣裳完整，方才转过头来。他还准备再行说教，然而夜昙起身，竟然是准备直接离宫而去。他顿时几步跟上：“夜深人静，你不回宫睡觉，欲往何处？！”人间闺阁女子，有深更半夜在外面乱跑的吗？！

唉，这老男人真是，连思想也封闭了。我姐姐真要嫁给了你，以后还不得大门不出、二门不迈啊！夜昙在心里为姐姐青葵感到惋惜，回头看他一眼，凉凉地道：“玄商神君深更半夜，不也在外面闲逛吗？”

她抬起脚，刚要跳下屋脊，突然整个身体僵如木石。她本就是准备跃下去，这时候骤然失重，身体便向前倒。

落地之前，她脑子里才转过一个念头——这是……神族的定身术吗？

玄商神君见她跌落，下意识地闪身上前，伸手阻她坠势。然而指尖触及她的腰身，他才惊觉女儿腰肢，竟是如此柔软！他心中一惊，倏然放手。

两千七百年来，他没有亲近过任何女子。便连母神，也自他出生后便不再亲自教养他，只恐母性慈软，让他沾染上娇骄二气。

如今面前女儿体香馥郁，而他掌心留芳，竟一时无措。

他一走神，夜昙“啪”的一声，摔在宫墙之外。虽然中途被他一阻，但她不能动弹，这一下子，也是结结实实地跌了个狗啃泥。

夜昙火冒三丈。混账啊，你故意的吧！！！不就是说你老吗？不承认事实就算了，竟然还存心报复！她缓了半天，才说：“少典有琴！”字字咬牙切齿。

玄商神君侧过脸，微微窘迫，说：“我已奏请父神、母神，会尽快接你至神族小住，也可学些规矩礼仪。你自己做好准备。”

“谁要跟你去神族，你神经病啊！”夜昙气不打一处来，然而全身上下只一张嘴能动。她试了几次，妖界术法竟然解不了玄商神君这区区一个定身术。

这个老男人，虽然刻板守旧，但是术法基础是真扎实！他的两千七百年没有虚度啊！

“你还不快解开法术！”她趴在地上，脸贴着地，一张嘴全是沙子。

玄商神君指尖轻弹，她身上法术应声而解。夜昙从沙土里爬起来，先呸干净嘴里的沙子，这才转头：“你到底想干什么？算了，我实话跟你说了吧，其实我……”她正要表明身份，突然宫墙里有人厉声喝问：“谁？！”

夜昙掉头就跑。日晞宫的守卫全部被惊动了，火把如龙，她此时不跑，更待何时？！

玄商神君没有阻止。深更半夜，孤男寡女，若是被其他人发现……瓜田李下之嫌，他不是不懂。

只是未来天妃与设想之中全然不同，由不得他不留心。他踏风而行，很快追上：“天已入夜，你一女子孤身在外行走，成何体统？！”

“你上辈子是个念经的和尚吧！”夜昙翻了个白眼，不想理他。真是又古板又守旧，跟我姐姐倒是天生一对。

她急急前行，玄商神君紧随其后。

人间四月天，海棠花开，风中带香。夜昙着急行路，拂得一身落花沾衣。玄商神君皱眉，发觉她居然使用妖族的御风术——清光鬼步。她出身凡尘，离光氏也是人族，为什么会修习妖族术法？

离光氏都教了她一些什么？！

夜昙显然没有顾忌身后这个老男人有什么想法。她催动功力，快速前行，很快出了离光氏的地界。

一座黑色的城门出现在眼前，“魍魉城”三个字，在浓稠夜色中闪着冷光。

魍魉城。

玄商神君心中一顿，魍魉城鱼龙混杂，是神、人、妖、魔四界之间的灰色地带。

因为无人管束，这里也没什么法度。法外之地，当然藏污纳垢，但也确实有不少好玩的东西。

玄商神君都记不起自己上次过来是什么时候了。

墙高城深，城门左右都燃着火把，光线金红，映照着黑色城门，魍魉城像一头张着血盆大口的巨兽。

夜昙对这里倒是很熟，直接就进了门。这里无人守城，当然也不需要令牌。可这也同样证明，城内必定危险重重。

她一边走一边东张西望，不一会儿，停在路边——有人在地上铺了一块粗糙黑布，卖一支长笛。

长笛润泽通透，如同玉石。但玄商神君一眼就看出，这是一支骨笛。会选择在魍魉城脱手的东西，大多来历不明。当然，也价格不菲。

果然，摊主直接就说了句："笛子叫大道同悲，买的话十五万两黄金，或者八万妖币。不买别碰。"

夜昙拿起骨笛把玩了一阵，回身就说："给我买这个。"

玄商神君微微一滞，沉声说："堂堂公主，向陌生男子乞要钱财，离光氏就是这般教导你的吗？"

这老男人真是又刻板又吝啬……夜昙摸摸手里的骨笛，实在是喜爱，耐着性子哄他："以我们现在的关系，那你也不算陌生男人嘛，对吧？"当然不算了，如果你娶了我姐，那还是我姐夫呢。

玄商神君一想，倒确实是。既然是未来天妃，送件礼物倒无妨，只是……他说："神族不允许在人间私蓄家产。"

夜昙吃惊地瞪大眼睛，半天才说："也就是说……你没钱？"

玄商神君垂下视线，眼观鼻，鼻观心："嗯。"

我的天哪。老、穷、啰唆，而且非常、非常、非常……寡淡无趣。夜昙放下骨笛，半天终于又感叹了一声："我的天哪。"

你这是什么表情啊！玄商神君生平第一次，竟然因为兜里没钱而尴尬。

夜昙往前走，也不再东看西看了——没钱看什么看，反正也买不起。

玄商神君跟在她身后，其实他并不是真没有私产。只是他这样的身份，为免受俗世之扰，在其他三界的所有个人私产都有专门的神官打理。无论什么时候需要动用，都需要经过一道道复杂的程序。

只是……好像也没必要特意解释。

他想什么，夜昙倒是没在意。她直接来到一处擂台——添香台。

这擂台最特别的地方，就在于上台打擂的只能是女子。如今这里可谓是整个魍魉城人气最高的地方。现在台上并无人比斗，然而看台下居然已经有不少人在等了。

“我还以为你怯战不来了！”一个女人站在擂台上，看见夜昙行来，兀自冷笑。玄商神君微微皱眉。此女一身红裙，领口极低，露出颈下大片雪白的肌肤。她臂挽披帛，金珠作饰，再加上衣着暴露，言语中自有一股媚态。

夜昙转过头，逗玄商神君：“她漂亮吗？”玄商神君眉头微皱，不答。夜昙又问，“干吗不说话？你们男人不都喜欢这种吗？”

玄商神君终于说：“缺乏庄重。”

答得倒是老实。夜昙笑得直不起腰：“你们神族都这么一本正经吗？真是一个毫无乐趣的种族啊！”

玄商神君不再搭理她。夜昙笑完了，正色道：“不过也是本公主今天衣着保守了些，不是吹，我要是换上那样的衣裳……”她左手在自己胸前画了个半圆，一脸傲然，“她水芙蕖算老几？”

玄商神君下意识地扫了一眼她的胸，确实……他刚这般想，倏然反应过来，顿时面红耳赤——这有比较的必要吗？！有必要吗？！！！

夜昙看他瞬间脸色都变了，更是笑得花枝乱颤。玄商神君知道被她戏耍了，不再说话。夜昙这才转头对台上女子说：“手下败将，今天你准备了什么礼物给我啊？”

玄商神君眉头皱得更紧：“你们认识？”

但很快他就知道“认识”两个字不妥了。因为台上衣着暴露的水芙蕖说：“少废话！别以为你还有昨晚的运气！放下彩头，上来受死！”

她说着话，兵器出鞘，竟然是一对金钩。夜昙跳上擂台，看了看台上装彩头的盒子，里面放着一颗伽蓝佛果，此乃疗伤圣品。

夜昙乃离光氏的公主，虽然不得宠，但也不寒酸，当即摘了腰间玉佩放进去。价值倒是相差无几。

玄商神君左右一观，见观战者魔、妖、人都有，甚至还有小仙。

他挑了一个空座，正准备坐下，旁边有人说：“你瞎了？！这里是你能坐的吗？”

…………

玄商神君回头，方才看见几个仆从簇拥着一位贵家公子，正坐在一边。

玄商神君打理天界事务多年，对各方势力了如指掌，此时一扫对方衣饰已经明白对方身份——雷夏泽姬氏后人。

果然，他尚未开口，对方家仆已经趾高气扬地道：“雷夏泽姬家二公子姬琅，你不认识？”

玄商神君眸色微沉，说了句：“略有耳闻。”

这话倒是不假。姬氏跟神族还算是有点渊源，族中出过几位仙人。只是现今品阶都不高，也就玄商神君记忆超群，还有印象。

他话音刚落，对方就一脸得色：“既然认识，那你觉得以你的身份，跟我们二公子同坐一席，你配吗？”

…………

玄商神君没说话，往后一排坐下。夜昙回头看了一眼，拍了拍额头：“你要不要这么丢脸啊？好歹还在女人面前，怎么一点好胜心都没有？”

台上水芙蕖哈哈大笑：“别以为勾搭了个小白脸，就有人撑腰了。一般脸好的，骨头都软。”

玄商神君听若未闻，夜昙气得又从擂台上跳下来，冲到他面前：“你还真是宠辱不惊啊！喂！我好歹也还算是个美人吧？美人面前，你能不能有点骨气，像个男人啊？”

玄商神君正襟危坐，目不斜视：“意气之争，有害无益。”

“你！！！”夜昙生平第一次，被气得一句话说不出来。

台上一身红衣的水芙蕖向姬琅妩媚一笑：“二哥哥等等人家，收拾了她，我们就去游灯河。”

她字字娇脆，二公子姬琅骨头都酥了一半，端着玉盏，向她举了举：“我先为妹妹斟好庆功酒。”

“庆功？”夜昙冷笑，转而又跳上擂台，“你们真是当我不存在啊！”

她右手轻弹，袖中一根花枝已然在手。花枝上带刺，又分三叶，每一叶都是尖锐利器。唯有顶端开了一朵兰花，花瓣白中泛蓝，显然淬了毒。

玄商神君目光微顿，这兵器可不常见。

夜昙没再管他，很快跟水芙蕖战成一团。水芙蕖的术法，也是偏仙家路数，只因过于粗浅，他反而难以分辨系出何门。

周围响起一片叫好声，旁边看台上有人说：“添香台有这两位美人，怪不得看客越来越多了。”

另有人说：“这你就不知道了吧？紫衣服那个又漂亮又厉害。只要有她在，这添香台人气就差不了。来这里的，有几个是想看大老爷们挥汗如雨、打打杀杀的啊。还是这美人的武和舞曼妙生姿。”

台下说什么，夜昙不关心。这添香台她经常来，虽然她年纪小，水平有限，但是水芙蕖也不高明。两个人像菜鸟一般互啄，但跟水芙蕖一比，她的天资显然好出太多。

十二招之后，水芙蕖已经左支右绌，眼看就要落败。她红唇紧咬，已经是在强撑。

夜昙手中花刺斩落，眼看对方手中的金钩即将脱手。美人比斗，观众情绪都十分高昂，台下轰然叫好。水芙蕖一声娇呼，突然座上黑影一闪，台下有人跃起，一道剑光直斩夜昙。

玄商神君右手掐诀，正欲相助，但见夜昙虽惊不乱，手中花刺回手一护，挡了这剑，然而兵器差点脱手。

“你！”夜昙都不用看，就知道这个突然插手的人是谁。她说：“姬琅，擂台之上，可以随便干预胜负吗？再说了，按照添香台的规矩，不准男子上场，你不知道吗！”

台下众人轻声议论。

这姬琅是雷夏泽姬家年轻弟子中实力最为强悍的一个，传闻不久之后就将历第一道仙劫。姬氏家主姬鹤停对他寄予厚望，就连他们已成地仙的老祖宗姬白燕都特别关照过。这样春风得意的新贵，没有人愿意招惹。

姬琅一把扶起水芙蕖。水芙蕖柔若无骨地躺在他怀里道：“二哥哥，我手疼。”她字字带泪，软软柔柔的。姬琅为她揉揉手腕，冷哼：“我在这里，轮得到你讲规矩？”

玄商神君眉峰紧锁，却一直端坐未动。

夜昙一声不吭，直接跳下擂台。水芙蕖顿时得意，说：“你先下台，这局是你输了！”说完，她就去取装彩头的盒子里的伽蓝佛果和玉佩。

夜昙没理她，径直来到玄商神君面前。玄商神君看她步步走近，暗香渐浓，他突然有一种“我知道她要说什么”的预感。果然，夜昙瞅着他，目光幽怨：“你就这么眼睁睁地看着他们欺负你的女伴？”

玄商神君忍着笑，说：“一路规劝之言，你都当了耳边风，现今怎的又成了我的女伴？”

夜昙气鼓鼓的样子像只青蛙，她是无理也要辩三分的，立刻说：“你堂堂男子，一点保护弱小的心都没有吗？”

“弱小？”玄商神君说，“你若自知弱小，便应安于宫室，不该出现在魑魅城。”

又来了……夜昙伸手，扯上他腰间衣料，换了个柔软的语气，娇糯糯、甜丝丝地道：“可……姬琅仗势欺人，你也是看见的呀。那人家跟你一同前来，若是被他欺凌，不同样也拂了你的面子吗？”

美人含嗔，销魂蚀骨。

但利用美色蓄意献媚讨好，可不是好品德。玄商神君拂开她的手，语气又带了几分严肃：“吾之颜面，无关紧要。但是利用姿色支使旁人，非正道所为。”

这个油盐不进的老男人！

夜昙暗暗咬牙。那边姬琅却哈哈大笑：“美人，他不过是个草包，白长了一张好面皮。你又何必同他撒娇卖痴。不若早日从了你姬二爷，自然会有人处处护着你。”

夜昙看了姬琅一眼，摊摊手，说：“好吧，你说得对。”说完，她转身就要走。姬琅想要跟过来，水芙蕖指尖在他胸口打了个转，说：“姬二哥哥。”尾声婉转，花腔销魂，姬琅哪里还顾得上她，拥着水芙蕖离开了。

夜昙当然也要走了。只是走了几步，发现玄商神君还跟在身后，她柳眉倒竖，问：“你还跟着我干什么？”

变脸真是迅速。玄商神君说：“我若出手，四界会认为神族有意监管魑魅城。可天道法则，本就是阴阳相佐、明暗并存，魑魅城的存在，自然有其道理。神族目前并无其他打算，不可引起误会。”

他倒是在耐心解释。可夜昙会这么认为吗？她问：“你就不能隐藏身份，教训一下姬琅和那个贱婢？”

玄商神君发现自己这一晚上说的话，比过去一年都多。他说：“姬氏一族，乃仙门末流，姬琅更是辈分低微。吾若出手，胜之不武。”

夜昙冷哼：“所以结果就是，我跟你在一起被人欺负了，而你连站出来说句话也不敢！”不行，这老男人几句话是打动不了的。她眼珠一转，眼泪已经流下来，抽泣着说，“他们霸道，你也看见了。如果单单只是一个姬琅，我也不至于跟你开口。可他的侍卫，个个修为都不弱。可见平素姬氏家主对他一定偏宠。你只顾神族大局，却不见身边人被践踏欺凌吗？”

说完，她撩起衣袖：“你看看人家的手！”她腕间一道红痕，是方才姬琅出手突袭，气劲压过她手中花刺留下的痕迹。血痕存于皓腕，如梅花开于霜雪中，艳到刺目。

玄商神君垂眸片刻，自腰间掏出那块星辰碎片，放到她手上：“今日之事，确系姬琅妄为。你执此信物至雷夏泽，找姬氏家主，与姬琅重新比斗。凭你的实力，如果单打独斗，足可胜他。且这样可保日后他不会相扰。”

哟！这老男人吃软不吃硬的嘛。夜昙接过碎片，声音软软糯糯的，问：“是不是真的呀？”这星子触手生温，打磨得光滑温润，上有丝线穿引，顶珠精美，流苏华丽，看上去倒确实精致。但她还是不放心，问：“那我要是去姬家，他们人多势众的，万一欺负我怎么办？”

玄商神君目光扫过她腕间伤处，说：“不会。”

夜昙想了想，终于把碎片收入怀中，倒是露了个笑脸，说：“那我收下啦。”

这一路行来，她一直态度不好，没给过他什么好脸色，今这一笑，却灿若星辰。

玄商神君移开视线。美人一笑，确实惑人。他说：“嗯。”

报仇这种事，当然是宜早不宜迟。

夜昙一双眸子里莹光流转，她说：“那我这便去找姬氏家主，神君也早点回去吧。”

不知道为什么，玄商神君突然有一种不祥的预感。他说：“比斗过后，立刻返回离光氏，一路不得再招惹是非。”

老男人，真是啰唆……夜昙蹦蹦跳跳地跑走，远远一挥手：“知道啦！”

仇，当然是要报的。但是怎么报，是个问题。如果报仇只是让对方得到应有的惩罚，那毫无意义嘛。

夜昙轻转手上的星辰碎片，姬琅啊姬琅，遇到本公主，将是你这辈子最刻骨铭心的记忆啊……

虽然雷夏泽姬家在玄商神君看来，乃是仙门末流，但是在人、妖两族之间，却颇有威望，算得上名门望族。夜昙找到这里也很容易。

次日，巳时过半。夜昙站在姬氏门楼前，看到镏金铜门双狮衔环。

这门实在是太高了，仿佛是故意要令站在门口的人不由自主地心生忐忑敬畏。

门楼气派威严，左右两边有人守卫。夜昙直接递上玄商神君的信物，然后从怀里掏出丝帕，开始擦眼睛：“劳烦先生将此物呈给姬氏家主。”

她楚楚可怜，说话也温柔懂礼，守卫倒也没为难，直接将信物呈了进去。

不一会儿，姬氏大门分左右而开，一位白须垂于胸前的老者疾行出来，身后随从几乎跟不上他的脚步。

“哪位神使送来的信物？”他急急走到夜昙面前，仔细端详。

夜昙哭得梨花带雨，抽泣着说：“姬爷爷，上次在魍魉城，小女子与姬家二公子姬琅发生争执打斗。回去之后，家父狠狠训斥了我，并令我执他老人家的信物登门致歉。还望姬爷爷原谅小女子鲁莽无礼。”

她边哭边跪下去，委屈无比，一看就是并不服气，只是迫于尊长严令，勉强道歉认错。

姬氏家主姬鹤停脸色瞬间煞白，足下不稳，连退了三步。

家……父？

那星辰碎片，乃玄商神君的私人信物！她口口声声称其家父，而玄商神君又并未婚娶，那她究竟是何人？！

姬鹤停不敢问。

这要是问出来，是玄商神君的私生女，姬氏满门会不会被神族灭族封口啊？！

可，这是很有可能的。两千七百年来，玄商神君几时动用过自己的私人信物为人出头？！

“来人！”他几乎是用尽最后的力气大声喊，“把姬琅那个孽畜给我绑来！”

听这颤抖的声音就知道，玄商神君的信物是真的有用。夜昙一边哭一边火上浇油：“姬爷爷，当日乃是姬琅有错在先，家父怪责于我，本就失之公允。但他老人家说，姬氏门规严厉，自会重处姬琅，我只要登门道歉就是。现在我已经道过歉了，可以走了吧？”

说完，她嘟着嘴，大步离开姬家。姬琅啊姬琅，你就等着受死吧！

姬鹤停苦胆都要呕出来，吩咐左右：“召集姬氏长老，祠堂议事！”

当天下午，天界垂虹殿。

玄商神君居于上座，正翻阅二十八星宿呈上的星象图。星象图与天道息息相关，于人道更是影响重大。若是天道异变，首先就是星象生变。

他刚翻了没几页，突然座下司墨的仙侍飞池进来。进来后他也不敢打扰，侍立一边，欲言又止。

玄商神君合上星象图，问：“何事？”

飞池是只小白兔，幼时误陷沼泽，被玄商神君所救。他也算是福缘深厚，长大后留在垂虹殿专门伺候笔墨，是玄商神君最为亲近的仙侍。他性情温和，大家平日里有不敢奏报的事，也都央着他帮忙。故而他在天界，人缘颇好。

此时他犹豫片刻，才说：“回禀神君，雷夏泽地仙姬白燕在外求见。”

“姬白燕？”玄商神君皱眉。姬白燕乃现今雷夏泽地仙，品阶不高，应该无事需直接奏到垂虹殿才对。但人家既然来了，必然事出有因。他说：“让他进来。”

飞池这才通传。

片刻之后，雷夏泽地仙姬白燕进来，不仅身穿罪衣，更披头散发。这样也就罢了，偏生他还拖着一个血淋淋的东西一并入内。

玄商神君顿时明白为什么刚才飞池神情犹豫。他性喜洁净，而姬白燕拖进来的这东西血肉模糊，要很仔细看才能依稀分辨出人形。整个垂虹殿霎时充斥着一股血腥气。

玄商神君眉峰紧皱，问：“出了什么事？”

姬白燕头磕在地上，长跪不起：“神君在上，姬家出了个不肖子孙，飞扬跋扈，败坏姬氏门楣。姬白燕后嗣无德，特来向君上请罪！”

说着话，他双手递上一物。飞池忙上前接过来，呈给玄商神君。玄商神君一眼扫过，正是日前交给“青葵公主”的信物。

再扫一眼殿下那团血糊糊的东西，他终于明白过来——姬琅？！为什么被打成这样？青葵一个女子，就算比斗，能下如此狠手？

眼见姬琅浑身上下没有一块好地方，一身修为是彻底毁了，根骨也严重受损，就算治愈，能不能再度修炼都还两说。

他沉默不语。姬白燕更是慌张，忙说：“姬琅不修福德、仗势妄为，竟开罪君上爱女。姬氏满门惶恐，现已废去孽畜修为，并施以家法。本欲将这畜生诛杀，又恐孽畜罪行远不止于此，百般思虑之下，绑他来此，请君上定夺。”

他说别的，玄商神君都不太在意，但有两个字，被他清晰地捕捉了去。

爱……女？！

玄商神君眉宇成川，没说话。这还用说吗？她必是拿着鸡毛当令箭，前去雷夏泽狐假虎威了！

这……

现在说什么也是没有用了，反正自己是跳进黄河也洗不清了。

玄商神君收起星辰碎片。

不要生气，不要生气。

她只是个人间孩童，无知稚子，并不懂事。

他一脸冷肃，把清心静气的咒诀念了又念，终于缓缓开口：“姬琅虽然跋扈，但刑责至此，也算得了教训。你将他领回，好好将养。记得日后须得严加管教。

姬氏一族盛名来之不易，今有祖荫庇佑，后世子孙更应珍惜福缘。”

姬白燕连连磕头。旁边的飞池早已是目瞪口呆——神君的……爱女？！什么时候的事？！

玄商神君只是看了一眼他的表情，就抬手把他挥退了。

莫生气，莫生气……别人生气我不气，气出病来无人替……

第二章

糺縵縵兮

在雷夏泽，夜昙报复完姬琅，心情上佳。她哼着小曲儿，一路东游西逛，终于来到雷夏泽以北。雷夏泽是人间和妖族的交界处，中间仅隔一条深谷，名为鬼婴谷。

夜昙就站在深谷边。地面杂草翻滚，偶尔可见森森白骨。妖风袭来，如同恶魔低语。可镇守边界的妖族士兵却像是看见了真正的恶魔，正在步步后退。

“嗯哼！”夜昙清了清嗓子，不紧不慢地从腰间掏出一块古铜色的令牌，上面“少君府”三个字熠熠生辉。

“看清这是什么了吗？”她一脸邪笑。妖兵们手持长戟，连尖耳朵都耷拉下来。终于，为首的妖将颤抖着说：“回姑娘，这……是少君府的令牌。见它如见咱们少君。”

“这就对了！”夜昙趾高气扬，在一群妖兵中转来转去，看了半天，她怒了，“你们以前的狐狸将军呢？！”

这次为首的将军是个狼妖，它结结巴巴地说：“老、老胡，它回家了，不干了。”

夜昙气得大叫：“它好好的怎么就不干了？难道它不知道我还差一副狐狸毛的手套吗？！”

——就是因为它知道……

狼妖低着头，双眼盯着自己长长的嘴，装聋。夜昙指着它的鼻子：“就算是它不干了，你们换个雪貂来也行啊！再不济，来一只象妖，本姑娘也还能做个象牙坠子。为什么要换头狼？狼毛又糙又丑，能用来干什么？！”

狼妖这回不装聋了，它直接装死。

夜昙不甘心地又看了一圈，发现这群妖兵，尽是什么猪妖、牛妖的，是真的半点都用不上。

她嘟着嘴，问：“帝岚绝还好吗？”

狼妖不装死了，它赶紧说：“少君上次出来见您，被离光氏的国师抓住。好家伙，我们妖皇大怒，把它揍得起不了床，估计现在还躺着呢。”它一边说话一边上下打量夜昙——你倒是一点事没有啊。

夜昙说：“我就知道。”她从怀里掏出一个包裹，“这是我从我姐姐那里偷的药，本来想再给他弄个伽蓝佛果的，但是有人捣乱，没赢到。所以就只有这些了，你让他省着点用啊。”

狼妖把包裹接过来，抖了抖狼耳朵：“知、知道了。”

夜昙转身走了。身后，一众妖兵这才敢探出头来。

小妖甲小声说：“看见没，那就是我们家少君那个人族相好的。”

小妖乙说：“可不是吗，那小丫头对我们家少君还挺痴情的，经常来给少君送药。”

终于小妖丙说了句公道话：“得了吧，痴情？我们少君哪次挨打不是因为她？我看哪，咱们少君早晚栽在她手上……”

“嘘……”狼妖将军终于听不下去了，“万一什么时候老天爷瞎了眼，她真成了咱们妖后……”

诸妖齐齐闭嘴。

夜昙没有回头，唉，一群山野小妖，智力低下，不用跟它们一般计较。

她把药送到了，倒是难得听了玄商神君一回话，直接返回离光氏。天边云彩聚集，清光远播。她抬头看了一眼，知道是有神族下凡。至于来意嘛，她倒也清楚——通知离光氏，十日后接青葵去天界小住。

玄商神君说过这事儿。

这事儿跟她没关系。她哼着歌跳进朝露殿，突然就觉额头一痛，像是被人当头敲了一棒，她差点整个人扑倒在地上。

“啊？”她捂住额头，很快反应过来——青葵磕到头了？

她跟青葵自出生以来，一直疼痛共通。这是连离光旸都很愁苦的事儿。毕竟要罚夜昙，青葵就免不了受苦。

夜昙揉着额头——不对啊，今天是青葵的生辰，每年这时候，日晞宫都是贺客云集的。

她是离光氏的心肝宝贝，大家捧着她都来不及，怎么会让她撞到头？

夜昙左右观望，发现朝露殿有人来过，不仅殿门开着，通往殿后的草径也十分凌乱，显然不久前曾有人进出。

这条草径，原本并不荒凉。它通往殿后的饮月湖。那湖原是离光氏特地为青葵公主所修的纳凉散心之所，亭台水榭十分精致。

可后来，夜昙撒娇卖痴，央着青葵令兵士在朝露殿外也修条小径，可以入湖游玩。

青葵怜她孤苦，对她素来宠爱，自然应允。

夜昙极为喜欢这湖中美景，时常前往。然没过几天，她的随侍宫女就失足落水，淹死在湖里，据说死状十分惨烈。文武朝臣皆担心冲撞了青葵，便砌下高墙，封禁了日晞宫通向湖边的路途。

后来也有人指出，是夜昙为了独占这座湖，这才推宫女入水，致人身死。

这事一度激起众怒，文武朝臣皆惊骇愤怒。毕竟当时她年仅五岁，一个五岁女童，若有如此歹毒的心肠和这般深沉的心机，岂不令人惊惧？

诸人再次请求处死夜昙。然而案子查来查去，苦于没有任何证据，诸人也只得作罢。只是这湖算是彻底废弃了。

日晞宫是无法直通饮月湖了，但朝露殿是没人管的。夜昙可不避讳这个，于是十年里，这湖都专属于她。今天是谁入内？

青葵在里面跌倒了？这倒是有可能。毕竟饮月湖荒废多年，早已青苔遍地、湿滑无比。自己那未来天妃姐姐养尊处优的，估计是行走不便。

夜昙猫腰走过去，拨开乱草，但见潮湿的青苔上，一行脚印清晰可见。这纤纤玉足，一看就知道是青葵，而且有进无出。

这么晚了，她在里面干什么？

夜昙跟着脚印走过去，此时暮色四合，湖边没有灯，光线晦暗不明。夜昙正要喊她，突然一个男人的声音响起："谷海潮，你说她会不会向我求救？"

夜昙抬眼望去，湖心那里有人，但不是青葵，而是两个男人！

饮月湖有座湖心亭，从岸边过去，原本也是有路有船的，可惜亭子年久失修，如今只剩下一排木桩。

现在，木桩上站了两个人。

不是青葵。

夜昙找了个隐蔽处，悄然下水，向湖心潜游。真是有意思，这饮月湖平时鬼影都不见一个，今天却来了几个人？

她游近湖心，才发现青葵整个人都泡在水里。她紧紧地抱住水中木桩，以免下沉，额角磕了一个大口子，如今也被水泡得发白。

自己这姐姐，向来仪容端庄、进退从容的，居然也有今天。

夜昙偷笑，抬眼看木桩上，只见两个男人正一脸凝重地盯着水中的青葵。

这两个人一个作仆从打扮，面无表情，抱剑侍立一侧。另一个男人身着黑色连帽的衣袍，被帽檐遮住了半张脸，只露出高挺的鼻梁，以及薄薄的双唇。隔着湖水，夜昙看见他黑袍上以银线绣刑天战纹。

刑天舞干戚，狰狞可怖。

是魔族。

夜昙心一沉。魔族与神族乃是世仇，青葵如今是神族未来天妃，若是落入他们手里，可是大大不妙。

这时候她本应该赶紧回去通知父王和国师。但万一他们把青葵带走了，可就更不妙了。

夜昙咬牙，自水底悄悄游到木桩之后，摸准两个魔族站立的地方，她手中花刺悄然伸出，猛地一刺。

木桩上，作仆从打扮的，正是魔族战力排名前十的高手谷海潮。他反应当然迅速，闻听不对，立刻回身一挡，格住了夜昙的花刺。

然而那兵器外形十分古怪，花刺虽然被格住，仍有一片花叶刺入他背部。

谷海潮反手握住花刺，待看清水里的人，他整个惊住——他竟然被一个普通女子给偷袭了。

“哈哈哈，谷海潮！！！”黑袍男子看见他的血滴落湖中，大笑道，“你可真给我长脸。”

谷海潮一张面孔绷得死紧，水下夜昙已经一把抽回兵器，像鱼一样游开了。

青葵也是这时候才看清水里的是谁，但在魔族面前，她是不会叫出自己妹妹的名字的。她焦急地喊：“别管我，快去通知国师！！！”

水面瞬间平静无波，她甚至不知道夜昙有没有听见她的话。谷海潮摸摸背后的伤口，手中兵刃就要出鞘。可似乎早有预知，黑衣男子按住了他的手，轻声说：“美人面前动刀动枪，有伤风雅。”

谷海潮的脸色已经开始发黑——夜昙花刺上有毒。他说：“那女人兵器淬毒，而且此毒对魔族同样有效，必须抓住她仔细审讯！”

黑衣男人说：“好。”他刚说了个“好”，抬脚就踩在了青葵的头顶，随后一言不发，脚下施力。青葵呜咽一声，整个人都被踩入水中，顿时四肢乱划。

夜昙叹了口气。她是可以隐藏得很好，但青葵是不行的。这个魔族男人真是又狡猾又毒辣。她不但不能跑，还只能乖乖回去。没有时间犹豫了，她飞快地游过去，花刺直刺男人小腿。

男人从容不迫地收了脚，青葵终于又自水底探出头来。她大口大口地呼吸着。夜昙冷哼："卑鄙。"

男人轻笑，问："怎么？不服气？"

夜昙说："当然不服，有种我们单挑。如果我赢了，你就放我们走。"

男人说："可以。你上来。"

夜昙转了转眼珠，目光狡黠，说："好。但是你不准趁我出水时偷袭我。要等我站稳之后，喊完'一、二、三'才准动手。"

男人背着双手，好整以暇地说："好。"

夜昙这才轻身一跃。然而她出水只是假象，真正的意图，则是偷袭黑衣男子！她身形刚往上一拔，花刺如流光，抬手就刺，真是又快又准，毫不迟疑。但几乎同时，黑衣男子手中突然现出一把九尺战镰！

他战镰直指夜昙，镰上的血槽于浓夜中精准地卡住她手中美人刺的花叶。夜昙顿时变成了一尾被钓钩钩住的鱼。

这个男人，自己刚才不过出了一招，他已经将她的兵器观察得清清楚楚。夜昙叹了口气，说："魔族果然从不守信。"

黑袍男子轻笑，说："姑娘虽非魔族，但论品行，也是彼此彼此啊。"他指指谷海潮，好奇地问，"你方才潜到我二人身后，第一招为何刺他不刺我？"

夜昙也认真答："他笨笨呆呆的，看起来更有把握得手。"

谷海潮怒目，黑袍男子再度大笑。

夜昙自然不是白白同他说话，她在几句交谈间，也已经看清了黑袍男子的兵器，顿时花刺右前移几寸，挣脱了钳制。

她溜回青葵身边，轻轻提气，将她带离湖水，掠入湖心亭中。

青葵身子一软，坐在亭内石凳上。她被湖水呛得狠了，不停地咳嗽。夜昙一脸嫌弃，却终究是替她拍了拍背，问："你来这里干什么？"

青葵说："今日你我生辰，父王命我前来寻你前去听戏。"

夜昙翻了个白眼："谁稀罕。"

青葵无奈。她跟夜昙乃是双生姐妹，今日是她的生辰，当然也是夜昙的生辰。她央了离光旸好长时间，终于求得离光旸心软，默许夜昙出来玩。

青葵前来寻她，却没想到在这里遇上魔族。

危机当前，也不便多说。她说：“如今可如何是好？”

黑袍男人没有打扰她姐妹二人说话。在他旁边，谷海潮说：“这个人身上的也是公主规制的衣饰。离光氏到底有多少位公主？”

黑袍男人突然扬手做了一个进攻的手势。暗处魔影幢幢，潜伏候命的魔族斥候纷纷现身，围攻湖心亭。夜昙骂了一声，一边抵挡一边问为首的黑袍男子：“你家谷海潮中毒了，你不想要解药了？”

黑袍男人看看谷海潮更加乌黑的脸，毫不在意地说：“这种手下，又蠢又不听话，毒死算了。”

谷海潮无语了。夜昙也没办法，一边对付攻入亭中的斥候，一边嘟囔：“这人到底是谁啊，精得跟猴似的！！！”

旁边青葵说：“不认识。但他手中的战镰，名为贪念。传说是天地初开之时，由混沌中激射而出，飞嵌入魔族晨昏道的神器。因为一直无人能够拔出，所以始终未曾认主。没想到如今竟在他手。他能拥有这等神器，必定不凡。”

说着话，她将放在湖心亭的烟花点燃，准备求救。

夜昙说：“这时候信号根本没有用，你看看天上！”

青葵也是无奈。今日是她生辰，为了替未来天妃娘娘庆生，半个夜空都是火树银花。围攻的斥候越来越多了，夜昙叹了口气：“不露点真本事，你们还膨胀了。”话落，她五指微屈成爪，用力一收，顿时空气扭曲。一个斥候惨叫一声，身上的魔息在瞬间流向了她。

暗处，黑袍男子一边替谷海潮逼毒，一边留意战况。此时他身躯微僵。谷海潮也随即看过去，湖心亭，一个魔族正好被夜昙吸干魔息，掉进湖水里。

“这是什么功法？！”谷海潮失声问。

黑袍男子也眉头紧皱，思索半天，竟然无解。这个女子看上去只是个普通人类，身上没有神族的清气，也没有魔族的浊气。可为什么竟然能够吸取魔息？

而就在这时候，夜昙又吸干了一个斥候，她战力更强了，眼看就要带着青葵突围而出。谷海潮毛孔里渗出黑色毒血，他随手擦干净，说：“此女体质怪异，素未听闻。离光氏怎么会有如此奇怪的公主？不知神族是否因为看中其体质，方才纳为天妃。若果真如此，只怕对魔族极为不利。我们须抓她们回晨昏道向魔尊复命！”

说着话，他站起身，而他身边，黑袍男子开始脱衣服。

他解了自己绣刑天战纹的袍子，又低头解自己腰带。谷海潮看看他，又看看自己，迅速以兵器护在胸前，目光渐渐震悚。

黑袍男子叹了口气：“海潮，你那核桃仁儿大小的脑子要是用不着，就抠了吧。”

湖心亭。夜昙连续吸取了几个斥候的魔息，只觉全身剧痛——十五岁少女的身躯，实在是太脆弱了。魔息汇入，她的身体仿佛要爆裂开来一样。

她运转魔息，眼看就要冲出魔族的包围，突然那个手持战镰贪念的神秘黑衣男子又过来了！他一加入战局，夜昙顿时连招架都吃力，跟着青葵又被逼回亭中。

贪念威力无穷，男人步步紧逼。眼见夜昙和青葵就要被擒，突然水面有人掠风而来，一掌击起滔天巨浪。

他掌力雄浑无比，就在一掌之间，已经冲破斥候包围。他瞬间入亭，一把拉起青葵和夜昙，飞身出去。

身后黑袍男子的贪念也随后而至，电光石火之间，男子拼着受贪念一击，抓住夜昙和青葵出了湖心亭。

魔族斥候紧追不舍，甚至放出毒烟。夜昙和青葵都立刻闭气。此人带着她们，一路凌空渡水，掠出几里远，方才停下。

此地乃是荒废的水榭，附近杂草足有半人高。

离得太近，青葵终于勉强看见面前这个人。他是个男子，身材精瘦高挑，只是脸上戴了黑色的眼罩，看不出真正面容。

如今他气息凌乱，青葵知道他定是中了方才魔族的毒烟。她拨弄着野草，以前自己在这里种过一些草药，后来久不打理，不知道还有没有。

夜昙拧干了裙摆的水，这才抬起眼皮看了一下面前这个戴着眼罩的男人。

眼罩男也在看她。虽然隔着眼罩看不清表情，但他眼神是饶有兴趣的。夜昙撇了撇嘴，问：“看够了没有？”

眼罩男感到意外：“好歹我刚刚才救了你们，对待恩公，就这么说话？”

“救了我们？”夜昙冷笑，“你围堵我们，又救我们，几个意思？”还想玩英雄救美呢？

眼罩男终于吃惊了：“你认得我？”

夜昙双目上翻，露了白眼仁给他：“拜托，世上有哪个白痴会因为你戴了个眼罩就认不出来你是谁啊？！”

正在这时，青葵用芭蕉叶盛了一汪水过来，恭敬地道：“恩公，这是我配下的解药，可解方才魔族施放的毒烟。恩公救我姐妹性命，小女子永感恩德。敢问恩公高姓大名？”

夜昙一把抽过青葵手里的芭蕉叶，连水一起扔了。姐姐啊，就你这点智商，还是不要跟陌生人说话了！

眼罩男眸中含笑，仔细打量这双姐妹。一白一紫，白如莲花，高贵典雅，紫如霓虹，魔魅娇艳。赋中洛神也不过如此了。

离光氏的公主，都是如此绝色吗？眼罩男问：“你们是什么人？”

青葵虽然善良，却也知道不宜对陌生男子报上闺名。她只好说：“请恩公留下姓名，救命之恩无以为报，但离光氏定有重谢。”

“重谢？”眼罩男轻笑一声，“无以为报的下一句，好像不是这样的。”

青葵一愣，随后反应过来，顿时满脸通红。夜昙拉起她就走，她小声说：“毕竟人家救了我们，不可以这么没礼貌的。”

夜昙连半个字都懒得说，拖着她穿过深草乱树，返回日晞宫。身后，一袭黑衣的魔族斥候队长竟然也没阻拦。他含笑看着这双姐妹花，半天，扬声说：“两位美人儿，在下嘲风，但愿后会有期。”

青葵还想道个谢，夜昙压根不搭理，拉着她就走了。

“哈哈，头也不回，真是无情啊。”嘲风轻笑，略一运功，逼出自己身上的烟毒。不远处，草树乱摇，谷海潮穿着他的黑色袍子，手握他的战镰贪念钻出来。

嘲风仍然望着青葵和夜昙离开的方向，清醒冷静地说：“二女体质都极为特殊，非人非妖，亦非神魔。确实怪异。”

方才他救走青葵和夜昙之时，顺便就已经探过了二人的脉象体质。

谷海潮说：“那你就更不应该如此轻易地放她们离开！”

嘲风接过自己的战镰，说：“这件事呢，很难跟你解释。但作为你的主子，我觉得有必要让你的智力稍微提升那么一丁点。二女来历神秘，不知是否有未知势力暗中支持。如果我们贸然把人掳回晨昏道，只会惊动她们身后未知的势力。而且，神族一定会与魔族开战，人族也一定会站在神族那边。妖族就是四界的一根搅屎棍。我们将腹背受敌，孤立无援。不如返回晨昏道，将斥候这边得到的消息呈报上去，重点提及两位公主的事。只要你措辞得当，引起大家的兴趣，不管她二人谁是未来天妃，两位公主，我们至少可得一位。随后再慢慢探究她们的来历也不迟。”

他解释得认真，然而谷海潮还是说了句：“你确定不是因为想要再见美人？”

“我……”嘲风啧了一声，“你看，我就说我的开悟可以让你稍微提升一点智力吧！你这话果然就开始有点道理了。毕竟美人如玉，我也不希望今日一别，再不相见嘛。”

谷海潮不想理他了。

日晞宫，神族派神使前来通知离光旸，准备在十日之后迎接未来天妃入天界小住。

这是好事。离光旸与国师愿不闻、丞相离光赤谣正在讨论青葵去往神族时应携带的备用之物。

就在这时，夜昙带着青葵从墙外翻进来。三人目光一转，就看见了灰头土脸的她们。

离光旸须发皆张，如同一头暴怒的雄狮，吼道：“混账东西！你又干了什么？！”

这自然是骂夜昙。她跟青葵本就一身湿透，如今拨草而返，自然一身草屑、灰尘。再加之青葵额角的伤口被水泡得发白，远远看去，十分吓人。

这可是未来天妃！而且神族十天之后就要接她入天界了！

离光旸简直气炸了肺，愿不闻几步上前，一把扶住青葵：“公主无恙否？”

一群宫女侍从这才反应过来，顿时全部围上去。离光赤谣上前，为青葵公主把脉。他虽位及宰辅，但医术也是不错的。

青葵的岐黄之道，便多传自他和愿不闻。

离光旸上得前来，见青葵额角伤口，顿时怒火更盛：“发生了什么事？”

青葵说：“父王不必担心，女儿无恙。方才是魔族斥候潜入宫中打探神使来意，女儿不巧撞见。幸得夜昙相救，方能平安返回。”

“魔族？！”离光旸君臣三人皆是面色一沉。愿不闻说：“想是方才神使临凡，魔族派人进宫打探消息。魔族擅闯离光氏，是愿不闻失职，累得公主受惊。请陛下降罪。”

离光旸哪里顾得上这个？他握住青葵的手，觉出其身上寒凉，说：“额上怎的伤成这样？雨后湿气重，你又受惊吓，快快回宫。披霞，为公主煮一盏安神茶压压惊。”

宫里早有宫人忙着准备。青葵说：“父王，青葵只是皮外伤。倒是夜昙方才为了救我跟魔族交手，肺腑被魔息所伤，我先为她诊治。”

离光旸回头看见夜昙，一脸关切瞬间变成了“满天阴云”。他沉声喝问：“你们在何处遇到魔族？”

这话自然是质问夜昙。青葵怕他跟夜昙又吵起来，赶紧如实回禀道：“殿后饮月湖。”

离光旸说：“饮月湖早已封闭多年，寡人早已明令任何人不得进出，为何你们会在该处遇到魔族？”

他问这话时，眼睛一直盯着夜昙。夜昙一摊手，说：“问这么多干什么？反正不管说什么都是我的错。你直接惩罚我不就行了？”

“你！”这话如火上浇油，离光旸气急，“你自己勾结妖物，荒唐浪荡也就罢了。如今私闯禁地，还让前去寻你的青葵一同涉险！你可知罪？”

夜昙只觉得经脉剧痛，她撩了撩湿透的刘海，问：“知罪？我有什么罪？我让她来找我了？再说了，愿不闻身为国师，统领镇妖司，外不能阻止魔族潜入，内不能保护未来天妃，如今父王竟然在这里怪我？”

愿不闻微滞。离光旸气得就要中风：“反了……反了。你闯下大祸，却丝毫不知悔改，给我跪下！”

夜昙说：“悔改？魔族潜入宫中打探消息，又不是我勾来的。我悔改什么？”

丞相离光赤谣冷笑，说：“饮月湖早已被陛下封禁多年，只有夜昙公主独自出入，就连宫人也不曾跟随。而今魔族不在别处潜入，好巧不巧，偏偏就出现在饮月湖，甚至差点抓走青葵公主。如此巧合，难道公主不该解释吗？”

夜昙一脸不忿：“赤谣老狗，你可真会血口喷人啊。”

离光旸一巴掌扇在她脸上，“啪”的一声响，夜昙右颊立刻泛红。他气得发抖：“你自己四处闯祸，还有理了？”

青葵脸上也一痛，她一手捂脸：“父王！不是丞相以为的那样。我到饮月湖的时候，夜昙根本不在！她是为了救女儿才与魔族搏斗，还请父王不要怪罪她！”

愿不闻扶着她，急急地为她伤口上药，说：“青葵公主秉性纯良，难免被心怀叵测之人蛊惑，还是先行回宫歇息吧。”

离光赤谣说：“陛下，微臣早就说过，此女不祥，当初陛下一念之慈，留她存活至今。可是陛下浩荡皇恩，她可有半分感念？她勾结妖族，不仅引妖孽入宫，如今更是勾连魔族，差点危及青葵公主。难道陛下还要包庇纵容不成？”

夜昙盯着离光赤谣，目光渐渐阴狠，她说：“老狗，我要是勾连魔族，第一个诛你十族。”

语气阴森到令人恐惧，离光赤谣大骇。

“孽畜！”离光旸一脚踹过去，“跪下！”

夜昙脖子一梗，也是大声道：“我没错，为什么要跪？！”

离光旸气得差点昏过去，他怒吼：“来人，给我将这孽障笞一百！”

有兵士犹豫片刻，执鞭上前。离光旸怒喝：“重打！”

几个兵士按住夜昙，一鞭下去，夜昙背上顿时现出长长的一道血痕。青葵痛呼一声，跪在离光旸面前。离光旸伸手欲扶，但也知道如果责罚夜昙，青葵也会跟着受苦，这是免不了的。

青葵说：“父王！今夜之事，确实错不在夜昙。她一个女儿家，怎么受得了如此重刑？丞相就算不相信她，难道连本公主也不信了吗？”

离光赤谣见青葵亦同受痛楚，当下不再开口，毕竟未来天妃可是不容许有任何闪失的。离光旸双颊抖动，半晌，厉声喝问夜昙：“知不知错？！”

夜昙五内如焚，强忍着不吐血，闻言比他声音更大：“你不过就是心疼你的青葵。赤谣老狗胡说八道你也听信！你们一对昏君佞臣，却要我来认错！我呸！”

“放肆……放、放……肆！”离光赤谣气得脸色发白，连声音都小了。离光旸气得吐血：“给我打死这个不知死活的东西！”

兵士几鞭子下去，夜昙后背立刻血肉模糊。青葵经受不住，脸色惨白，汗出如浆。她跪在离光旸面前，仍在苦苦哀求。唯夜昙咬紧牙关，拒不喊痛。

离光旸站了一阵，纵然是气炸了肺，仍旧忍不住再问：“认不认错？！”

夜昙的声音已经低微，却还是字字清晰：“没错，不认！”

离光旸气得想死的心都有了。

他张张嘴，正要说话，突然，宫外有声音传来：“魔族使者烛九阴奉魔尊之命，拜见暾帝陛下。”

此人未到，声音传到众人耳朵里，却洪亮如钟。

众朝臣一并愣住——魔尊遣使前来？还依礼在宫外等候？他们什么时候这么懂礼貌了？

宫门前，一片寂静，半天，离光旸方问：“魔尊派使者前来离光氏，不知所为何事？”

日晞宫门口的宫砖上，紫黑色的雾气聚集旋转，魔族使者烛九阴于魔息中缓缓现身。他一身黑袍，上绣刑天战纹，正是魔族饰纹。只是这次，素来狂傲的魔族居然还挺懂礼貌。他躬身施一礼，说：“暾帝陛下。魔尊听闻离光氏有位夜昙公主，德言容功、才学俱佳，特命微臣前来提亲。无论将来我们魔尊立谁为储君，夜昙公主都是我族储妃，我族愿与人族永结姻盟。”

他短短几句话，却震惊了离光氏的文武朝臣，就连愿不闻都原地石化。

德言容功？谁在你们魔尊面前造的谣啊？

没人答话。烛九阴自认为把来意表达得很清楚啦，他笑意盈盈地问：“暾帝陛下，不知未来魔妃何在啊？”

这下子，连离光旸都不知道该怎么回答了——这不在那边吗？正打着呢……

冷场半晌，还是离光赤谣笑着打圆场：“魔使有所不知，人族礼教森严，女子未嫁之前，不宜抛头露面。夜昙公主身份尊贵，此时此地，也是不宜露面的。”

烛九阴嗯了一声。就算把他洗净焯水，用来焖黄豆，他也不会想到——旁边那血肉模糊的一团，会是他们家未来魔妃啊！

人族规矩，他倒也理解，说：“即是如此，此事便就这么定下了。魔尊听闻神族十日之后将迎接未来天妃入天界小住，也特意交代下来，魔族将在同日迎接夜昙公主入魔族做客。陛下早做准备吧。”

话落，他身化紫雾，遁地而去。

离光旸君臣三人面面相觑。

夜昙醒来的时候，外面天光大亮。一缕晨曦入窗，垂散在床幔上。她揉了揉眼睛，发现离光旸守在榻边。

“哟！”她翻了个身，背对他，“今天太阳从西边出来了，你不去守着你的宝贝未来天妃，居然在这里。还是我受伤太重，出现幻觉了？”

离光旸不理会她的阴阳怪气，沉着脸说：“昨夜魔族遣使前来，聘你为魔族储妃。而且要在十日之后，接你去往魔界小住。”

“嗯？”夜昙微怔，片刻之后回过神来，说，“那父王出现在这里就说得通了。怎么，我现在对您也有点用处了？”

她毫不客气地冷嘲热讽，离光旸压抑着心中火气，说：“魔族不比人间，魔心险恶，嗜血好战。你过去之后，务必要处处小心，不可再任意妄为。”

他刚说了两句话，夜昙就说：“哈，你这是对我的关心？魔族人心险恶，宫里的人心就不险恶了？你既担心我，何不拒了这门亲事？”

离光旸的火气又开始往上冒，他极力强忍，说：“魔族势大，离光氏……不能推拒。”

夜昙吸了吸鼻子，说：“那你又何必在这里虚情假意？现在的你，是担心我，还是希望我也像你的宝贝未来天妃一样，护佑离光氏？”

离光旸终于大怒："闭嘴！这是你跟自己父王说话的态度？！"

夜昙哪肯示弱，当即说："我说错了吗？还是我要再去外面跪着，把剩下的鞭子都挨完？"

离光旸看见她背上的血迹，声音也略微低缓，说："孽障！难道你一点错都没有吗？"

夜昙冷笑："我的错？我最大的错，就是出生在离光氏，然后成为你离光旸的女儿。"

她犹在病中，却仍一语诛心。离光旸后退两步，思虑良久，竟也无话反驳，他说："也许吧。"

话落，他转身离开。

床帐中，夜昙终于回头，却是添了一句："既然看见我就生气，朝露殿你还是不要再来了。"

离光旸脚步微顿，开门而去。

离光旸果然是再未踏足朝露殿。无论青葵如何劝说，这父女二人，就像两个闹别扭的孩子，竟是真的互不搭理了。

四月十九。

因为实在太过仓促，离光氏来不及准备，只得将青葵公主的衣裳、首饰分出一半来，匀给夜昙。好在青葵这边准备充分，匀走一半，也不寒酸。

离光旸一宿没睡，在朝露殿和日晞宫外徘徊了半天，却始终没有进去。一直等到东方发白，他立刻令宫女为青葵和夜昙梳妆。宫里张灯结彩，却如临大敌。

及至辰时初刻，天边云霞渐聚，燃烧了半边天空。须臾间，霓虹垂落成梯，浮彩艳发，浓烈如有实质。离光旸带着文武朝臣，早已盛装等候。

此时诸人顾不得身份仪态，皆引颈而望。

霞光中，玄商神君衣冠似雪，星纹为饰。空中异香扑鼻，他足踏渺渺仙音而来，轻袍缓带，暗光流动，足不惊尘。在他身边，其弟清衡君难得随行。清衡君全名少典远岫，一身天青色衣袍，如风过烟雨，飘逸出尘。

他跟随玄商神君行来，臂间素绫流光隐隐。

二人身后，百余天兵手握长戟，金甲生辉，令人不敢直视。

就在同时，一团紫雾自地面升起。紫雾之中，魔族的刑天战旗当先而行，一队黑甲兵士手持长戈，昂然肃立。队前为首的不是别人，正是魔族大殿下乌玳、二殿下顶云。

两队兵士几乎贴了脸，然宿仇难解，相见便是相杀，哪来话说？

离光旸生怕神魔两族就这么当众厮打，立刻吩咐宫人，将两位公主的软轿抬到宫门口。他一心只盼双方赶紧离开，连请进宫中奉茶都免了。

玄商神君与乌玳对视一眼，即令神兵上前，接过青葵公主的软轿，说："出城南行三十里，结云返程。"毕竟天地之间九万里，以法术结云梯，也是需要时间的。

此时魔族离得这么近，若结云梯之时被偷袭可就不好了。

乌玳等人也正有此意，二殿下顶云回头吩咐魔兵："带上夜昙公主，出城北行三十里。"

魔兵应是，上前抬起夜昙公主的软轿，两列队伍相继出城。离光旸站在宫门口，见两队兵士如清浊交界的河流，有着肉眼可见的戒备与仇视。他不由得叹了一口气。

神、魔两列兵士抬着两顶软轿，一路出了离光氏。眼看即将分道而行，突然，无数箭矢破空而来，直射神族！

玄商神君早有防备，立刻指挥兵士抵挡。魔族，三位殿下同时愣住，顶云问："谁安排的人？"

没人答话，只有大殿下乌玳举着他的一对撼天斧，身上银环叮当作响。他说："管他谁安排的人？我早看少典有琴不顺眼了，孩儿们，随我冲锋，活捉少典有琴！！！"

魔族生性好勇善战，此时他一鼓动，魔兵哪还犹疑？立刻全员冲锋，大喊："活捉少典有琴！"

无知莽夫，只会坏事！！！

顶云身边，魔将烛九阴忍笑，说："二殿下，大殿下的性子你又不是不知道。这时候恐怕是叫不回来了，我等只能一战了。"

顶云咬牙，说："嘲风呢？"

烛九阴说："二殿下怎么忘了，他如今就是个小小斥候，哪有资格跟着我们？他在队尾步行跟随呢。"

顶云扫了一眼，果然见嘲风跟在最后，马匹扬起的灰尘扑了他一身，他正在拍身上的土。他冷笑一声，说："父尊令我带队，本就是担心大哥冲动。少典有琴的实力，连父尊都不愿轻掠其锋芒，我等未必有胜算。如果败了，回去之后，你知道应该怎么说吧？"

烛九阴会意，说："二殿下放心。嘲风跟少典有琴同在藏识海游学十载，他私通神族，挑衅大殿下，令我等战败。魔尊会理解的。”

顶云这才点头，也没办法，抽出兵刃，相助乌玳而去。

队末，谷海潮说：“两位殿下正在力战少典有琴，你不帮忙？”

嘲风呸出嘴里的尘土，说：“血战少典有琴，赢了是我二哥领导有方，输了是我私通外敌。我这二哥带上我，无非就是为了让我背黑锅。可惜啊，我现在已经被贬为斥候，若是再背上一口黑锅，只怕就要回魔族扫地了。”

谷海潮迟疑片刻，问：“你意如何？”

嘲风看向神族，天妃的软轿被牢牢地护在后方。他微微一笑，说：“随我来。”

前方，顶云、烛九阴加入战局，跟随乌玳步步紧逼。玄商神君眉峰微皱，退后几步，召出牺氏琴，右手轻拨，弦上风雷起。

周围飞沙走石，山崩地裂，喊杀声惊天动地。夜昙坐在轿子里，知道是神魔两族交战，她没兴趣，也不想凑这个热闹。可突然，轿帘被掀开一角，一颗鸟头探进来，还抖了抖头上的呆毛。

它发现夜昙，立刻兴奋地挤进来，扇着一只翅膀道：“昙昙，见到你我真是太高兴了。”

夜昙叹气：“可惜我看到你却有一种不祥的预感。”这鸟名叫蛮蛮，一身羽毛是青赤色，却只得一只翅膀和一只眼睛，看起来怪异得很。既然它在这里，那说明妖族少君帝岚绝也在附近了。

夜昙问：“方才是帝岚绝派人放箭，引神魔两族交战的？”

蛮蛮挤到她怀里，说：“昙昙，你果然还是这么冰雪聪明。少君让你赶紧逃，他来断后。”

夜昙掐着它的鸟脖子，一脸狰狞地道：“逃什么逃！我要是帝岚绝他爹，我一定剥了他的皮，缝个虎皮裙儿穿！”

蛮蛮挣扎着叫了几声：“昙昙你怎么能这么说？我家少君对你一往情深，连神、魔两族都敢得罪，你难道一点也不感动吗？”

夜昙一脸凶相：“我好好地当个魔妃，自有享不尽的荣华富贵。他来捣乱，还要我感动？那臭老虎在哪里？”

蛮蛮翅膀尖一指北边，说：“就在那边。”

夜昙没办法，只得下轿，刚走没几步，就遇几个魔兵阻路。他们身为魔族，并不把这位人族公主放在眼里，这时候立刻抽刀挡住她，说：“请魔妃待在轿内，勿离寸地！”

夜昙随手把蛮蛮扔地上，还踢了一脚。她说：“哦，我的扇子掉了，帮我捡起来。”

说话间她手往下一指，蛮蛮毛茸茸的一团，倒真像一把羽毛扇子。几个魔兵视线随之而动，正打算去捡。然而就在瞬间，夜昙左手微张，身前气流扭曲。几个魔兵身上淡紫色的魔息全部流进她的身体。

她右手美人刺出，凌空一转，几个魔兵顿时命丧当场。

夜昙抖抖美人刺，兵刃滴血，她叹气：“这个惨剧教育我们，懂礼貌是多么重要。”

蛮蛮从地上爬起来，用翅膀拍拍身上的土，幽幽地说：“那你对我能不能也懂点礼貌？”

夜昙弯腰拎起它，握住它一双修长的鸟腿扇了扇，它便真的很像一把羽毛扇了。地上尸身横陈，随处可见残肢碎肉。夜昙说：“你我之间讲什么礼貌。走，先去找你那脑子有毛病的岚绝少君。”

蛮蛮正色说：“不要这么形容少君行不行？他好歹也是头威风凛凛的吊睛白额虎。”

夜昙一脸不屑：“妖族帝氏一脉，所有成员都能称老虎，只有你家少君不行，他太弱了。”

蛮蛮用翅膀捂着嘴偷乐。夜昙一边跟它说话，一边绕开魔兵。一片鲜血溅过来，蛮蛮一惊，一头缩进夜昙胸口，死活不肯再露半根毛。

神族这边，清衡君奉兄长玄商神君之命守在轿边。眼前沙石横飞，遮天蔽月，战况不明。他跳到旁边树冠上，叼了片树叶在嘴里，一边抖腿一边观战。

突然，身后有声音亲热地说：“远岫，好久不见，别来无恙啊？”

清衡君猛地回头，就见狂沙浓烟之中，魔族三殿下嘲风手持战镰贪念从天而降。他呸出树叶，哪壶不开提哪壶，说：“嘲风！听说你从堂堂魔族三殿下被贬为斥候了？”

“咯咯。”嘲风轻咳两声，好在他的面皮也不是这一言半语可以刺穿的。他说：“魔职无论尊卑贵贱，不过都是为天下苍生效劳。远岫眼界心胸不应如此狭隘。”

他扫了一眼少典远岫手中的素绫，啧啧了两声，说：“跟你说过多少遍，男人的东西不可以这么软。你应该换个兵器，否则永远都只能是个弟弟。”

清衡君看看自己的法宝，那素绫名为惊虹，也是神族叫得出名头的法宝，但不知被嘲风嘲笑了多少回。他说：“硬不硬，你来试试便知道。”

话落，他素绫一出，空中顿时现出七彩波光一片。

嘲风迎战，贪念与惊虹交击，轰然一声，火花四溅，但他还能耍嘴皮子。他边战边退，说：“远岫何必动怒呢？天界但凡提及神帝之子，有几人知道你清衡君少典远岫？你要有自己的主见，总不能一辈子跟在少典有琴身后，做条应声虫。”

清衡君手中素绫光影更甚，陆离虹光将嘲风包裹其中。他冷哂：“挑拨离间，你就只有这些低劣招数吗？”

嘲风挥动战镰，挡开锋利如刀的素绫，朗声说：“实话总是不太中听。但若有一天，你心有所求，就会明白我今天的话，句句都是金玉良言。”

清衡君知道他狡诈，索性不再说话，专心应战。轿内，青葵突闻一声巨响，软轿顿时歪斜。她吃了一惊，探出头来，却见地面裂开一条巨隙，半顶软轿都陷入其中。

清衡君听得远处声响，知道中了嘲风的计。然而嘲风骤然发力，牢牢牵制他，他已是抽身不能。谷海潮一掌几乎劈开软轿，一众金甲神兵哪肯让他接近天妃，顿时拼死阻击。

软轿卡在裂隙中间，摇摇欲坠。青葵只得手脚并用，爬出轿子。外面神魔交战，天昏地暗，连哪边是神族都分不清。她闪避横来的飞沙碎石，跌跌撞撞地朝着琴声而行。

——玄商神君擅琴，循琴而往总是不错的。

玄商神君正与乌玳、顶云、烛九阴酣战，突见隐隐风烟之中，一个女子正匆匆逃窜。不是别人，正是夜昙！他略一分神，乌玳一斧劈来，削落他一缕发丝。

他回手一拨，弦音直击乌玳，自己飞身而下。

夜昙只觉得一片阴影骤然降临，自己如同被老鹰扑住的小鸡，猛地被拎到了半空中。她抬起头，看见一张没有表情的脸。

“少典有琴！！！”夜昙整个人都不好了。你这眼睛可真是尖，我都躲得这么隐蔽了，你是怎么看见我的？！

玄商神君薄唇紧抿，回身坐在一根横木之上。乌玳、顶云步步紧逼。他只能顺势将夜昙环进怀里，然而臂间温软的触感让他整个顿住。

这是……胸？他那素来缜密的思维，让他的目光和手同时快速确认了一遍，然后在瞬间觉出不对——上次在魍魉城，因受她戏弄，曾有一眼注目。但……好像没这么……丰满。

自己这是想的什么？！他还来不及羞恼，琴声怗懘——他弹错了一个音。

这失误太过明显，玄商神君急忙以指挑弦，却已经被乌玳占得先机。

两千七百年，无数次对战中，少典有琴平生第一次失误。

乌玳手中双斧交击，光如闪电，震碎叠叠琴音：“少典有琴！在魔族第一勇士面前，哪怕是再微小的破绽，都是败亡的开始。”

玄商神君不语，只是将牺氏琴横在夜昙身前，双手连拨，仓促应敌。

琴声绵绵，夜昙坐在他腿上，她可不喜欢这姿势，用力想要挣脱他的桎梏。玄商神君毫不留情，弦音如刀锋，直削她手臂。

“啊！”夜昙顿时一手鲜血——这老男人，真凶！咬人的狗不叫啊！她不敢乱动了。

乌玳已经迫近身前，双斧斩下，天地动摇。玄商神君身边以琴音形成的屏障片片碎裂，一个调的失误，让他一路被动。他在瞬间将其重新凝结，双手却已然滴血。风卷狂沙，利如刀剑。他血入琴弦，连一曲一调都遍染猩红。

他用三十六弦描绘日月星辰、山海无边。乌玳坠入其间，已经收不住自己的杀意。夜昙的背紧贴玄商神君的胸膛，浑身都被这森冷杀意浸透。她屏住呼吸，蛮蛮更是紧紧缩在她胸前，瑟瑟发抖。

这样下去，魔族会输的。夜昙眼角一瞟，玄商神君正专注应敌。这样的距离，是个偷袭的好机会！只要抽冷子给他来一下子……

夜昙将全身力量贯入美人刺，杀气如针，根根散开！

“少典有琴，受……”她手中美人刺正要反刺玄商神君，突然玄商神君弦音爆发，像是整个世界轰然毁灭，乌玳、顶云沉溺于琴音织就的幻象里，顿时灵识被重创，身上伤口炸裂，鲜血喷溅，当场败退。

夜昙就站在玄商神君面前，高举兵刃，满脸杀气。“受死吧”三个字就喊出了第一个字。空气中死一般的寂静，半晌，她双膝跪地，面不改色地接着道：“受我一拜！”

然后她动作流畅地给玄商神君磕了个头。

此女真是半点不省心！玄商神君脸色阴沉，也不叫她起身，只掏出丝帛擦拭手中琴。

夜昙等得不耐烦了，眼角一瞟，发现他擦的不是琴上血，而是琴身方才与自己相贴的地方。

这老男人！！！他居然嫌弃自己弄脏了他的琴？混账啊！！！

夜昙磨牙。这时候，清衡君仓皇赶来，跪在夜昙身边，说：“兄长，青葵公主走失！远岫保护不力，请兄长降罪！”

咦？少典有琴的弟弟啊？夜昙转头瞟了他一眼，却发现他也正一脸狐疑地偷瞟自己。

玄商神君看也没看跪成一排的两个人，冷冰冰地说：“看护不力，自行前往弼政殿，领受三重雷火之刑。”

清衡君倒是不意外，恭敬地说：“是。”

“呃……”夜昙迟疑片刻，问，“少典有琴，如果你们抓住魔妃，会怎么样啊？”

玄商神君将琴上血迹擦拭干净，地上神魔两族兵士的尸身横陈一地。魔族的挑衅显然触怒他了，他回身凝云成梯，说：“杀以扬威。”

夜昙一脸严肃正直，说：“有性格！我离光青葵最欣赏你这样的男人了！”

此时云梯已成，神兵相护，夜昙磨磨蹭蹭，却也只能跟随玄商神君等人直入天界。

行至云端，她终于忍不住回头，却只见云海千层浪，丹霞红欲燃。

帝岚绝，你真是坑爹呀！

魔族，三个打一个还输了！人家那是皇子，你们这充其量是孙子啊！

青葵啊青葵，你又是去哪里了啊？

第三章
日月光华

神界，一座天宫掩映在云霞深处。门前匾额上，“天葩院”三个字正闪闪发光。

夜昙现在就站在这匾额下，一脸郁闷的神情。身后玄商神君脸色不佳，显然方才对战中已受内伤。但他仍站得笔直，声音也听不出端倪：“今后你便暂住天葩院，尽快背熟天规、学习神族礼仪，以便参拜父神、母神。”

夜昙轻嗞了一声，感觉有点牙疼。她不是很乐意进去，然而玄商神君就堵在她身后，催促道：“入内。”

夜昙不情不愿地走进去，里面倒是一座清净小楼，一股奇异的香气甘中带苦，充满整个庭院。

庭院中，一部石书竖立中庭。这东西比夜昙还高，虽是石制，但每一页都可以翻动，只是厚重无比。夜昙用手指敲了敲，还挺好奇，问：“这是什么？”

清衡君看看兄长，玄商神君淡淡地说了两个字：“天规。”

我去！夜昙凌乱了：“这么多？！全都要背？你们神族是不是吃饱撑的，闲极无聊啊？”

玄商神君御下严厉，素来最是不喜旁人发牢骚、抱怨，然这偏偏是她最擅长的。清衡君少典远岫赶紧说：“来到神族，当然要牢记神族禁令。”

可夜昙就是打算讨价还价。她咬了咬手指，说：“那……你们看这样行不行？我先回离光氏，等背熟了天规，再来神族，怎么样？我发誓，只要回到离光氏，天规什么的，一天之内我肯定倒背如流！”

玄商神君根本不看她，转头对清衡君说：“你亲自督促她，面见父神、母神之前，须牢记天规禁令、熟悉神族礼仪。”

话落，他拂袖而去。

“喂！”夜昙追过去，“你到底有没有长耳朵啊，我是说放我回离光氏！”

玄商神君没有回头，好像他真的没长耳朵。

清衡君吹了声口哨：“别喊了，他能忍到现在才走，已经很给离光氏面子了。你先诵读天规啊，我过一会儿来看你。”

夜昙瞪他：“你要去哪里？”

清衡君摊手说道：“我护卫不力，得去弼政殿领受三重雷火之刑啊。你没听我兄长说？”

“你也太听话了吧？”夜昙气哼哼的，“我饿了，先给我弄点吃的。”

“饿？”清衡君好久没听到过这个字了，半天才明白过来，他扒扒头发，“哦，哦，你尚未修习辟谷之术。你等着，我让仙婢送些糕点过来。神族的素糕纤云弄月不错，你可以尝尝。”

“听名字就不怎么样。”夜昙嘀咕了一句，又说，“算了。这个还是我自己解决吧。”

“你解决？”清衡君倒是有点好奇，“嗯，一直听说离光氏的青葵公主温婉贤淑，琴棋书画乃至医术、厨艺都十分精通，你自己做也好。”

“呃。那倒不是。”夜昙低下头，开始解自己的衣带，“我给你看看我的大鸟！”

“啊？！”清衡君双眼睁大，一脸悚然，“大、大、大……大鸟？”

夜昙却很快从自己胸口揪出一只羽毛青赤流光的怪鸟来。她揪着怪鸟的翅膀，不顾它双爪乱蹬，将它提到清衡君面前，说：“对呀，大不大？”

少典远岫差点成为有史以来第一个心肌梗死的上神。

“大……大。”他含糊地应两声，一边擦汗一边说，“蛮蛮乃是天生灾兽，你将它带入天界作甚？”

夜昙说：“这鸟做得一手好饭。你先去受刑吧，完事后赶紧回来，我等你开饭啊。”

清衡君仍心有余悸，看看她又看看那“大鸟”，说：“那我先去了。天界禁令颇多，你不要乱走。”

夜昙挥挥手，赶他如赶狗。

蓬莱绛阙，仙乐空灵，清风浩浩。

玄商神君跪拜神帝、神后：“父神、母神。”

天帝少典宵衣正凝视殿中溯源镜。只见镜中一片雾海茫茫，似水却无波。玄商神君心一跳——这不是别处，正是归墟。

传说中，那里有一道天地裂隙，里面囚禁这混沌一族的混沌之炁。

他低下头，天帝问：“此行迎接青葵公主，可还顺利？”

玄商神君说："回父神，归来时与魔族起了点纷争，但青葵公主已经成功迎回天界，安置在天葩院。"

天帝微微颔首，旁边神后说："既然已经入了天界，为何不带来让母神和你父神见见？"

那自然是因为此女跳脱顽劣，恐驾前失仪，不宜直接面圣。玄商神君说："已经让远岫教导她天规礼仪，不日便可前来拜见父神、母神。"

他这般说，殿中顿时一阵沉默。

三人同时看向溯源镜，镜中灰白一片。天帝食指轻拨镜面，只见古铜色的封印如同一条巨龙，将这天地裂隙环绕禁锢。

远远看去，龙腹如同半透明。

掠过龙目，便能隐约看见琉璃般通透的龙目中一条黑色的裂纹蜿蜒开来。烟灰色的雾气正从中缓缓溢出，丝丝缕缕。只是看上一眼，便让人觉得不祥。

天帝右手食指轻按龙目，镜面如水波漾开："蟠龙古印破裂在即，必须尽快修补。你……"他眼神坚毅，然而说到这里，却也是微微一顿，"早做准备。"

神后双唇颤抖，欲言又止。玄商神君跪拜道："儿臣随时候命。"

他双手合在胸前，一施礼，手上紫黑色的魔息分外显眼。

神后一眼看见，急问："你受伤了？"

玄商神君垂手，以衣袖遮掩伤处："一点小伤，母神不必担心。"

少典宵衣的神情却渐渐冷肃："魔族是谁前来迎接公主，竟能伤你？"

神后说："有琴已然受伤，陛下还是请乾坤法祖为他诊治吧。"

少典宵衣说："他自己便通晓医术，何必惊动他人？"

眼看母神又要受到斥责，玄商神君自然不会提及夜昙，忙道："是魔尊长子乌玳出手，儿臣对战中一时不慎，方才为他所伤。"

少典宵衣沉声道："一时不慎？眼见修补蟠龙古印在即，这是何等大事？四界存亡当前，你竟然如此疏忽大意！"

玄商神君再次跪拜："儿臣认错，甘愿受罚。"

少典宵衣虽然不悦，却终究还是上前，以自身灵力驱他伤口魔息。玄商神君伤口上的紫黑气以肉眼可见的速度消散。正在这时候，殿外有仙侍通禀："天帝、天后，南极仙翁求见。"

"嗯？"少典宵衣收回手，说，"宣。"

不一会儿，寿星南极仙翁一头叩倒在殿上："陛下，您要为老臣做主！"

少典宵衣皱眉：“何事？”

南极仙翁眼泪汪汪：“陛下知道，老臣坐骑乃是一头梅花鹿。就在方才，有人锯走了它头上幼角！”

“大胆！”少典宵衣震怒，“天界几时出了如此狂悖恶徒？”

然而话音刚落，外面太乙真人进来，一脸悲愤：“陛下，贫道座下仙鹤一千年才生一枚卵。贫道好不容易凑足三枚，原想孵化为幼鹤赠予弟子，谁知却被人偷走，还煮成了茶叶蛋！”

少典宵衣震惊了：“竟有此事？”

按理说，这些事，自有神霄玉府普化天尊处理，不至于闹到蓬莱绛阙才对。他与神后互看一眼，皆十分不解。

而事情还远没有结束。茶神陆羽也匆匆来报——其山上新茶被偷了大半，甚至连茶树都被人砍了当柴烧。

蓬莱绛阙一片嘈杂，少典宵衣当然知道，既然神霄玉府没有处理，而是直接闹到他这里，自然是因为行凶作恶的人，各位仙家不好处置。

但少典氏素来极重家风，天界禁令又严苛，何人如此猖狂？他问：“究竟是谁胆大妄为，各位仙家不必为难，只管禀明。天规禁令之下，绝不姑息凶徒。”

各位哭诉的神仙互相看了看，还是太乙真人犹豫着说：“回陛下，是……离光氏的青葵公主。”

这闹到御前，便不奇怪了。她乃未来天妃，谁敢处置？何况凡人体弱，她一个人族公主，生得娇娇软软的。诸仙连追赶都不敢——万一有什么闪失，可是不好交代。

没办法，他们只好上这儿来告状了。

半晌，少典宵衣怒喝：“清衡何在？！”

南极仙翁小心翼翼地道：“回陛下，二殿下刚从酒神少康那里偷了两坛子美酒，估计现在正同公主对饮。”

“孽障！”少典宵衣“啪”的一声，将案上茶盏摔了个稀碎。神后忙道：“陛下息怒。有琴，远岫散漫，公主本就初入天界，交给他，恐怕无心向学，还是暂时由你管束教化吧。”

“这……”玄商神君看了一眼少典宵衣，犹豫道，“恐怕于礼不合。”

一时之间，周遭声音骤然静默。少典宵衣说：“无非是教些规矩礼仪，你素来乐为人师，座下门人弟子本就不少，多她一个，也无甚不妥。”

他既然开了口，玄商神君也不能多说，只得道："儿臣遵命。"

少典宵衣怒意未平，沉声道："严加管束！今日之事，也须给各位仙家一个交代。神族由不得任何人胡作非为。"

玄商神君一想到那个女子，眉头就皱成了川字："是。"

——自己离开不过两个时辰，天葩院到底发生了什么，竟闹得诸神不安？

天葩院到底发生了什么呢？

就在一个时辰前，清衡君受刑回来，就嗅到一阵浓香。这是……什么味道？他走进去，竟无论如何也分辨不出是何种香料。

进到后院，他一眼看到院中架起的火堆。对，火堆。火烧得正旺，一股茶香扑面而来，令人神魂一清。

"你在干什么？"他一脸不解。夜昙正忙着添柴，而她那只怪鸟蛮蛮，胸前围了个围裙，正忙着往柴堆上的大锅里放着各种香料。那勾得人垂涎三尺的香气，正由锅里散到四处。

"咦，你回来了？"夜昙擦了擦头上的香汗，"就等你了，来，来，吃饭。"

清衡君背上血迹森然，三重雷火之刑虽不致命，却也不是那么好受的。他看了一眼锅里，只见里面半锅骨头汤熬得发白，上面漂浮着厚厚的一层油，还搁了辣椒、花椒、八角、生姜、大蒜……

如今红汤滚沸，夜昙夹起一片鲜嫩的牛肉，在浓汤里涮了涮，递到他嘴边："来，张嘴，啊——"

少典远岫不由自主地张开嘴，肉片软糯，入口即化，鲜辣之味在舌尖弥散开来，令人忘忧。

夜昙问："好吃吗？"

少典远岫点头，神族口味清淡，这样香辣之物，他鲜少品尝，倒也是别有意趣。夜昙说："我还给你煮了一个茶叶蛋，可惜没有酒。"

清衡君就不由得说："我知道一个地方有好酒。"

夜昙立刻挥挥手："妙极！快去快回！"

他走了几步，突然回头，问："你没有看见我身上的血吗？"

夜昙正指挥蛮蛮多搁辣椒，闻言说："看见了啊。"

她的反应，跟他见过的所有仙婢都不同。少典远岫立刻问："为何一句关切之言都没有？"

夜昙果然是毫不关心，说："这么一点小伤，你堂堂神君，何用关怀？再说了，一两句关切之言，说来容易得很，却又有何用处？不如你多带点酒，我还可以替你略为清洗伤口。”

……也是。少典远岫出了天葩院，外面立刻有仙婢惊叫道：“清衡殿下，天哪，您受伤了！疼吗？”

少典远岫啧了一声，果然是一点用也没有。

玄商神君过来的时候，天葩院酒香、茶香混杂，他皱眉，直入后院。只见后院数顷药圃之前，一口大锅之下，用火神祝融的不灭火种点燃了茶神的茶母树枝。

旁边放着三颗已经煮好的茶叶蛋，来处不用说——南极仙翁还在哭号呢。锅里不知道什么肉煮得咕噜咕噜的，灾兽蛮蛮正围着条小围裙，不停地往锅里放各种肉、菜。

旁边，清衡君少典远岫正和离光氏的“青葵”公主相对而坐，推杯换盏，开怀痛饮。

两千七百年来，玄商神君第一次知道何为青筋暴跳。

他厉声喝问：“你们在干什么？！”

清衡君应声跳起：“兄、兄长？！”

夜昙喝得飘飘然，见了玄商神君，不由得招手：“少典有琴，你来啦？过来坐，蛮蛮，添副碗筷。”

玄商神君脸色阴沉得如乌云罩顶。他一指少典远岫脑门，少典远岫吓得上半身后仰，差点倒在地上。他怒喝：“你……我命你督促她学习天规礼仪，你就是如此教她的？！”

蛮蛮迅速地躲进了草里，连根羽毛都不露出来。少典远岫擦了擦额上的冷汗：“兄长息怒，这实在是……”

玄商神君不想听他狡辩，又怒指夜昙：“还有你！你身为离光氏公主，自幼被神族定为天妃！然而如此不修边幅，成何体统？！”

“不修边幅？”夜昙又夹了一块肉，一脸的莫名其妙，说，“我不过就是做了顿饭，怎么就不修边幅啦？”

“不知悔改！”玄商神君怒极，突然看见锅旁边，放着一卷苍青色的皮……牛皮。他深深地吸气，看向锅里的眼神都变了。

半天，他问：“你……肉从何来？”

夜昙说：“我宰了头牛哇。后院有头牛在吃草，我就抓来了！现杀的，保证新鲜。你不尝尝肯定后悔！”

锅里的肉汤冒着腾腾热气，玄商神君却浑身都冒着寒气。

清衡君连跪都跪不稳了，颤巍巍地说：“青葵……那……那头牛是不是只有一条腿，没角，全身苍青色……”

夜昙说：“对啊。我看它三条腿都被人吃了，太可怜了，索性给了它一个痛快。唉，谁让我一向心软呢。”

她越说，玄商神君的脸色就越难看，终于他怒喝：“离光青葵！！！”

清衡君冲上去挡在他面前，只怕他一掌把夜昙打死：“兄长，兄长息怒！她也是一时无知，兄长要罚就罚我，千万不要跟一个凡间丫头计较！”

夜昙再把一片牛肉塞进嘴里，两颊像鼓起的包子。她问：“怎么了？请你们吃饭还这么多事？”

他现在可能更想吃了你……清衡君看看石桌上这一锅红汤，以手抚额，问：“青葵，你有没有听说过一种牛叫夔牛啊？”

夜昙捞了一块牛筋，说：“听过啊。夔牛又叫雷兽，入水生风雨，声音如雷鸣嘛……”她说到这里，看了一下锅。清衡君小声说：“那你知道兄长的坐骑，正是夔牛吗？”

夜昙张大嘴巴，随后以手捂嘴，半晌，她摇摇头，坦然答：“不知！”说罢，她迅速搁了筷子，跳起来就往外跑。

她跑了没几步，身后，玄商神君一抬手，一股巨力将她牢牢吸附，举至半空，大有把她拍死在地的意思！

夜昙身体悬空，只得螃蟹一样挥动四肢，大声喊：“少典有琴，我错了！可我真不知道那是你的牛！它头上又没写你的名字！不知者无罪嘛，对吧？再说，牛死不能复生，你杀了我也没用啊！要不这样，我吃了你的牛，从今以后，我给你当牛！”

玄商神君气得发抖，右手张开又握紧，一身凛冽杀气。夜昙生怕玄商神君将她拍在地上。她说：“你别生气啦！你看，你的牛丑，可我漂亮呀！你的牛不会卖萌，我会呀！”她抬头，吐着舌头做了个鬼脸，“你的牛可以骑，我也可以……呃……”好像有哪里不对……

玄商神君真是把她剁成肉泥的心都有了，清衡君慌忙用牛皮裹起牛骨：“她不过才十五岁，凡人十五岁，无知愚昧。兄长且饶她性命啊！”

玄商神君收手，夜昙啪的一声，自空中摔落在地，跌了个狗啃泥。

她揉着腰站起身来，玄商神君身上杀意已收，但仍面似寒霜。他沉声说：“天规禁令，一日之内，倒背如流。否则数罪并罚，决不轻饶！还有你！”他转向清衡君，“天规禁令抄写一千遍，三日后交到垂虹殿！”

话落，他右手结印，清衡君手中那卷牛皮呼啦一声飞将过去，正落于他手。他拂袖而去。

清衡君爬起来，拍了拍身上的灰：“青葵……离光青葵，啧啧，你下次想死的时候，能不能不要捎上我？”

夜昙瞪他：“少废话，你就说牛肉好不好吃吧？”

是还不错……清衡君两手成爪，摆个大灰狼吓唬小白兔的姿势：“快快背诵天规。我兄长可不同于我，他凶残冷血，毫无人性。惹怒了他，你就会知道什么叫大祸临头。”

夜昙说：“知道了，知道了，你走吧，我要背天规了。”

清衡君擦了擦满头大汗：“一定要背啊。我先回去上药。还要抄千遍天规……唉，生命黯淡无光。”

夜昙连连挥手，答应得毫无诚意：“知道啦，话多。”

好不容易清衡君终于走了，草丛里，蛮蛮探出头来。它左右查看，见别人都走了，这才用翅膀拍着胸脯，长舒一口气：“可算是走了。那个玄商神君，跟要吃人似的。昙昙啊，你快背天规吧。”

“背天规？你是不是涮火锅的时候把脑子也涮里边了？！”夜昙一把拍在它鸟头上，“酒足饭饱，又无人看守，此时不溜，更待何时？”

她抓起蛮蛮，迅速逃出了天葩院。

垂虹殿。

神君返回，一众仙侍恭迎。飞池却一眼就看见玄商神君手里的一卷……牛皮。那似曾相识的苍青色，让所有仙侍都骇得面无颜色。

飞池疾步上前：“君上，这是发生了何事？”

君上的坐骑居然“战死”，这是魔族来犯，还是天道异变？

玄商神君神色晦暗不明，一直行到殿中才将牛皮递给他，道：“前往神兽冢，将它埋葬。”

飞池接过牛皮，说是胆战心惊也不为过了。他小心地问：“君上，何人如此大胆，竟敢杀害君上坐骑？”

玄商神君显然不想提及，他凝视那卷牛皮，食指轻轻摩挲，半晌，说：“大抵是它知道吾时日无多，先行离去了。”

飞池脸色煞白，双膝跪地：“君上！”

玄商神君右手一竖：“不必多言，去吧。”

天葩院外，夜昙握着蛮蛮的一双鸟腿，依照记忆中来时的路线一路前行，然而前面并不是南天门。

“奇怪，我应该没有走错啊。”夜昙狐疑地找了半天，不见任何出口。蛮蛮说：“天宫必定守卫森严，可能需要通行腰牌什么的才能看见出口。”

这倒是很有可能。夜昙盯着前方云雾里的天将，说：“我去蒙住他的眼，你去搜他的身，看看有没有令牌之类的东西。”

蛮蛮翅膀尖一扬：“得令！”

夜昙说干就干。她直接从天将背后扑上去，一把捂住他的双眼，娇娇甜甜地道：“猜猜我是谁？！”

蛮蛮上前就搜天将的身。过了半天，天将说：“姑娘是谁我并不知，但这只鸟却是灾兽蛮蛮，为何会出现在天界？还有，它在我身上翻来找去，是想偷何物？”

“不对呀……我不是捂上你的眼睛了吗？你怎么还看得见？”夜昙伸头一看，天将双眼是被捂上了，但是他额中第三只眼炯炯有神。

——她捂住了二郎神的双眼。

垂虹殿。夜昙垂头丧气，蛮蛮灰头土脸。

二郎神用左右手分别拎着他们，将她和蛮蛮押送过来，原原本本地讲述了她的恶行，既没有夸大，也没有遮掩。

玄商神君低头擦拭自己的琴，隔着丈余的距离，夜昙都能感觉到他在压抑自己的怒火。蛮蛮一头缩进她怀里，死活不肯再出来。夜昙说：“那个……我只是迷路了，想找他问路而已。”

她是离光氏的公主，不能把她掐死。玄商神君擦了半天琴，心中杀意没有那么强烈了，他说：“天规诵来。”

“啊？”夜昙挠了挠眉心，“我有字不会念，这不是想来问你嘛，所以还没记住。”

玄商神君右手紧握几案一角，差点把万年寒晶石制成的几案生生掰下一块。几番强忍，他说：“你说过，你杀了本君的牛，你便是本君的牛。”

他这么说，至少没有杀自己的意思。夜昙赶紧说：“对、对、对，你说什么都对。”

玄商神君说："很好。翰墨。"殿外一个仙侍进来，玄商神君说："取吾系日挽虹索来。"

"啊？"翰墨感到意外。系日挽虹索乃君上拴牛的法宝，如今牛都没了，取这绳子有什么用？

他心中困惑，但自家君上令出如山，也是没办法。他躬身应道："是。"

夜昙歪着小脑袋——系日挽虹索？什么东西？

不一会儿，翰墨再度进来，手里果然捧了一根金灿灿的绳子。玄商神君取了绳子，将他挥退，转而抬手一扔。

系日挽虹索如同长了眼睛，直接套到夜昙颈项上，变成了个金灿灿的项圈，上面还挂了一串精致的小铃铛。

"这……"什么系日挽虹索，根本就是条狗绳嘛！这老男人是不是变态啊？夜昙用手拨了拨狗绳，讪讪地笑道，"就算是牛也不用这样吧。要是让人看见恐怕不太好解释啊。"

玄商神君食指一缕风起，窗外沙石飞聚，不一会儿，便在几案上凝成一个沙漏。他沉声说："今晨到达天界时，你曾说过，天规禁令一日之内倒背如流。如今十二时辰已过其三。"

"这半句你倒是记得清楚，放我回离光氏的话你怎么不说？"夜昙懒洋洋的，不太当一回事儿。什么劳什子天规，还是逃走要紧。

玄商神君御下严苛，其座下弟子，个个循涂守辙、勤奋严谨，何曾见过这般惫懒散漫之徒？

他沉声说："余下九个时辰，你就留在垂虹殿自行背诵。吾耐性不似远岫，你最好安分守己，否则……恐会伤及离光氏情面。"

夜昙指指自己脖子上的项圈："拜托，这狗项圈已经够伤情面的了好吗？"

玄商神君显然不想同她共处一室，闻言也不回应，拂袖而去。

他走了，蛮蛮就又敢拱出来了。它鸟脖子伸得老长，仔细打量夜昙脖子上的项圈，顿时鸟眼中都闪出精光："哎哟，这法宝看起来还挺厉害，弄到魍魉城，一定能卖个不错的价钱！"

"你这鸟头里脑子是不是只有芝麻粒大！"夜昙没好气地说，"我们就算是想卖掉它，首先也得想办法拿下来吧！"

蛮蛮倒是不着急："什么法宝能难得倒我们家昙昙？"

夜昙不理会它的吹捧："趁他不在，我们赶紧逃出天界。"

蛮蛮说："嘎？可是我们没有令牌。"

夜昙吹了声口哨，右手一扬，一块古铜色的出入令牌已经在手。蛮蛮张大鸟嘴："是……二郎神的令牌！哎哟，你这个小机灵鬼儿……"

夜昙带着它，眼看着就要走出垂虹殿，突然她脖子上金光一闪，猛地将她扯回殿中。那系日挽虹索突然现出原形，绳子另一端，正系在垂虹殿中间的溯源镜上。

这玩意儿还真是根拴狗绳！

夜昙捂着被扯得生疼的脖子，气得掉眼泪。

一人一鸟坐在镜前，溯源镜里天规禁令条条浮现。夜昙咬牙切齿："老变态！以为用一根破绳子就能拴住你家姑奶奶？哼！"

她双手在系日挽虹索化成的项圈上寸寸抚摸。蛮蛮一脸狐疑："你现在在干什么？"

夜昙说："一般的法宝，铸造者为了自己破解，都会留一个空门。只要找到这个空门，要破解就不难。"

话落，她轻声说："有了。"她食指在一个铃铛上轻轻触摸，在铃铛光芒闪现的瞬间结了一道指印。

整个项圈上蓦地冒出一道红光，啪的一声，夜昙如被电击，一头青丝根根倒竖。

"意外，只是意外。"夜昙随便扒了扒头发，立刻修正自己的指诀。如此再二、再三、再四……蛮蛮默默地远离了她。突然一声轻响，她颈间系日挽虹索竟应声脱落。

夜昙拿在手里甩了甩："我就说吧，就凭这玩意儿想困住本公主？"她抓起蛮蛮，意气风发地说，"走！"

殿外，翰墨一见她蹿出来，刚想阻止，夜昙手中系日挽虹索向前一套，正中他颈上。

星宿厅，玄商神君正在处理政务，顺便落个耳根清净。突然二郎神匆匆来报："君上，末将方才押送青葵公主入殿后，身上令牌丢失！末将失职，还请君上降罪。"

玄商神君衣袖一挥，人已不见。

南天门。夜昙手执二郎神的通行令牌，简直是来去自如。

她手里摇着蛮蛮牌羽毛扇，悠然踏出南天门。外面云蒸霞蔚，她得意扬扬，一脚踏上去："哈哈，区区神族，也想困住本公……"

"主"字尚未出口，她只觉脚下一空，人就开始往下坠！

"啊——"耳畔疾风呼啸，她从九万里高空坠下。蛮蛮鸟毛都奓了："啊啊啊——”

谁能告诉我，为什么出了南天门，会一脚踩空啊！！！

夜昙紧紧抓住蛮蛮：“你不是鸟吗？你一定会飞对不对？”

蛮蛮啐道：“来，来，你用一只翅膀飞给我看看！”

夜昙一脸绝望：“我的花容月貌，我的皇图霸业，我的荣华富贵啊！天地之间九万里，这要是摔下去，肯定渣都不剩，啊啊啊——”

蛮蛮说：“莫慌。蛮蛮我遍阅世事，依我看，以我绝世的美貌和才情，像这种危急时刻，肯定会有个地位尊崇、修为高深、风度翩翩的英武上神出现，搭救我，还会抱着我转几个圈圈！然后阴差阳错之下，和我深情一吻。我俩一见钟情，从此爱恨纠缠！”

就算是到了这种时刻，夜昙还是忍不住一把揪住它的鸟脖子，恶狠狠地痛拍它的鸟头：“混账，这明明是我的台词！”

蛮蛮怒而回啄：“休想跟我抢美人！”

一人一鸟一边坠落一边互殴，突然，一道虹桥凭空凝结，接住了他们。只听啪啪两声，夜昙和蛮蛮分别用脸亲吻了这座虹桥。

夜昙摔得头昏眼花，刚爬起来，就看见玄商神君肃然而立，长风浩浩，吹起他烟灰色的长发和腰间羽白的丝绦。

彼时万里晴空，她身在虹桥，而他是积石如玉，列松如翠，郎艳独绝，世无其二。

——如果他身上的杀气没有那么重的话。

蛮蛮往夜昙身后躲了躲，悄声说：“算了，还是让他抱着你转圈圈吧。”

夜昙摸摸鼻子，小声回：“那我宁愿摔死。”

一人一鸟偷笑。玄商神君满脸阴霾，沉声喝问：“你如何能解开系日挽虹索？”

他一提这个，夜昙就得意了：“就你那拴狗绳？三岁小孩也能解开好吗？也就你当一回事儿，拿出来丢人。”蛮蛮说：“说这话时的你好像忘记了被电得头发根根倒竖的惨状……”

啪的一声，夜昙拍得它鸟头乱晃、眼冒金星。

此时，身后天兵天将追到。玄商神君皱眉——眼前毕竟是未来天妃，若是传出去，天界颜面何存？

他右手一挥，虹桥顿收。夜昙只觉得身体一轻，顿时整个人都化成了圆圆的一小颗……什么东西？

她咕噜噜地转了一圈，顿时气炸——玄商神君居然将她和蛮蛮变成了两颗核桃！而且他五指轻转，两颗核桃就被他盘得滴溜溜乱转！

身后，二郎神的声音响起："二郎神参见君上。"

玄商神君不待他发问，抬手把古铜色的令牌扔给他。他可不是个宽容的神君："身为天将，遗失令牌，降职一阶，罚俸一年。"

二郎神躬身领命，也不敢再问"青葵公主"的事。那毕竟是未来天妃，还是不问为好。

天葩院。

玄商神君是盘着两个核桃回来的。他五指修长，掌心温度略高且布满厚茧。夜昙在他掌中被转得头昏眼花，虽然这也是转圈圈，但不是这个画风啊！

玄商神君来到刻着天规禁令的石书面前，广袖一挥，夜昙和蛮蛮同时摔落在地上。

"我的腰！"夜昙龇牙咧嘴，玄商神君脸色黑如锅底。

夜昙灰溜溜地爬起来："好、好、好，背天规，背天规！"

然而玄商神君岂会再信她？他沉声说："本君再问你一次，你究竟如何解开的系日挽虹索？"

夜昙说："这个太简单了好吗？四界法宝，大抵不过阵、器、音、灵。你那个系日挽虹索，显然是以法阵为主的法宝，而且是神族常用的八大法阵之一混元阵衍生出来的束形缚灵阵。正好呢，本公主……"

玄商神君皱眉："你对法阵有所了解？"

"错！"夜昙满面得色，"应该说本公主对四界法宝，都十分精通。"

玄商神君目中盛怒渐渐沉入心中，化作疑云，但他面上不显，只是说："看来，是本君小看了公主。"

"那当然。不过你也不要太崇拜本公主了。"她在石书前盘腿而坐，右手掠过鬓角，一副千娇百媚、绝代佳人的模样，"毕竟我实在是无法想象，一个两千七百多岁的老爷爷拄着拐杖狂热追求本公主的画面。哈哈哈。"

玄商神君不是一个宽容的神君，同理，他也不是一个开得起玩笑的神君。

这件事，夜昙在被冻成一坨冰的时候就知道了。现在她和蛮蛮一大一小两坨冰块就这么立在石书前，眼不能闭、头不能转。

面前石书上的天规禁令避无可避。

“少典有琴，你别落到我手里！不然你看我会不会剁了你的头，做个清炖猪脑壳——”天葩院怒吼声如晴天霹雳，花草震动。

垂虹殿。

飞池已经埋葬好夔牛返回。翰墨还被系日挽虹索缚着。玄商神君收了这法宝——他自己的法宝被夜昙强行解开，他当然知道。

虽然确实不是什么高深的法阵，但她年不过十五。这就太可疑了。

他心事重重，飞池和翰墨也不敢多问，添了茶便去外殿侍候。

殿中央，溯源镜静静伫立。

这法宝天界一共三块，乾坤法祖和天帝殿中各有一块，剩下的一块便在垂虹殿中。

玄商神君一掐指诀，不消片刻，便连通了玄黄境。镜中，乾坤法祖白发白须，身着天蓝道袍，手持银亮拂尘，一派仙风道骨。他尊号玄天无极道德天尊，是天地初开之时便已然存在的万法老祖，在天界地位尊崇。

此时，他身后是一座巨大的青铜丹炉，显见正忙于炼丹。

见到玄商神君，他面目慈祥，一派长者之风：“君上何事召唤？”

他寿数久长，辈分极高，玄商神君在他面前也是执晚辈礼，当下道：“离光氏青葵公主今日几次三番想要逃离神族。”

“哦？”乾坤法祖目光微垂，沉思片刻，“因为思乡？”

玄商神君说：“她从小便被父神定为储妃，理当知道自己会嫁入神族。仅仅一日便想逃离，仅‘思乡’二字，无法解释。而且此女性情品行……”

他眉头紧皱，但贬低之言始终没有出口。他淡淡地道：“与传闻相去甚远。”

乾坤法祖便心中有数了：“君上怀疑这位青葵公主的身份？”

玄商神君说：“正是。她年纪不过十五，然而对法宝十分熟悉。今日，她仅用三刻便解开了系日挽虹索，而且反用它缚住了吾殿仙侍翰墨。毕竟修补归墟蟠龙古印在即，这种种迹象，我不得不怀疑，是否魔族偷换天妃，派魔女潜入天界，探听虚实。当年青葵公主出生之时，是法祖亲自下凡为她测试仙根。如今，我也想请法祖为她重测仙骨，以确定其身份。”

乾坤法祖轻捻长髯，沉吟道：“测骨之事非同小可，尤其是青葵公主还是神族储妃。若君上执意如此，必然需要神霄玉府和弼政殿共同见证。如今归墟封印破裂，四界惶惶不安。神族再怀疑未来储妃的根骨，是否会引起不必要的恐慌？”

这点，玄商神君自然知道。他说：“测骨自然事关重大，但储妃身份，更不可马虎。”

乾坤法祖颔首，说：“如果此女当真是魔族派来，只要我们提出测骨，无论如何她总会露出马脚。不如一试其反应，若确实可疑，再测骨确认如何？”

玄商神君说：“也可。”

乾坤法祖说：“那么还请君上容贫道忙完手上的事。在此期间，还要劳烦君上多加留心，切不可让魔族钻了空子。贫道这厢还有要事，便先行告……”“退”字还没出口，突然一阵疾风吹过，他身后丹炉的背景画布轰然倒塌，露出后面正守着一桌麻将的紫微北极大帝、南极长生大帝和地仙之祖镇元子。

四人与玄商神君面面相觑，紫微北极大帝手里的“九筒”尴尬地掉在了地上。

“你们又聚赌！”玄商神君面色铁青。溯源镜那边，众人正手忙脚乱地扶画布，不时还可以听见几句——“哎哟我去！”“穿帮了，别扶了，快收牌！”“等等，先打完这圈，我门前清大对子！”

第四章

旦复旦兮

天葩院。

一大一小两坨冰块百无聊赖。蛮蛮正在哀号：“玄商神君是不是有病？你才是未来天妃，这天规要背也是你背啊！我好好一只鸟，为什么也会被囚在这里啊？！呜呜呜，可怜，弱小，无助！”

夜昙翻了个白眼：“你还真是讲义气啊。”

蛮蛮说：“那当然。我蛮蛮一向义薄云天的啦！唉，我开始想念我家岚绝少君了。他要是在，你我怎会如此苦楚……”

天边金乌西沉，夜昙终于也认同了它一回：“是啊。我也有点想念那头臭老虎了。”

蛮蛮立刻来了精神：“是吧，是吧？我家少君风流倜傥，温柔体贴，昙昙啊，不是我蛮蛮吹牛，这辈子除了他，估计也没哪个瞎子会对你那么好了。”

夜昙转动眼珠：“你这臭鸟，我们早上吃的火锅不是夔牛，是你的良心吧？本公主这盛世美颜、无双智慧，是人都会拜倒在我的石榴裙下好吗？”

蛮蛮刚要反唇相讥，突然冰块一裂为二，掉落在地，变成一粒小小的冰珠。它与夜昙也脱困而出。

“咦？”它左右看看，夜昙把冰珠捡起来，说，“我就说吧，本公主的美貌与智慧那是绝世罕见的！”

蛮蛮扇了扇翅膀：“厉害了，我的公主殿下。蛮蛮发誓，从这里出去以后，蛮蛮免费给你做三百年火锅！”

夜昙很满意：“一言为定！”

一人一鸟正在尬吹，外面脚步声渐近。夜昙怕蛮蛮再喊自己名字，只能问：“谁？”

玄商神君的声音便在背后响起：“天规背得如何？”

若说上次的系日挽虹绳是不小心被她破解的，那么这次的凝绝珠就是存心试探了。

凝绝珠是一件可以冰冻他人的法器，很难破解。

她说的话，至少有一部分是真的。四界法宝中，她至少对阵和器都十分精通。

可人间的青葵公主不过年方十五，涉猎学识能够广博至此吗？

这种可能性实在不大，那她的身份就更可疑了。

夜昙有点灰溜溜的，很显然这天规背得不如何。她只能惨号："我头疼、脚疼，肚子也疼，什么也记不住！"

玄商神君就站在她身后，不知为何，他竟开始希望她真的是潜入神族的魔女了。若说是管教不听话的门人弟子，他自有千百种办法。可她目前的身份，是离光氏的青葵公主，神族定下的储妃。

他既不能酷刑加身，也不能当众斩杀！偏生还受命管教她。

何其可恨！

所以他衣袖一挥，夜昙和蛮蛮立刻又变成了圆溜溜的两颗核桃，在他掌中团团转了。

蛮蛮惨叫："我说，你虽然是天帝长子，身份尊崇，但是你这一言不合就盘我俩的习惯，真的很变态啊！"

夜昙倒是比它清灵些，说："他掌中是个结界。这是避免我们被人发现。你现在号得再凶，在旁人眼里，也只是个核桃而已。"

"你又知道了？"蛮蛮不服。

夜昙说："当然啊。你没有听过当年如来佛祖五指山困孙悟空吗？他这手掌也差不多。"

蛮蛮绝望中又生了一点点希望："那你能破解不？"

夜昙又在他掌中转了两圈，说："能。给我两千七百年时间，我修为跟他差不多了，当可一试。"

蛮蛮大为光火："笨蛋，两千七百年之后他五千四百岁！你什么时候能够超越他！"

"对啊！苍天助贼不助我！！！"夜昙气得转成了陀螺。

玄商神君目光微垂，看向掌中——她变成核桃转圈圈的模样，着实比她的人形可爱得多。

玄商神君盘着核桃来到玄黄境前，越盘越觉得手感不错。

乾坤法祖已经收了牌局，此时手挽拂尘，风骨萧然。见到玄商神君，他淡笑行礼，玄商神君亦回以晚辈之礼：“天尊。”

乾坤法祖与他相对而坐，自有仙童奉上香茗。玄黄境仙鹤翔空，草药飘香，一派桃源之景。

玄商神君说：“我特将人带来，事关重大，还请天尊尽快为其测骨，以证其身份。”

“哦？”乾坤法祖盯着他的手，他掌中盘着两颗核桃，圆溜溜的，十分光滑。他问：“是这个？”

玄商神君轻声道：“正是。她上界时还带来一只比翼鸟，但无甚根基，普通灾兽罢了。”

乾坤法祖点头。少典氏的继承人向来没有别的爱好，如今玄商神君盘着核桃进门，他自然一眼就发现了。他笑说：“君上这核桃盘得顺手。若她真是魔女，留在君上身边做个核桃倒是合适。”

玄商神君微微皱眉，轻描淡写地道：“吾即将前往归墟，身外杂物，于吾而言没有必要。此女若测定为魔女，就须立刻诛杀，以免节外生枝。”

他可能自己都没有意识到，他脱口而出的是“没有必要”。不是拒绝，而是没必要。乾坤法祖笑容玩味。

夜昙和蛮蛮两个核桃在他掌心，夜昙努力了半天，也只隐约听到“测骨”“斩杀”两个词。她气得乱滚，眼看就要从手中滚落。玄商神君掌心微握，将她和蛮蛮放到乾坤法祖面前。

乾坤法祖拂尘一甩，竟然并未设法屏蔽夜昙视听，轻声叹道：“修补归墟封印确实危险重重，但君上修为卓绝，或许尚有生机也不一定。”

玄商神君倒是不在意，说：“吾自虚无中来，自然也应往虚无中去。只要能为神族尽一份力，保四海安宁，生死皆无须挂碍。倒是此女根骨，还请天尊早日测来。”

乾坤法祖道：“君上放心，贫道这就准备。”

玄商神君点头，又嘱咐道：“结果未定之前，她毕竟是未来天妃，还请天尊严守秘密，且好生看管。”

乾坤法祖心中了然：“自然。君上可还有旁的事吩咐？”

“旁的事便只剩一桩。”玄商神君起身，容色一换，严厉道，“今日午时，乾坤法祖、紫微大帝、长生大帝，外加镇元子上神公然聚赌，依照天规罚俸半年！

念及诸位颜面威望，不作公示！”话落，他转身离开。

……果然是半点情面也不讲。乾坤法祖心疼得捶胸顿足。

夜昙在桌上滚来滚去，虽然是一颗核桃，她却听到了重点。不得了！听玄商神君的口气，他好像要去修补一个什么归墟，而且危险重重，活下来的概率小得需要他将生死置之度外。

而且更糟糕的是，玄商神君怀疑她的身份了！那家伙，他怀疑她，立刻一声不吭地带她来测仙根。真是咬人的狗不叫！

这要是被认作魔族派来的奸细，那她可就死定了。

夜昙脑子飞速转动，突然她身躯一沉，竟又恢复了人身。面前，乾坤法祖正一脸慈祥地打量她。

夜昙抓起同样恢复真身的蛮蛮，扇了扇风，闻到一股药香。她说：“少典有琴要测我仙骨？”

“少典有琴？”乾坤法祖眼里噙了一丝笑意，“天界好久没有人这般称他了。对。公主出生之时，贫道曾为你测过一次仙根，资质惊人。如今再测，公主也不必慌张。”

他虽说着话，目光却将夜昙每一个细微的表情都尽收眼底。然而夜昙只是“哦”了一声，随即说：“现在就测吗？还是等我吃完饭？你在天界的地位这么高，这里的吃食应该也比其他地方丰盛吧？”

她凑过去，口水已经流下来：“我刚进来的时候，看见一头青牛，膘肥肉厚！”

“来人！”乾坤法祖面不改色，转身吩咐仙童，“速将青牛牵至张果处，就说我骑厌了牛，想换他的小毛驴骑骑。”

说完，他回身，笑眯眯地问：“公主方才说什么？”

夜昙绝倒：“你这神格，本公主真是万分敬慕！”

乾坤法祖很是谦虚：“过奖，过奖。”

夜昙搓了搓手：“听说你喜欢赌两把。”

乾坤法祖立刻一脸严肃：“贫道修行多年，早已清心寡欲，岂会眷恋赌桌胜负？”

“嘁。”夜昙不屑，“要是戒了赌，你被扣的那半年薪俸，几时能够回本？”

乾坤法祖一捻胡须：“此言甚是有理，甚是有理啊。莫非公主也擅筑这桌上‘方城’？”

夜昙轻摇羽扇，微笑：“麻将啊？我这个人比较谦虚，就算是十分精通，也只会说——略知一二。”

“果然谦虚！”乾坤法祖左手轻轻梳理拂尘上银亮的兽尾，“甚合吾意。”

夜昙说：“只是这里仅你我两人，如何凑得齐牌局？”

乾坤法祖说：“无妨，立刻就有贵客至了。”

仿佛是为了证实他的话，外面仙童来报：“天尊，清衡君和紫芜公主求见。”

夜昙心一跳——不愧是三清之一，还真有神机妙算之能。

殿外，清衡君带着妹妹紫芜公主进来。看见夜昙，清衡君长舒一口气：“听兄长说你水土不服，来玄黄境调养了。没事吧？”

乾坤法祖早已摆好牌桌，桌上一副蛇纹木所制的麻将牌闪烁着异光。他直接招呼三人：“都过来。”

清衡君和紫芜公主皆是一脸狐疑，倒是夜昙问：“这就是紫芜公主？”

神族紫芜公主内裙雪白，外披淡蓝纱衣，其上绣纹星若连珠，光芒若隐若现。她胸前戴着星辰碎片制成的项链，一双眸子清澈通透。

她缓步行至夜昙面前，轻施一礼：“青葵姐姐！”

夜昙“嗯”了一声，一眼看透这位公主——她就是个水晶瓶子，你给她颗糖，她就高兴；你踢她一脚，她就生气。

夜昙抬手拨弄了一下她胸前的项链，天界小公主是吧？这一刻起，我就是你的朋友啦！她说：“哎呀，这项链真好看，这是星星吗？”

紫芜眼睛都亮了：“对！这是兄长专门为我挑的，他答应我修为每突破一个境界就送我一颗最漂亮的星星碎片。这串项链我攒了好多年呢！”

那星辰碎片粒粒闪动，光芒远盛明珠。夜昙爱不释手——女人对亮晶晶的东西永远不能抗拒。她问：“他怎么会有这么多星星的碎片？”

紫芜拉着她的手，两个女孩瞬间就亲近了。她说：“这你就不知道了吧？我父神是星辰一族，母神是烟霞族的霓虹上神。兄长乃是父神和母神汲星辰之灵而孕育。只有他和父神才能找到最闪亮的星辰碎片，并且打磨出来。”

夜昙说：“噢，我看他法宝老是什么虹啊虹的，还以为他是条闷骚的彩虹呢！”

紫芜看了一眼清衡君，捂着嘴偷乐。清衡君轻咳一声，说：“兄长因受母神孕育，对烟霞一族的术法也极为精通好吗？”

夜昙马上就补刀了：“那你对星辰一族的术法也精通了？”

清衡君不想说话了。

乾坤法祖哈哈大笑，听孩子们斗嘴，真是一件乐事。他说：“都别闲聊了，过来打几圈加深友谊。”

“啊？”紫芜公主呆住，“天、天界禁赌啊。”

夜昙把蛮蛮扇搁在桌上，满不在乎地说：“没被抓住，不就不禁了吗？不过你们有钱吗？没钱拿什么赌？”

清衡君还没说话，乾坤法祖掏出一袋淡绿色的珠子，说：“神族不染凡尘，自然更不容铜臭熏天。此灵珠每一粒都含至纯清灵之气，可以炼丹、炼器，也能供神族自己服用，增进修为。我们便以它为注好了。”

“是不是真的啊？”夜昙拿起来看看，清衡君和紫芜公主也相继各自拿出一袋灵珠。看来神族也明白没有货币交易不便，发明了这个折中之法。

她乐了：“本公主郑重宣布，以后这是我们的欢乐豆了！来、来、来。”

她熟练地开始拿牌，乾坤法祖说：“等等，青葵公主，你的赌注呢？”

“谦虚地说吧，”夜昙一边拿牌一边啧啧，“本公主入场，从不需要自备赌注。”

你可真是谦虚啊！三个人无语。

紫芜公主拿了牌，颇为不安：“我……平时兄长管束严格，我没打过。”

清衡君倒是不虚，已经开始理牌。夜昙说：“很简单的，一会儿我教你。”第一圈，夜昙果然边打牌边教紫芜，紫芜聪明，打一遍就记住了规则。

然而第二把，就被乾坤法祖和了个门前清大对子外加杠上开花。

夜昙一脸狐疑地审视他，半天，问：“你不会偷牌吧？”

乾坤法祖一脸严肃正直：“小娃娃，你这说的什么话？还记得贫道尊号吗？玄天无极道德天尊！一听就是很有道德的神好吗？岂会干这么没品的事？”

夜昙将信将疑，半晌，认真地说：“可是在人间，人们一般都是命里缺什么就在名字里加什么的。”

乾坤法祖绝倒，清衡君笑得麻将都捡不起来。

夜昙瞪他：“你过来，我有话跟你说。”

“啊？”清衡君随她避到一边，夜昙凑过来，跟他咬耳朵：“我问你，这位乾坤法祖多少岁了？”

她靠得太近，少女的馨香追魂索命一般。清衡君有点慌：“啊？他……天地初开之时一气化三清，很多很多万年了。具体岁数还真是说不清楚。”

夜昙说：“很好。那你觉得就凭我们三个，赢得了他吗？”

清衡君照实直说：“够呛。”

夜昙靠得更近了，叽叽咕咕地说了半天。清衡君说：“这……这不好吧？”

夜昙恶狠狠地说："那我输的灵珠由你出！"

"凭什么？"清衡君还是有尊严的好吧？这等割地赔款的条约怎么可能会答应她？

夜昙理直气壮："就凭我没有！"

片刻之后，二人坐回桌前。

乾坤法祖问："什么事还需要避席而谈？"

夜昙一边拿牌一边说："人家借点灵珠啊……明知人家没有，也不手下留情，真是的。"说着话，她打了几张牌。

桌下，她脚尖微勾，点了三次清衡君的腿。清衡君果然一点就透，他右手垂到桌下，不动声色地换给了她一张三筒。

换牌的时候，他触到她的手，那指尖的柔软细腻，在他掌中停留得似乎太久。

垂虹殿。

霞族的族长丹霞上神带着女儿碧穹在殿中落座。仙侍奉茶。玄商神君问："丹霞上神久不入天宫，今日匆忙而至，可是霞族有事？"

丹霞上神赶紧起身："霞族无碍，只是……"她瞥了一眼自己女儿碧穹一眼，"只是听闻离光氏的青葵公主已经被迎入天界，丹霞想，她初来乍到，必定诸事陌生。正好碧穹也思念神后，于是奏请君上，让碧穹前来天宫，陪伴青葵公主。"

玄商神君眉峰微皱，说："丹霞上神思虑甚周。碧穹仙子机敏乖巧，父神一直多有称赞，母神也十分喜爱。"

丹霞上神眼中泛出欣喜的光彩："碧穹何德何能，岂能领受君上如此谬赞？"

玄商神君说："事实如此，丹霞上神不必谦虚。今日本君见到碧穹仙子，亦觉投缘。"碧穹仙子抬眼看他，见他如传闻般清朗皎洁，粉颊瞬间开出朵朵桃花。

然而玄商神君接着道："不如就让她拜在本君座下，成为本君的十四弟子吧。"

"啊？"丹霞上神脸上的笑容凝固了，碧穹也蒙了。

玄商神君问："丹霞上神觉得不妥？是本君修为低微，不能让上神托付爱女？"

丹霞上神看看自己女儿，事已至此，她进退两难，只得下令："穹儿，难得君上看重，还不拜师？"

蓬莱绛阙。

天帝少典宵衣合上手中星辰卷，说："霞族去垂虹殿了？"

殿中，太阳星君笑道：“去了，丹霞上神还带着女儿碧穹仙子一并前往。说是想奏请君上，留下碧穹仙子陪伴青葵公主。”

“她哪里是想要让女儿陪伴青葵公主？青葵晨间方才迎回，如今不过傍晚，她已然赶至天宫。”天帝冷哼，“少典氏三代神后皆出自霞族，于是有些人开始忘我了。”

太阳星君禀道：“陛下不必担心，据说，君上当场便令碧穹仙子拜在他门下，收她为十四弟子。自古一日为师，终身为父。君上不动声色，既绝霞族之念，又保了彼此体面。处理得可谓十分周全。”

“他向来不糊涂。”少典宵衣纵然严厉，然而语气中却还是难掩赞赏之意，“你去玄黄境，请乾坤法祖前来。神族要不惜代价，再炼灵丹，以助他提升修为。归墟封印必须修补，但……”

他前行几步，声音低沉：“但天界失他，如失一柱。”

太阳星君俯首：“是。”

太阳星君刚刚离开，神后便自屏风后出来。先前二人交谈，她显然都听在耳中。她说：“陛下，臣妾有一言，不知当讲不当讲。”

“你若不知该不该说，就不必多说。”少典宵衣面对溯源镜，镜上仍是浩渺归墟。神后轻轻咬唇，却还是说：“陛下明知道，四界无论神、魔、人、妖都无法在混沌之炁中长久存活。他单凭一己之力潜入归墟，如人溺水，自保已难，却还要修补蟠龙古印。而魔族心怀鬼胎，岂会真心同他配合？他如何还有活路？”

少典宵衣不说话，神后又说：“可陛下明知道，眼下有一个办法可以救他性命。只要他带着盘古斧的碎片进入归墟，他就能……”

“够了！”少典宵衣厉声道，“这么多年，你还是忘不了那件事。”

神后一双眼睛满盈泪水：“就算是到了这种时候，陛下还是不愿抓住她，逼她交出盘古斧碎片。”

少典宵衣背对她，沉声道：“盘古斧碎片丢失的事，不能传出去。否则一定会动摇人族和神族对我们的信任，而且……”

神后说：“而且会动摇天界神族对少典氏的信任，毕竟，是陛下的旧情人在陛下大婚前夜，灌醉陛下，盗走了神族奉为至宝的盘古斧碎片。”

少典宵衣嘴角微动，两颊肌肉轻颤，想说什么，却终究只冷冷地道：“住口。”

神后缓缓后退，眼泪在她腮边留下闪亮的痕迹。她说：“有时候我在想，如果有琴是她跟陛下所生的孩子，今日站在这里的陛下，也许不会这般无动于衷。”

她转身离开，少典宵衣缓缓地闭上眼睛，始终没有回头。

玄黄境。夜昙正跟乾坤法祖等人打麻将，突然外面有仙侍来禀：“天尊，天帝请您前往蓬莱绛阙，有要事相商。”

乾坤法祖起身，说：“看来今天只能到这里了。玄黄境景致不错，公主自便。”

夜昙“噢”了一声，问：“那外面的仙鹤能烤着吃吗？”

乾坤法祖略一犹豫，吩咐自家仙童：“把所有奇珍异兽都赶出来，所有灵丹宝药全部摆上，以便公主挑选。”

“嗯？”夜昙狐疑，“这不太像你的为人呀。”

果然乾坤法祖紧接着就说：“然后把一应开销造账成册，十倍估价，送到垂虹殿。”

他刚一走，紫芜就拉着夜昙的手劝道：“你可千万别听他的，兄长一定会把这些账算到你头上，扣你每月应领的灵珠，千年万年，直到还清为止。”

夜昙才不在乎——难道我倒了八辈子血霉，还要在这天界住上千年万年不成？她说：“以后的事情，以后再说吧。”

说罢，她就去翻仙童拿出来的丹药。

乾坤法祖已经走到门口，突然顿住脚步，说：“清衡君与紫芜公主也该回去了，今日课业若是耽误了，只怕君上那边不好交代。”

他搬出玄商神君，清衡君和紫芜立刻㞞了：“天尊说得是。”

二人随他一并出了玄黄境。

垂虹殿。

玄商神君令碧穹仙子正式拜师之后，便将她打发到文曲星君的天权宫去了。

人刚打发走，他殿中的溯源镜里，便出现了一片药田，正是玄黄境。玄商神君心中一凛，凝目望去，正见乾坤法祖现于镜中，说：“陛下召见，贫道要暂离玄黄境。这里先交由君上看管。”

玄商神君对他的意图了若指掌：“天尊今日故意让她听见谈话，是想观察她的反应？”

乾坤法祖点头：“如果她真是魔族派来刺探消息的魔女，那么惊慌、怀疑甚至是来到这里的动机，都会让她露出马脚。贫道离开之后，玄黄境会容她自由出入。她修为不高，不会造成什么大的破坏。君上观她行止即可。”

玄商神君“嗯”了一声，却总觉得哪里不妥。

乾坤法祖离开之后，玄黄境就只剩下夜昙和几个仙童。仙童得了主人吩咐，也不跟随看管。

溯源镜里，夜昙先是翻看了乾坤法祖拿出来准备供她浪费的丹药。翻了一阵她就不满了："什么嘛，全是过期劣质的好吧？还想以十倍估价向垂虹殿索赔，我就知道他没这么好心吧！"

玄商神君顿时有了不祥的预感。

夜昙看不上这些丹药，她提着方才打麻将赢来的一袋灵珠，东游西逛，不一会儿就来到炼房。

在天界，乾坤法祖在炼丹和炼器上那可都是首屈一指的。

守门的仙童得了吩咐，并不拦她。夜昙来到这里可就到了天堂。

"哇！"她伸手摸那炼炉。炼炉足有六人高，上刻阴阳八卦，如一位古铜色的巨人，默默地俯瞰着她。

炉旁，整整齐齐地堆满了材料。她打开这个箱子，高喊："玄武精晶！"再拉开那个抽屉，"哇！寒溟曜石！"再一看旁边的架子上，更是差点跳起来，"忘川鬼铁……"

这里任何一种拿出来，都是四界难求的至宝。

夜昙准确地叫出了每一样材料的名字，抱着忘川鬼铁不松手。她连手里的蛮蛮扇都拿不稳了，高兴得都要晕倒了。

蛮蛮知道这种情形下，肯定有人监视，也不敢多说话。它从她手里跳下来，也不伪装扇子了。

这种时候，稍微行差踏错，就是脑袋搬家。它幽幽地说："能不能克制点啊？"

夜昙说："你懂什么？这里才是真正的仙境！啊，既然来了这里，不为自己炼一件法宝，我死不瞑目！"

她左右打量，蛮蛮一哆嗦："你要干什么？"

夜昙直接爬到炼炉上，把炉盖打开往里看："试炉。"她把身上的凝绝珠放进去，再把今天赢来的灵珠全部倒进里面，然后直接用乾坤法祖的三昧真火开炉。

玄商神君手里握着镇守归墟的天将发回的蟠龙古印实勘图，本在查看，这时候却不由自主地被镜中情形吸引。

夜昙将灵珠的灵力全部注入凝绝珠，测试了三昧真火的火候，对炼炉的功效也迅速掌握了。随后，她拿出自己的美人刺，三下五除二地画好图纸，然后爬到架子上，搬下各种要用的材料，称好分量，直接调整炼炉，把美人刺和材料都放进去。

然后她关好炉盖，开火。

玄商神君坐不住了——乾坤法祖是真的会向垂虹殿以十倍估价索赔的！

他拂衣起身，飞池见他行色匆匆，刚叫了声“君上”，眼前之人已然踪影俱无。

玄黄境。

夜昙毫不客气地叫进来几个仙童：“都过来。”她拿过乾坤法祖的火候牌，把哪个时辰应该用几分火候写得明明白白，“照这个看火，知道吗？”

仙童互相看看，反正主人让不要管她，那就不管吧。大家躬身应是。

夜昙踩了张凳子，还打算爬到架子最高处看看有什么。

玄商神君飞身赶至，一声喝止还未出口，突然夜昙脚一蹬，落在了他肩上，她的裙踞扫过他侧脸。仙童一脸惊惧的表情，蛮蛮也张大了鸟嘴。

夜昙用力踩了踩脚下，觉得很稳，就放心大胆地去取箱子了：“这里一定有宝贝，才值得乾坤法祖藏得这么好……”

此时玄商神君后退了一步。

“啊——”夜昙啪的一声摔在地上，随之而来的是被她双手扒拉下来的各种材料。只听“哗啦咣当”一阵乱响，炼房里顿里乱成了垃圾堆。

蛮蛮从翅膀的羽毛缝里往外看，一脸诧异：“不对啊，这难道不应该是他接住她，来个温香软玉抱满怀，然后两个人深情对视吗？”

“少典有琴！”夜昙从炉灰堆里爬起来，这下子说是狼狈都是极尽美化。她用五指梳理着头发，后面的话还没骂出口，就觉身体一轻。

好吧，玄商神君手里又多了两个滑溜溜的核桃。一颗核桃上满是炉灰，玄商神君掐了个引水诀一通清洗。

甘甜的瑶池净水顺着他的掌纹涓涓而下，夜昙在他指根处乱蹭一通，用他的掌纹把核桃壳每道凹纹都蹭得干干净净，权当搓澡了。他掌中茧厚，搓起来还挺舒服。

“唉。”蛮蛮牌核桃叹了一口气。

玄商神君把两个核桃洗干净。仙童进去收拾炼房。玄商神君随手翻看夜昙画的图纸以及火候牌，若有所思。

夜昙在他掌心滚来滚去，玄商神君突然将她压在图纸上，说：“第二片花叶，青雷佛沙加得略重。”

夜昙滚到青雷佛沙那一处，说：“铸炼美人刺的时候我经验不够，材料也不多，就加了一钱邪心魔岩。加重青雷佛沙是为了把邪心魔岩的邪气抵消。不然如果修为达到极致，兵器的杀意可能会影响主人神智。”

玄商神君五指微顿，思虑半晌，居然“嗯”了一声。随后，他问：“铸器之术因所涉学识广泛，少年有所成者极为稀少。你师从何人？为何年纪轻轻，竟然有此建树？”

夜昙突然想起自己在跟谁说话，顿时滴溜溜地滚到一边：“要你管！哼！”核桃转了个身，背对着他。可惜核桃就是核桃，背对他，也还是个核桃。

玄商神君伸手，偏要将她转过来。夜昙气得再扭过身去。

这游戏玩了四五次，这老男人真是又无聊又执拗！看来她不说话，他能玩她一晚上。她终于说：“我从小就是离光氏培养的未来天妃呀。父王怕神族不满意，天天逼着我刻苦攻书，什么名师都请。我知道得多，有什么好奇怪的？”

她字字说得坦然，却也字字是谎言。

玄商神君听在耳中，却觉得这也说得通，以至于他开始怀疑自己的判断。

——她真有可能是离光氏用心栽培的未来天妃。起码单就炼器与对法阵的理解来看，她称得上是离光氏给神族的惊喜。

唯一的弱点，只在于年纪太轻，修为低微。

他问：“离光旸既然命你攻书，难道没有教你礼数？”

夜昙翻了个白眼：“教啦。但是我凭什么要学啊？你们神族储妃了不起吗？我才不在乎。”活脱脱一个叛逆少女的模样。

玄商神君越发觉得可信——是否离光氏管束过严，以致她性情逆反？

看来是自己多疑了。

他说：“既然乾坤法祖一时半刻回不来，你便随我回垂虹殿，继续背诵天规吧。”——毕竟玄黄境诸物贵重，你这破坏能力……实在不宜久待。

夜昙不理他。他看了一眼沙漏，难得好心地提醒道：“距离你约定的将天规倒背如流，仅剩六个时辰了。”

在他掌中，夜昙牌核桃破口大骂。

天权宫。

霞族丹霞上神正同女儿碧穹话别。碧穹拉着她的手，说：“母神，我为什么要来这里？君上收了我做弟子，难道我不应该住在垂虹殿吗？”

丹霞叹了一口气，说：“君上真是跟天帝一模一样。你也不要灰心，虽说天界辈分有别，但若你足够隐忍、聪明，总是有机会的。碧穹，那青葵虽是天帝定下的储妃，但说到底不过是个凡人。区区凡女，想成为天后，也不看看自己有没有这个福分。”

碧穹说：“可……母神，听说君上的垂虹殿里，连女仙娥也没有一个。我如今被安排在文曲星君殿，如何接近得了他呢？”

丹霞说：“傻孩子，你是接近不了，但是有人能够接近啊。”碧穹猛然醒悟过来：“母神是说，那个凡人公主青葵？”

丹霞拍拍她的手背，说：“虽说她出身低微，但是你也要小心，听闻她对医道十分精通。吾儿要见机行事。霞族希望尽在于你，万不可行差踏错。”

碧穹点头：“是，母神。”

“还有，”丹霞又道，“那个青葵公主有个妹妹名叫离光夜昙，被许给了魔族为储妃。据母神查探，青葵自小疼爱她这个妹妹。她定会乐意知道自己妹妹的消息，说不定还会让你代传书信。”

碧穹如梦初醒，说：“陛下对魔族最为痛恨，若是得知她私通魔族，定会对她产生戒心。甚至……如果书信上有什么不该有的内容，暗暗处死她也不一定。”

丹霞傲然道：“少典氏三代神后皆出自霞族，我霞族华彩浩然，岂是区区一个凡人可以遮掩的？”

碧穹的眸子这才恢复了一些神采，说：“说起神后，当今神后也是我们霞族的霓虹上神，母神为何不带女儿去拜见她？”

丹霞冷笑：“神后性情懦弱，只会听从陛下的安排。陛下喜欢温顺端庄的女子，我们跟神后走得太近，只会让他觉得霞族野心勃勃。你放心，你与神后同出霞族，只要你有这个本事，神后绝不会反对。”

碧穹明白了：“母神放心，女儿定不负众望。”

母女俩私话完毕，丹霞终于将碧穹交给了文曲星君，自然又是一番客套、嘱托。文曲星君知道她是玄商神君新收的弟子，倒也周到：“丹霞上神不用担心。碧穹仙子既然拜入君上门下，我们便是师兄妹。今日起，十四师妹就住在重墨台。一应事宜，星宿厅和垂虹殿自会照应。”

丹霞上神向他道了谢。碧穹忍了这口气，随他去了重墨台。

丹霞目送她入了天权宫。霞族仙官朝霞和晚霞已经等候多时，丹霞回身一扫他二人，沉声说：“立刻派人前往魔族，打探魔族储妃离光夜昙的消息。最好能够带回她的贴身信物和口信。”

朝霞与晚霞同时躬身道：“是。”

然而魔族却是风平浪静。

就在晨间，神魔交战。青葵从轿辇中逃出来，循琴声而往，想要找到玄商神君。方向是没错，但是去得略晚了些——刚好碰上魔族大皇子乌玳、二皇子顶云、魔将烛九阴败退。

四个人在一处碰见，青葵避无可避。

就在这时候，有魔兵来报："禀告三位殿下，护卫轿辇的兵士被杀，夜昙公主失踪了。"

乌玳和顶云都变了脸色。青葵有什么办法？她只得行礼："神族攻破防卫，夜昙只得出逃。幸而在此遇见三位殿下。"

乌玳本就头脑简单，此时一听，那还有什么说的？他大手一挥："行了，既然人在这里，回去吧。"

二殿下顶云到底谨慎些，问了句："你就是夜昙公主？"

青葵心中焦急，但抬眼而望，见天边云桥垂落，神族竟收兵而去。她求救无门，只得硬着头皮说："回殿下，正是。"

顶云绕着她转了一圈，说："听闻这夜昙公主生来不祥，因此被离光氏藏于深宫，从不为外人道。我看你……却是不像。"

青葵心中一凛。这样怀疑的语气，难道他见过夜昙吗？

她强压下心中的慌乱。顶云逼问："你是谁，还不快从实招来？！"

青葵忐忑不安，还未开口，身后突然有人说："我怎么不知道，二哥已经改行给人看相了？"

青葵回身，那熹微晨光里，嘲风手持九尺战镰，缓步而来。他的黑袍飞扬在风里，衣上刑天战纹光芒刺目。

二哥？

青葵说："嘲风？你……也是魔族皇子？"

周围兵士顿时哧哧暗笑，嘲风以手掩唇，轻咳一声："公主殿下，此时此地，这句话并不风趣。"

顶云显然不悦："这里有你说话的份儿吗！"

嘲风说："没有。"

然后他自觉地退到队末。退走之前，他深深地看了一眼青葵。

青葵骤然明白——顶云在诈她！！！

她说："殿下自离光氏将本公主接出，如今却又质疑。若是如此，何不将本公主送回离光氏，以辨真伪呢？”

正在此时，魔兵来报：“二殿下，神族已经返回天宫。”

顶云“嗯”了一声，他身后的烛九阴说：“二殿下，看来神族已经带着自家储妃返回了。我们也先回去吧。若是耽搁了，只怕魔尊会责怪。”

顶云又看了一眼青葵，挥手：“返回晨昏道。”

青葵就这么稀里糊涂地来到了魔族。

魔族没那么多规矩，二殿下顶云直接将她带到了晨昏道。

眼前一条黑石道蜿蜒向前，奇异的是，黑石道左明右暗，明暗交接却互不调和。这条黑石道，像是隔开了两个世界。

青葵不由得左右打量，道两旁有魔族侍婢跪迎。

正前方，只见一面魔旗迎风高展，上面刑天战纹红得刺目。青葵只看一眼，就知道那是什么——上神之血。

只有天界上神的鲜血，才能如此鲜艳且永不褪色。

她心跳加速，不小心踢到石子，整个人也踉跄几步，差点跌倒，引来周围魔兵一阵嗤笑。

顶云面色不怎么好看：到底是凡人，没什么见识。

前方，酒香与肉香远远地传来。

顶云说：“父尊和母后特地为你设宴接风，还不过去谢恩？”

青葵凝目看过去，果然见前方群魔落座，觥筹交错，正是酒酣心开之时。魔尊和魔后高居上座，不时低声说话。

青葵疾步上前，没办法，只得拜倒：“离光氏……夜昙，见过魔尊、魔后。”

她一上前，群魔都安静下来。魔尊打量她半晌，说：“抬起头来。”

青葵只得缓慢抬头，眼前的……就是魔尊了。谁能想到自己晨间还等着被迎入天界，几个时辰之后，竟在此处，自己在此，不知夜昙如何。

她勉强让自己不颤抖。眼前的魔尊已经上了年纪，但鹰鼻鹞眼，令人望而生畏。

他手握酒樽端详青葵，目光仿佛都带着血腥气，许久方淡淡地说：“离光氏说你出身不祥，今日本尊亲眼一见，倒是貌秀而端庄，不似传闻。”

他声音还算是和风细雨，但令听的人总觉得心中发寒。青葵知道，只要稍有差池，群魔就会变成恶狼，将自己撕得粉碎，而且说不定连整个离光氏都会被自己连累。

魔族杀人，可是不需要那么多理由的。

她说："回魔尊，虽然夜昙出生时天现恶兆，但父王仁慈，并未疏于教导。夜昙只是平时极少在外走动，故传闻大多不实。"

谁知她话音刚落，周围却一片哄笑声："仁慈？哈哈哈。"

魔尊显然也不满意这个答复，他沉声说："你既入我魔界，便要尽快适应，凡人那些装腔作势的伪善之风，莫要带入晨昏道。"

青葵成长至今，还是第一次被人如此训斥，不留任何颜面。她垂下眼睑："是。"

魔尊出言如刀，倒是他旁边的魔后面带微笑，看上去十分和气。

"她初来乍到，难免有不适应的地方。到底只是个孩子，魔尊何必如此严厉？"她伸出手，黑色的戒指在晨昏道半边光明的映照下莹莹有光，"夜昙公主莫怕，且到本宫这里来。"

她生得一张温柔的面孔，纵然珠围翠绕，却仍令人觉得和善可亲。

青葵叩谢之后，把手搭上去。魔后亲热地握住她的手，让她站到自己身边："好孩子，魔族没那么多规矩，你也不要太过拘束。"

青葵怎么可能不拘束？却是她不敢多说，只得再次施礼答谢。魔后扬声说："好了，夜昙公主已至，开席吧。"

两边有乐师奏乐，美人舞剑。魔仆捧着菜肴穿梭席间。

青葵就坐在魔后身边，传闻中魔族粗野狂放、重武嗜杀，如今看来确实不假。

魔后体贴地给她夹了菜。青葵偷偷地扫了一眼，席间只有两位皇子在，不见嘲风。她对嘲风并无好感，但三位皇子为何独独不见他？

魔后含笑，将座上诸人一一介绍给她认识。

"这是大殿下乌玳。他年纪虽轻，然而骁勇善战，斩获敌首最多，是我们魔族第一勇士。可惜其生母红颜早逝。"她语气中的自豪与哀思都恰到好处，像是介绍自己的亲生儿子一样。

青葵向乌玳见礼。乌玳不喜欢这样柔弱且多礼的凡间女子，因此并不理会。

魔后又说："这是二殿下顶云，由本宫所出，顽劣惯了，只能跟在魔尊身边打打下手。他武艺修为比不得他大哥，不成什么气候。"她说这话时，虽然看似贬低，但内中的含义可就不一样了。

"跟在魔尊身边"，这句话既点出了魔尊对他的宠爱，也指明了储君的人选。青葵向顶云行礼。顶云待她并不热情，只是敷衍地举了举酒盏。

魔后顿了顿，青葵有心，自然意识到接下来应该是介绍三皇子了。果然，魔后指了指末座，苦笑着说："那边是三殿下嘲风，由魔妃雪倾心……"

她话音未落，魔尊面色由晴转阴：“好了！”

魔后也不以为意，只是笑着说：“也罢，久了你自然会熟悉。”

席间，乌玳说：“父尊，今日宴上，设了什么彩头？”

青葵一愣——不是酒宴吗？怎么还设彩头？

其他魔却似乎早习以为常，魔尊说：“前些日子，本尊捕获一只魔兽裂天兕。此兽凶猛非常，本尊就拿出来作今日宴上之彩头。在座所有人，谁能胜出，谁就能将此兽带回去，驯为坐骑！”

席间顿时一阵欢呼声。

不一会儿，就有魔自告奋勇，参加比斗。青葵敛裾坐在几案旁，倒了一杯茶，正要入口，突然眼前一片黑影逼近。

她还未反应，黑影如水，不偏不倚地泼在她半边脸上。她定睛一看，只见茶水中晕开一片深深浅浅的红，瞬间变成一盏血茶。

她抬手擦脸，手背一片猩红。周围传来一阵笑声。

一个黑甲魔将微微拱手：“夜昙公主，失礼了。”

这声道歉，轻描淡写，毫无诚意。青葵闻声看过去，只见与他对战的魔已经倒在地上，声息全无。

不过是一场接风宴，也可以闹出伤性命的事吗？

青葵下意识地起身，快步上前。她在受伤的魔身边蹲下来，伸出手替他把脉。周围的魔顿时都停下比斗，狐疑地看着她。

晨昏道安静得落针可闻。末席，谷海潮轻声问：“她在做什么？”

嘲风一拍额头，不忍直视。

青葵自腰间掏出十二根金针，快速地封住了地上的魔的穴道。然后她自袖中掏出药瓶，撕掉一块裙角，为对方处理伤口。

她动作极为利落，旁边，二皇子顶云沉声问：“你在做什么？！”

青葵说：“他肺腑皆为气劲所伤，若不及时救治，恐怕性命难保！”

“救治？！”群魔哗然。

魔尊似乎也感到意外：“你修医道？”

青葵说：“我……略懂医术。”

谷海潮捂住了眼睛，果然只听砰的一声响，魔尊重重搁下酒樽。青葵一头雾水。魔后赶紧说：“夜昙，魔族一向以勇为荣。身为战士，自当披荆斩棘、浴血而行。鲜血、伤疤乃魔族荣耀，何须救治？”

青葵是真的惊住了："所以……魔族不求医？"

魔尊沉声喝道："我魔族战士，钢浇铁铸，岂会懦弱求医？"

他们居然以求医为耻？

青葵一个字都说不出来。而地上，被她救治的魔挣扎着站起来，竟生生地用双手撕开自己的伤口。在喷薄而出的鲜血中，他仰天长啸，直至血尽力竭而亡。

"好！"魔尊举樽，以酒浇地。诸魔登时兴致更高，比斗继续。

这是一群疯子吗？！

青葵这么好的脾性，也第一次感到无言。她呆立在血泊中的尸身旁边，身上血迹斑斑，周围的魔投来的目光满含嘲弄。

末席，嘲风正独自饮酒。

旁边不时有魔将的法宝擦过青葵身边，她根本回不到自己的座位上，只能慌忙躲避，差点被自己的衣裙绊倒。诸魔见她狼狈躲避，个个哈哈大笑。

谷海潮左手大拇指一顶剑鞘，就欲拔剑。嘲风说："做什么？"

谷海潮沉声说："魔族固然以勇为荣，也不该如此戏耍一凡间女子。何况她还是未来魔妃。"

嘲风愕然，上下打量他："所以呢？你是打算就这么提剑杀过去，英雄救美？"他看看魔后，复又轻笑，"谷海潮，别人脖子上的那叫脑壳，只有你脖子上只长了个壳。"

谷海潮怒瞪他。嘲风轻啜杯中酒，淡淡地说："你效命于我，你若去了，父尊就要怀疑我觊觎这位魔族储妃了。别忘了，她本就是我举荐的。"

谷海潮再看一眼那边含笑不语的魔后，顿时惊出一身冷汗。魔尊对这位三殿下已经极为不喜，自己竟还差点为他惹来祸端。

他不说话了。

嘲风说："不过你这救美之心，还是可圈可点的。"他端着酒盏起身，行至魔族大祭司相柳身边。相柳正跟几个魔族长老谈笑，见他过来，不由得皱了眉。

嘲风挨了个白眼，却丝毫不以为意，说："祭司，嘲风有件小事，想麻烦您老人家帮帮忙。"

面对着魔族史上唯一一个被贬为斥候的皇子，相柳显然不是很想搭理嘲风："何事？"

嘲风凑近他，小声说："实不相瞒，最近美人劳神，令嘲风颇感力不从心。听闻这位公主医道高深，曾为人调理身体，令男子雄风大振。我人微言轻，跟这位公主没交情，不比相柳祭司位高权重。相柳祭司能不能帮帮忙，替我向这位夜昙公主……求个方子？”

“荒唐！三殿下再敢多说一句，休怪我禀明魔尊！”相柳毫不留情地把他赶走了。但是他走之后，几个魔族长老的眼神开始变得有点微妙。

片刻之后，魔族大祭司相柳亲自上前，经过诸魔的法宝与气劲来到青葵身边。

“公主初到魔族，风俗有异也是正常，还是先行回席吧。”他领着青葵，穿过疯狂打斗的魔，将她带回几案边。

第五章 明明上天

垂虹殿。

碧穹仙子进来的时候，正听见一个女子的读书声。女子？读书？碧穹皱眉——垂虹殿不是没有仙婢吗？

她走进去，只见整个垂虹殿纤尘不染。玄商神君坐在上方，正在翻看人间水域的地图。而殿中间，溯源镜前，一个少女盘腿而坐，正在诵读天规。

她青丝如瀑，衣裳浓紫，竟是这清冷宫殿中最为浓墨重彩的一笔。

不用说也知道她是谁。

——那个来自凡间的青葵公主。

碧穹眼中的怒火一闪而逝。她不过是一个凡人，却连背个天规也可以待在垂虹殿里。而自己，只能被打发到文曲星君的天权宫去。

她行至殿中，跪下行礼："碧穹参见师尊。"

溯源镜前，夜昙握着羽毛扇，余光刚扫了一眼碧穹，玄商神君已经轻敲镇纸："专心诵读！"

夜昙悻悻地收回目光。她咬牙切齿，却只能大声读："天规禁令第三条，不得私自下凡。"下面还有细则，她一一读来，"上神离开天界，须向星宿厅报备，获得神君御批，持令下界并在规定时间内返回……"

谁这么无聊，啰啰唆唆地讲这么一大堆！！！

她念得想打瞌睡，听到玄商神君问碧穹："文曲照应得还妥当否？"

碧穹跪在地上，双目只能隐约瞥见他的丝履。她说："回师尊，文曲师兄十分细心，碧穹一切都已经安顿好，什么也不缺。此时来，本是想寻青葵公主做伴。"

玄商神君道："不必。"

碧穹说："师尊，公主初至，天规禁令必定不熟，若弟子伴她诵读，也可为师尊分忧。”

夜昙一听，顿时精神百倍：“少典有琴，我觉得你这个小弟子说得对！要不你就别这么辛苦了，就让她陪我……”

她后面说了什么，碧穹都没听进去——她居然直呼君上名讳！

然而座上玄商神君却没有想象中的盛怒，只是答：“多口。”

夜昙只得重新大声读：“天规禁令第四条，不得无故杀生……”

玄商神君低头继续看着羊皮地图，说：“既然无事，退下吧。文曲会代师授艺，授你术法基础。你好生修习。”

碧穹不甘地起身，看看溯源镜旁的“青葵公主”，悄声对她说：“我下次再来找你玩。”

说完，她飞快地离开了垂虹殿。

夜昙被天规折磨得想死，根本没理会她，只是说：“少典有琴，其实我也不是一定要熟背天规对吧？你只要给我派一个会背的小仙娥，从旁提醒我不就行了吗？”

玄商神君说：“天道莽莽，投机取巧者，虽迅难达。莫要再使小聪明。”

夜昙哀叹一声：“听你说话，我真想一头撞死。要不我回天葩院去背？我看着你这张脸，真是什么也记不住。”

玄商神君说：“你想逃走。”夜昙不说话了。他打量着羊皮地图上新出现的水域，提笔圈画，为龙王划分地界，随口问：“为何？”

嗯……夜昙说：“我……我思念父王。对！我思念我父王！我小时候母妃早逝，我想留在父王身边尽孝。”

她这话一出，蛮蛮扑哧笑出声来——你要是不尽孝，离光旸估摸着还能得个寿终正寝。你要真留在他身边尽孝，我看明年今日就是他的周年忌日。

但就是这么一个瞎扯淡的理由，玄商神君却信了七八分。

她毕竟是个人间少女，年仅十五，思念宠爱自己的父亲，理所当然。

他语重心长地说：“红尘牵绊，斩断就好。人族寿命短暂，生若蜉蝣，情如弹指。日后漫漫光阴，亲情迟早要舍弃。”

然而这些大道理，怎么可能说服夜昙？她没好气地说：“生命短暂就要舍弃？那你反正也是要陨落的，我能现在就把你掐死吗？”

玄商神君不想和她扯这些歪理，只是扫一眼案上的沙漏，提醒道：“只剩三个时辰了。”

夜昙一点脾气都没有了。

她继续读，但这些东西实在是枯燥无聊到了极点！没过一会儿，她小脑袋就一点一点的，如同小鸡啄米。

玄商神君叹气。他门下弟子众多，然这么难教的，见所未见。

他轻敲几案，夜昙惊醒，问：“干吗？”

玄商神君说：“续茶。”

夜昙不敢相信自己的耳朵：“什么？”玄商神君没有再说第二次，夜昙却是真的怒了！她跳将起来，“你居然敢让本公主给你续茶？！就算你下人不在，难道你的手也断了？”

玄商神君不紧不慢地说：“我屏退仙侍，是因为你乃未来天妃，不能人前失仪。”

所以你没茶喝只能怪我了？夜昙气急，但很快，她眼珠转了转，又几步上前，一把抓过他的茶盏，恶狠狠地去隔间续茶！玄商神君将地图上的水域反复查看数回后，见她还没回。他心念微动，溯源镜里，已经是隔间的情景。

夜昙气急败坏地添了茶水，但是哪会甘心就这么端出去？她想了一阵，伸出食指搅了搅茶水，这才端起托盘，出了隔间。

她把茶盏搁在玄商神君案上，虽然仍是气鼓鼓的模样，然而眼神里却透出几分狡黠。

玄商神君只扫了一眼，就说：“奉茶之时，盏中只盛八分水，右手扶盏，左手托盏底，自右方上茶。倒掉，重来。”

“神经病啊！不过就是一盏茶而已！我从你左边端上来，你就不会喝了？”夜昙冷笑。

玄商神君说：“规矩就是规矩。”

好吧，夜昙不说话了。她把茶盏端回隔间，只见溯源镜里，她贼头贼脑地左右张望，确定四下无人，遂弯腰，悄悄地脱掉鞋袜，如玉般嫩白的大脚趾在茶盏中得意地点了点。玄商神君目光在她足上一凝，迅速收回。

夜昙果然是重新换了茶水，这次端出来时，就很认真了。她规规矩矩地奉茶行礼，脸上也带了几分甜笑，说：“君上请用茶。”

玄商神君注视着眼前的茶盏片刻，他说：“这次很好。”夜昙眼神闪亮地望着他，一脸期待。只见他接着道：“这杯茶，便赏了你吧。”

“呃……”夜昙眼珠乱转，顾左右而言他，“这怎么可以！本是敬奉给君上的，自然还是君上享用才是。”

玄商神君冷冷地道：“无妨。”

夜昙看看那盏茶，“啊”了一声，说：“君上，天规我已经会背了，我背给你听啊！”她摇头晃脑，真的开始背诵天规。

玄商神君目光微凝。方才她看得很潦草，读得也不甚认真，但真的背诵，却记得清楚。他终于发现了她一个优点——还算聪慧。

夜昙把读过的天规禁令都背得差不多了，剩下的还没来得及看呢，实在是背不出。她卡壳了，悄悄地抬头，却见玄商神君盯着溯源镜。

她循着他的视线看过去，溯源镜中是一座宫殿，水仙花漫漫盛开，正是“水花垂绿蒂，袅袅绿云轻”。一个女仙就在水仙中间结印而坐，周围电闪雷鸣。

夜昙歪了歪头，问：“她是谁？”

玄商神君淡淡地道：“吾幼年同修，水仙花令使步微月。”

夜昙“哦”了一声，重又打量，溯源镜里，步微月衣裳华美，面容端庄，只是鬓发微乱。她说：“小时候的朋友，那你们感情一定很深呀。为什么神族不定她为储妃？”

玄商神君对此似乎不以为意，说：“天资与机缘欠缺。”他说这话时语气平淡，仿佛天族储妃只是一个神职，而不是谁的妻子。

他话音刚落，只见镜中一道天雷挟万钧之威轰然降下。步微月闷哼一声，顿时嘴角流血。然而紧接着，第二道天雷呼啸而至，她身躯一晃，嘴角终于血流如注。

盛开的水仙花合拢护主，但很快被天雷击散，殿中只余一片枯叶残花。夜昙说：“这才第二道雷劫，她不行啊。”

果然，第三道天雷轰然降下，步微月一声惨叫，整个人向下坠落，在空中烧成一团火球。夜昙回过头去看玄商神君。玄商神君对这个结果似乎也不太惊讶，他一直保持静默。

夜昙叹了口气，安慰说：“你也不要太难过了。她好像是坠到人间去了，你现在赶过去，兴许还能找到她。等她再调养一阵，重新带回天界修行，对你而言，也不是什么难事吧？”

玄商神君不予理会。她接着说：“还是神帝、神后不允？”

玄商神君还是没有回应。夜昙看过去，却只见玄商神君提笔，在纸上写下一个名字。他轻声唤：“飞池。”一直侍立于殿外的飞池立刻入内：“君上。”

玄商神君将纸卷封好，递给他："前往水仙一族传令，步微月渡劫失败，水仙花令使一职，由步青瓷继任。"

飞池领命而去。夜昙惊呆了："你刚才只是在想谁能继任她的神职？"

玄商神君将手擦拭干净，问："不然呢？"

夜昙是真的怒了："你是不是有病啊？你的幼年同修渡劫失败了，你不帮忙也就算了，难道半点也不难过吗？她现在说不定重伤垂死！你不去救助，反而在想谁可以替代她管理水仙一族？！"

玄商神君说："渡劫成败，都是她的机缘，旁人不能干涉。"

夜昙一脚踹倒一个香炉："亲友尚不能护佑，你算什么神君？神若无情感、无悲喜，跟石头有什么区别？一群没有感情的冷血怪物，居然在这里教我礼仪、规矩！我呸，真是可笑至极！"

她大发雷霆。溯源镜突然又连通玄黄境，镜中显示乾坤法祖已经返回，他问："方才水仙族传来消息，水仙花令使步微月陨落了。"

玄商神君被夜昙一番顶撞，脸色显然不好，但仍是说："吾已知情。这些俗事，天尊一向并不上心。"

乾坤法祖手捻拂尘银丝，假装话题转换得不生硬："青葵公主的天规背得如何了？"

一提到她，玄商神君脸上又布满阴云："冥顽不灵，不堪教化。"

总结起来，就是……不听话。

乾坤法祖忍住笑，半天说："青葵公主？"

夜昙就在旁边，闻言问："干吗？"

乾坤法祖慈眉善目，说："贫道只是通知公主一声，你的兵器天界将收归公有，不再归还。"

夜昙一愣，立刻反应过来他所说的乃是自己的美人刺。她怒问："凭什么？"

乾坤法祖耐心地解释："凭它这次铸炼升级的材料出自玄黄境，凭它现在还在贫道炼炉之中，凭火候是贫道的丹童在看守，也凭……炉下乃是贫道的三昧真火。"

能不能不这么无耻！夜昙词穷！乾坤法祖笑得如沐春风："当然了，天族炼丹、炼器、结法阵的材料，一向由君上御批。如果垂虹殿愿意承担贫道的损失，那么这法宝的归属，还是由君上决定。"

夜昙回身看玄商神君，玄商神君眼观鼻、鼻观心，没理她。她讪讪地把自己刚才踹倒的香炉扶起来，盘腿坐在溯源镜前，装模作样地问：“我之前背到哪里了？！”

不知不觉间，窗外浮云裹金，清光远播，涤荡寰宇。

诸神应卯，天兵天将也开始交班。案上的沙漏里，最后一粒白沙滑落。夜昙倒是很自觉，摇头晃脑地开始背诵。

她看起来没个正经，然而一整本天规禁令，她每一条连同细则都记得清清楚楚，无一处背错了的。

玄商神君安静地聆听。天规烦琐，夜昙背得口干舌燥。她不是个知道客气的，立刻说：“我渴了。我要喝水。”

玄商神君指指自己案上的茶盏，正是之前她倒的那盏。

呃……夜昙上身后仰，迅速避开：“当我没说！”

直到一整本天规禁令全部背完，她揉着膝盖站起来：“行了吧？我困了，要睡觉了。我的兵器你记得帮我拿回来。”

玄商神君也知道凡人习性，不能长时间劳累。他说：“飞池，送青葵公主回天葩院。”

外面飞池答应一声，领着夜昙出去。

溯源镜里，乾坤法祖问：“君上觉得如何？”

玄商神君沉吟道：“没有破绽。哪怕是得知我等要重测仙骨，也依然凝心静气，熟诵整部天规禁令，毫无心虚慌乱之举。也许是我多心了。测骨之事，难免要惊动弼政殿和神霄玉府，牵涉甚广。吾修补归墟在即，为免流言动摇天界安稳，就暂缓吧。”

乾坤法祖说：“是。”顿了顿，他一甩拂尘说，“今日陛下召见我等，重提了再炼灵丹，助君上提升修为应对修补归墟一事。但……恕贫道直言，君上如今的修为，恐怕任何灵丹都助力不大。”

玄商神君说：“归墟封印事关四界，吾生有幸必不负所望。天尊不必担心了。”

乾坤法祖点点头，结束了通话。

天葩院。

夜昙刚走进去，只见桌上已经摆了几碟小菜，配了一碗还冒着热气的清粥。夜昙简直不敢相信自己的眼睛：“这不会是本公主的早饭吧？”她拿筷子搅了搅粥，气愤地说，“这是人吃的吗！”

蛮蛮跳出来，悄悄说：“嘘，这是青葵公主在离光氏时常用的早饭。”

“果然不是人吃的！”夜昙啪地放下筷子。

她正赌气，外面有人说：“你可算是回来了。”

夜昙抬起头，就看见一身碧色衣裳的碧穹。她缓步走进来，看看桌上，说：“你在凡间就吃这个？这么寒酸，难怪在天宫不习惯，背个天规也要赖在垂虹殿整整一晚。”

夜昙盯着她看。蛮蛮的鸟头伸到她耳边，小声说：“一般这种时候，就是嫉妒你、挖苦你、陷害你的坏女人出现了。”

夜昙轻轻地搁下小银勺，说：“嗯。”

蛮蛮问：“你打算怎么对付她？”

夜昙扫了一眼碧穹，也悄悄地说：“我再坐一会儿，她马上就会质问我为什么见她不起身行礼。但她拜了玄商神君为师，辈分比我低。我就有借口治她不敬尊长之罪，罚她下跪，扇她耳光。然后她肯定要去玄商神君面前告状，我就去找天帝哭诉。天帝驾前，玄商神君肯定不敢护短。她肯定会被训斥，再寻衅报复。我再推她下水，给她下药，等她怀孕的时候撞掉她的孩子……”

蛮蛮当场闭口。这是你该说的吗？是你该说的吗？！

而那边，碧穹一见夜昙只顾跟自己的鸟悄声说话，不由得怒道：“你虽被定为储妃，但尚未行礼，如今不过是个凡人！我乃霞族丹霞上神之女，你见到本仙子，竟坐而不行礼！离光氏就是这般教你规矩礼仪的吗！”

蛮蛮用翅膀尖自扇鸟头——你要不要这么配合她啊！

这智商，欺负起来都没快感。夜昙索性说：“你既然到我这儿来，定不会空手，肯定带了点我感兴趣的东西，是什么呢？”

碧穹愣住，夜昙又说：“不管是什么，有句话你说得对，这早饭确实是太寒酸了。清粥小菜面前，本公主毫无谈兴。”她打了个哈欠，“蛮蛮，列个菜单给她。本公主先去睡一觉，等她照单送来再叫我。”

说完，她起身，直接进了内殿。

蛮蛮跳到桌上，用翅膀尖蘸了墨，飞快地写了一大堆。

碧穹将菜单接在手里，定睛一看——贵妃鸡、松鼠鳜鱼、糖醋排骨……

什么啊……碧穹仙子咬牙切齿，她盯着夜昙的背影，问：“我有你妹妹夜昙的消息，你也不关心？”

夜昙脚步微顿。碧穹冷哼，志得意满地道："你那个妹妹，在魔后设下的宴席上称自己主修医道，还以为自己是个宝呢，真是笑死人了。"

她语带讥嘲，但她显然低估了夜昙的脸皮。夜昙是大大地松了一口气——被人笑几句怕什么，活着就已经最好了。她说："我当是什么消息，就这个啊？没兴趣。"

说完她就要往里走，碧穹几步上前拉住她："听说你对你那个蠢妹妹一向疼爱得紧，你就不想给她带个话？"

夜昙打了个哈欠，说："我若是你，就先去做饭。"她掀开珠帘，将要进寝宫，又回身说了句，"你脑仁儿已经很小，脾气又不好，若是厨艺也不佳，那就别来了。"

碧穹被气哭了。

宫殿里是黑暗的，寒夜微雪，更漏声迟。

"你就是个灾星，根本不应该出生在这个世上。"榻边，一个女人声音低弱却字字带血，"你死之后，也不要怨我。那么多人都死了，你凭什么活着？"

女人的手干枯如爪，在黑暗中一点点靠近，慢慢地扼住她的颈项，用力之大，恨不得掐断她的脖子。

自己又被魇住了。

夜昙知道。

那个女人是自己的奶娘，忘记是第几个了。只知道她的丈夫、儿女都死在十五年前淮河暴发的那场洪水里。她混进宫里，故意去没人愿去的朝露殿，就是为了将这个害她家破人亡的灾星扼死在襁褓之中，为自己的骨肉至亲报仇。

多少年了，自己竟然还记得那张脸。也许是自己今天太累了。

夜昙盯着她看。她面目狰狞，瞳仁如灌血。以至于十几年来，夜昙只要想到"仇恨"这两个字，脑海里还是会出现那双眼睛。

可人毕竟是要长大的。无数个夜晚，她独自面对那双眼睛时，从痛哭求饶，到挣扎逃脱，到最后，她对那双眼睛的悲伤与哀恸满含嘲弄，无动于衷。

先前初见时，少典有琴说："你生而为人，便应心怀慈悲。"

哈哈，慈悲？夜昙伸出手，击碎眼前的噩梦。世人若示我以恶言，我便回他们以刀锋，那些胆敢欺我、骗我、负我的，我必让他们一个一个，尝尽凌迟之痛。

"青葵姐姐，青葵姐姐？不是说在睡觉吗，怎么没人？"天葩院的内殿里，紫芜声声呼唤，榻上却空空如也。

“青……”她下一声还没喊出口，烟纱暖帐之上，突然垂下一个人头，人头长发倒垂，面白唇红。

“啊啊啊——”紫芜一跳三尺高，像只身手矫健的兔子。帐顶的人头歪了歪，问：“怎么了？”

是夜昙。

紫芜差点成为第二个突发心肌梗死的神。她抚着胸口说：“青葵姐姐，你怎么睡在……”她指了指帐顶。

夜昙跳下来，理了理头发，说：“上面凉快呀。你怎么来啦？”

紫芜抚着胸口说：“二哥让我来看看天葩院还缺少什么。”

夜昙这下可就有话说了：“什么都缺好吗？好吃的、好玩的，衣裳首饰、珍贵的法宝材料什么的，有多少送多少。他怎么不来？”

紫芜忍着笑说：“兄长又罚他抄写天规一千遍，他还抄着呢。”

夜昙从帐顶跳下来，因着睡相不好，头发还乱蓬蓬的。她随手扒了扒，就准备出去。紫芜赶紧拉住她，拿了银梳替她梳头：“不可以的！天规禁令里不是写了，要仪容整齐。你这样出去，让兄长看见，非得生气不可。”

“你那个兄长，他有不生气的时候吗？”夜昙打了个哈欠，就算是睡眼惺忪，一提到玄商神君，她还是一脸鄙夷。

紫芜忍着笑说：“别这样啦，兄长其实很好的。对了，晚间父神和母神在蓬莱绛阙设宴，为你接风洗尘。届时各路仙家都会前去。父神严厉，你可千万别出岔子。”

嗯？夜昙眼中光芒一闪：“我要是出了岔子，他会把我赶出天界，遣返人间吗？”

紫芜“啊”了一声：“这……你不要担心啦，我和两位兄长都会去，遇到不懂的地方，我提醒你。准保不会出错！”

——她以为夜昙担心呢！夜昙连连点头，问：“不知道天帝陛下最讨厌什么？”

紫芜说：“父神啊？嗯……父神不喜女子叛逆，平时他说话，我要是顶嘴，他就会不高兴。他常教导我，女子要以柔顺娴静、体贴贤良为美。所以你只要穿得斯文清雅，不时微笑，少说话就行了。”

夜昙越听眼睛越亮。紫芜说：“放心吧，你是父神和母神早就聘下的天族储妃，他们一定会很满意的。我看你的衣服都挺好。哎，你就穿这件吧。”她帮夜昙挑衣服。

那些衣服都是青葵的，当然每一套都端庄大方。夜昙拿起一根钗环，看着镜中的自己，说：“我突然有了一个大胆的想法。”

“啊？”紫芜感到莫名其妙。

夜昙摆手：“没什么。哎，你父神、母神设宴，你肯定也要打扮一下对不对？你先回去吧。我们直接宴上见啊。”

紫芜说：“可是我可以帮你……”

夜昙把她推往门口：“不用，不用，我自己可以！乖啊，回去打扮得漂漂亮亮的。”

紫芜还是不放心：“衣服就选那套白色带云气纹的，首饰我都给你放桌上了。”

夜昙没口子地道“好”，然后立刻关上了门。

喜欢斯文清雅的女子。

天帝陛下，让我给您老人家一个天大的惊喜吧！

她抓起紫芜放在榻上的衣裙，刺啦一声，把裙摆撕裂到了膝盖处。待穿上身，她还是觉得领口裹得太紧，于是索性将交领往两边拉，直到它成为一字肩。

她在镜前走了几圈，镜中人锁骨暖白，双腿修长，胸前还隐隐露出一抹沟壑，这条沟壑，如同她和玄商神君之间两千六百八十五年的代沟。

不错，不错。

夜昙再接再厉，拿眉粉给自己画眼影，金箔也不错，只是贴在哪儿才够震撼呢……她盯着铜镜中自己的脸：“啧啧，天帝陛下，我夜昙为了您老人家，真是绞尽脑汁啊……”

天权宫，重墨台。

碧穹仙子抓起一只花瓶，啪的一声，摔了个四分五裂。碎瓷四溅，她怒骂：“什么东西！一个小小凡人，竟敢让本仙子下厨做饭？凭你也配！”

她气不过，又狠狠地踢了一下桌子。但想起母亲的嘱托，她咬咬牙，悻悻地拿出霞族法宝——万霞听音。这是霞族特有的联络法宝，可以通过云霞互相联络。

她轻轻一运功，丹霞上神的虚影已经出现在法宝上方。碧穹叫道：“母神！”

她从小受尽宠爱，几时受过这等委屈？此时上齿咬住下唇，眼里泪光盈盈。

丹霞上神问：“吾儿何事？”

碧穹仙子将方才见夜昙的事一一讲来："母神，这凡人公主，当真是狂妄到了极点！"

不料丹霞上神却面带微笑："若真是这样，那我真是要恭喜我儿了。"

碧穹愣住："什么？"

丹霞上神说："一个骄狂无礼的凡女，入不了天帝之眼。那样愚蠢无知的对手，被废除是迟早的事。神后之位，吾儿指日可待。"

碧穹说："可是她那只灾兽还开了个菜单，母上且看，这单子上什么鸡、鸭、羊，天界根本不准杀生。我去哪儿找到给她！"

丹霞上神宛如被春风吹拂，整个人都洋溢着温暖喜悦的神采："找不到也要找。母神会让人送来。吾儿记住，她的一切要求，都尽量满足。对待愚蠢的敌人，我们只要顺着她的意，她很快就会自寻死路。吾儿，对待这种人，捧杀才是最高明的手段。且安静等待吧，要不了多久，她轻则滚回凡间，重则身死魂消。"

碧穹这才擦了擦眼泪，说："其实这些道理，女儿也知道。就是她实在是太气人了，女儿实在看不过！"

"傻孩子。"丹霞慈爱地看了一眼女儿，"眼下受点委屈有什么要紧？谨记母神的话，忍耐、等待。"

碧穹仙子深吸了一口气，说："女儿知道了。"

丹霞上神点头："这些食材，母神稍后会派人送来。你做好送去便是。"

碧穹仙子说："不用加点毒药进去再给她吗？她不过是一个凡人……"

丹霞忙说："不可！陛下与君上都是谨慎缜密之人，万勿节外生枝。"

碧穹仙子只得说："好吧。女儿知道了。"

不多时，外面果然有仙侍悄悄地送了肉食进来。碧穹仙子提着一篮子鸡鸭鱼肉来到厨房。

"离光青葵，倘若有一天，你落在本仙子手里！"碧穹摊开蛮蛮开出的菜单，抓起一个南瓜，一刀把它砍成两半，"我定要将你大卸八块，碎尸万段，剁成肉酱……"

她一边做饭，一边碎碎念，想象着自己登临后位，而离光青葵跪在自己脚下苦苦哀求的模样，终于怒气稍减。哼，愚昧的凡人，你就等着那一天的到来吧！！！

碧穹一直盼着这一天，但她万万没有想到，这一天竟来得如此之快。

快到——就在她提着食盒，来到天葩院的时候。

天葩院。

夜昙正在镜前欣赏自己的“绝美”妆容，外面有女子的声音响起：“离光青葵！”声音听起来还气呼呼的——来的当然是碧穹。

夜昙搁下唇脂，开门出去。碧穹仍然一身碧色衣裙，背对着她坐在桌边。桌上放着十几道菜肴，热气蒸腾，正是按照刚才蛮蛮开出的菜单做的。

“哟，手艺不错嘛。”夜昙行至桌边，拿起筷子就夹了一块糖醋排骨。

“你有完没完了！”碧穹本来一腔怒火，然而在扭头看见夜昙的那一刻，她整个人都像结了冰，嗖嗖地往外直冒寒气。

“你……”碧穹仙子指着夜昙，一脸震惊。夜昙说：“夜间神帝和神后设宴，我特地精心打扮了一番。”她站起来，举着排骨转了个圈，“如何？”

透过天界傍晚的夕阳，碧穹看见她像是眼睛被人揍了两拳的紫色眼影，其上还有闪瞎眼的金箔细粉，被刷得长矛一样根根挺立的睫毛和如同中毒一样的嘴唇……然后是白花花的肩和腿……

碧穹像被一整个鸡蛋卡住了喉咙，她伸长脖子，却一个字都说不出来。过了老半天，她终于说：“完……完美。”

夜昙满意地坐到桌前，开始吃饭。碧穹不但没有了先前的愤怒和委屈，反而呆呆地给她夹了几筷子菜。

“好吃吗？”她小声问。

夜昙说：“比起蛮蛮的手艺是差了点，不过勉强可以入口。”

碧穹发现自己心里竟然没有一丝波澜，反而又给她盛了一小碗汤——不管好不好吃，你都多吃点吧……反正也是最后一顿了。

夜昙边吃边问：“我妹妹情况如何了？”

“啊？”碧穹还沉浸在对手突然自绝生路的震惊之中，哪怕是提起那位魔族储妃，她也毫无嘲弄之意。她突然变得倍有耐性，说：“哦，哦，你说离光夜昙啊，昨天不是魔帝、魔后设宴嘛，她自称懂医道，被大家一通嘲笑……”

魔族。

青葵被大祭司相柳带回她自己的席位后，魔后握着她的手，仿佛根本没有看见先时她在场中的狼狈模样。

——嘲风没有出手，真是遗憾呢。

“傻孩子，下次可不要这般莽撞了。”她抽出自己的丝帕递过来，说，“你脸上都是土，快擦擦。魔族将士粗野惯了，你不要放在心上。”

青葵擦拭着自己脸上的尘土，眼看场中鲜血飞溅，只觉心惊肉跳。

好在有了相柳大祭司打圆场，总算是没人再为难她。等到宴罢，魔后让璇渊魔姬带她回浊心湖中的宫殿歇息。

璇渊魔姬一袭黑色衣裙，上面鳞片闪闪发光，胸与腰都裹得极紧，更衬得整个人丰满妩媚。她牵着青葵的手，说：“公主自人族而来，难免不习惯魔族的行事作风。但不要紧，日后见得多了，也就不会这般惊惧了。我名璇渊，就住在浊心湖旁边的沉碑渊。公主虽与我初识，但我见公主，却倍感亲切。日后公主但有需要，皆可命人前来找我。”

青葵感激她的热心，说：“多谢姐姐关心提点。”

璇渊魔姬说：“公主不用客气。前方就是浊心湖了。”

青葵抬眼看过去，只见烟波千重、氤氲水色之中，一片小岛若隐若现。璇渊魔姬一招手，自有小舟乘波而来。

舟上却空无一人，青葵说：“这舟……为何不见摆渡人？”

璇渊魔姬掩唇一笑，说：“公主怎的忘了，这是在魔族，自然有术法驱使，哪用人力摇船划桨？”

青葵有些不好意思：“是我见识浅薄了。”

璇渊魔姬倒是不以为意：“公主先行登舟吧。今日你也累了，早点歇息。”

青葵向她浅浅一施礼，转身上了小舟。这舟也当真载着她，直向湖心行去。一直等到她没入烟波里，璇渊魔姬才终于说：“三殿下隐在暗处，是在等谁呢？”

不远处的阴影里，嘲风带着谷海潮走出来。他说：“能让我这样有耐性等候的，当然是一位绝世佳人了。”

璇渊魔姬冷哼：“可惜绝世佳人登舟远去，怕是不会回头了。”

嘲风走到她面前。她衣上鳞片明明灭灭，闪烁不定。嘲风说：“什么时候你变得如此缺乏自信了？”

璇渊魔姬侧过身去，说：“你不要以为我不知道是你暗中为她解围。嘲风，她不过一个胆小无能的凡人。魔尊聘她为储妃，是指谁为储君，谁就能娶她。可不是谁娶了她，谁就是储君。你应该擦亮眼睛，看看眼前真正能够帮助你的人是谁！”

她说话毫不留情，嘲风脸上却笑容依旧：“如果我没记错，你们沉碑渊鳞族是因为备受魔后排挤，迫于无奈，才向我母妃投诚。而你们表达诚意的唯一方式，就是把毫无姿色、脾气又不好的你许配给了我。这些年，也是我三番五次地为你们收拾烂摊子。抱歉，就算我把眼睛擦得再亮，也实在看不到你对我的哪怕一丁点的所谓帮助。”

“你！”璇渊魔姬气极。

嘲风说：“回去吧，我对这位人族公主毫无兴趣。但无论在任何时候，施恩总好过无端树敌，少动点歪心思。”

他字字无情，但依旧眼神温暖、笑若春风。好像他们是对恩爱情人，正在温存低语。璇渊魔姬气得一跺脚，扬长而去。

浊心湖。

青葵刚刚进去，就有侍女迎出来：“奴婢素水拜见夜昙公主。”

夜昙公主……这个称呼让青葵有一瞬间的不适应，但她很快反应过来——在魔族，自己也只能顶着夜昙的身份求生了。她说：“起来吧。我初来此地，一切陌生。你带我四下走走，熟悉一下四周。”

素水说：“公主……相柳祭司遣使前来求见。”

“相柳祭司？”青葵皱眉，自己好像并不认得这号人物。但方才宴上多亏了他解围，现在既然他派人来了，自己总不能不见。她说：“请入厅中奉茶。”

不多时，外面有魔进来。此魔头上生角，长相怪异。但见到青葵，他还算有礼：“夜昙公主，听说您医术高明，擅长调养男子身体，我们祭司特地派我前来，为三殿下嘲风求药。”

“嘲……风？”青葵心中疑惑，“不知三殿下所患何疾？”

来人十分实诚，毫不隐瞒：“回禀公主，大祭司说，三殿下因频繁应付美人，力不从心。特求公主赐药。”

这……真是直接得可怕！

旁边侍女素水再也忍不住，扑哧笑出声来。青葵目瞪口呆，久久无言。半晌，她说：“方才宴上，我观三殿下……体魄健壮，似乎并无虚乏之症。殿下如真有不适，还是面诊为宜。”

来使说：“公主殿下，小的只是个传话的。大祭司让小人求药，小人就只能拿了药回去，别的却是不敢说、也不敢问的。”

可嘲风看起来实在不像是……青葵回忆日间所见的嘲风，那人确实不像是“力不从心”啊！她说：“你且先回去，待我开好方子，再来取药。”

这倒使得。来使站起身来，再行礼：“那此事就拜托公主了。”

素水把人送出去。青葵在厅中来回踱步，百思不得其解。

一直等到素水返回，她终于问：“素水，三殿下居于何处？”

素水说：“三……三殿下啊……他因为被贬为斥候队长，没有宫殿，现在住在斥候营。”

青葵皱眉，说：“你能否带句话给他？”

素水有些为难：“这……如果只是一句话，倒也可以。不知公主想对三殿下说什么？”

青葵说：“你且转告他，若他真有隐疾，请他亲身前来，我把脉之后，自会开药。莫要为难下人。”

素水捂着嘴，偷笑半天，说：“是，公主。”

斥候营。

嘲风正在汇总各方斥候递上来的情报，素水就这么走了进来。当着诸魔的面，她扬声说：“三殿下，夜昙公主命我前来传话，说您身患隐疾，向她求药的事儿，她已经知道了。但具体药方，还是需要当面诊断之后才能开出来。所以请您有空亲自过去一趟。”

说完，她微微欠身，扬长而去。

斥候营里，诸魔顿时全体安静下来。

片刻之后，嘲风轻咳一声：“继续。”

诸魔神情微妙地继续上报其他三界的情报，谷海潮在他耳边轻声说：“原来你上次说的都是真的？”

嘲风揉了揉两侧的太阳穴：“不知为什么，我总觉得所有蠢物都被安排到了我身边。派个人提醒她一下，相柳大祭司为什么会‘替我’向她求药。”

浊心湖。

青葵正信步闲游，想着自己被错送到魔族，父王要是知道肯定急坏了。夜昙也不知如何了。当务之急，自然是逃出去比较要紧。但是自己人生地不熟，如何逃走？

她眉头微蹙。突然听见草丛后有女声娇羞地说：“我真想变得再瘦点，最好这里再丰满一点，这里再纤细一点，哎呀，那样的话，我未来的夫君一定会更喜欢我的。”

另一个女子说：“听说新来的夜昙公主擅长医术，你为何不向她求医呢？”

第一个女子说：“人家还没出嫁，怎么好意思为这事去求医！要是被其他姐妹知道，非笑话死我不可！”

青葵如醍醐灌顶——相柳是魔族大祭司，必定位高权重。他若是派手下来求药，恐怕也会担心其他魔嘲笑，所以不会明言。

若患病求医的是他，可就说得通了。

她一拍额头，自己怎的这般蠢笨！

第六章 灿然星陈

天葩院。

碧穹仙子正讲到精彩处："你那妹妹，直接派使女到斥候营，当着所有斥候的面，大声说……喀喀！"她清了清喉咙，有模有样地学，"三殿下，夜昙公主命我前来传话，说您身患隐疾，向她求药的事儿，她已经知道了。但具体药方，还是需要当面诊断之后才能开出来。所以请您有空亲自过去一趟。"

说完，她笑得腰都直不起来。蛮蛮本来是躺在桌上装扇子，这时候也忍不住用翅膀捂住了鸟头。

夜昙啃着鸡爪，也是重重地叹了一口气。

这消息肯定是真的，因为这确实是自己姐姐干得出来的事儿。

唉，算了，姐姐能活着就行了，也别期望太多。

她啃完最后一个鸡爪，外面天色也不早了。

碧穹仙子说："那……我们去蓬莱绛阙？"

夜昙擦了擦手，抓起蛮蛮牌扇子，豪气干云地一挥手："前头带路！"

碧穹仙子再次上下打量她——自己长这么大，真是第一次明白什么叫"作死"。

二人一前一后出了天葩院，迎面就撞上了一个人——玄商神君。

玄商神君放心不下，亲自前来带夜昙赴宴。飞池跟在他身后，正同他汇报魔族近况："魔族那边，也已经在挑选修补归墟的人选，目前看来，大皇子乌玳的可能性最大。"

玄商神君皱眉："乌玳？此人乃一冲动莽夫，如何与吾配合……"后面的话还没出口，他就看见了一双白花花的大长腿……

玄商神君几乎是慢动作抬头，看到面前是个女子。她白裙只堪堪遮住大腿，一条丝绦将腰身束得盈盈不堪一握，丝绦很长，直垂至光润如玉的足踝，在右腿一侧飘飞不定。

她身材纤长清瘦，却偏偏有着傲人的“胸怀”，玉颈修长，锁骨暖白，双肩圆润，如玉生辉，耀得人眼花。

飞池张大嘴巴，目瞪口呆。玄商神君后退一步，好半天，才透过浓妆认出眼前这张脸。

两千七百年来，玄商神君第一次感觉全身的血都冲上了脑子：“离光青葵！”

夜昙脑袋一缩，也是叫苦不迭——怎会碰上他！不该贪嘴啊，早点走不就好了吗？！

她说：“我、我、我……那个……这个……”

玄商神君一把抓住她的手腕，掌中肌肤软腻生香。他如被火烫，又飞快地放开，然后一指头差点戳到夜昙的鼻子：“你、你……”

万年面无表情的高冷神君，愣是被气得浑身发抖。

夜昙眼看他就要昏厥的样子，忙说：“干什么？我这不是去赴宴嘛，当然要认真打扮一下，对吧？”

“认真打扮！”玄商神君吐字如刀，见她这身打扮，简直不堪入目、不知羞耻！他一手解下外披，迎面将她一裹，推进天葩院。碧穹在一旁不知所措，玄商神君几乎是咆哮着对她说：“你应在何处？！”

碧穹第一次见他盛怒，眼前威压如山，她连行礼都顾不上，一转身就跑了。

玄商神君大步入内，多少年无波无澜的一口老枯井，燃起熊熊怒火。他一把抓住夜昙的肩，但她的肩也是光滑温软的，那是再昂贵的丝绸也绝难仿出的手感。

玄商神君将她推开，他无从下手——总不能扯她头发吧？

飞池吓得站在一边，根本不敢上前。外面本是风清云白，此时突然雾霾四起。蛮蛮飞快地从夜昙手里跳下来，躲进了旁边的花丛里。夜昙步步后退，直到背贴着天葩院的白玉圆柱。

玄商神君沉声说：“离光青葵！你言行无礼，品行败坏，放荡失德！离光旸不会教养女儿，神族却绝不能因你蒙羞！”

夜昙不服，贴着三人才能环抱住的圆柱顶嘴：“我走路走得好好的，你自己撞上来，我哪放荡失德了？”

玄商神君不理她：“飞池！”

飞池颤声说：“君上，飞池在。”

玄商神君字字千钧，掷地有声地说：“将此女镇在王屋山下，永生永世，不得释放！”

呃……这么严重吗？夜昙眼珠乱转，将信将疑。旁边蛮蛮跳到她肩上，在她耳边悄悄地说：“这家伙好像不是说笑的。你想清楚啊，人家孙悟空被压在五指山下，还有唐僧去救。三圣母被压在华山下，人家还有儿子去劈山。你可是什么都没有……”

夜昙一巴掌拍开它的鸟头：“少典有琴，自始至终，我有说过我品德高尚吗？你要是实在不满意，把我赶回人间也就是了。堂堂神君，欺负我一个弱女子，算什么本事？！”

玄商神君说：“赶回人间？公主怕是有什么误会。天界神族诺重如山，当初父神既然定下你为天族储妃，就无论如何不会变卦。即使你身死魂消，灰飞烟灭，下一任天妃乃至神后，也永远是离光青葵。”

“这……这……”夜昙知道他说一不二的性情，也有点怕了，讪讪地说，“这好像有点太严重了。我父王万一要是追问我的下落，神族也不好交代吧？”

玄商神君说：“交代？求仙向道之路，何其艰险难行？青葵公主问道而死，神族需要向离光氏交代什么？飞池，动手！”

眼看着飞池走过来，夜昙步步后退。

“等……等等！”夜昙眸光一闪，说，“刚才是碧穹仙子过来，说天帝和神后喜欢这样的打扮，人家就这么穿啦。她也说非常完美来着呀。是有什么问题吗？”

啊，我真是聪明绝顶！她说谎还一脸无辜，一双大眼睛眨呀眨的，比星辰灿烂通透。碧穹呀碧穹，反正你也不安好心，不如先来替本公主背个锅。唉，你也算是积德行善了。

旁边，蛮蛮恨不得用翅膀尖敲破自己的鸟头——我是不是站错队了？怎么看起来你比那个碧穹坏多了……

玄商神君听到这话倒是微微一怔，终于略略恢复了一点理智：“碧穹？她果真如此说？”方才碧穹确实同她在一起，果真是霞族居心叵测，恶意撺掇吗？

夜昙见他怒意稍微缓和，立刻说：“当然啦！不然人家怎么可能猜得到神帝和神后的喜好！人家初来天界，谁都不认识，当然是想要得到神帝和神后青睐的呀……”她眼泪在眼睛里打转，眸子明亮得令人心动。

若真是如此，倒也不能完全怪她。想不到碧穹小小年纪，却如此工于心计，竟然想让她在宴上出丑！玄商神君侧过脸，一直没有看她——她那肩、胸、腰、腿，哪里是能看的？他沉声说：“一刻钟之内，重新梳洗，换上礼服，随我前往蓬莱绛阙赴宴！”

夜昙不敢再惹他，乖乖地换了衣服，洗干净脸上的妆容。这下子，她看起来又干干净净、乖巧可人了。夜昙担心玄商神君余怒未消，她带着几分讨好的甜笑说："少典有琴，我好啦，我们走吧，不然要迟到了。"

不行，此女狡诈、反复无常，到底是不是霞族挑拨尚难定论。但今后若不能严加管束，定会再生事端。玄商神君抬手，食指在她额心一点。

夜昙只觉得额间一烫，她"啊"了一声，猛退一步："什么东西？"

她抬手去摸额心，那里却什么也没有。玄商神君沉声说："此乃虹光宝睛，是吾修行之初，以本命精元炼制的法宝，平素用以规正行止、约束己身。如今我将它渡于你，助你摒弃杂念，专心修行。此后，你但凡有违天规，此法宝便会略作提醒。你要及时纠正，以免行差踏错。"

"听你这么说，我怎么突然有种不祥的预感……"夜昙嘀咕了一句，又摸摸额头，"略作提醒？怎么提醒？"

玄商神君说："到时便知。走吧。"

夜昙跟着他出了天葩院，外面还有雾霾飘飘浮浮，令人视物不清。

夜昙用蛮蛮牌羽扇掩住鼻子："这么大的雾霾，看来天界环境也不好嘛。"

旁边飞池小声地说："君上乃星辰之灵，方才他一定是极端震怒，导致星辰颤动，天界方才降下尘霾。"

夜昙好像有点明白了："也就是说，他气得掉灰了？"

飞池想笑，但是他忍住了。

夜昙悄悄地说："不是我说，他真是太小气了。你说我不就是穿错一件衣裳吗？多大点事呀，就要把我永远压在王屋山下，还要对外宣布我死掉了！这么难伺候的人，平时你在他殿里，一定经常受气！"话刚说到这里，夜昙只觉额头如被火烫，她"哎哟"一声痛叫，捂住了额头。

飞池刚想说话，就看见她额心肌肤变成粉色，像一颗粉色的美人痣！

这是什么？！

夜昙捂住额头："啊，啊，烫死我了，烫死我了！"

前方，月老手持红线轮，正向玄商神君行礼。玄商神君回头，就见夜昙捂着额头，双手在额心乱擦。

这又是干了什么？他回身行来，右手在她眉心一点，夜昙觉得疼痛略缓，这才说："这到底是个什么东西！你快给我摘了！"

玄商神君说："持有虹光宝睛，须清心明志、端正言行。只要你心性端正，它对你修行有利。”

夜昙给烫得眼泪汪汪：“可我什么都没做啊，这个东西一定是坏了！你快给我摘了！”

旁边飞池小声地说：“公主，法宝都有灵性。兴许是因为这法宝是君上的东西，不喜欢别人说君上的坏话。”

“什么？”夜昙瞪大眼睛，她摸摸额头，转而扯着玄商神君的袖子，“神族不是总说公平公正吗？你这法宝分明是徇私偏袒啊！我不要这么个偏心眼儿的东西，你把它给我摘了！”

玄商神君拂开她抓住自己衣袖的手，都不想理她。

雾霾尽散，风吹动云霞，光浓如酒。

诸神自四方赶来，步上漫漫云阶。夜昙看见眼前长阶延伸入云，没有尽头一般。她转头问：“他们不是神仙吗，为什么不飞上去？”

她不胡闹的时候，玄商神君还是愿意为她解惑的：“长阶之上，就是蓬莱绛阙。为彰显天威，只准步行。”

“彰显天威？”夜昙不屑，嘀嘀咕咕，“我看就是大家都活太久了，又没什么事干，吃饱了撑的，没事找事，才会立下这么多破规……哎哟……”“矩”字还没出口，她双手捂住额头，这回发烫的原因她倒是清楚——诽谤少典氏，大不敬嘛。天规禁令上写了。

她眼泪汪汪地看着玄商神君。

玄商神君无奈，是真无奈。反正也烫不死，自己受着吧。他拂袖而去。

夜昙只觉得额间如着火，她双手捂额，呜呜叫痛。飞池急得不得了：“公主，这法宝若是听不得您说君上不好，那它定然是喜欢听些称赞君上的话，不如……您试试？”

“我称赞他？！他浑身上下能找出一丁点优点来让我称赞吗！”夜昙心头火起，但无奈额心烧灼之痛正在加剧，小命要紧，她只得试探着说，“少典有琴真是玉树临风，面如冠玉……”咦，好像真的好了点？！

夜昙赶紧接着道：“他为人方正，秉性善良，行事大度……天哪，我说这些话真的不会天打雷劈吗……”她喃喃地念叨，但这虹光宝睛显然智商不高，它听到赞美玄商神君的话，热度果然慢慢下降。

夜昙没办法，只得一边扇着蛮蛮扇，一边爬云阶，一边碎碎念：“少典有琴盛颜仙姿，紫芝眉宇，高风亮节……”她搜肠刮肚，把所有能想到的溢美之词全都给念了出来。终于，额间虹光宝睛不再发烫。

夜昙欲哭无泪："蛮蛮，我有点想吐。"

蛮蛮"呕"了一声："我也快了……"

彼时正值残阳夕照，一人一鸟痛苦地靠在蓬莱绛阙的云阶之侧，脚下霞光陆离，华彩浮沉重叠，光影聚散摇曳，美好而虚无，正如一场幻梦。

蓬莱绛阙正殿。

诸神落座，席间不时有人轻声交谈、互相问候，气氛倒是融洽和谐。夜昙面青唇白地走进来，紫芜一眼看见她，忙上前拉住："青葵姐姐！你……你这是怎么了？"

夜昙无力地任由她把自己拉到矮几旁坐下："别提了，被恶心的。"

紫芜皱眉："恶心？谁这么大胆，竟然敢跟你作对？"

夜昙端起几上茶盏，喝了几口，露出一脸不堪的表情："我自己干的。唉，总之一言难尽，别问了。"

紫芜见她实在是痛苦，只得再倒了盏茶给她："今日各路仙家都会过来，姐姐只要微笑点头就好，少说话就对了。"

夜昙"哦"了一声，心不在焉地看看周围——我得找个什么法子，既不触发虹光宝睛的惩戒，又能让神帝和神后"大开眼界"呢？

她心里转着坏念头。不多时，神帝、神后自后殿出来，相继落座。

神后霓虹上神目光一扫，已经发现夜昙。她微笑着说："孩子，过来。"

夜昙"哦"了一声，起身过去。神后不动声色地将她拉到自己身边，旁边坐着清衡君。夜昙皱眉——按道理，青葵是神族聘下的储妃，座次如果不在紫芜身边，一定就在储君身边。

可现在，玄商神君坐在天帝一侧，清衡君坐在神后这边。自己跟他同席，怎的如此怪异？

嗯？！上次乾坤法祖说过，玄商神君不久之后就要前往归墟，修补什么蟠龙古印。而且这一去十分凶险。难道神族是担心他回不来，所以有意立清衡君为储君吗？

夜昙古怪地瞟了一眼清衡君少典远岫。清衡君向她眨眨眼睛，意思很明显——我走之后，你没再闯什么祸吧？

夜昙"哼"了一声，不理他。神后微笑着说："早听说离光氏的青葵公主娴静端庄，如今见面，倒是比本宫想象中的竟还可心一些。"

夜昙还没说话，玄商神君一眼横来，她只得乖乖地说："娘娘谬赞，青葵愧不敢当。"

神后握着她的手便没放开。她一扫殿中诸仙，扬声说："各位仙家常居仙府，公务繁忙。本宫今日设宴，一则，是陛下感念大家的辛苦；二则，是本宫想为大家引见一个人。"

她拉着夜昙站起身来，声音温柔，却清晰地传遍蓬莱绛阙每个角落。殿中诸神瞬间安静下来。

"这位是离光氏的青葵公主，正是十五年前，神族经由弼政殿、神霄玉府共同见证，乾坤法祖亲自测骨，从而定下的神族储妃。"神后把夜昙介绍给各路神仙，然后为她介绍四方神仙，"青葵，这位是元始天尊，全称青玄祖炁玉清元始天尊妙无上帝，平素居于昆仑玉清境……"

天界神族，历时久长，地位尊崇的神自然也众多。她一一介绍，诸神皆起身示意，只有霞族颇为冷淡。

丹霞上神与女儿碧穹同坐一案，此时轻声问："你说，她穿了一身奇装异服？"

一说起这个，碧穹还沉浸在方才的情景带给她的震撼之中："何止奇装异服！简直就是袒胸露背、伤风败俗！她还给自己化了一个大花脸……若不是在天葩院门口遇见君上，恐怕这一殿神仙都会被她骇出病来。说来也奇怪，当时君上看见她，真是气坏了，现在看起来……好像又好了。"

丹霞上神看看夜昙，见她一身清爽端庄的衣着，妆容也十分正常，全然不见任何异样。

"是很奇怪。"丹霞上神喃喃自语，就算是想破脑袋，她又怎么可能想得到，是霞族替夜昙背了这口锅？她说，"君上同陛下是一个模子刻出来的，他可不是一个会给人两次机会的人。此女在犯下如此大错后，是如何令他息怒，若无其事地前来赴宴的呢？"

碧穹犹豫着说："莫不是……她勾引了君上？"

丹霞上神说："绝无可能。君上虽未被正式册立为储君，却是陛下属意的继承人。他从小就被剔除了……"话说到这里，她似乎觉得不妥，没有继续往下说，只是转而道，"总之，他不会被女色诱惑。你更不要企图走什么捷径。你只需要知道，他只会从天界神族的利益出发，考虑得失。"

碧穹"嗯"了一声，说："女儿知道了。"

殿中，神后已介绍完诸位神仙。夜昙看向神帝。神帝少典宵衣神情严肃，他端坐高位，不怒自威，看起来跟玄商神君一样，不好相处。

夜昙离座，来到殿中央，大声禀道："神帝、神后，青葵初到神族，就见到各位神仙，真是受宠若惊。青葵自请献舞一曲，祝神族安稳太平、神帝和神后福寿无疆。"哼，天规禁令？我舞跳得丑，总不算违反天规吧？

玄商神君知道此女跳脱，本就留意，这时候立刻轻咳一声。夜昙哪里把他的警告放在眼里，只等神帝示下。丹霞母女也都皱起了眉头——她又想干什么？

不管她想要干什么，反正她已经当众说要献舞，少典宵衣还能说什么？

好在只是献舞，也不是什么失格之事。少典宵衣说："准。"

诸神面带微笑，都等着夜昙一舞倾世。夜昙看看满殿期待的面孔，嘴角微勾，露出了一个邪恶的笑容。她正打算来个艳舞让满殿神仙开开眼界，突然，玄商神君开口道："青葵公主既然想要献舞，便请先入后殿更换舞衣，也好让乐仙准备曲子。"

他起身，作势领路，但眼神却冰冷。直到转过屏风，来到内殿，他才猛地站定。夜昙一个没留神，直接撞到他背脊上。

"喂！"她揉着额头，一脸不满。

玄商神君没有回头，沉声问："你准备跳什么舞？"

"什么舞啊——"夜昙拖长了声音，"你猜？"

玄商神君说："吾无暇与你戏耍。但你若以为，得罪父神可以让你离开天界返回人间，那你就大错特错。今日的你，已经是神族的未来天妃，代表天界颜面。你若胡来，父神只会处死你，并降天灾于离光氏，用以洗耻。届时世间将有多少生灵罹难？人族又将经历如何的战乱、疫病和衰亡？！就因为你一时任性，你要让整个离光氏陪葬吗？！"

"这么严重？"夜昙将信将疑，"那他就不能只降灾于离光氏，放我回去吗？"

玄商神君气极："你大可一试！"

话落，他甩袖准备离去。夜昙赶紧拉住他："那……那人家不会跳舞怎么办？"因为有点心虚，声如蚊蚋。

"什么——"玄商神君不敢相信自己的耳朵。夜昙搔了搔头："实在是……没怎么学过。"

玄商神君掐死她的心都有了："那你就自己等死吧！"他抬腿要走，夜昙一把抱住他的腿，慌道："少典有琴！人家不是故意的，人家只是一个想回家陪伴父亲的孝顺女儿而已啊！你就这么走了，那天下苍生怎么办？他们可就要无辜遭难了！你就算是看在他们的分儿上，也要帮帮我呀！”

她一把鼻涕一把泪，还死死地抱住他的腿。玄商神君真想一脚踹死她。但现在不是赌气的时候，父神若当真震怒，降下天灾，她死了也就罢了，毕竟罪有应得。但离光氏承担不起后果。

他指着夜昙，只觉心口疼痛，呼入的空气似乎都化作了尖刺。他捂着心口，缓了半天，终于说：“起来！”

夜昙抬头看他：“那……你答应帮我了？”

玄商神君将腿自她怀中抽出来，走了几步，终于还是回身，将一道符篆打入她体内。夜昙痛叫一声——玄商神君这一下子可是相当粗暴。

他咬牙切齿地说：“我会使用傀儡术，控制你的言行。离光青葵，你若再生事端，休想……”

夜昙不等他话说完，赶紧接话：“再也不会了！我保证一定乖乖听话，绝不让君上再操半点心了。”

玄商神君一个字也不想多听，转身离开。

看他这样子，是真打算帮忙了。这个老男人虽然待人苛刻，但他的承诺还是靠谱的。夜昙放了心，哼着歌准备去换舞衣，歌没哼几句，她就愣住了——糟糕，到哪里更换舞衣来着？

她“嗞”了一声，就在后殿转来转去。蓬莱绛阙真是太大了，处处云雾缭绕、雕梁画栋，鬼知道换舞衣的地方在哪里啊？！

夜昙正打算找个仙娥问问，突然，鼻端嗅到一阵奇异的香气。这是……谁在做饭？

她吸了吸鼻子，闻香而往。只见一座宫殿灰扑扑的，就在琼楼一角，像个自卑害羞的小姑娘，怎么看都显得格格不入。

夜昙好奇地推门，那殿门竟然也没锁，轻轻一推就开了。

随后，一股辛辣的浓烟毫不留情地席卷而来。

“喀喀喀……”夜昙咳得眼泪都要流下来了。庭院中，一个小姑娘手里拿着扇子，正用力地扇着炉火。

见到夜昙，她歪着脑袋打量了半天：“你……你是哪位仙姑？”

夜昙退后了几步，等到那股子辛辣味儿消散了些，才捂着鼻子问：“你是谁？”

小姑娘站起身来，随她到了殿外，再回身把殿门一关，夜昙总算是能喘上气儿了。小姑娘说：“我是五辛族的仙女，我叫胡荽。”

夜昙凑近她，仔细一闻，恍然大悟：“什么胡荽，就是香菜嘛！这年头，香菜都能成仙了？”

胡荽脸都涨红了，好半天才大声说：“香菜怎么了！我五辛族，才不会败给你们这些世俗偏见！我这次上到天界，就是要出人头地、扬眉吐气。我一定会混出个样来的！”

呃……夜昙上下打量她，胡荽还不服气，两腮气得鼓鼓的：“你看什么？！”

夜昙指指面前的旧殿，说：“为了混出个草样来，你在这里烧煤炉？”

真是“哪壶不开提哪壶”！胡荽被气到了：“你、你……”

夜昙说：“别生气啊，本公主最喜欢有志气的人了。我问你，你打算怎么出人头地？”

“这个嘛……”胡荽咬了咬手指，说，“我没什么野心啦，就想嫁个位高权重的夫君。等我飞上枝头成了凤凰，夫荣妻贵，那我五辛一族的地位，不也就水涨船高了吗？！”

“……好志向！”夜昙拍拍她的肩，“你以后就跟着本公主混，保管你吃香的、喝辣的！”

“你？”胡荽上下打量她，将信将疑，“你是哪位仙姑？”

夜昙说：“离光……青葵。”

“离光青葵？”胡荽慢慢地睁大眼睛，“神族准储妃，离光氏的青葵公主？！”

咦，姐姐的名号还挺好使嘛。夜昙问：“连你也知道？”

“整个神族谁不知道啊！”胡荽一副开心得就要跳起来的样子，“青葵公主，如果我跟着您，您能让我日后嫁给哪位神君？！”

你还真是直接啊！夜昙问：“你最想嫁给谁？”

胡荽仰着头，一脸陶醉地说：“要是我能嫁给乾坤法祖，那……”

“那整个天界的神族都会跪下来舔你的鞋底……”夜昙笑得栽倒在地。

胡荽说：“行了，行了，我也知道这个可能性不大。公主殿下，我一时半会儿也想不出来。反正我就想攀个高枝儿，只要是个能让我胡荽麻雀变凤凰的人就好了！”

夜昙挥挥手：“好说。收拾收拾，明天到本公主的天葩院报到。”

“我就知道我胡荽一定会时来运转的！”胡荽啪的一声扔掉扇炉火的扇子，纳头就拜！

夜昙这才问正事：“对了，舞衣在哪里换来着？！”

胡荽认定自己攀了高枝，哪能不尽心尽力？她说：“公主跟我来！”

夜昙一路跟着她进到后殿，换好舞衣，回到殿上。

诸神目光自然凝聚在她身上。神族舞衣亦是端庄保守，并未露半点冶艳风情。但美人天姿国色，莲步纤腰，如弱风扶柳款款行来，自能倾国倾城。

夜昙感觉不到体内有什么异样，对玄商神君这道所谓的傀儡符，自然也将信将疑。她目光一扫，玄商神君并不在座上。

这……他不会坑我吧？

她正怀疑，但突然之间，便觉一股莫名的力量驱使她走到殿中心。她身不由己地向神帝、神后行礼，转身道：“此舞尚需一人配合，青葵可否斗胆，请清衡君相助？”

“我？”清衡君感到莫名其妙，一脸“你可别连累我”的表情。夜昙也在心里嘀咕——什么舞啊，还需要少典远岫出面？

清衡君来到殿中，夜昙又听见自己的声音说：“请清衡君伸手。”

少典远岫没办法，只得伸出手来，摊开手掌。

此时仙婢乐起，夜昙身体一轻，回过神来时，她脚尖轻点清衡君的掌心，舞衣水袖一抛，竟然是掌上舞！夜昙自己都觉得神奇——这少典有琴，还挺多才多艺嘛！

清衡君生怕夜昙再干出什么惊世骇俗的事来，此时见周围并无异状，他才敢看。然而这一抬头，眼睛便再也移不开。

在他掌中，夜昙舞衣淡绿如烟，衣上珠玉飞扬，裙角细纱拂过他眉心，在他视线里生出卉木萋萋。他抬起头，掌中美人身轻如燕，衣袂飞扬，长发飘飘，令人有一种高山仰止的错觉。

宫外瑶池，荷叶接天。玄商神君在荷叶上起舞，下腰抛袖之时，纵然再清心寡欲，也不禁生出嗔念。

离光旸，你身为人父，教女无方，却来贻害本君！今日此舞，实当你自己来跳才是！！！

苍天大地，再如此下去，吾当真不会被气出心魔吗……

夜昙这一支舞，倒确实是符合诸神的预期，确实是倾世之舞。

神帝少典宵衣微微颔首，道：“舞跳得不错，柔而不媚，清雅不寒，足见暾帝教养之功。”

呃……父王有没有教养之功，夜昙不知道，但这舞显然不是他的功劳。就算是脸皮厚如夜昙，也只得道：“这等称赞，父王定然不敢领受，都是神帝教导有方，教导有方。”——还是你这儿子教得好，连这个都会！

少典宵衣显然只当她是谦虚，说：“孤赏你六壬仙露一壶，助你早日辟谷，登天化神。”

夜昙不知道这六壬仙露是什么，但听名字也知道是种“不明觉厉”的丹药。她恭敬地道：“青葵谢恩。”

少典宵衣点头，神后微笑着示意她回座。她回到席间许久，清衡君还愣在殿中。神帝顿时不悦：“远岫！”

“啊……啊！”清衡君骤然回神，赶紧也回了座。

此时，玄商神君终于从殿外进来，在神帝身边落座。清衡君小声对她说：“想不到你的舞姿……竟如此超凡脱俗。”

夜昙看看远处的玄商神君，又看看他，干笑：“呵呵。”

殿中又恢复了觥筹交错，诸神对青葵公主自有一番称赞。神后也十分满意，轻轻拍了拍夜昙的手背。一场饮宴，总算是宾主尽欢。

然而出了蓬莱绛阙，夜昙前脚刚回到天葩院，玄商神君后脚就跟进来了。

夜昙上前拉住他：“少典有琴，你舞跳得真是太好了！”

然而这句夸奖的效果，让玄商神君本来就阴云密布的脸色更是黑如锅底。他丢给夜昙两本书。

夜昙捡起来一翻：“这是什么？”

玄商神君冷冷地道：“你们人间的《女则》和《女训》，给我抄一万遍！”

“一万遍？！”夜昙举着两本书，一脸震惊，“你是不是疯了？”

玄商神君说：“少一个字，不准吃饭，不准睡觉！！！”

说完，他甩袖离开。

夜昙满地打滚：“一万遍，我断手断脚也抄不完啊！！！”

可玄商神君哪里理她，早已走远了。

夜昙还在地上滚呢，外面就有人进来惊叫道：“离光青葵，你在干什么？”

——来的不是别人，正是碧穹。夜昙一眼看见她，如同溺水之人看见了一根浮木！她一把抓住碧穹：“碧穹仙子，看到你我真是太高兴了！”

碧穹觉得莫名其妙：“我什么时候变得这么让你期待了？”

夜昙把《女则》和《女训》递给她，说：“来，来，帮我把这两本书各抄一万遍，然后送到垂虹殿。”

碧穹一把甩开她："凭什么？！一万遍！你是不是有病啊！"

夜昙说："不是我有病，是少典有琴有病！"刚一说完，额心就是一烫，她"哎哟"一声，赶紧说，"不，不，少典有琴没有病，他丰神俊秀，色若春晓，剑眉星目，姿容如雪。"

碧穹退开几步，是真想走了，面前的女人看起来真是疯了。夜昙赶紧拉住她："你听我说，如果你帮我把这两本书抄一万遍，我就给我远在魔族的妹妹写封书信、送个信物。如何？"

"啊？"这倒是跟母神的计划相符，可……碧穹看了看那两本书，说，"可我帮你带信和信物给你妹妹，本来就是在帮你啊，凭什么还要给你抄书啊？"

夜昙说："你就说抄不抄吧？想清楚啊，本公主可不是随时都愿意跟我那个蠢妹妹联络的。"

碧穹思前想后。如果"青葵"同意送信物给"夜昙"，那就是私通魔族，天帝定然不会容忍。这当然是好事。可……这两本书抄一万遍，也太多了！

这要抄到什么时候？

她有点想哭。

夜昙一把将两本书拿回来："不抄算了！哼。"她一副下定决心自己抄的模样。碧穹赶紧说："我帮你抄！但是你要将信物给我，并且写一封信给你妹妹！"

夜昙素手一挥："没问题！亲笔书信和信物，一样不少！"

碧穹拿着两本书，皱着眉头回了重墨台。

夜昙长舒一口气，坐在椅子上。蛮蛮说："这样下去也不是办法，这变态早晚折磨死你啊！"

"那我能怎么办？"夜昙翻了个白眼，端起杯子，将里面的水一饮而尽，"我打也打不过他，跑又还没想到办法。现在还多了一个这样的东西……"她指指额头上的虹光宝睛，"我连骂他一句都要挨烫好吗！"

蛮蛮拿翅膀尖摸了摸她的头："昙昙啊，你平时聪明，怎么这时候就糊涂了呢？他再怎么着，也是个男人。而你是个女人，还是个集美貌和智慧于一身的女人。只要你把他迷得晕头转向、五迷三道，那他还不是随你摆布？到时候，你要他往东，他不敢往西；你要他追狗，他不敢打鸡！那样你在天界的日子，不就好过了吗？"

"说得对啊。"夜昙摸摸下巴，越想越觉得有道理。

蛮蛮来了精神，忙说："我看那变态挺忙的，现在肯定还没歇下。他平时那副清高矜傲的模样，肯定也没有女人敢去关心讨好。你只要做一碗羹汤送过去，他必然十分受用。”

“嗯！”夜昙一路来到小厨房，因为考虑到她还是凡人，不曾辟谷，这小厨房的食材倒也准备得丰富。她看了半天，指着一坛白白的粉末状的东西，问：“这是什么？”

“这、这、这……”蛮蛮站都站不稳了，“面、面粉。”

夜昙恍然大悟：“哦！怎么跟我以前吃的不一样？”

废话！蛮蛮颤抖着说：“因为你以前吃的面都是和好的。怎么我突然有一种不祥的预感……要不还是我来帮你做吧？”

夜昙素手一挥：“去、去、去，一碗羹汤，有多难？本公主亲自来！”

然后她就在厨房里忙活了三个时辰。

眼见天色都亮了，蛮蛮探头进来：“你做好了没有？”

夜昙端着一碗羹汤，灰头土脸地出来：“好了，好了，想不到这个还真是挺难的。幸好本公主心灵手巧，智慧无双。”

蛮蛮伸头看了一眼，见那碗羹汤看上去还不错，说：“那你赶紧送过去吧。天都快亮了。”夜昙“哦”了一声，正打算走，蛮蛮不放心，追上去又问了一句，“这……真的没问题吧？”

夜昙说：“能有什么问题？我做事你还不放心吗？”

她昂首挺胸，端着托盘，径直去往垂虹殿。

第七章

日月同辉

垂虹殿灯盏未熄。天色将明，正是诸位星君交班的时间。

玄商神君当然也还没歇下。

夜昙捧着一碗羹汤，袅袅婷婷地前来。飞池见了，忙迎上去：“青葵公主，这个时辰你怎么来了？”

夜昙举了举手里的羹汤：“我看天都快亮了，君上却还没歇下，所以亲手为他做了一碗羹汤。”

“公主有心了。”未来天妃关心自家君上，这可是天大的好事。飞池赶紧说，“飞池这就进去禀报。”

夜昙在外间等候，不一会儿，玄商神君就传她入内。

她进到殿中，只见玄商神君案上堆着几大摞手稿，随便一摞倒下来也能压死人。玄商神君正在翻看，抬头看见她，说：“公主来得正好，本君正打算派人去请。”

他脸上不见喜怒，但不知道为什么，声音有点凉飕飕的，让人听得浑身直冒寒气。

夜昙讪讪地笑着说：“青葵自蓬莱绛阙返回后，一直想着君上。想不到君上也在想着我。我见君上彻夜未眠，特地为君上做了一碗羹汤，还请君上不要嫌弃。”

她把羹汤放到玄商神君面前的桌案上。玄商神君沉声说：“方才，仙娥送来这堆手稿，说是你亲自抄写的《女则》和《女训》。”

一万遍……碧穹这么快就抄好了？夜昙心知要糟糕，但她仍一脸无辜的样子：“啊，对。怎么了？”

玄商神君将手抄本放在她面前：“青葵公主真是迅速，仅仅几个时辰，便将《女则》和《女训》抄写了万遍！”

夜昙赔着笑说：“对啊。这不是君上吩咐下来的嘛，人家不敢怠慢！”

玄商神君真的是气得心脏疼。他捂着心口，一声怒喝震得夜昙耳朵嗡嗡直响：“不敢怠慢？！所以他人抄写万遍，需耗时两月有余，青葵公主只用了几个时辰！不仅如此，甚至每一本都字迹迥异！吾粗粗翻看了三十本，便有三十种字迹！公主真是多才多艺！”

三、三十种？！

那个愚蠢的碧穹！夜昙更气——她一定是找了很多个小仙娥来抄写！天哪，智力低下真是害人不浅哪！夜昙眼珠乱转，赶紧说：“那、那是人家正在练、练字嘛。多学习几种笔迹也是很好的，对吧？”

玄商神君只觉一口老血堵在喉头。天界再度尘霾四起，星辰震动！他指着夜昙：“既然公主抄写如此迅速，又喜欢练字，那就再抄一万遍吧。”

不行！我不能生气，我要忍辱负重！

夜昙猛扑过去，抱住他的小腿，一脸深情地说：“君上，实不相瞒，从当初在宫道上第一眼看见君上开始，君上的伟岸风姿就一直在青葵心里萦绕不去。那天之后，青葵寤寐思服、寝食难安，直到再见君上，方才明白，何为相思摧肠。”

玄商神君的身体僵硬成一座石像，片刻之后，他一字一顿地道：“所以呢？”

有戏！夜昙举手立誓：“人家对君上的真心，就如同对火锅里的肥牛肉、肥羊肉、毛肚、鸭肠、藕片、金针菇……”

玄商神君打断她对自己的一片真心的比喻，说：“如此说来，公主一定很乐意陪伴本君了？”

呃……陪伴他？！夜昙牙疼般轻咝一声，说：“愿、愿意，我愿意。”只要不抄这劳什子书，你说什么我都愿意。

玄商神君说：“很好。公主既喜欢练字，又喜欢本君，那就在垂虹殿里抄书吧。一万遍，跪抄！”

…………

飞池进来，另设了一张几案。

夜昙愤愤不平，但还能怎么办？抄呗！

她跪在几案边，提起笔，不情不愿地开始抄书。玄商神君真是气得脑仁儿都疼。手边的羹汤是热气腾腾，但气味……似乎跟平时的吃食味道不同。他随手拿起银勺，尝了一口。汤汁的味道在舌尖蔓延开来，其味道之古怪，令他不得不怀疑这两千七百年的神生！以至于他满脸不可置信地又尝了一口。

片刻后，玄商神君沉声说：“这碗羹汤真是你亲手做的？”

夜昙赶紧说："对！人家做了好久呢！好吃吗？"

玄商神君说："飞池，把碗端过去，让公主用完这碗汤羹再接着抄写。"

"君上这……是在关心人家吗？"夜昙一双眼睛黑白分明，天真无邪——难道本公主的美人计奏效啦？！

玄商神君不理她，示意飞池把碗端过去，指着她道："全部吃光，一滴汤汁也不许剩。"

夜昙狐疑地拿起勺子，舀了一勺，看起来很不错。她喝了一口，然后慢慢张大眼睛，半晌，噗的一声，喷了一地。

"这……呸、呸，怎么会这样？"她抓过茶壶漱口。旁边飞池过来闻了闻，又仔细查看了半天，他犹豫地说："公、公主，有时候这白色的粉末吧，它不只是面粉，还有可能是别的东西。"

"别的东西？"夜昙问，"比如呢？"

飞池说："比如说，用来发面的……碱。"

夜昙张大嘴巴，愣了半天，终于轻手轻脚地放下勺子。她偷瞟了一眼正襟危坐的玄商神君，大义凛然地说："那个……我觉得《女则》和《女训》写得挺好的，果然是值得本公主好生学习一番。飞池，把吃食撤下，莫要让口腹之欲影响了本公主的向学之心！"

星君交班之后，各司其职，玄商神君便有片刻空闲。

此时夜昙在抄书，玄商神君坐在案边，以手支额，耳边只有狼毫在纸上游走的声音，墨香悠悠，他竟睡了过去。

睡梦里自己仍在蓬莱仙境，诸神齐聚。夜昙衣不蔽体地跳出来，大声喊："少典有琴，你看我这身衣裳好不好看？"

玄商神君骤然惊醒，只见周围安静如初，一侧夜昙仍在低头抄书。

——两千七百年以来，无惧无畏的神君竟然做了平生第一个噩梦。

旁边夜昙见他醒来，不由得满怀希冀："少典有琴，我能少抄一点吗？我手好疼。"

玄商神君揉了揉太阳穴——离光旸这哪里是送来一个女儿，分明是送来一个恶魔！这样下去我真的不会入魔吗？他无力地道："滚回天葩院去抄，少一个字多抄一百遍。"

夜昙"哦"了一声，站起身来，揉揉肩和腰，拿起《女则》和《女训》这两本书，倒是自己回了天葩院。

玄商神君望着她的背影，过了许久，终于提笔，竟是给自己开了个方子。

“飞池。”他扬声唤仙侍，“照方抓药，炼一炉丹来。”

飞池躬身接过药方，待拿出去方才打开，然后发现，这竟然是一份清火降燥、疏肝解郁的丹方。

天葩院。

夜昙一进去，就见清衡君正捂着鼻子。

“天葩院这是……什么味道？！”他挥手在鼻子前扇风，“这也太呛了！”

夜昙不用看就知道是怎么回事，她说：“这是香菜的味道，你不知道？”

清衡君说：“我当然知道。可为什么你殿中会有香菜？”

夜昙说：“我昨天新收了个五辛族的小仙娥。胡荽？！”她到处找，“胡荽——咦，我的草呢？”

后院，胡荽正在给蛮蛮洗澡，闻言赶紧跑过来：“青葵公主，您回来啦！”

她一过来，香菜的味道就更浓烈了，清衡君忙退后几步。胡荽也看见了他，迟疑道：“这位是……”

夜昙说：“喏，给你们介绍一下。这是五辛族胡荽。这是清衡君少典远岫！”

“少典……”胡荽眼睛都亮了，在神族，姓少典就意味着位高权重，绝对是她择婿的首选！她立时扑到清衡君面前，扑通跪下：“五辛族小仙胡荽，见过仙君！”

“免了！”清衡君迅速地闪避到门口，然后问夜昙，“这几天会有流星雨，天界流星雨甚为壮观，我带你去看。”

这几天？夜昙灰溜溜地道：“去不了。”

清衡君问：“你又怎么了？”

夜昙揉着手腕：“别提了！碧穹真是个蠢货！我让她帮我抄书，你猜怎么着？她抄倒是抄了，但是每一本的笔迹都不同！结果你那兄长，呵呵，火眼金睛，一眼就给看破了。”

清衡君拍了拍额头，问：“抄什么？”

夜昙扬了扬右手拿的两本书。清衡君上前接过来，随手翻了翻，说：“这个……你找我嘛，找碧穹干什么。”

“找你？”夜昙如同绝处逢生，一把抓住他的手，“你有办法？”

她的手柔软纤细，光滑如丝，清衡君一愣，立刻抽回手，竟然脸红了。他别过头，说：“我……打小就由兄长带大，他一直就喜欢罚我抄书。所以我养了几个心腹，最擅长模仿笔迹。”

夜昙拿眼睨他：“连玄商神君都看不出来？他眼光可是毒得很呢！”

清衡君说：“若兄长仔细鉴别，当然能看出端倪。但他公务繁忙，总不可能每页都仔细看吧。你只要每一本都写前面一部分，供他抽查便也是了。”

“有道理。”夜昙把两本书都塞给他，“那就拜托你了，两本书各抄一万遍。远岫，你真是我的救命恩人！走，我请你吃火锅。”

“一、一万遍？！”清衡君整个人都不好了，“你这是干了什么惹他发那么大的火？我说，这天界的尘霾，不会是他被你气到才出现的吧？”

呃……夜昙一脸无辜地看着他。清衡君叹气：“还是别去吃火锅了。真要去了，估计这书就不止抄一万遍了。”

“哦。”去不去吃火锅都无所谓，总之不用抄书，夜昙还是很高兴的，“那你想做什么？等书抄好了，我陪你去！”

她说这话时，那一双清瞳之中，完完整整地映出他自己，像是他低头俯瞰时，不慎坠入她的眼眸中。清衡君不由得说：“不日之后，天界流星成雨，我带你去看。”

“流星雨啊！”夜昙拍手，“你知道吗？人间有种传说，对着流星许愿，愿望是可以实现的！”

“对着流星许愿？”清衡君用手里拿的《女则》和《女训》轻拍她的脑袋，“流星许愿容易灵验，是因为流星成雨时，许多神灵都会前去观看。有神灵听见凡人的愿望，顺手实现而已。你求流星，还不如求本君。”

“求你？”夜昙睨了他一眼。清衡君立刻扬了扬手里的两本书，夜昙眼中的蔑视瞬间变成了崇拜。她扯着清衡君的衣袖：“哎呀，远岫，你真是救苦救难，慷慨大方，雪中送炭……”完蛋了，这些拍马屁的话，她好像越说越顺口了。

果然清衡君听得身心舒坦：“这还差不多。我先去替你抄书了。你乖乖待在天葩院，兄长脾气不好，你真的不要再犯错了。”

夜昙挥手：“行了，行了，我知道了。”

清衡君仍不放心，但也没办法，只能抱着两本书离开。

夜昙松了一口气，总算是不用再抄书了。她转过头，说：“我的草，虽然清衡君没跟你说话，但你也不要气馁……”

她刚说了一句，胡荽就一脸震惊地道：“我才跟在公主身边一天，就见到了传说中的清衡君！我觉得我攀高枝儿的大业指日可待！公主，我去干活了！”

说着话，她拿着抹布，连擦柱子都擦得热情高涨。

蛮蛮和夜昙互相看了一眼，最后还是蛮蛮开口：“她不用你鼓励，自己就能给自己鼓劲。”

夜昙深以为然，说：“别擦了。这些事，明明一个清洁法诀就能做完。你有时间在这里干活，还不如去练功。”

胡荽还说得很有理：“可是人家如果去练功了，公主万一又看上别的仙婢怎么办？”

说你笨，但心眼还挺多。夜昙气笑了：“我数到三，你要是不去练功，就回去烧你的煤炉！”她正打算数“一”，一回头，胡荽已经踪影全无。

蛮蛮扇了扇翅膀：“你把她支走干吗？”

夜昙白了它一眼：“不支走她，难道我们要在这里待一辈子吗？少典有琴那变……那啥，他简直就是我的地狱！”

蛮蛮嘎嘎了几声，正要说话，天葩院的院墙上有人说：“那我是不是来得非常及时啊？”

夜昙和蛮蛮都是一愣。一人一鸟同时转头，只见一个少年从院墙轻身跃下。朝阳初升，他正落在缤纷花影里，花瓣纷纷扬扬，隐没在他肩头、发际。而他披花而来，里衣白得耀眼，外袍浅绿明艳。正是“公子颜如玉，翩翩世无双”。

“帝岚绝！”夜昙跑上前，一拳捶在他胸口，“真的是你啊！”

帝岚绝被她捶得闷哼一声，后退了几步。然后蛮蛮就冲上来，扇着翅膀撞进他怀里：“少君！”帝岚绝顿时唇色苍白，伸手一把抓住它的翅膀。

夜昙这才发现不对：“你受伤了？”

帝岚绝经过刻着天规禁令的石书，不由得看了一眼：“上次到离光氏找你，被国师愿不闻抓住。父王嫌我丢脸，狠狠教训了我一顿。不过不碍事。”

“什么不碍事啊！”蛮蛮跳到他膝盖上，拿翅膀尖装模作样地替他顺气，“妖皇把我们少君揍得下不了床，不然的话少君早就带你逃跑了，至于等到你被送到魔族那天才来抢亲嘛！”

“……蛮蛮。”帝岚绝无力地说。

夜昙也是无语：“伤得很厉害吗？我看看。”说着话，她去解帝岚绝的衣带。帝岚绝忙挡住：“别！”

就这么一动，他后背就又渗出血来。夜昙大怒：“帝锥那个老畜生，竟然把你打成这样！”

帝锥正是当今妖族的妖皇，也就是帝岚绝的爹。帝岚绝无言：“别这么骂他。”

此时他后背整片衣裳都已被血染红，夜昙暴怒：“我骂错了？！他的存在，就是为了证明，畜生就是畜生，修炼的时间再长，也是兽性难改！总有一天，我非给他点颜色看看不可！”

帝岚绝拍拍额头：“毕竟他是我爹，你骂他的时候能不能考虑一下我的感受。”

夜昙“哼”了一声，说：“姐姐的随身物件里应该有伤药，我去给你找些。”帝岚绝赶紧挡住她：“些许小伤不要紧，走，先离开这里再说。”

夜昙说：“我也想离开这里啊！你不知道，那个少典有琴，他迂腐冷酷、食古不化，简直就是个……哎哟！”她说到这里，只觉额心如被火烙，疼痛钻心。

该死的虹光宝睛！她捂着额头，但帝岚绝还是看见了她额心粉色的圆痣。他问：“这是什么？”

夜昙痛得脑袋发昏，说：“是少典有琴那个变……那个啥的法宝。哎哟！”她实在是痛得不行，只得碎碎念，“我错了，我错了。少典有琴英姿飒爽，龙章凤姿，高瞻远瞩，英明神武……”

帝岚绝一头雾水。

蛮蛮指了指夜昙额头，替她解释：“在讨好玄商神君的法宝呢。”

世间竟有如此无耻的法宝？帝岚绝也是无言，扬了扬手中的出入令牌，说：“走吧。”

夜昙说：“你伤得这么重，怎么走？”她不由分说，拉着帝岚绝进到内殿，翻箱倒柜，果真是找到了些伤药。她把帝岚绝拉到榻边，直接推倒：“躺好，帮你上药。”

帝岚绝和她乃幼年玩伴，两个家伙都不是省油的灯。帝岚绝从小就是被帝锥揍大的，上药时当然也是默契十足。帝岚绝瞬间化作真身，竟是一头五彩斑斓的小老虎。

没了衣服，他皮毛之下的伤口就更分明了。那些鞭伤新旧叠加，纵横交错，道道皮肉外翻，如同发出狞笑的嘴。

夜昙一边清理他的伤口，一边咬牙切齿：“你父皇真不是个东西！自己的儿子也能下这种毒手！你等着，我一有机会就去给你报仇！都说老虎屁股摸不得……我还就不信了！”

帝岚绝神情复杂，“你要去摸我父皇的屁股？”

“什么啊！”夜昙举着药瓶，不怀好意地盯着他看，“我要摸老虎屁股，犯得着跑那么远吗？”

帝岚绝不由自主地夹紧了尾巴。

好不容易把他全身的伤口都清洗干净，上好药，夜昙说：“伤得这么重，你不好好休息，还跑到天界来，不怕你爹剥了你的皮啊？”

没人回应，她低下头，发现帝岚绝睡着了。

他身为猛兽，任何时候都不会把伤口露给别人看。鲜血除了会暴露自己的虚弱、引来其他的凶兽以外，别无用处。

可唯独在她面前，所有的戒备都不存在。

她的顽皮与聒噪，是清晨滴落的露珠，是傍晚沉落的夕阳，是悄然升起的星月，可以伴他安眠。

小老虎睡得香甜。夜昙歪着头看了他半天，突然伸手，一巴掌轻轻拍在他的老虎屁股上，手感肥厚，居然还挺有弹性。

帝岚绝没有醒。

夜昙偷笑着替他盖好被子——他是真的累坏了。受了这么重的伤，也不知是怎么偷偷溜进神族的。

帝岚绝这一觉睡得沉，在梦里又回到十年前雷夏泽旁的鬼婴谷。他化为虎身在树林小憩，看到离光氏的丞相离光赤谣把一个女孩扔进深谷。

谷中草木葳蕤，白骨累累，瘴气弥漫，丝缕成烟。他与她隔着重重暮光沉默对视。半晌，她奶声奶气地问：“你也被人丢进来喂老虎啦？”

那时候她的瞳孔漆黑明亮，净若琉璃。

令人心醉。

垂虹殿。玄商神君正在服药。

仙侍飞池和翰墨忍着笑，看自家君上面沉似水地捧着丹药，谁也不敢先说话，去触这个霉头。然而不一会儿，触霉头的人就来了。

——玄黄境的仙童捧着夜昙的法宝美人刺，前来求见。

玄商神君手里捧着丹药，将吞未吞，此时再看见那柄光彩更为耀目的美人刺，脸色阴沉得快要下雨似的。偏生玄黄境的仙童单纯耿直，一只手捧上美人刺，另一只手就奉上了账单。

玄商神君额上青筋突突直跳。仙童又奉上一粒丹药：“君上，我们家天尊说，这粒丹药是送给君上家的……皮皮虾的，不算在账单里。”

“皮皮虾”这个称呼一出，飞池和翰墨噗的一声笑出来。还真是，皮皮虾都不如青葵公主调皮。玄商神君目光如利箭直射，二人迅速恢复正经严肃的表情。只有殿中仙童仍旧一脸无知——君上的坐骑不是夔牛嘛，什么时候又养了一只皮皮虾？！

玄商神君接过飞池转呈的账单，顿时就觉得手里丹药不够了。

他深深地吸气，半晌发出一声长叹："知道了。退下。"

他打发走了仙童，随手把丹药搁在丹盒里。提着美人刺正准备出门，想了想，他又重新倒出丹药服下——还是吃点药吧，谁知道待会儿还会发生什么事？

天葩院。

夜昙正靠着帝岚绝化成的小老虎，睡得正香。突然蛮蛮跑进来："哎哟，昙昙啊，玄商神君来了！"

它话音刚落，夜昙抬手操起帝岚绝，砰的一声，将他扔出窗外，抛进了花树之间。然后她迅速披上帝岚绝的外袍，扎起长发。

因为这里与垂虹殿相隔极近，玄商神君并没有设立单独的守卫。他径直走进去，前殿无人，却有一股血腥之气。玄商神君嗅觉本就灵敏得可怕，顿时心中一凛——这个家伙又干了什么？！

他快步来到内殿，空气中血腥味道更加强烈。他上前几步，猛地推开房门。只见一个男人身影迅速冲过来，竟然是打算夺门而逃。

玄商神君岂能容他逃走，立刻全力一掌击出。

凭他的修为，这一掌岂容小视！眼见掌力即将击中来人，然而这人却不是逃跑，而是直接冲到他面前。电光石火间，他看清了这人的脸——竟然是"离光青葵"！

以她那点微末修为，这一掌哪怕是掌风扫到她身上，她也必定会死得干干净净，一点渣都不会留下。玄商神君几乎没有犹豫，一边收回掌力，一边替她抵挡余力。

只听轰然一声巨响，天葩院震颤。

玄商神君闷哼一声，嘴角血迹森然，上神之血的香气，瞬间充满着整个内殿。外面天兵天将赶到，玄商神君紧紧地抓住夜昙的手腕："不能在此时让人知道我受伤。你立刻出去，挡住他们！"

夜昙被他护着，倒是全须全尾，完好无损。她说："你干什么，人还没进来就喊打喊杀，还把自己伤成这样……"虽然嘀嘀咕咕，她却还是出去了。外面二郎神牵着哮天犬，带着天兵天将，已经围住了天葩院。看见夜昙，他行礼道："青葵公主，殿内发生何事？”

夜昙说：“少典有琴教我法术啊，所以动静有点儿大。没别的事，你们都回去吧。”

哮天犬吠叫不止。二郎神拉住它，目露怀疑之色：“果真无恙吗？”

夜昙说：“你是觉得凭我还能把你们家君上怎么样吗？”

这倒也是。二郎神行礼，牵着哮天犬走了。

夜昙一直看他带人走远，这才返回内殿。

玄商神君脸色惨白如纸，衣上鲜血红到刺目。夜昙说：“你怎么样啊？我去叫飞池过来带你回垂虹殿。”

“站住！”玄商神君怒道，“此事连飞池和翰墨也不可告知。吾不日将前往归墟，他二人若知情，定会去求父神换人前往。”

夜昙说：“我听你们说，那个归墟修补起来好像挺危险的，他换人不是更好吗？”

玄商神君说：“正是因为危险重重，吾若不往，那另一个人选，要么是远岫，要么……就只能是父神亲自前往。远岫修为不够，父神更是肩负着统领神族的重任，岂能轻易涉险？”

他义正词严。夜昙说：“你倒是替别人考虑得周全，那你自己呢？万一你死掉了呢？”

玄商神君微微一顿，说：“吾若身死，亦是为了神族安定，四界存亡。值得。”

“好吧，你高尚，你无私。”夜昙耸肩，“那我送你回垂虹殿？”

玄商神君猛咳一阵，衣襟上血珠如绽开的花：“现在不行。你替我开一个方子，派仙娥去药王殿抓药。”

“开方子？”夜昙眉毛扬得老高，食指反指着自己的鼻尖，“我？”

玄商神君抬头看她，她这才反应过来：“哦……哦，哦，好吧。”

她装模作样地为玄商神君把了脉，然后咬着笔头，想了半天，突然灵光一闪，记得以前自己被父王痛揍了一顿，青葵曾经为她开过的一个药方。药方里面都有些什么来着？

她绞尽脑汁，不一会儿，还真想起了这个方子——这个世界上还有语言能够形容本公主的智慧吗？！她随手把方子丢给蛮蛮，令它去找小仙娥抓药。

天葩院外，紫芜仙子本是来找夜昙，听到这里的响动，当下匆匆闯进来。

“青葵姐姐？”她刚叫了一声，突然，路边花树一摇。

什么东西？

她歪着身子去看，只见树后，一团五彩斑斓的东西紧紧地缩成了一个毛球。

“这是……”紫芜在一旁折了根花枝，轻轻一捅。那团彩色毛球竟然猛地睁开了眼睛。“啊！”紫芜低低地叫了声，这是个小动物！

她骤然兴奋起来——是人间的小动物！是小狗吗？

这当然是帝岚绝。他一眼看见面前的女仙，心就是一跳。上次神、魔两族到离光氏接人，他使计抢夺夜昙，引起神魔大战，帝锥已经被气得吐血三升了。这次要是再被天界神族抓住……可真是糟糕透了。

“小东西你听着，我是紫芜仙君，我现在要过来抱你，你不准咬我哦！”花树外，女仙小声地说。

帝岚绝仔细地打量她，只见她淡蓝色的纱衣上，星纹流光隐隐，胸前由星辰碎片制成的项链熠熠生辉。紫芜仙君，玄商神君的妹妹，神帝的幼女？！

此女虽然美貌，但看上去不太聪明的样子。如果抓住她，以她相要挟，说不定能带夜昙离开神族。

他心念电转。紫芜仙子弯腰从花树间钻过来，一把抓住他。帝岚绝刚要反抗，却突然发现她身上星纹的纱衣和胸前由星辰碎片所制的项链都是极为厉害的护体法器。

他略一犹豫，放弃了抵抗，被紫芜仙子抱了个满怀。紫芜看到手中五彩斑斓的幼兽皮毛柔软光滑，明明还未断奶，偏偏在额上生了个威风八面的“王”字。

紫芜觉得好笑，然后立刻就发现了它皮毛下的伤口。

“啊，你受伤了？”紫芜将这小东西抱起来时，它的血沾满了她的手。“谁如此狠心，对一只未满月的小奶狗，竟也下此毒手？！”紫芜一脸气愤。

小奶狗？！

帝岚绝石化——大姐，你是傻了还是瞎了？！我是老虎！老虎，百兽之王，你知道吗？！

嗷呜叫的那种，你知道吗？！

可显然，紫芜不知道。

她抱起帝岚绝，帝岚绝正要嗷呜，猛地被她摁进怀里。她也不去找夜昙了，一路跑回自己的弄晴阁。

夜昙把自己开好的药方交给蛮蛮。眼看玄商神君是真无力顾及自己，她悄悄地来到花树边，然而弯腰一看，花树间空无一物！

这……帝岚绝呢？！

夜昙四处乱翻，但是连一根老虎毛都没找到。

怪事。自己刚才明明将它扔出窗外了，怎么可能没有？！不会又顺着窗户爬回去了吧？

她重回到内殿。玄商神君在榻上盘腿而坐，双手掌心向上，交叠放在身前。他依旧面色惨白，嘴上血迹红得刺目。

夜昙凑到他跟前，举起右手在他眼前挥了挥："你真的伤得这么重吗？这是几啊？"

玄商神君按捺着怒火，沉声说："本君只是受法术反噬，并没有瞎！"

你要是瞎了就好了！夜昙失望地"哦"了一声。她看看屋子里，确实也不见帝岚绝，只得在玄商神君面前蹲下来，想看看床底。玄商神君本就是盘腿而坐，见她蹲在自己身前，低下头来，动作十分奇怪，不由得沉声喝问："你干什么？"

夜昙瞟了一眼床下，那里空空如也。她放心了，索性坐下来："少典有琴，你为什么总是对我这么凶？难道你不觉得我很美吗？"

"美？！"玄商神君纵然受伤，却还是瞥了她一眼，"从未觉得。"

夜昙"啧"了一声，上身前倾，手肘撑在他腿上："那整个天界，你最喜欢哪位女仙？"

玄商神君居然真的认真想了一下，说："天界女仙众多，其中修为高深者，如九天玄母天尊，便是神族战神。本君对她一向敬重。端庄大方者也大有人在，比如洛神、嫦娥……"

夜昙打断他："那你看到她们的时候，会喜欢她们吗？"

"喜欢？"玄商神君皱眉。夜昙说："对啊，就是见过一面之后，会常常在脑海中回想，希望能够再见面！"

玄商神君细思片刻，当然是没有。他说："世间万物皆有缘法，有缘自会再见。何必心心念念？"

夜昙拍了拍额头："少典有琴，你知道吗？有时候我觉得你真的不正常。你能看到万物的优劣，但是都不会掺杂个人的感情，没有偏爱，也没有憎恶。你不觉得这不像一个活人吗？"

玄商神君闭上眼睛："本君觉得，看见你，本君倒是极为憎恶！"

"呃……"夜昙摸了摸鼻子，说，"所以我说你不正常。像本公主这种美人在你面前，你就应该觉得赏心悦目，为我如痴如狂才对。"

玄商神君不理她。她抬手轻触了一下他的下巴，说："你别说，虽然你这个人讨人厌，但你这张脸真是生得不错。"

"走开！"玄商神君声音冷硬如冰，但他人没有动。夜昙很快就发现为什么了："你动不了了？！"

玄商神君满脸懊恼。夜昙兴奋道："你真的动不了了啊？哈哈哈，少典有琴，你也有今天！"她几乎趴在他怀里，玄商神君却连避开都做不到。他正全力调整一身散乱的气劲，此时乱动，非重创功体不可。

而修补蟠龙古印的日子就在眼前，他没有时间细细调养了。

夜昙凑近他，手背滑过他的侧脸，说："哎，你对女人真的没感觉吗？"

玄商神君掐死她的心都有了："滚出去！"

夜昙说："别啊，我这是在帮你，知道吗？"她凑上去，红唇如火，轻轻印在他脸颊上。红唇温软，暗香逼近，夜昙就贴在他耳边，香甜软腻，带着微微的刺痒："这样也没感觉吗？"

玄商神君猛地睁开眼睛，目光如刀，将她层层剐碎。夜昙毫不畏惧，反而说："啧，看来是真没感觉。那么这样呢……"她素手滑过玄商神君的喉结，玄商神君噗的一声，一口血喷了她一头一脸。

——今日炼的那炉清火降燥、疏肝解郁的丹药，果然是不够！

"离光青葵！"他颤巍巍地用手指着夜昙，"你举止轻浮，毫无廉耻！你简直、简直……"

他看上去一副随时会被气死的样子，周身气劲也因为乱动而散乱不堪，长发披散下来，像是立刻就要走火入魔。夜昙转头就逃。门外，蛮蛮刚好端药过来。

"干什么慌慌张张的？"它一脸不解。

夜昙说："完了，完了，我死定了。少典有琴发狂了。"

蛮蛮把内殿的门推开一条缝，扒着门从门缝往里看。只见里面玄商神君披头散发，满脸血污，正趴在榻上不停咳嗽。它赶紧推门进去："什么死定了？他看起来还算清醒。来，来，先喂他喝药。"

夜昙观察了半天，见玄商神君暂时没有要拍死她的意思，她接过药碗，说："来，来，先别气啊，先把药喝了。"说着话，她试探地扶起玄商神君。

玄商神君极力克制自己。他这样的人，越是濒临崩溃，越是会坚强克制。从小到大，他一直都明白不能在盛怒之下做决定。

他闭口不言。夜昙只得把药端到他嘴边："你看我对你还是挺好的，对吧？"

玄商神君喝了一口，纵然是怒极攻心，他却还是比较清醒，问了一句：“这药方……是否少了一味药引？”

“少了药引？”夜昙挑眉，“怎么可能！本公主能犯这么低级的错误吗！”

这倒也是。哪家药师配药，会缺少药引而不自知啊？！玄商神君目带犹疑，却还是将药喝了下去。夜昙端着空碗，说：“那你先养伤啊，我不打扰你了。”

玄商神君来不及追究她犯的错，他眉峰紧皱，没过片刻，他哇的一声，竟然又开始喷血！！！

蛮蛮鸟脸呈现狐疑的神色，悄悄问：“怎么了？”

夜昙咬着唇，指了指碗：“刚才那药……是我开的方子。”

“那……恭喜你啊，这下子你是真的死定了。”蛮蛮扇着翅膀就跑了。

夜昙看看他，又看看碗，慢慢地瞪大眼睛。半晌，她猫着腰，抱着碗，做贼似的想溜。玄商神君吐得浑身是血，所有的伤怒，都在这一刻全部爆发出来。他怒喝一声：“离光青葵！”

混账东西！离光旸，养出这种孽障，你真是罪该万死！

玄商神君啪的一声跌到榻下，夜昙吓得一蹦三尺高。他强撑着起身来到桌边，几乎是颤抖着提起笔，自己写了个医方，然后连笔带纸一并丢到夜昙脸上。

夜昙堪堪接住药方，他头一歪，身子往下就倒。夜昙下意识地一把扶住，才发现他昏迷了。

真昏迷了，也不知道是伤的，还是气的。

夜昙没办法，只得让蛮蛮重新煎药。她把玄商神君扶到榻上，还试了试他的鼻息，才确定他并没有死。

弄晴阁。

紫芜抱着帝岚绝回来，服侍的仙娥看见了，纷纷围拢过来。

“天哪！仙君，这是人间的小狗吗？”仙娥镂月抚摸着虎头，简直爱不释手。

紫芜把帝岚绝宝贝一样抱在怀里，说：“好像是，不过哮天犬也是来自人间的狗，我这只可比它好看多了。喏，是彩色的，有花纹的哦！”

另一个仙娥惊叹：“它的毛真光滑！人间的小东西都是要吃饭的，它这么小，怕是还在吃奶吧？”

一众仙婢围成一圈，纷纷伸来“咸猪手”。帝岚绝第一次知道，“美人如云”竟然是个如此令人恐怖的词！他无奈，只能往紫芜怀里挤。

紫芜赶紧挡开诸仙娥：“好了，不准乱摸了。没看见它受伤了？快，快，去找药。”

这么可爱的小宝贝，居然受伤了！这还了得？一众仙娥呼啦一声，全都跑去找药了。紫芜抱着小老虎进来，真是越看越爱。

“你不要怕哦，在我弄晴阁，再没人敢动你一根狗毛的！”

废话，本少爷是头老虎，试问四界谁能动我一根狗毛？！帝岚绝恼怒已极——本少爷怎么有种不祥的预感……

第八章

弘于一人

天葩院。

玄商神君不省人事。

这倒是个杀他的好机会。夜昙刚这么一想，她额间就是红光一闪。

“啊——烫、烫、烫！”夜昙双手捂额，一蹦三丈高，只觉得脑浆都沸腾了——她动了杀念。天规禁令里，天界之内，不得无故杀生，不得仙僚相残。

虹光宝睛的提醒，粗暴干脆。夜昙满地打滚，当滚到玄商神君身边的时候，疼痛才减轻。

嗯？她试探着靠到榻上，挨着玄商神君躺下。玄商神君仍旧毫无知觉，虹光宝睛却慢慢地停止了发烫。唉，看来这家伙真是依恋旧主。

夜昙无奈，只得又使劲往里蹭了蹭，紧贴玄商神君。虹光宝睛终于正常了。她坐起来，不知不觉间，竟已是出了一身冷汗。

外面，蛮蛮重新端了药进来。

它伸出鸟头，见玄商神君仍未清醒，立刻说：“按常识，你现在就应该用樱桃小嘴含了药，一口一口地喂他了。”

夜昙正在擦拭额上的香汗，闻言啪的一声拍在它鸟头上：“什么按常识！真要是那么喂药，本公主恐怕有生之年都会被恶心得吃不下饭！我就不能拿根筷子撬开他的嘴，把一碗药倒进去吗？！”

蛮蛮还没说话，一个声音冷冰冰地说：“不必！”

呃……一人一鸟低下头，正看见玄商神君睁开眼睛。

尴尬。

玄商神君强撑着接过药碗，自己一饮而尽。然后他拿出美人刺和乾坤法祖所赠的丹药，一声不吭，丢给夜昙。夜昙接在手里，终于有了一丁点的愧疚之心。

她问：“你好些了吗？”

玄商神君的回复是……

“滚出去！”

夜昙和蛮蛮立刻就滚了出去。

一人一鸟刚滚出去，外面就有人进来。夜昙一见来人，不由得愣住：“神、神后？”

来的果然是神后，她衣上霓虹微光变幻不定，整个人美丽又温柔。见到夜昙，她却是微微蹙眉，说：“谁在内殿？”

夜昙是真没法解释。这殿里飘动着上神之血的香气，无论怎么解释也瞒不住神后。她只得一手捂脸，一手指了指内殿。

也别问是谁了，自己进去看吧！

内殿，玄商神君自然听到了自己母神前来，他根本来不及考虑，立刻脱去自己身上沾血的衣裳，卷成一团塞到被子里。此时神后已经进到内殿，掀开了床幔。

母子二人四目相对，神后的表情，真是勃然作色，精彩绝伦。

——她居然在青葵公主的榻上，逮到了自己衣裳不整的儿子！

夜昙捂着眼睛，没有过去。玄商神君说：“母神，我……”“我”了半天，他也没法解释。与其让母神知道自己受伤，平白担心，不如认了这事，让她另作他想。

他不再说话了。

神后等了半天，没等来他的解释，只得说：“母神知道你素来不是个荒唐的孩子，但今日之事实在匪夷所思。你总该有个说法。”

玄商神君保持沉默。神后看向夜昙，夜昙倒是准备说：“其实……”

话刚开了头，玄商神君说：“其实什么？公主殿中私藏了其他人？”难得的是，话里竟然带了几分威胁。这个所谓的“其他人”，他显然是另有所指。夜昙也不敢再乱说了。如果玄商神君非要追究，那帝岚绝潜入天界的事肯定瞒不住。他要是被天界神族抓住，天知道他爹会不会拿他去泡虎骨酒。

现在既然玄商神君不开口，那自己当然还是不要多说为好。夜昙立刻转口道：“其实就是神后看见的这样。”

天哪，还不如不开口！

神后看看玄商神君，又看看夜昙，不由得叹了一口气，说：“你跟我来。”

夜昙只得跟着她走，沉默半晌，神后说：“今日的事，本宫会当作没看见，也不知情。”

"呃，不对呀。"夜昙咬了咬手指，说，"神后不应该骂我勾引您儿子，然后想方设法地处理我吗？"

"勾、勾引？"神后领着她往前走，似乎是又好笑又无奈，"有琴今年两千七百岁，若是轻易就被人引诱，本宫也只能怪他心志不坚，如何反来骂你？"

神后居然如此通情达理？夜昙是真的有点儿意外了："那神后来找我，是有什么事吗？"

霓虹苦笑："今日建木之果成熟，但大部分用不上。本宫想来找你一起去采摘销毁。"谁知道竟然撞见这么令人震惊的场面……她心中有事，自然不够专注，只是指了指前方。

夜昙顺着她指尖望去，只见一棵巨树华盖如云，树上果实累累，红通通的如樱桃，十分诱人。

"哇！建木也结果子吗？我以为天界只有蟠桃和人参果呢！"夜昙冲过去，只闻见一阵甜香。树下仙婢正忙着将这些红果果全部摘下来，放进竹筐里。

神后微笑，说："这建木多年以来，一直由本宫打理、看管，以后早晚也是要交给你的。今日，你就过来监督采摘、帮忙计数。留下所需的果子，剩余的果子都要悉数埋掉，记住，一个也不许遗漏。"

夜昙应了一声，待要过去，神后又叫住她，终究还是担心的。神后说："青葵，你虽被定为天族储妃，但毕竟还未行礼。你……无论如何，还是不可与谁过于亲近。"

夜昙说："放心吧，我知道。"

她向建木走去，神后赶忙叫住她："那你和有琴……你们发展到哪一步了？"

"啊？"看在她人不错的分儿上，夜昙难得地安慰道，"神后，我们之间只是个误会，根本什么也没发生。少典有琴还是完璧之身，放心吧。"

"完、完璧之身？！"神后顿时震惊得思维混乱了。

夜昙来到树下，抬头一望，甜香更浓了。她咂了咂嘴，喃喃自语："这么好的果子，看上去就味道不错。就算是吃不完，为什么不分给其他神仙呢？这么埋了多可惜呀。"

旁边仙娥不敢答话。神后被她那句"完璧之身"惊得连剩下的话都没嘱咐，魂不守舍地走了。

夜昙来到竹筐前，那果子殷红如血，上面还带着露珠。她随手捡起一个，尝了尝。果子新鲜，汁水甘甜，入口生津。

“啊！”旁边的仙娥大惊失色，“仙子，这果实若是少了一个，我等都要被贬下凡间的！”

“呃……这么严重的吗？”夜昙举着被啃了一口的果子，双眼发光，“那我也会被贬下凡间吗？”

仙娥说：“那倒不会。仙子负责看管，若是有失，当负主责，会受七七四十九道雷火之刑，然后贬入畜生道，九生九世不得为人。”

……好吧。夜昙把啃掉一口的果子放进筐里，说：“我跟你说，我现在负责计数，只要我不说，你不说，谁也不会知道这玩意儿少了，明白吗？”

仙娥脸色煞白，但她说得对，自己一路艰难修炼，难道要功亏一篑不成？仙娥坚定地点点头。

“哇！好吃啊！”夜昙又抓起一个果子，问她，“这建木果实为什么要销毁？”

她由神后带来，必定身份高贵，仙娥也不认识她，但不敢乱说，只得道：“回仙子，历代神族都是如此处理的。而且要精准计数，一个也不许私留。”

夜昙看看果子：“这东西不会是有毒吧？”

仙娥为难地说：“我等资历太浅，并不知情。但建木乃神树，其果实不可能有毒才对。”

没毒就行。夜昙开始计数。这些筐看上去像竹筐，但上面都被施了法术，一筐必须装满三百颗。这样计数就容易多了。

反正果子也是要销毁的，夜昙干脆抬了一筐到自己脚边，一边啃一边指挥仙娥采摘埋掉。她把每个果子都咬一口再放回竹筐里。这些笨竹筐，根本不管放进来的是不是完整的果子，咬过一口的也被它们照单全收了。

简直天衣无缝！

一直到明月当空，终于所有的果子都被埋完了。

神后亲自过来验看，夜昙跟在她身后。她一边巡视，一边说：“这些果子，叫灵修禁果。”

“啊？”夜昙狐疑——怎么听起来不像是什么正经果子？

神后接着说：“神族性子寡淡，哪怕是仙侣之间，也不喜欢过于亲密。而这建木所结成的灵修禁果，却可以帮助神族，让他们灵修之时更为投入。所以，每年如果有想要繁育后代的神族仙侣，就会提前申领灵修禁果。但神族繁育后代，需要准备多年，故而对这灵修禁果，所需并不多。剩余的，为了防止有人心生歹念，算计他人，只能悉数销毁，不得遗漏。”

呃……如此说来，这果子其实就是神族的催情药嘛！这居然是一个需要吃药才能灵修的种族。夜昙突觉胃里一阵翻腾，问：“那……神后，这果子要是吃多了，会丧失神智吗？”

神后微笑，说：“那倒不会。此果并不作用于服用者本身，只为吸引异性仙侣所用。因为此果极易引起神族乱性，所以才对其严格管控。”

夜昙这才放了心：“那就好，那就好。”奇怪，这灵修禁果，自己虽然吃了一筐，但浑身上下察觉不出一点异样。她说：“神后，那我是不是可以回去了？”

神后说：“嗯。本宫倒是忘了你乃凡人，夜晚是睡觉的时候了。青葵，你要早日学习辟谷之术，不然身在天界，还是颇为不便。”

夜昙挥手：“我知道啦。”

天葩院。

夜昙刚一回来，蛮蛮就扇着翅膀迎上来。夜昙打了个咆嗝，问：“那个少典有琴，他怎么样了？”

蛮蛮说：“还在睡觉，我看是伤得不轻。我家少君还没找到，这可怎么办呢！他不会是被天兵天将抓住了吧？”

夜昙说：“不可能是天兵天将。帝岚绝要是被他们抓住，一定有人通禀玄商神君。他化为原身，则难以察觉其妖气，恐怕是被哪个仙娥带走了。”

蛮蛮认真地说：“不可能。”

夜昙问：“为什么？”

蛮蛮摇晃着鸟头，煞有介事地说：“我家少君，那是何等的倾城绝色。如果被那些仙女发现，早就已经万人哄抢了，岂会一点动静都没有？”

夜昙不想理它了。

内殿，玄商神君身着里衣，还在盘腿打坐。但这次服下的药极为对症，他呼吸平稳，周身气劲也不再乱窜。夜昙没有找到帝岚绝，心中也不安，坐在榻边的垫子上发呆。

玄商神君魂入太虚，周身都是至清之气，本是无尘无垢的。突然，一股甜香渗入。这水晶般通透无瑕的世界，瞬间波澜四起。他低下头，脚下清气如水，水波荡漾中现出一个人影。

是个女子。

她白裙才遮至大腿，腰间丝带飘飞，锁骨暖白、双肩温润，赤足披发，步若莲花。

心动则意碎，周围无上清气纷纷散开。

夜昙见他面色大变，只得上前：“少典有琴，你又怎么了？”

玄商神君睁开眼睛，那甜香丝丝缕缕，挥之不去。他艰难地开口：“你……又干了什么？”

夜昙扶住他，帮他坐起来，说：“我没干什么啊。神后让我过去帮忙，我想着你不是受伤了嘛，所以忙完就回来了。怎么样，我对你好吧？”

她在他耳边聒噪不休，玄商神君所有的注意力，却都在她扶住自己肩膀的手上。那素手贴在他肩头，微微发烫，令他心中的不安如潮水般汹涌。

“你有没有听我说话？哎呀，你身上好烫。”夜昙低下头，正打算试试他额头的温度，却见他盯着自己的唇，喉头微动。

“哎，”夜昙看着双瞳如着火的玄商神君，不由得来了兴致，“怎么？你突然发现本公主的绝世美貌了？”

玄商神君竟然没有反唇相讥。他握住夜昙的手腕，慢慢地将她拉到眼前，那红唇粉嘟嘟的，如樱花般娇艳。猝不及防间，他覆唇过来。

夜昙只觉得眼前一黑，随后唇瓣一烫。好半天，她才反应过来——少典有琴吻了她。可似乎是觉得这还不够，他舌尖顶开她的贝齿，进一步侵占拥有。

舌尖交缠的瞬间，夜昙手中的美人刺刺出，就要将他捅个对穿。混账啊！这个变态色魔！！！平时看起来一副清心寡欲的样子，其实就是个伪君子！

玄商神君一把握住她手中的兵器，将她压在身下，吻得更深。她只觉得身上压了一座山，她的挣扎如蚍蜉撼树。

外面蛮蛮听见动静冲进来，一看榻上情景，它就扇着翅膀敲自己的鸟头：“哎哟！伤风败俗啊！不知羞耻啊！”玄商神君的回应，是一把抽出夜昙手中的美人刺，向它掷来。

蛮蛮张大鸟嘴，扇着翅膀，果断地飞速跑了。

夜昙见他是真的失了理智，立刻停止了挣扎。

果然玄商神君狂乱深吻半晌，终于找回了一丝理智。他几乎是用尽最后的力气，把夜昙变成了一个核桃。

玄商神君有时握住她，指腹轻轻摩挲，有时放开她，任由她满床乱滚。

夜昙确实是滚了一晚，但这画风不太对吧！

次日清晨，玄商神君醒来。他一言不发地整饬着衣饰，夜昙还在榻上滚来滚去：“先把法术解除啊，你这个变态！”

玄商神君的脸色苍白中带着一丝病态的嫣红，直到自己仪容十分整齐了，他终于一手托起夜昙牌核桃。夜昙就在他掌心与他对视。

他神情严肃得可怕，厉声问："灵修禁果？你从何处得来？！"

夜昙牌核桃不安地转了个身："那个……碧穹仙子给我的，说是建木结的时令水果。"唉，碧穹啊碧穹，实在是没有办法，你就再替本公主背个锅吧……

又是霞族！玄商神君目光冷冽，随即再问："她送来给你，你便吃吗？你吃了多少？"

呃……夜昙心虚地说："一……"

玄商神君说："一颗？"

一筐。夜昙哪里敢多说？她眼珠转来转去，好在核桃怎么看都是面无表情的。

玄商神君眉宇成川——仅仅一颗灵修禁果，竟让我情动至此？莫非我对她早有这般肮脏不堪的想法吗？

可这……怎么可能？！

多少年来，纵眼前色若春花，自己也是心如磐石。怎么可能……

他双手握紧，又松开，问："昨日你殿中私藏了什么人？！"

夜昙装傻："还能是什么人，君上你呗！"

玄商神君说："昨日你分明身穿男子衣衫，还敢狡辩？！"

夜昙牌核桃转了个圈："人家哪里狡辩啦？捉贼捉赃，你既然声称殿里有人，那你倒是找出来给我看啊。那衣衫就是我从离光氏带来的，女子在人间行走不便，我有一两套男装，有什么好奇怪的？"

她"死鸭子嘴硬"，玄商神君还真是没办法。何况昨日他虽然觉得殿中气味有异，但确实没有看见其他人。他想了想，似乎是下定了决心，说："此事本君自会查明。昨夜荒唐至极，但事已至此，多说无益。我问你一句话，你认真答复。"

夜昙牌核桃在他掌中滚了一遭："你问吧，问完解除法术，我还没吃早饭呢。"

玄商神君说："你可愿为我守节？"

夜昙以为自己幻听了，她转了个方向，大声问："什么？"

玄商神君面色微赧，微微别过脸，说："如今你我已有肌肤之亲，但吾不日将赴归墟，修补蟠龙古印。此去危险，大抵难以返回。若你愿为我守节，那我即刻禀明父神，请他册立我为储君，然后娶你为妻。即便我不能归来，神族无论如何也不会薄待你。"

"我！"夜昙真的被气笑了，"我就答你一个字。"

一个字？玄商神君试探着问：“……好？！”

夜昙怒道：“呸！想耽误本公主的大好青春，白日做梦！痴心妄想！”

玄商神君并不意外，以她的德行，这确实是意料之中的答案。他试图跟夜昙讲道理，说：“可你我昨夜已经逾矩。无论如何，你总不能嫁给我的亲弟弟。”

夜昙牌核桃想了想，又换了个语气，说：“那你放我回人间，我为你守节。”

玄商神君一点也不相信：“不行。”

夜昙牌核桃怒道：“那你还不快放开你弟媳？！”

玄商神君苦思良久，竟也别无他法。

最好的办法，就是他前往归墟，然后活着回来。

可……没有盘古斧的碎片，直接进入归墟修补蟠龙古印，真的有可能活着返回吗？

他随手把夜昙放在桌上，拂袖出门。夜昙大声喊：“喂！你快解除法术！”

最后一个字落地，她猛地恢复人身，差点跌坐在地上。玄商神君留下一句话：“用过早膳，继续抄书，不得顽皮捣蛋。”

蛮蛮一见玄商神君离开，赶紧冲进来，说：“他昨晚是不是中催情药了？”

夜昙当了一晚核桃，早就浑身僵硬了。她揉着腰：“你怎么知道？”

蛮蛮一扬鸟头：“以他的颜值，难免会有人对他图谋不轨好吗？”

夜昙一把掐住它的鸟嘴：“快别说了！昨夜的事儿谁也不准再提，知道吗？”

“我蛮蛮当然是不会提了。”蛮蛮挣开她的手，一脸感伤，“只是可怜我家少君，年纪轻轻就绿云罩顶……”

夜昙一把揪住它的鸟脖子：“去死吧你！”

重墨台。

碧穹仙子刚起床，法宝万霞听音就传出声音。她拿起来，丹霞上神说：“昨日天葩院两次派仙娥前往药王殿取药。”

碧穹仙子毕竟是抄了很多遍《女则》和《女训》，此时她打着哈欠：“母神，我抄了好多遍书，现在还满脑子都是‘五色坏目，五味昏智’。女儿真的好累。”

谁不是呢？两本书各抄一万遍，整个霞族的小仙娥都出动了好吗？丹霞上神说：“傻女儿，多年后身居神后高位的你，会感谢今天努力经营的自己。听着，母神已经打探到，天葩院这两服药，第一服很古怪，看不出来历。但第二服显然是上神调理内伤所用的方子。再加上，君上昨天进了天葩院，就一直没出来。”

“啊？”碧穹仙子终于知道哪里古怪了，“母后是怀疑，君上受伤了？”

丹霞上神说：“对！以君上的修为，等闲不会受伤。你要立刻前往天葩院打探情况。如果此女有异，我们就要马上禀明天帝。”

碧穹精神一振：“女儿知道了。”

她待要出门，丹霞上神又嘱咐道：“那青葵是个凡间女子，你带点人族惯用的早点过去。记住，你要让神族内全都知道，无论任何时候，你对她都没有恶意。”

碧穹不是很愿意：“可她的口味庸俗至极，女儿实在是……”

丹霞轻声告诫：“吾儿，忍是世上最令人难受的事。但为了母仪天界、光耀霞族，受任何委屈都值得。”

碧穹只好说：“女儿知道了。”

天葩院。

夜昙正在吐槽今天的早饭，碧穹仙子就提着食盒上门了。夜昙看见她，几步上前，就去翻食盒。总算她是明白夜昙口味的，这次准备的早点，也是鲜肉包、鸡蛋、煎饼之类。

夜昙啃了一口鸡蛋煎饼，顿时觉得心情舒畅很多。她这才打招呼：“小碧穹，你来找本公主有什么事呀？”

碧穹显然并不知道自己悄无声息地就帮她背了两口大锅，她说：“你昨天应下的事今天就忘了？”

昨天应下的事？

看着夜昙一脸茫然的表情，碧穹气道：“你说过，只要我帮你抄书，你就让我给你在魔族的妹妹传递书信！”

“哦！”夜昙想起来了，然后面色狰狞，“你还好意思说！你到底找了多少人来抄书！我差点没被玄商神君生吞活剥！一点小事都干不好，还想让我亲笔书写书信！”

她果然又反悔了！碧穹气得直跺脚：“你！那一万遍，我自己怎么可能抄得完？我抄了整整一晚上，你竟然言而无信，我就不该信你！”

她委屈得都要哭了。夜昙啃着她做的肉包，说：“好了，好了，要我带信给我妹妹，也不是不可以。但是我来自凡间，身无长物的，有什么好带的？”

碧穹擦了擦眼睛，说：“你想怎的？”

夜昙说：“我看你腰间这法宝不错，是霞族的联络法宝万霞听音吧？”

碧穹警觉地后退了一步：“你想干什么？”

夜昙说：“这法宝我瞅着不错，你给我弄一对，我一个，给我妹妹一个。”

“你休想！”碧穹气得杏眼圆瞪，“这是我们霞族的传音法宝，岂能送给你们姐妹二人？！”

夜昙喝了一口豆浆，说：“不送算了。反正这玩意儿带在身边，也容易被发现。万一被人知道我跟我魔族的妹妹互通音信，可是大为不妙。嗯，罢了，罢了。”

她这么一说，碧穹又有点心动。对啊，霞族不就是想抓住她私通魔族的把柄吗？只要天帝发现她跟夜昙的万霞听音是同一对，此事不就无可抵赖了吗？

她低头考虑。夜昙戳了戳她，问：“哎，我那蠢妹妹最近怎么样了？”

碧穹还在想万霞听音的事儿，闻言不由得说：“夜昙啊。哈，最近她可是让魔族大开眼界啊！”

魔族。

浊心湖边，青葵将补身的药方交给相柳派来的魔侍，告知他用法。魔侍倒也客客气气地道了谢，转身而去。

侍女素水说：“公主，那相柳大祭司都多大年纪了，妻妾成群的。您开的这药，真的有效吗？”

青葵说：“我是医修，助患者调养，本就是分内之事，自然有效。”

素水起身，展开厚实的披风为她披上：“魔族天寒，公主如今还是凡体，湖边风大，公主还是回去吧。”

青葵说：“不，我想四下走走。”正说着话，突然她捂着额头，轻咝了一声。

素水赶紧问：“公主额间又疼了？这是怎么了？”

青葵心下叹气。她与夜昙疼痛互通，知道夜昙此时必是遇到了什么难事。只是自己只能干着急，半点忙也帮不上。她说：“无事，陪我泛舟散心吧。”

魔族天气寒冷，晨昏道光影射入湖水，平湖半面浮光，半面漆黑，堪称天地奇景。青葵却无论如何对此喜欢不起来。她愁眉深锁，然而今夜湖上，未眠的却不只有她。

前面有个什么东西漂漂浮浮，她定睛一看，那不是别的，竟然是九个怪物的头颅。青葵吃了一惊，素手一指：“那是什么？”

素水一见，也吓了一跳：“九婴！是魔尊的画舫。它在此地，必是魔尊正在议事。公主，我们还是先回去吧。”

青葵也不想见到魔尊。她正要掉转小舟，突然，那怪物扬起一个头颅，沙哑的声音贴着水面清晰地传到她耳朵里："夜昙公主，魔尊有请。"

青葵一愣，然而还来不及反应，小舟已经载着她和素水，向魔尊的画舫直行而去。

小舟临近，九婴伸出一个头颅来接。青葵踩着它的头顶，一路进到里面。

魔尊果然正在议事。

魔后与他并坐于上方，三位皇子乌玳、顶云、嘲风都在。旁边大祭司相柳、魔将烛九阴、尸魔之母白骨夫人等全部在列。

青葵走到魔尊、魔后面前行礼。魔尊沉声说："今日诸人在此商议修补归墟的人选，你是魔族储妃，原也不应瞒你。坐吧。"

修补归墟？

青葵眉头微皱。魔后已经示意婢女添了把椅子，安排她在自己身边坐下。青葵犹自不解，魔后说："天地未开之前，本是混沌一片。盘古用盘古斧开天辟地，但最后盘古斧碎裂成三片，盘古也力竭而死。天地之间分出清浊，有了四界。只有归墟这一处，仍有混沌之炁留存。"

青葵自幼就被神族定为储妃，对这些事她倒是知道得清楚。她说："据说后来，神、魔两族用蟠龙古印共同封印了归墟，才保得了四界安稳。"后面的话她没说——神族给她的传记里面，魔族可没干好事。他们是跟神族一并封印了归墟，但同时也出手偷袭，令神族损失惨重。

魔后微笑点头，说："正是。可如今，蟠龙古印突然出现了裂纹，归墟中的混沌之炁外渗。人、妖两族疫病横行，神魔两界也是早衰早亡。若我等再放任不管，只怕再过不久，必将天地闭合，重归混沌。"

青葵明白了，她说："所以，需要神、魔两族配合，再次修补归墟之上的蟠龙古印？"

魔后叹了口气："正是。而且，四界所有生物皆不能在混沌之炁中生存太久，除非……携带盘古斧碎片进入。"

青葵说："可盘古斧的碎片，自上次神魔大战之后，就失踪了。"——不携带碎片进入归墟，岂不是前去送死？

魔后没有说话，却是意味深长地看了她一眼。

画舫之中，诸魔神情都极为严肃。

白骨夫人说："这次修补归墟危险重重，只能选出实力最为强大的魔，入内配合神族。不知尊上是否已有人选？"

魔尊久久不语。如今魔族，公认的第一勇士不是别的魔，正是他的长子乌玳。而不携带盘古斧碎片进入归墟，本就是送死。

但作为魔族首领，他是无权沉默的。他说："如今，乌玳、顶云都是我魔族脊梁。但归墟之危，关乎魔族存亡。本尊之意，就由乌玳、顶云比斗，胜者前往。"

他话音刚落，魔后就微笑着说："尊上怎么忘了，咱们可不止乌玳、顶云两个孩子。嘲风也早已成年。"

"嘲风？"魔尊皱眉，扫了一眼角落里的三子。

嘲风在诸魔注视之下，安然自得，闭口不言。乌玳却是大手一挥，说："不就是修补归墟吗？何必这般婆婆妈妈？我乌玳自行前去，誓必修复蟠龙古印。纵是有去无回，也自快哉惬意！"

他豪气干云，嘲风仍不开口。魔后和顶云互望一眼，母子俩却也不敢再多说。

——他自愿前去，当然是再好不过。不然万一魔尊选中顶云前去，如何是好？

魔尊环顾左右，当然其他魔没有异议。

他虽然是魔尊，但也知道，这只是因为乌玳的生母早已故去。面前这个孩子，除了自己这个生父，再无血脉至亲。谁会为他说话？

他站起身来，沉声说："既然如此，你便准备准备。但有所需，均可直接向本尊开口。"

乌玳声音粗犷："父尊放心，儿臣定不辱使命！"

魔尊到底心情不佳，一甩袖，离了画舫。

他既然走了，诸人自然也纷纷离开。

乌玳倒是毫无忐忑之色。他手握一对撼天斧，经过青葵身边。青葵终于说："大殿下。"

乌玳脚步微顿，对于医修，他毫无好感："什么事？"

青葵说："殿下虽勇，但身上旧伤颇多，殿下实在不该硬撑。不如让我为殿下调养身体，恢复……"

她话还没说完，乌玳问："怎么，你们医修这么厉害，可以让我从归墟活着回来？"

"这……"青葵犹豫片刻，终于还是实话实说，"没有把握。"

乌玳冷哼："多此一举。"

话落，他扬长而去。

旁边，谷海潮跟在嘲风身后，说："这么多年，大殿下还是这个脾气。"

嘲风冷笑："冲动且愚蠢。"

青葵回身看过去。他接受这一眼凝睇，顿时微笑："怎么，美人有话要说？"

然而一贯同他并不亲近的青葵，这次居然真的走向了他。更令人震惊的是，她纤软的五指握住他的手，轻轻拍了拍，随后转身离开。

美人柔荑香软滑腻，嘲风的微笑僵在脸上——自从来到魔族后，青葵对他可一直是不冷不热的。今天她这是怎么了？

他心猿意马，旁边的谷海潮轻咳一声，板着脸道："人都已经走远了！"

嘲风从九婴画舫上跳下来，站在湖边，一脸意犹未尽："美人就是美人，那小手简直滑如凝脂……"

然后他就觉得舌头发直，身体慢慢失去知觉。他低头看去，只见自己的双手……变成绿色了。

是的，上面长出了两丛青草。而且很快，他的整个身体完全不能动弹，全身草芽疯长，很快顶破了他的衣衫，欢快地覆盖了他。

谷海潮本是低头走路，走着走着，发现后面的主人没出声了。他回过头，愣是找了好半天，才看见这坨绿得发光的小草山。

草山里有两只滴溜乱转的漆黑眼睛。

谷海潮就与这双眼睛沉默对视，半晌，这座小草山说话了："我现在是什么情况？"

是嘲风的声音。谷海潮上下打量他："很绿，翠绿欲滴，难画难描。"

嘲风声音无力："你觉得是什么原因？"

就算是智商低如谷海潮者，仍说："我觉得可能是因为美人的小手滑如凝脂。"

小草山里，嘲风说："我这辈子第一次听见你讲冷笑话。"半晌，他又喃喃道，"也是第一次被人弄成这样。"

湖边，青葵带着素水，乘扁舟返回浊心岛。素水捂着嘴偷笑："公主，三殿下向来便是如此，您跟他计较什么？"

青葵在舟尾坐下，说："大殿下为人虽然粗犷，但好歹不失英勇风骨，三殿下……哼。亲兄长慷慨赴难，他自己贪生怕死也就罢了，反而出言嘲讽，实在令人不齿。"

素水说："公主如此护着大殿下，莫非是对他生了好感不成？"

青葵脸一红，纵然是好脾气，也是嗔道：“胡说什么？”

素水忙跪下：“婢子该死，还请公主恕罪。”

青葵素来宽厚，倒也没真的责罚她，反而问：“大殿下住在何处？”

素水一愣，说：“大殿下住在风雷壁。公主……要前去探望？”

青葵说：“他对医修心存偏见，本公主也不必前往。但方才我观他体貌，必定旧伤繁多。稍后我拣些药，你为他送过去。”

素水说：“是。”

青葵想了想，又说：“你回来时，顺便把这些药粉撒到某人身上。”

素水接过药粉，忍着笑答：“是，公主殿下。”

湖岸边，嘲风牌小草山有了春风吹拂，深切地感受到他身上的草更加茂密了。

谷海潮抽刀劈砍了一些，然而这草真不知道是何方剧毒，越砍越多。他只好说：“我觉得，你应该请个医修过来瞧瞧。”

嘲风幽幽地说：“如果我真的请医修，不用等到明天，今天晚上你家殿下就会被诸魔嘲笑死的。”

也是。谷海潮束手无策。

主仆二人在湖边不知等了多久，侍女素水乘舟过来。

谷海潮忙上前，说：“夜昙公主让你来的？”

素水扫了一眼岸边的嘲风牌小草山，抿嘴偷笑：“咱们公主派我去给大殿下送药。”

“送药？”嘲风牌小草山的嘴还能动，他说，“她对我大哥倒真是关怀备至！”

谷海潮却顾不上自己主子的醋意，他问：“难道公主就没交代你为三殿下解毒？”

素水说：“交代啦。不过公主说了，让婢子先给大殿下送药，‘回来时’再给三殿下解药。”

说完，她志得意满地就要离开。

但谷海潮的处事方式一向独特，他直接上前两步，长刀一出，架在素水脖子上。

“你！”素水脸都气红了，“谷海潮，你想干什么？！”

谷海潮伸出手。素水没办法，咬牙切齿，却还是把青葵给她的药粉交了出去。青葵做事细心，药包上还标注了用法。

谷海潮将药粉往嘲风身上一撒，只听一阵沙沙声，所有青草尽数枯萎。片刻之后，面前只剩下个衣衫褴褛的嘲风。

此时清风一吹，他衣上破洞有风灌入。嘲风看看自己的破衣烂衫，喃喃地道："女人，你成功引起了我的注意。"

谷海潮被惊得差点跌进湖里。

风雷壁。

乌玳自请修补归墟，这里的魔仆却十分平静。他们都是魔后派过来的人，跟乌玳会有多少感情？

乌玳倒也不在意，一回来就在庭中练功。他一对撼天斧舞得呼呼生风，汗水流出来，古铜色的肌肤更加油亮。

素水远远地站在门口，说："大殿下，夜昙公主命婢子送了些药给您。"

话落，她直接把药包放在门口，转身离开。

乌玳自然是听见了她的话，但也没当一回事。他拿汗巾随意地擦了擦汗，经过那药包时，一脚把它踢了出去。

素水听见身后的响动，也不以为意——他就是这么个脾气。

药包被踢出去，正好滚到一个人脚边。嘲风弯腰捡起来，他的声音亲热无比："兄长刚回来就练功，真不愧是我魔族第一勇士。"

乌玳看了他一眼，冷哼："你来干什么？！"

嘲风说："兄长不日就要前往归墟，我身为兄弟，自然应当前来探望了。"

乌玳对这些人情世故素来厌烦，立刻道："滚！"

嘲风一向脸皮厚如城墙，他不但不滚，反而在石桌边坐下来。他随手打开青葵送来的药包，果然里面每一包药都标明了用法和用量。青葵的字迹亦如她的人一样，端正庄重。

他胡乱拨弄了几下，说："反正兄长也要练功，不如我陪兄长过几招如何？"

乌玳只要一提到打斗，便不介意对手是谁。他一举双斧："来！"

嘲风站起身来，右手一扬，战镰贪念已然在手——你不是要给他送药吗？那你就送个够吧！

谷海潮站在一边，眼见他兄弟二人你来我往地开始对招。乌玳攻势凶猛，嘲风则招架狼狈，然而百招之后，他也不知是不是"瞎猫碰见死耗子"，竟然一镰斜砍来，正好抓住乌玳的破绽，在他腰间划出一道长长的血口。

乌玳心中暗惊，然而嘲风显出比他更吃惊的样子："这……兄长，小弟一时不慎，还要再来吗？"

他一副真的只是意外的表情，乌玳只得道："再来！"

于是嘲风就这么“意外”地击中了乌玳六次！

他走之后，乌玳看着自己身上的六道伤口，凭他的智力他都开始怀疑——这真的只是意外吗？

伤口并不致命，但痛是实打实的。

乌玳简单地包扎了一下，到底坐立难安。风雷壁的魔仆知道他脾气不好，也没人管他。

他好不容易睡了一会儿，然而稍微一动，就被痛醒。他翻来覆去，好不容易身上疼痛稍减，嘲风又满面春风地从外面进来：“兄长，小弟突然想起，还有几招忘记请兄长赐教。”乌玳从榻上爬起来，嘲风说，“哎，小弟是不是打扰兄长养伤了？”

自然，“养伤”二字成功触了乌玳的逆鳞。

他几乎是跳起来：“闭嘴，再来！”

嘲风再次与他对战。这次又“意外”频出，他的战镰在乌玳身上同样留下了六道伤口。他再次一脸惊诧：“兄长，这、这真是意外……”

乌玳已经不想跟他说话了，只是挥挥手：“滚！”

嘲风抱着自己的战镰，带着谷海潮离开。

说是离开，他也没走远。他就坐在风雷壁外的大树下，等歇得差不多了，他又起身：“我突然又想起几招，要请我兄长指教。”

谷海潮真的是看不下去了：“我求求你好好地当个人吧！！！”

可嘲风当然是……不。

那一天，他找乌玳赐教了七次。

乌玳从不屑一顾，到暴跳如雷，再到面色凝重，最后，他没了脾气。自己身上留下了四十二道伤口，简直是飙血。

嘲风是挥一挥衣袖，走得潇洒至极。乌玳坐在石桌旁边，等了老半天，才确定那个小子是真的走了。

剧痛钻心，他目光一扫，看见石桌上青葵送来的包裹。

包裹已经被嘲风打开，可以看到里面的药包众多。乌玳见周围真的没人，若无其事地敲击了几下桌面，手指接近药包，他做贼似的将其卷起来，塞进怀里，一路跑回房间。

他把门窗关好，悄悄打开药包，找出外用的伤药，飞快地抹在自己伤口处。

不消片刻，伤口一片清凉之意，疼痛瞬间止住。

这东西好用啊！

乌玳瞪大眼睛，看了半天，忙不迭给其他几道伤口也全部抹上药。那些扰人的疼痛都消失了，伤口不再流血，以肉眼可见的速度结痂。

但他身上的伤口实在是太多了——足足四十二道啊！青葵哪里想象得到？！

所以药很快就没了，而伤口却还有十几道。乌玳瞪着空空如也的药包——女人家做事就是小里小气，送药也不知道多送一点吗？！

第九章

日月有常

天葩院。

碧穹仙子说："你那个妹妹，还真是个祸水。刚到魔族没几天，就已经引得魔族大殿下和三殿下为她争风吃醋了。"

夜昙咽下最后一口包子，问："万霞听音，你是给还是不给？"

碧穹犹豫着说："我要问问我母神。"

夜昙嗤笑："就知道你还没断奶，遇到事还得回家问母神。"

碧穹怒道："谁说的！给你就给你，不过你要写一封亲笔信，我帮你转交给她。不然她怎么会相信我？"

夜昙直接拿起笔："写什么，说！"

她竟然干脆至此，碧穹惊呆了，半天说："你就写明是你托我转交给她的万霞听音就可以了。"

夜昙依言，唰唰写了封信，直接递给她："自己封口送过去。法宝做好之后，先交给我看看。"

碧穹虽然不满她命令似的语气，但是这把柄却是来之不易，她迅速收下。

夜昙又说："对了，你行走天宫，消息肯定灵通，有没有听说哪位仙子新养了什么好玩的宠物啊？"

"宠物？"碧穹拿了她的亲笔书信，倒是心情大好，热心地说，"没听说。你想找什么宠物？我替你问问。"

该死的，那帝岚绝还能凭空消失了不成？

夜昙愁得头都大了，却也不能同碧穹多说，她只得摇头："算了。"

而弄晴阁里却传来阵阵笑声。

紫芜手里拿着一个球，远远地扔出去，然后指挥她的宠物："快捡回来！"

帝岚绝瞪大眼睛——你竟敢让本少爷玩这么低劣的游戏？！你是疯了吗？！

它一动不动。紫芫不由得有些怀疑："完了，看起来智力不高啊。二郎神不是说狗狗学捡球是很容易的吗？"

帝岚绝嗷呜一声，一脸绝望的表情。

他一动不动，紫芫只好自己去捡球，然后她再次扬手丢出去："去捡啊。捡回来，能听得懂吗？"

帝岚绝当然懒得懂。紫芫想了半天，旁边有仙娥提醒："仙君，是不是因为咱们没给它取名字啊？"

"啊，对！"紫芫把帝岚绝抱起来，左右看看，说，"以后你就叫阿彩。听见了吗？"

帝岚绝恨不得自己聋掉了！

既然学不会捡球，那就只能学点别的了。

紫芫拍拍地板，说："来，阿彩，坐下。"

说着话，她就去按帝岚绝的老虎屁股。帝岚绝气得反手一口咬向她的手，可惜一口乳牙，咬不穿堂堂仙君的肉身。

紫芫轻轻地拍了一下它的嘴巴："不准咬人！你要做一条懂礼貌的狗，知道了吗？"

帝岚绝何止想咬人，生嚼了她的心思都有了！

他龇牙咧嘴，可惜咆哮也带了奶音，毫无震慑力。

紫芫伸出手，继续教："阿彩，握手！"

帝岚绝拒绝伸爪，紫芫说："也不喜欢握手吗？那……转圈？"

就这么一直忙到晚上，紫芫一边给帝岚绝梳毛，一边叹气："阿彩呀阿彩，你怎么这么笨，学了整整一天，什么也没学会。"

帝岚绝白了她一眼，不想跟蠢物说话。

紫芫把他抱起来，嘴对嘴，吧唧一声亲了一口："不过没关系。主人最疼你了，不会因为你智力低，就不给你奶喝的！"

帝岚绝慢慢瞪大眼睛——喝奶？！那让本少爷如何见人？！

帝岚绝慌了，四爪乱蹬乱抓。

紫芫却是抱着他，一边安抚一边脚步轻快地来到一片钟乳石下。钟乳石呈莲花状，一滴一滴地向下滴落着雪白的水珠，在下面汇成一个水洼。紫芫弯腰去把里面的白色石乳汁舀到碟子里："天界很难找奶，这是石乳，很好喝的，很多上神小时候都喝这个，你尝尝。"

她把石乳汁喂到帝岚绝嘴边，帝岚绝猛地偏过头——大姐，妖本来成长得就慢。我体型小，不代表我还在吃奶明白吗？！

而且你喂的石乳汁，喝下去真的不会降低本少爷的智商吗？！

我跟你说，本少爷今天就是饿死在这儿，也决不喝一口石乳汁！

他死活不喝，紫芜只得按住他，猛灌下去："你这么小，不喝石乳汁会死的知道吗？"

帝岚绝的回应，就是噗的一声，喷了她一头一脸。紫芜惊叫一声，慌乱地擦拭着一身石乳渍。帝岚绝哼了一声，舌头一舔唇。嗯？他狐疑地低下头，看向碟子——这石乳汁味道不错啊！

他舔了一小口，然后埋头，两条小短腿用力蹬地，舔得越来越欢快。

天界居然还有如此美味的东西……

"哎呀，你慢点喝，别呛着。"紫芜慢慢地顺着他的毛，说，"小东西，你从哪里来的呀？"

帝岚绝冷笑——过了这么久，你可算是想到一件正经事了。不过没关系，这丫头是真的不聪明，自己只要装聋作哑就行了，连解释都省了。

果然，紫芜很快就自己回答了这个问题，她挠了挠他两个耳朵，说："唉，你又不会说话，问你也白问。"

天葩院。

碧穹跟夜昙还在说话，外面进来一位金甲将军。他身材魁梧，神情冷峻，进来也不说话，就守在门口。夜昙看看他，问："你有事？"

金甲将军答："回禀公主，君上派末将前来保护公主安全，并嘱咐末将寸步不离，跟着公主！"

混账，这分明就是想监视本公主！

夜昙"哼"了一声。此时碧穹也不好再说什么，只得说道："那我下次再来看你。"

说着话，碧穹飞快地出了天葩院，想来是拿到了她的亲笔书信，十分雀跃。

夜昙手握蛮蛮扇，在庭院中踱了一圈，书当然是不会抄的。高大的金甲神将果然跟在她身后，寸步不离。

——完蛋了，这下子想要找到帝岚绝，可就更难了。

夜昙看了一眼他的腰牌，知道了他的名号，说："喂，你要跟着本公主到什么时候？"

金甲神将说："回公主，末将奉命守护天葩院，直到君上撤回命令为止。"

那怕是要等到猴年马月！

夜昙怒气冲冲，直接往垂虹殿而去。

垂虹殿外，飞池和翰墨一左一右，守在门口。

见到夜昙，二人赶紧行礼。夜昙问："你俩怎么在这里？没有进去伺候吗？"

飞池说："陛下来了，正在里间与君上说话。君上令我等不得打扰。"

少典宵衣来了？！夜昙眉头一皱，他不会是抓到帝岚绝了吧？！

她心中焦急，面上却不显，说："哦。难怪君上突然传我过来，原来是陛下的吩咐。"

"啊？"飞池和翰墨一脸呆滞的表情。夜昙说："我先进去奉茶。"说完，她转头看金甲神将，"你不会也要跟进去吧？"

金甲神将显然不敢，只得说："末将在此处等候公主。"

"嗯！"夜昙大摇大摆地走进去，既然说了奉茶，那当然还是要端茶进去的。不然少典宵衣万一要是问起，怎么说？

她左右一看，发现桌子上就放着一包茶叶，闻着还挺香。她随手拆了，找出茶具，拿开水冲泡，端了进去。

殿内，棋枰前，天帝少典宵衣与玄商神君相对而坐。他手持黑子，神色严肃，问："听闻昨日，天葩院去药王殿抓了两服药。"

玄商神君手持白子，将落未落，闻言说："是。儿臣……听闻青葵公主擅岐黄之术，与她讨教医道。"

他这一解释，少典宵衣倒是收起疑心。他说："重任当前，你定要保重自己，万不能有所闪失。"

玄商神君说："父神放心，儿臣心中有数。"

少典宵衣"嗯"了一声，抬头望向屏风外。玄商神君见他神情，顿时沉声道："还不进来？"

夜昙知道偷听一定会被他父子二人发觉，毕竟她的修为在这两个人面前实在不够看。她坦然入内，恭敬地奉茶，道："陛下、君上，请用茶。"

见到是她，少典宵衣倒是"嗯"了一声，他端起茶盏，随意抿了一口。正要训话，突然，他慢慢低头，看向茶盏中。似乎是不可置信，然后他认真地品尝了一口。

数万年的天界之主，多少次泰山崩于前而色不变。这一刻，他却真的震惊了。

盏中这……这是什么玩意儿？！

玄商神君见状，不动声色地接过另一盏，他轻啜一口，半晌，喉结微动，把茶水咽下去。然后他眼观鼻、鼻观心，淡然道：“这是儿臣新研制的药茶，有凝气祛浊之功效，父神也可少饮些许。”

少典宵衣这才将茶盏搁到一边，继续与他对弈：“这……也是辛苦你了。”

一直到一局终了，少典宵衣投子认负，玄商神君茶也喝了半壶。少典宵衣站起身来，说：“见你无恙，吾便也放心了。最近一切杂事都且放一放，提升修为最为要紧。”

玄商神君躬身应是，一路将他送至殿外。

片刻之后，玄商神君回转，夜昙说：“你派人监视我？！”

玄商神君一指方才少典宵衣坐过的位置：“过来坐。”

夜昙只得坐下。玄商神君更换茶盏，亲手替她泡了一盏茶。夜昙端了茶盏在手里，说：“我离光青葵到天界来，是受邀过来游玩小住，做客的，懂吗？又不是囚犯，你凭什么找人看守我？！”

玄商神君避而不答，只是说：“先喝茶。”

夜昙这才低头，然茶水入口，她噗的一声将茶水喷了一桌：“这、这是什么茶，竟然一股子怪味！”我去，刚才少典有琴喝的就是这东西？！这家伙是不是没味觉，这么个比潲水还不如的东西，他竟然若无其事地喝了半壶？！

玄商神君把茶壶放到她面前，不紧不慢地说：“它之所以一股怪味，是因为这不是茶叶，而是给兔子洗澡用的香叶。”

呃……夜昙一脸心虚的表情，但她还是能找到理由的：“这不能怪我呀，它长得跟茶叶一模一样，你也看见了！”

玄商神君面无表情：“离光青葵，你给我听好。现在摆在你面前的，有两个选择。一是喝完这剩下的半壶茶，一滴也不许剩。二是去茶山，一日之内，学会辨认天界六十六种常用茶叶。”

夜昙不想去辨认什么茶叶，但她低头看看这难喝的“茶”——这东西实在不是人喝的。纠结半晌，她终于站起身来：“茶山在哪儿？”

直到她离开，玄商神君才在案前坐下来。

飞池进来收拾茶盏，玄商神君沉默半晌，终于说了句：“送一盏清水进来。”

“啊？”飞池不明白。玄商神君缓缓道：“漱口。”

……也许是麻木了，他竟然很平静。

天界茶山。

夜昙百无聊赖地辨认着茶叶，金甲神将板着脸守在一边，茶神陆羽就在一旁偷笑。

不一会儿，前方有人说："皮皮虾，贫道找了你半天，原来你在这里啊。"

夜昙抬起头，就见乾坤法祖手挽拂尘，着一袭天蓝色道袍飘然而至。她没精打采："天尊。"

"这是怎么了？"乾坤法祖上得前来，说，"走，走，贫道邀了两个牌搭子，我们打麻将去。"

夜昙几乎立刻站起来："那我是不是不用再辨认这些该死的茶叶了？"

乾坤法祖说："呃，如果这是君上的命令，那还是要听的。毕竟你是他家的。"

夜昙瞬间又变成了霜打的茄子。乾坤法祖说："别这样嘛，辨认这点茶叶，对你来说，那还不是小菜一碟？走，走，先打几圈，这回贫道一定要一雪前耻！"

夜昙想了想，说："好吧。"

玄黄境。

救苦天尊和普化天尊早已在等候。他二人，救苦天尊赏善，普化天尊罚恶，俱是天界辈分极高的上神。

此时二人自恃身份，并未起身相迎。但乾坤法祖领着夜昙进来，二人的目光却都落到她身上。

夜昙倒是主动行了一礼："二位天尊好。"

救苦天尊和普化天尊都严肃地点了点头。乾坤法祖说："这就是君上家的皮皮虾了，来，来，打几圈。"

夜昙睨了他一眼，凉凉地说："别乱给人起外号行不行啊？"

救苦天尊问："那柄美人刺，真是你自己炼制的？"

夜昙来到桌前坐下，说："当然了，这还有假不成？"

普化天尊说："正巧最近我的弟子想炼制一柄法器，这是图纸，你且看看。"

夜昙扫了一眼图纸，说："看是可以，那我有什么好处？"

"嗯？！"普化天尊好久没有遇到如此直接的孩子了，他说，"你想要什么好处？"

夜昙一边拿牌一边说："我得先看看你那里有什么。要是你有很多宝贝，我却只要了一件普通的，那不是太亏了吗？"

普化天尊愣了半天，给出两个字的评价："机智。"

乾坤法祖起手打了个二条，说："皮皮虾，这几天怎么没见你来玄黄境玩啊？"

夜昙一边看图纸一边理牌，说："别提了，少典有琴派了个金甲神将，我每走一步他都跟着，烦死个人了。对了，他的名字还挺奇怪的。"

救苦天尊随口问："叫什么？"

夜昙说："我看腰牌上写着，叫什么……火化王八。"

救苦天尊握着一张牌的手顿住了，普化天尊更是一脸骇然——叫这名儿，不得吓死龟族啊？二人异口同声地问："谁、谁啊？！"

乾坤法祖双肩一个劲地抖，半天才小声说："炛天将军。"

救苦天尊和普化天尊一同看向门口，憋了半晌，再端不住天尊的架子，笑得直不起腰来。顿时，天界受他三人笑声所震动，风起云涌。

玄商神君本是带着二郎神，正在严查天界是否混入奸细。

然而顷刻之间，云层震动。玄商神君循着异象，来到玄黄境。

牌桌旁，仙童急急来报："不好了，三位天尊，君上来了！"

三个人顿时起身，手忙脚乱地收牌。夜昙说："不是吧，你们还怕他啊？"

救苦天尊说："皮皮虾，我们这不叫怕，而是不想教坏晚辈。"

"嘁！"夜昙不屑。

普化天尊说："你一个小姑娘，顶多只是被罚抄抄天规什么的，当然是不用害怕了！"

又要抄书？！夜昙迅速跟着收牌，但玄商神君已到门口，都已经听见脚步声了！她猛地把牌往自己裙下一拢，然后裙摆一遮，瞬间跪倒："君上！"

玄商神君进来，一眼就看见跪在自己面前的她，脸色顿时不是很好。

"三位天尊。"他向三人行礼，三人同样回礼："君上来此有事？"

玄商神君说："方才天界云层震动，本君发现异象来自玄黄境，特来查看。"

他这话一出，三人重又忍着笑。乾坤法祖说："普化天尊的弟子欲炼制一柄法器，我等正邀青葵公主共商此事。方才贫道发笑，只是因为想起了高兴的事。"

普化天尊严肃地道："本道君也想起了高兴的事。"

玄商神君说："那不用说，救苦天尊也是想起高兴的事了？"

救苦天尊宝相庄严地掐了个指诀，三位天尊异口同声地说："只是因为我们都想起了高兴的事。"

玄商神君只得看向夜昙。夜昙说："看我干什么？人家又没有笑。遇见你之后，本公主有过高兴的事吗？我就算是想笑，我笑得出来吗！"

三位天尊忍笑忍得五官挪位。玄商神君顾及颜面，不能在人前收拾她，只得说：“若法器之事商谈结束，便立刻返回茶山，不得耽搁。”

夜昙跪得端端正正的，却显然不是很受教：“知道了。”玄商神君却没有离开——毕竟扔下一只靴子，总要听到咚的一声响，才算是有始有终。

果然，夜昙接着就不满地嘀嘀咕咕：“这哪里是天界，简直就是地狱！”

玄商神君本是最不喜发牢骚、抱怨，然而此时他听到这句话，却似乎是觉得扔下的靴子终于有了回应，放心离去。

——以她的性子，不抱怨才奇怪吧？

夜昙一双膝盖被麻将硌得站都站不起来。

三位天尊上前把她搀起来，夜昙揉着腿：“我没事，打牌，打牌！”

四个人重整牌局。说来也怪，夜昙刚打了一张牌，额上的虹光宝睛就开始发烫。

“哎哟！”夜昙痛叫一声。三位天尊一同看向她头上，救苦天尊一眼瞧见她额上的殷红，说：“这……是君上的虹光宝睛。”

夜昙说：“对，咝……好痛。”

普化天尊说：“有此物在，怕是不能再打了。天界禁赌，你每打一张牌，痛楚必定加深一分。”

夜昙说：“我来都来了，岂有不打之理？！”她打出一张三万，然后开始碎碎念，“少典有琴真是刚正不阿，温文尔雅，器宇轩昂，文武兼备……”

她额间，那虹光宝睛的颜色居然慢慢变浅。

“哎哟，这个小东西真是别致啊……”三位天尊忙着看稀奇，连出牌都忘了。

“少典有琴他还……还……”夜昙卡壳了——实在是没词儿了！普化天尊提点说：“高大威猛，顶天立地！”

“啊，对！他高大威猛，顶天立地……”夜昙一场牌局下来，真是劳心劳力，累得不行，“来人，给本公主倒杯水。我得先说说这图纸，否则我再夸下去，少典有琴头上就要开出几朵花儿来了！”

三位天尊笑倒在地。

夜昙方才打牌之时，便不时在瞄这图纸，这时候她直接说：“这法器属火，你们是想配上风阵，以助法器之威？”

普化天尊说：“正是。此法宝乃取地海熔心所铸，形状天然，法阵如何设置阵眼，还需要考虑。”

夜昙说：“这个倒是好说。”她找来笔墨，二话不说，在图纸上写写画画。不到两刻，一道法阵从阵基到阵眼，依着法宝本来的形状，绘制得妥妥当当。

她搁了笔，说：“来、来、来，继续打牌。”

三位天尊互相看了一眼。救苦天尊摘下一只玉扳指递给她，说：“皮皮虾，我那长乐界好玩的东西很多，有空来玩。”

普化天尊将一颗五雷珠递给她，说：“此珠内藏五道天雷神力，可用于护体，就赠予公主。吾徒这件法宝最近几天就会炼制，公主随时可以前来神霄玉府观看。我那弟子，也正好向公主当面致谢。”

夜昙一一收下，转头看乾坤法祖。乾坤法祖被她盯得不自在，一抚长须，问：“皮皮虾，你看什么？”

夜昙说：“人家两位天尊都给见面礼了，我看你怎么好意思愣着。”

乾坤法祖大笑：“少来，见面礼不是已经托君上带过去了吗？”

“就那个丹药啊。”夜昙一边把玉扳指和五雷珠收起来，一边说，“那个我不喜欢，我退回来，你让我自己选一个。”

乾坤法祖说：“来，来，你赢了这一局就听你的。”

当然了，这一局他起手听牌，夜昙才打了两张牌，就被他和了。

这个老狐狸，哼！

夜昙嘟着嘴，显然不服气。

乾坤法祖一边和牌一边说：“愿赌服输，注意牌品啊。”

夜昙眼珠转来转去，突然扑过去，一把抢走了他腰间挂着的小太极玉佩。乾坤法祖起身准备夺回，夜昙直接把玉佩顺着自己的衣领滑落下去。

夜昙小人得志，沾沾自喜：“我尊老，你却不爱幼，有违天规，这个是罚款。哼！”

那有什么办法，她是未来天妃，谁还敢去拿不成？只得算了。

四个人又打了几圈。夜昙把牌一推，说：“不打了，不打了。”

乾坤法祖问：“怎么的，没灵珠了？”

普化天尊最会想办法，说：“那不要紧，我们可以写上别的名目，直接把账单寄到垂虹殿。”

“不是。”夜昙摆摆手，她指指额头，虹光宝睛已经转为浅红，“主要是，我实在是想不出什么赞美少典有琴的话了。”

三人大笑，夜昙不满：“我说，你们三个好歹也是天尊，难道就没有什么法子能帮我把这玩意儿给摘了吗？”

普化天尊摇头说：“本命法宝，只有法宝主人才能摘除。旁人帮不上忙。”

夜昙“哼”了一声：“走了，本公主去辨茶了。”

救苦天尊说：“让仙童将六十六种茶冲泡奉上即可，何必再回茶山？”

旁边普化天尊也说：“正是。你在此辨茶，又能打牌，一举两得。”

夜昙撇撇嘴：“那你们还得找仙童翻翻书，看看本公主还能用什么话夸奖少典有琴！”

三人含笑，果然找来仙童，一边翻书，一边奉茶。夜昙这才跟着三人接着打下去。她看似专心打牌，一边还夸赞玄商神君。然而打了不到三圈，她轻品了一口茶，问仙童：“这雪顶琼花茶刚才不是上过一次了吗？”

——三位天尊不禁看过去，六十六种茶，她不过入口一遍，已经能精准辨认。此女记忆力，着实惊人。

等到入了夜，夜昙额头上的虹光宝睛已经转为桃红。

头疼得实在是受不了，她钻进垂虹殿。飞池侍立在门口，看见她，还不及阻拦，她已经捂着额头闯进去了。外殿，玄商神君不在。

夜昙直接来到内殿，果然，玄商神君正在内殿的床上打坐调息。

飞池不敢惊动他，连连示意夜昙快出来。夜昙才不管那么多，一猫腰就钻到他床上，然后死死抱住了他的玉枕。虹光宝睛因为感觉到主人的气息，终于热度渐渐降低。

但因她今日违反了太多次天规——这笨法宝，她每打一张牌就算是违反了一次天规。所以虹光宝睛的惩罚也不是那么容易抵消的。

夜昙只觉得脑内如沸水乱滚。眼看玄商神君就盘腿坐在一边，她索性把头靠过去，贴着他睡。果然这样一来，虹光宝睛的热度就低很多了。

飞池眼见她无礼至此，玄商神君却不动不语，哪里还敢上前？

他只得轻手轻脚地出去了。

夜昙寻了个舒服的姿势，闭上眼睛，不一会儿就睡着了，只是梦里也念念有词：“少典有琴不仅高大威猛、身强体壮，还沉鱼落雁、闭月羞花……”

玄商神君本是在疗伤，可清静世界，有这个家伙在旁边，实在是没法清静。他睁开眼睛，视线低垂，只见她抱着他的枕头睡得正香，青丝铺陈间，腮若新荔，唇似樱花。

这丫头，还是睡着的时候好，没那么烦人。但她睡在自己这里，毕竟是不成体统。他伸手准备将夜昙叫醒，然而一触到她，才发现她发烧了，体温高得可怕。

“青葵？！”玄商神君沉声道。

夜昙迷迷糊糊地睁开眼睛，看见是他，不由得恼火地回推了一把：“茶叶人家已经会认了！”

玄商神君右手手背贴了贴她的额头，果然很烫。他伸手彻底压下虹光宝睛的热度，皱眉：“你生病了？”

夜昙闻言更是火大：“你这么折腾人，人家睡也睡不好，吃也吃不好，会生病有什么好奇怪的？我还活着就谢天谢地了好吗！”

玄商神君替她把脉，转头拿了两粒丹药喂她服下。谁知夜昙不吃药还罢了，此时一吃药，热度更甚，整个脸都烧红了。

“这……怎会如此？”玄商神君替她把脉。夜昙一把推开他：“你给我吃了什么？！”她摇摇晃晃地坐将起来。

玄商神君说：“不过是两粒增强清气的丹药。”

夜昙猛地跳起来：“胡说！那我怎么会烧成这样？”她摸了摸自己额头，更是生气，“我看你就是非礼了本公主，现在还想杀人灭口！”

飞池和翰墨听见声音跑进来。玄商神君有理说不清，只得道：“过来，本君重新为你开药。”

“免了！”夜昙气冲冲的，“本公主还想活得久点。你就不能让药王给我开一剂汤药吗？”

药王因为长期给人族看病，对人族体质倒确实了解得多。但是……自己给她的药，也不应该有什么问题啊。玄商神君心下不解，她若体质至清，这两粒丹药下去，病就差不多该好了。

为什么她反而更加严重？难道真是因为自己不了解凡人体质？

他心下不解，却也知道凡人体弱，她烧成这样是很危险的事。他扬声道：“飞池，去请药王过来一趟。”

不多时，药王急急地赶来。见夜昙睡在玄商神君的床榻之上，他极力双目平视，面无表情。

夜昙是真的烧得厉害，这时候早已睡了过去，只是嘴里仍在念叨什么。药王细听了一耳朵，她在说：“少典有琴芝兰玉树、灿若春华、皎若秋月……”

“咯。”玄商神君轻咳了一声，药王哪还敢再听，忙不迭地为她把脉、开药。

其实，夜昙真正的病因，她自己也是知道的——她从小就能吸食魔族浊气为自己所用。

她的根骨，若真的要测，那无论如何，也绝不会是至清之体。虹光宝睛属于至清之气凝结炼化的法宝，这东西在体内，对她的损伤是很大的。

而天界神族的丹药，也全都是以至清之气炼化的，除了使她的病情恶化，没有任何用处。

倒是药王开的药，因为适用于凡人，对她还算有点帮助。

可凡人的药，真是太难喝了。药王端着碗，才喂了一口，就被夜昙推开了。

“呸，呸！”就算是烧得迷迷糊糊，她仍被这药苦得一张小脸都皱到了一起，“与其喝这东西，本公主还不如病死算了。”

药王一脸为难，想了想，放下药碗出去。

玄商神君端起药碗。飞池和翰墨都目瞪口呆——这天界，自家君上几时亲自喂过谁喝药？噫，不会用嘴吧……二人一脸八卦表情地盯视，玄商神君神情凝重地说：“你病成这样，药再苦也得喝！”

夜昙说：“我病成这样还不是因为你？！现在来装好人，早干什么去了？我要是病死了，做鬼也不会放过你！”

玄商神君不再同她多说，一手捏住她的鼻子，趁她张嘴的同时，一碗药猛灌进去。夜昙本就病得厉害，此时无法呼吸，嘴里汤药一灌，她被呛得咳都咳不出来，顿时一口气没上来，昏迷了过去。

“君上！”飞池扑过去拦住他，翰墨赶紧上前试了试鼻息，夜昙气若游丝。

玄商神君也愣住了。半晌，药王去而复返，看见面前情形，顿时目瞪口呆。玄商神君破天荒地迁怒于人，他怒吼：“你去了何处？！”

药王几时见君上发过这么大的火？他颤巍巍地举了举手里的桑皮纸包：“小、小仙去医箱里拿糖。”

……还是先救人吧！飞池和翰墨扶起夜昙，捶背顺气。夜昙连咳了几声，好半天才缓过气来，她简直是暴怒：“少典有琴！”

玄商神君踱了几步，到底是心虚，他摸摸鼻子，自出了内殿。

天权宫，重墨台。

碧穹仙子得了夜昙的亲笔书信，高兴得跳起来。虽然夜昙激她不将此事告诉丹霞上神，但碧穹哪里会听她的？她立刻掏出万霞听音，联络了自己的母神。

万霞听音被接通，丹霞上神的虚影出现在宫中，满室霞光。她似乎正在练功，此时睁开眼睛，问：“吾儿何事？”

碧穹说：“母神，那个离光青葵已经写好了亲笔书信，但她要求儿臣给出一对万霞听音，以供她和她的魔族储妃妹妹联络。”

“嗯？”丹霞上神略作沉思，到底姜还是老的辣，她说，“若给出万霞听音，到时候天帝陛下追究起来，只怕霞族也要被迁怒。”

碧穹扬了扬手中夜昙的亲笔信，说：“要不我们就用这封信向天帝告发她？”

丹霞上神说：“不可。她乃神族储妃，一封书信顶多让天帝训责一番，扳不倒她，必须有她私通魔族的真凭实据才行。”

碧穹挠了挠头皮：“那如何是好？”

丹霞上神想了一阵，说：“母神已经想到办法。稍后，会有人送来一对万霞听音。你交给她时要避着旁人，万不可被人发现。”

碧穹说：“万霞听音是霞族的本命法宝，母神去哪里找给她？”

丹霞上神说：“这个你就不要管了。”

她一向雷厉风行，不多时，还真有人找到重墨台，把一对万霞听音送了过来。

碧穹把玩着这对万霞听音，再看看夜昙给她的亲笔书信，顿时满心雀跃——该死的离光青葵，你给本仙子等着！

垂虹殿。

夜昙吃了药，重新睡了过去。玄商神君到底是不放心，守在床边。凡人最是娇弱难养，她毕竟是人族公主，万一真病死在这里——虽然此女死有余辜，但终究也是神族的疏忽造成的。

旁边，夜昙喃喃呓语，玄商神君凑过去，只听她断断续续地说：“别……别杀它。”

“杀谁？”玄商神君皱眉，夜昙却并未回答他。但这显然不是一个好梦，她眼角有泪水滑下来，再次低低哀求：“别杀它。”

这样的离光青葵，平素从未见过。玄商神君抬手，食指探她眉心，轻而易举地入了她的梦。

梦里十里平湖，夕阳晚照，水鸟贴水而飞，留下几声清脆的鸟鸣。

本是闲适之境，然而一阵杂乱的声音却打破了这宁静。玄商神君循声而往，只见不远处，一个宫女蹲在湖边，按着……

玄商神君定睛一望，顿时心一沉——她满脸狰狞地将一个五六岁的孩童摁进水里，显然想要将其溺毙。

为什么？！

那只是个孩子！

他快步上前，待要阻止，却突然想起，这只是一个梦境。

离光青葵的梦境。

所以，水里的那个孩童，是她吗？

她从小就被父神定为天族储妃，何等尊贵的身份，为什么竟有人想要杀她？玄商神君心中疑云四起，但眼见一个稚嫩孩童身陷险境而不能施救，他眉头紧皱。

水里的果然是个女孩，她几番挣扎却挣不脱。突然，旁边草丛里蹿出一只单目、独翅的怪鸟！这鸟倒是眼熟，玄商神君一眼便认了出来——是蛮蛮。

它飞扑过去，尖利的喙直啄施暴宫女的眼睛！情急之下，那宫女偏头一躲，眼睛是躲过了，脸却被啄出一个血洞！她吃痛之下，手上一松，女童趁机挣脱！

宫女一把抓住蛮蛮，咬牙切齿地道：“既然这么着急，那你就先死吧！”

她一把将蛮蛮摁进水里，蛮蛮也慌了，独翅乱挥。女童呛了水，趴在一边剧烈咳嗽。这时候她爬过来，用力去掰宫女的手。可是小小孩童，她的力气哪里比得过成年人的力气？

她掰了半天，终于忍不住哭出声来：“别杀它……你别杀它……”可宫女满脸鲜血，双目血红，哪里肯听她一字半句？

女童哀求了半天，眼见蛮蛮挣扎的力量都变弱了，她突然回身，目光四下一扫，最后望定湖边光洁的石头。

玄商神君心中一寒，果见她抱起一块石头，用尽全力砸向宫女的头。只听一声闷响，宫女脑浆迸裂。她手上力道一松，慢慢瘫软在地。

蛮蛮这才挣扎出来，喘了半天粗气，它说：“你把她打死了。”

女童仍然抱着那块石头，白色的石头沾了红色的血。她呆愣了很久。

蛮蛮拿翅膀尖拨弄她的衣角：“你杀了人，他们一定会要你偿命的。你跟我走吧，我带你去找岚绝少君，他是个很好的人，一定会收留你的！”

女童好像没听见，她丢掉石头，低头去看那尸体。蛮蛮又拨了拨她的衣角：“你听见没有啊？”

女童终于说：“我不走。”

蛮蛮说：“可是他们会烧死你的！”

女童说：“不要你管。”

蛮蛮张了张嘴，好半天才说：“可……我们是朋友，不是吗？”

女童冷冷地别过脸：“我没有朋友。”

蛮蛮气得毛都奓开了：“你有没有一点良心？我蛮蛮刚才是为了救你，我奋不顾身、我英勇无畏，你过河拆桥，翻脸不认人，你……”

说到这里，它突然看见女童满脸泪水，一瞬间，它沉默了。

半天，它说："那……我走了啊。"

女童没有说话，一个人呆呆地站在湖边。

蛮蛮真的走了，它毕竟是只鸟，顾前不顾后的，想不了那么多。

女童抱膝坐在尸体边，残阳如血，浸染着她。她双手捂着脸，泪水溢出指缝。

玄商神君从来不食人间烟火，亦从未触景伤情。但这一刻，夕阳将沉未沉，湖边秋草枯黄，暮霭由薄转厚，最后浓得像悲哀一样化不开。

玄商神君伸出手，但指尖穿过了她，只触到无边无际的清冷虚无。

那只是一个梦，隔着十年的光阴，怎么解救？

他睁开眼睛，床上的离光青葵还在熟睡。她梦中的寒冷侵蚀了他，他再无心修炼。

人族对神族历来极为尊崇，离光氏更是如此。神族自幼定下的天族储妃，身上怎么会发生这样的事？他想不通。

次日，玄商神君正在接见四海龙王。人间地域变动频繁，若出现了新的水域，龙王之间的辖地就需要重新划分。他已经圈好水域，正与龙王们做最后的确认。突然，后殿响起脚步声。

飞池几乎是冲过去的，但是仍然晚了一步。

夜昙长发未梳，青丝如瀑般垂散至腰间。身上的衣裳仍是昨日的，睡了大半夜，略微凌乱。更可怕的是，她赤着脚，一脸茫然地走出来。

一殿龙王只看了一眼，瞬间张大了龙嘴，片刻之后，全部低下头，装作没看见。

夜昙打了个哈欠，一出门看这外殿这么多人，她皱皱眉，说："少典有琴，我要喝水！我也好饿，从昨天到现在，你折腾了人家整整一夜，也不让我吃东西！你们神族未免也太过分了吧！！！"

……满殿龙王扇了扇龙耳朵，恨不能把耳朵也戳聋。

折腾了一夜……这么厉害的吗？

玄商神君仍然高居上座，闻言不语，只是看了一眼飞池。飞池赶紧为自家君上捡拾已经所剩无几的清名，他说："公主昨夜病重，药王千叮万嘱让您留在垂虹殿养病。飞池已经煎了药，还准备了人间吃食，这便送来。"

他一边说话，一边把夜昙往后殿领。夜昙刚要走，身后，玄商神君说："你身为公主，赤足乱发，四处行走，仪态何在？给我跪下，面壁背诵天规禁令十遍！背完才准吃饭。"

“你！”夜昙是真的要气哭了，“你真是太欺负人了！不吃就不吃！我离光……青葵，就算是饿死在这里，也不吃你神族一口吃的！想要我再背你那什么破天规，做梦去吧！！！”

她气鼓鼓地往地上一坐，再也不起来了！

龙王们一看，这实在是不成体统。东海龙王到底老成些，说：“既然君上尚有要事，我等就先行告辞。水域的事，改日再商量吧。”

其他龙王早就如坐针毡，闻言哪还犹豫？顿时纷纷起身：“正是，正是。属下等先行告辞。”

诸龙相继出了垂虹殿，顿时脸上就挂起了意味深长的微笑——天界玄商神君，无所不能，原来也不会哄女人吗？哈，看来我们怕自家那条母龙，也不是什么丢龙脸的事情嘛……

龙王们翘着龙尾巴走了。

殿中，一直等所有龙都走了，玄商神君才沉声道：“跪好！”

夜昙脖子一梗：“就不！”

玄商神君气极，要出言规劝吧，她油盐不进；若要动之以刑，她又承受不住。他砰的一掌下去，面前万年寒晶石所铸的几案终于承受不住，四分五裂。

飞池和翰墨简直苦胆都要吐出来，飞池蹭过去，小声说：“小的们给公主准备了火锅。”

“火锅”两个字钻进耳朵里，夜昙的肚子就“咕咕”叫了一声。她咽了咽口水，想了半天，终于还是忍不住，问了声：“真的？”

飞池用力点头，夜昙想了想，终于乖乖跪好，面对殿墙背诵天规。

玄商神君将二人的话都听在耳中，却难得地没有开口呵斥——到底是什么环境，能养出这般顽劣的女子？昨晚看到的那个梦，像是听了一半的故事。

有始无终，总是缺憾。

第十章
星辰有行

天葩院。

夜昙如愿以偿地吃上了火锅。但是看着锅里翻滚的青菜，她用筷子扒拉了几下，气得发抖："怎么都是素的？！"

飞池小心翼翼地解释："公主，天界不许无故杀生，只、只能吃素的。"

夜昙啪地丢了筷子："素火锅能有灵魂吗？！再说了，什么叫无故杀生？我要御寒，所以剥它们的皮。我要果腹，所以吃它们的肉。这叫无故杀生吗？理由正当得很好吗？！"

飞池说："可……可神族有很多神仙都由别的种族修炼而成，岂能互相残食啊？"

夜昙上下打量他，突然幽幽地问："如果本公主记得没错，你是由兔子修炼而来的吧？"

飞池打了个寒战："公……公主？"

夜昙猛地扑上去："给我进锅吧，你这个麻辣干锅兔！"

飞池跳起来就跑了。

一直等到它跑远了，夜昙才回身说："蛮蛮，你去找清衡君，让他送点肉来。这日子真是没法过了！"

蛮蛮答应一声，夜昙突然想起什么，问："我怎么觉得好像少了什么……对了，我的草呢？！"她左右张望，"难道叛逃啦？"

蛮蛮挥了挥翅膀，说："在后殿修炼清洁法诀呢。"

"不是吧？！"夜昙瞪大眼睛，"这么一个小小的法诀，她到现在都没学会？"蛮蛮一摊翅膀，夜昙大为恼火，"糟了，我这草看来智力也不高啊！"

她直接去到后殿，五辛族的胡荽果然在看书，但一脸苦恼，看上去并不愉快。

夜昙凑过去："就这么一个破东西，你还没学会！"

胡荽一抬头看见她，立刻眼泪汪汪：“公主，我才学了两天，哪有这么快就学会的？”

“两天还不够？！”夜昙一脸惊诧，但想想，又说，“唉，让一根香菜读书认字，是难为草了一点。”她拿起书，一字一字地读给对方听，“斋心听气，坐忘守一……跟我做。”

胡荽“哦”了一声，赶紧认真效仿。

门口，玄商神君停住脚步——这是……什么奇怪的味道？！他嗅觉向来灵敏非常，立刻以手掩鼻，抬头一看，就见夜昙素手掐指诀，片刻之间，一个清洁法诀令自己全身上下一尘不染，是个施展得令人挑不出错的法术。

“清洁法诀你学过？”玄商神君的声音响起，房中的胡荽一惊，转头一看，半天不敢相信自己的眼睛——天哪，我竟然见到了活的玄商神君！！！

夜昙把书搁下，说：“没学过，但是这很难吗？”她随手又是一个完美的清洁咒，把胡荽脸上的汗和灰都擦得干干净净，“不就是控制水和土吗？依我看来，水和土以外的其他污垢，这个清洁法诀就不管用了。”

玄商神君面色冷凝——她虽然说得轻描淡写，但这法诀，普通仙娥要学习半年才能掌握并使用，而且天资差一点的，还需要借助仙帚等法器。

她却只是随手翻阅了一遍。

玄商神君沉默半晌，说：“明日辰时初刻，你到上书囊，会有先生专门传授你基础的神族法术。”

夜昙转头看他一眼，对于法术她还是感兴趣的。是以虽然还在生气，她却只是“哼”了一声。胡荽已经开心得快要晕倒了，她飞快地跪下：“五辛族胡荽，参见君上！”

玄商神君这才把目光移到她身上，于是那股清奇的味道也有了解释。他皱眉道：“五辛族？”

夜昙知道他不喜其他味道，得意地道：“对呀，我喜欢这个小仙娥，调到自己宫里。你有意见啊？”

玄商神君却说：“你既然与青葵公主投缘，以后便在此间侍候。五辛一族修炼不易，你既得道，就要勤勉刻苦，万不可辜负了如此良好的机缘。”

胡荽竟然得到了他的勉励，顿时眼含热泪，一个字也说不出来。夜昙反而愣了：“你同意了？”

玄商神君问：“吾为何反对？”

夜昙摸了摸头：“你不是应该看不上五辛族的吗？”

玄商神君正色道：“天界诸生平等，五辛族之所以人丁稀少，乃是因为根系弱小，寿命短暂，难开灵智。她能修炼得道，必经过一番艰辛。吾岂会轻视？”

好吧，这倒确实是他的作风。夜昙嘀嘀咕咕：“你这个人真是，怎么说起什么话来，大道理都是一套一套的。”

玄商神君义正词严：“理正则言直！”

“哼！”夜昙翻了个白眼，“我的草，我们吃饭去。”

胡荽眼眶微红，她向玄商神君再一行礼：“君上勉励之言，胡荽字字牢记。胡荽这就做饭去！”

她对生活一向充满激情，这时候跳起来就往外面跑。正在这时候，蛮蛮冲进来，一眼看见玄商神君，它急忙跳到夜昙身边，悄声道：“少典远岫来了。”

糟糕，他必定是带了肉食前来，被玄商神君发现，又要没完没了了。夜昙扫了一眼玄商神君，低声回：“看来我得送客了。”

蛮蛮悄声道：“委婉点。”

“嗯！”夜昙清了清嗓子，说，“你还干杵在这里干什么？等着我留你吃饭呢？！”

你还真是“委婉”啊！蛮蛮绝倒。

玄商神君果然冷哼一声，拂袖而去。

眼见他离开，夜昙顿时大喜过望。

果然，玄商神君前脚刚走，清衡君立刻进来。

胡荽主动上前，接过了清衡君手里的食盒。打开一看，她顿时目瞪口呆：“我……公主，我们吃这些？！”

食盒里全是切好的牛肉、羊肉、牛百叶、黄喉什么的。夜昙探头一看，顿时就对清衡君十分喜欢了：“少典远岫，我最喜欢你了！”

她冲过去就是一个熊抱。清衡君面色微红，说：“兄长在这里，你怎么也不早说？我提着一篮子这些东西，被他撞个正着，吓得我的腿到现在都还发软。”

夜昙扶着他，随手在他脑门上一揉：“远岫不怕不怕哦。你是这天界神族里最好的神了！我跟你说，本公主这是没有尾巴，我要是有的话，肯定已经对着你摇成风火轮了！”

“摇尾巴的那是狗……”清衡君一脸无奈，但还是被她扶到桌边坐下来。胡荽一撸袖子：“太好了！这天界人人吃素，对我们五辛族更是避之不及！这下子，我胡荽可算有了用武之地了！”

她和蛮蛮都是下厨的好手，夜昙和清衡君坐在桌边看他俩忙活。

清衡君扫一眼夜昙，见她歪着头，一脸热切地等着吃，简直是条小馋狗！他说：“你……跟我想象中的公主不同。”

夜昙闻着食物的香气，心情愉悦，自然态度就好：“你想象中的公主是什么样子？”

“嗯……”清衡君想了想，说，“大抵是高贵端庄，温婉优雅，如我兄长一般严守禁令教条之人。”

“那样的公主其实也有的。”夜昙想到自家那姐姐，深以为然地点了点头，然后她突然反应过来，“所以你是说，本公主不高贵、不端庄、不温婉、不优雅咯？！”她满脸狰狞地猛扑过来，清衡君赶紧挡住她：“没有，没有！我不是这个意思！”

夜昙将他摁倒在石桌上，居高临下地问：“那你是什么意思？！少典远岫，本公主命你立刻说出一万字赞美本公主的话来，不然的话，小心本公主拿你下酒！”

她说这话的时候，故作凶恶，整个人几乎半趴在他胸前，那长发如丝如藻扫过他脸颊，扰得人心乱如麻。清衡君几乎慌乱地拨开她，说：“别闹，吃、吃饭了。”

夜昙有肉吃，就搞不出那么多幺蛾子了。

她端起碗，胡荽很快为她做了一碟子蘸水。夜昙挥了挥手：“坐下来，坐下来，一起吃。”

胡荽“啊”了一声，她当然也馋肉，但是清衡君可还在这里呢。她偷眼瞟清衡君，清衡君说：“坐远些！”

这意思也是允了，胡荽立刻在他对面坐下。他们热热闹闹地正要开饭，突然外面又有一神前来。夜昙一抬头，就看见了碧穹！

她进到殿里，一眼看见这热闹劲儿，都惊呆了。

夜昙招招手：“小碧穹也来了，过来坐。”

碧穹仙子看看清衡君，清衡君说：“我脸上有花吗？”

“没、没有！”碧穹回过神来，赶紧也在桌边坐下。然而刚刚坐定，她就瞪了一眼身边的胡荽，“大胆！你是什么身份，也配和本仙子平起平坐？！”

胡荽吓得头发都要竖起来了，起身就跪：“奴婢错了，碧穹仙子恕罪！”

夜昙把碗碟摆到碧穹面前，白了她一眼："吃不吃啊？不吃就走！"

碧穹还有些悻悻然，但是眼前火锅的香气实在馋人，她想了想，还是拿起筷子。胡萋左右看看，清衡君和碧穹仙子身边都坐不得，可桌子就这么大，她不知道该坐在哪儿。

清衡君到底看不下去，指指自己身边。胡萋受宠若惊，连眼睛都亮了："谢谢清衡君！"天哪，我居然这么快就坐到了清衡君身边！看来我胡萋飞上枝头当凤凰的"雄图霸业"指日可待，指日可待！

——她一向不用别人安慰，靠自己打鸡血活着。

大家总算是开始吃饭。碧穹用筷子在锅里一捞，就夹起了一块牛肉。她顿时吃惊地张大嘴巴："这是……肉？"夜昙没理她，倒是蛮蛮问："你不会没吃过肉吧？"

碧穹怒道："我霞族在天界地位何等尊崇，怎么会吃肉？你们偷偷吃也就罢了，现在当着清衡君的面，竟然也敢如此放肆！我要向神帝揭……"

她"揭"字刚出口，夜昙把一筷子牛肉直接塞进她嘴里："吃吧你，废话真是多！"

浓香的味道入口，碧穹仙子后面的话全被堵了回去。平生第一次吃到肉食，这感觉真是新奇。她小心翼翼地嚼了几下。这……好吃啊！

她贪婪地望向锅里，夜昙说："现在你也吃过了，去揭发我吧。告诉神帝陛下你跟我们一块吃肉了。"

碧穹仙子看看她，又看看清衡君，她扭捏了一阵，还是胡萋看不过去，替她捞了小半碗肉。碧穹怒瞪她："我自己没长手吗？要你多事！"

说完，她果然自己动手，快速地往碗里捞肉。

玄黄境。

乾坤法祖正在烹茶。少典宵衣手捧茶盏，神色冷凝。乾坤法祖说："魔族已经决定，派魔尊长子乌玳前往归墟，配合君上修补归墟。"少典宵衣"嗯"了一声，轻转手中茶盏，却是有些出神。

乾坤法祖说："乌玳其人，鲁莽冲动，决计无法与君上合作。"

少典宵衣深吸一口气，说："我已通知魔尊炎方，五日之后，于归墟之侧，重议此事。"

乾坤法祖为他续茶，说："炎方膝下三子，乌玳冲动，顶云傲慢，若真论最合适的人选，恐怕只有嘲风。”

他提到“嘲风”这两个字，少典宵衣背脊微僵，许久才说：“嗯。”

乾坤法祖问：“陛下是否会向炎方提出，由嘲风前往修补归墟？”

少典宵衣沉默许久，缓缓地说：“魔族之事，还需炎方决断。”

“这是自然。”乾坤法祖说，“但既然神魔相会，共商此事，天界就有权要求魔族举荐最为合适的人选。毕竟众生安危，皆悬于此举。”

少典宵衣搁下杯盏，沉声说：“吾自有计较。”

话落，拂袖而去。

乾坤法祖继续煮茶，许久之后，才轻声叹气。

天葩院，夜昙等吃完饭，清衡君前往上书囊听学，胡荽继续修炼她的清洁法诀，只有碧穹磨磨蹭蹭。夜昙问：“万霞听音，你准备好了？”

碧穹这才把丹霞上神准备的一对万霞听音递给她，说：“这……可是霞族的本命法宝，你留下一个，我把另一个交给你在魔族的妹妹，你们就可以互相联络了。”

夜昙接在手里，翻来覆去地把玩：“急什么？让本公主研究两天。这东西虽然是霞族的宝物，但是万一去到魔族，信号不好怎么办？”

碧穹心中的不安全部写在脸上，她说：“你怎么事儿这么多？”

夜昙“哼”了一声，把这对法宝收进怀里：“小心驶得万年船，你没听过？滚吧，等本公主确定没有问题，就把另一个交给你。”

碧穹拿她没办法，最后只得叮嘱了一句：“收好，莫让旁人发现！”

一直等到她走得没影了，蛮蛮才把小脑袋凑过来。这万霞听音果然是霞族法宝，其上霞光流转，色彩变幻不定。蛮蛮用翅膀尖拨了一下，但见其真实形状如一面小铜镜，还带绞丝纹的手柄。

“嘿，这不就是一面镜子！”它在万霞听音之前搔首弄姿，“看，里面还能照出我的鸟样！”

夜昙不理它，只是自顾自地研究这一对法宝。蛮蛮照了半天镜子，才问：“你在想什么？”

夜昙说：“我在想这对万霞听音是怎么来的。”

蛮蛮不以为然：“还能是怎么来的？那个碧穹本来就是霞族，有这东西不奇怪啊。”

夜昙说：“如果我是碧穹，你猜这对法宝会怎么得来？”蛮蛮歪着鸟头看她：

“怎么得来？”

夜昙说：“傻鸟，当然是随便杀个霞族，夺宝送人。事后若真要追查起来，死无对证，既能嫁祸对手，还能把自己摘得干干净净。”

蛮蛮纠结了半天，最后犹豫着说：“昙昙呀，我觉得那妞儿可能没有你说的这么歹毒……”

夜昙一巴掌拍在它的鸟头上。

夜昙用了一整晚来研究万霞听音的铸炼材料和法阵、法咒，一直到外面天色由暗渐明，金乌东升。这时胡荽给她端来早饭，说：“公主，您该去上学了。”

“上学？！”夜昙莫名其妙，“上什么学？”

胡荽一边给她准备衣裙，一边说：“公主您怎么忘了？昨天君上让您今天去上书囊听学的啊。”

“啊！”夜昙敲了敲自己的脑壳，真是忘得影子都没了。她说，“可我昨晚一晚没睡。我难道就不能明天再去吗？！”

“那怎么可以！君上发了话，能讨价还价吗？”胡荽把头饰也给她准备好，说，“再说了，那可是上书囊！”

夜昙胡乱吃了几勺饭，木偶似的由着她替自己更衣，问：“上书囊又怎么了？”

胡荽眼睛发光：“上书囊是神族所有年轻有为的弟子的集聚地，连乾坤法祖和君上都经常前去授课。能够进入那里面听学的，个个都是……”说到这里，她突然想到什么，又说，“当然啦，公主您是不用在意的。毕竟他们就算再怎么尊贵，也比不过公主的未来夫君。公主可是天族储妃。”

夜昙睨了她一眼：“怎么，你想去啊？”

“我？！”胡荽一边给她梳头，一边摇了摇头，“我不过就是一个五辛族的小仙娥，又天资愚笨，哪有资格去上书囊啊。”

夜昙拍拍她的手，说：“你虽然是笨了点，但是你有眼光，跟对了主子。这点就比大多数修炼者都有福了。走，那个什么上书囊，本公主带你去！”

身后没什么动静，夜昙说：“你不要担心啦，有本公主罩着你，谁还敢欺负……”话说到一半，她转过头，发现胡荽已经更衣梳洗，而且一双眼睛还盯着她，像饿狼般闪闪发光。

……这哪里是换衣服，简直就是摇身一变好吗？！

上书囊。

蛮蛮对法术没兴趣，夜昙只能带着胡荽这条小尾巴去上学。她们刚进到学堂，就引来一阵嗤笑。

“快看这个，修容修得更夸张。”角落里有人低声说。

另有声音答：“女仙嘛，爱美才正常。不过修成这样的……确实少见。”

夜昙循声看了一眼，问胡荽：“他们干吗？”

胡荽小声说：“这个……因为天界女仙爱美，有了修为之后，大家都会用法力修改容貌。所以天界美仙娥很多，当然啦，魔界也一样。”

夜昙明白了：“难怪来到天界之后，连小仙娥都是漂漂亮亮的。”她倒是无所谓，自己找了后排的位子坐下。

胡荽说：“哪个女孩不爱美啊。而且不光是女仙，男仙也大多修过容，区别只是大修小修而已。”

“啊？！”夜昙环顾左右，果然身边俊男美女比比皆是。她在自己脸上比画了一下，问，“那少典有琴那张脸，不会也是……修的吧？！”

胡荽很是为难：“这就不知道了。平时没有人敢私下议论君上的啦。”

夜昙一脸失望：“原本他这个人就只有脸好看这一个优点，没想到啊没想到，这个人连皮相也是……”话没说完，她就捂住了额头。

虹光宝睛果然变成了淡粉色，夜昙面不改色，直接转口道：“也是天姿国色、万里挑一……”

虹光宝睛好像也被这急转弯给搞蒙了，慢慢地又变成了透明的。学堂外，碧穹和一个男子前后脚进来，紫芜仙子也随后入内。但几人都在第一排坐下，并没有发现角落里的她。夜昙当然也不想上去打招呼了——她困了。

夜昙打了个哈欠，发现满堂学子瞬间安静。门外脚步声响起，一位身着白色长衫的先生走了进来。他看上去四十如许，面白留须，双眉之间皱纹如刀刻。显然天界这些王孙公主并不好带。

他扫视课堂，见多了夜昙和胡荽，也没多问，只是说：“上课。”

一时间，所有学子除夜昙，都齐刷刷地起立，毕恭毕敬地鞠躬道：“先生好。”

所有人都站着，只有夜昙坐着。碧穹和紫芜也是现在才发现她。碧穹冷哼——这凡人公主，果然是一点规矩也没有。紫芜急得一直向她示意——快起来，这先生严厉得很！

文昌帝君盯着她，又咳了一声。胡荽脸都吓白了，低声喊：“公主！快起来，上书囊规矩很严的！”

夜昙漫不经心：“有多严？”

旁边有东海龙族太子敖江说：“会罚抄书。”

夜昙赶紧站起来，大声喊：“先生好！”

这先生显然早知道她的身份，见状倒也没有追究，只是沉着脸道：“坐。”

所有人这才坐下，先生开始讲学。可夜昙困了——她昨晚一晚没睡，一直研究万霞听音了好吗？！她打了个哈欠，立刻就趴在了桌上。

胡荽赶紧扯她袖子：“公主！文昌帝君上课不允许学生打瞌睡的。这位先生脾气可不好！”

“脾气不好难道还能咬人啊？”夜昙上下眼皮直打架，枕着自己的手臂就睡了过去。

讲坛上，文昌帝君翻开羊皮书，说：“大家打开面前的《乾坤法典》第十六页。今天我们讲木系法术里的朽木逢春术。这法术是世间草木的再生之术，可以令所有草木重新生长……”

他话说到这里，不经意地一抬头，立刻就看见了后排打瞌睡的夜昙。这位先生素以严厉著称，哪容得有人在他的课上睡觉？他手一挥，戒尺呼的一声飞过来，啪的一声，正砸在夜昙脑袋上。

“哎哟！”夜昙痛叫一声，摸着后脑勺抬头。文昌帝君面色铁青：“既然你不喜欢听学，何必前来上书囊？”

学堂里一众学子俱看过来。夜昙嘀嘀咕咕：“废话，难道我脑子有毛病，会心甘情愿地到这个破地方来？”

文昌帝君一向最讨厌懒惰散漫、不求上进的后辈，此时闻言更是如同火上浇油。他立刻怒道：“既不情愿，何必留在学堂之上？滚到外面去听！”

紫芜捂住眼睛，不忍直视。夜昙闻言，顿时大喜。她忙不迭地起身，兴高采烈地冲了出去。

文昌帝君执教许多年来，还是第一次见到对罚站这么迫不及待的学生！

“朽木！烂泥！”他啪地一摔戒尺，目光扫视学堂，“本君知道，你们是神族新贵，个个都有着了不起的家世。但是在我上书囊没有特殊，你们都只是普通学子，需要严格遵守这里的规矩。你们都给本君收起平日的骄娇之气，否则休怪本君不留颜面！”

整个学堂鸦雀无声。

只有夜昙撇了撇嘴。外面阳光正好，云层中有凤凰遨游，清风徐来，花香盈衣。夜昙被风一吹，又不是那么想睡了。不远处的芭蕉树下，一头似马非马的东西正在啃吃草叶。好好的一棵芭蕉树被它啃得七零八落，不成样子。

夜昙上前几步，发现这东西马头、骡身、驴尾、牛蹄，简直就是个四不像。

“喂！你是什么兽？乖乖，这样的养上一只还真是不错！”她摸摸这怪兽的马头，满眼惊叹，“要是炖来吃，马、骡子、驴、牛，一兽四吃啊！”

“四不像”默默地远离了她。

夜昙对这东西却是真有兴趣，她看看周围，扯了一把鲜嫩多汁的青草过来，索性在外面喂这只“四不像”。

学堂里，文昌帝君把朽木逢春术讲解到一半，就打算把夜昙叫进来——女儿家脸皮薄，这么当众教训一下，估计也够了。

他端着茶盅走到学堂门口，只见原本应该在罚站的夜昙手里抱着一大把青草，正蹲在地上，喂他的坐骑白特。

自己讲得嘴都干了，她竟然喂了半节课的驴！

文昌帝君啪的一声，把手里的茶盅摔了个粉碎：“来人！”他脸都涨成了猪肝色，一副就要晕过去的样子，“去垂虹殿，把君上请来，看看他举荐入上书囊的学生！”

好家伙，这一声怒吼，如平地一声雷，就炸在耳边。夜昙手里捏着一根青草，也是一脸蒙。这先生简直就是要当面打玄商神君的脸！她说：“不是吧，怎么你们天界神族也流行请家长吗？”

学堂里，一众学生默默地点头——不然你以为我们为什么这么老实？天界神族家教最是严格，这要是被先生告了一状，回去非得来一顿“竹笋炒肉”不可。

垂虹殿。

神后霓虹上神也在。她知道玄商神君平时没有其他的爱好，便只是送了些书过来。玄商神君双手接过，霓虹上神眼中忧色更甚。

“有琴……”她欲言又止。

玄商神君反倒安慰道：“儿臣知道母神担忧，但四界安危与儿臣一人生死，总得有个轻重缓急。再说，儿臣已经做好准备，也并不一定……”

他话音未落，霓虹上神就说：“做好准备？你怎么做好准备？没有盘古斧的碎片，你进到归墟里，很快就会被混沌之炁吞噬溺毙。”她说到这里，仿佛自己爱子死在归墟的情景就在眼前，顿时满眼泪花，几度哽咽，“若不是那个女人盗走盘古斧碎片，你又何至于……”

“母神。”玄商神君打断她的话，“这世上万物，皆有生死荣枯。命中注定的事，怪责无用。”

霓虹上神抬手抓住他如云般轻柔洁净的衣袖，缓缓用力，直握到指节发白：“都是母神没用。本宫枉为神后，连自己的儿子都保护不了……”

玄商神君抬手拭她脸颊上的眼泪。外面，上书囊的副执教前来，见神后落泪，他站在门口不敢进来。

有外人到来，神后忙擦了擦眼角，说：“你既有事，母神便回去了。”

玄商神君亲自将她送至殿外，这才回头看向副执教。副执教是魁星，此时他恭送神后之后，便低着头，不知如何言语，只得心虚气短地叫了声：“君上。”

玄商神君幽幽地问：“文昌帝君派你前来的？”魁星拼命点头，玄商神君举步向前，直接行往上书囊。

他连原因都没问，只是出门前，深深地叹了一口气。

上书囊，玄商神君缓步行来，整个书院顿时鸦雀无声。

文昌帝君板着脸，夜昙还不服气，梗着脖子争辩：“还能不能讲点道理了？明明是你让我出去的，现在怎么又变成我的不是了？”

文昌帝君不理她，只是沉声问玄商神君：“现在上书囊，是不是随便什么人都可以入学？还是君上亲自举荐的人，便能无视此地学规，任意妄为？”

玄商神君摸了摸鼻子，仿佛上面覆盖了一层的灰。唉。他说：“举荐人选之前，未曾告知她书院规矩，是本君不是，还请先生见谅。”

他道歉的态度诚恳，文昌帝君却只是冷哼一声，说：“君上为人向来大公无私，既然举荐此女，想来她定然不会只是个喂驴公主。”他一本正经地说出“喂驴公主”四个字，底下顿时传来一阵窃笑。文昌帝君余怒未消，一字一顿，“而上书囊也不是替谁托管孩子的地方。如果本节课，她的成绩能在乙等，此事便就此揭过。否则，君上还是领回去自己教养吧。”

乙等……玄商神君眉头微皱，轻声说：“先生，她……乃凡间女子，年不过十五。上书囊讲学，虽然深入浅出，但于她而言，恐怕还是有难度。她毕竟是未来天妃，古往今来，从未发生过天妃被上书囊退学的事。先生可否……先让她旁听几节课，再进行考核？”

然而文昌帝君身上长着整个神族最难啃的骨头，他的严厉天界驰名。哪怕是玄商神君的面子，在他跟前也不好使。他说：“若君上这话是命令，那卑职自当遵从。”

他直接堵死了玄商神君后面的话。玄商神君只得道：“如此，就依先生。”

说完，他回头看了一眼夜昙。夜昙问：“如果我考不到乙等的话，会被赶下天界吗？”

你还想着这事……玄商神君连回答她的力气都没有了。

学堂里，文昌帝君继续讲课，夜昙仍然被罚在学堂外站着听。

玄商神君第一次明白什么叫不忍直视——怎么办，少典氏的储妃要被上书囊退学了！神族的颜面要被人拿来扫地了。

他快步走出去，迅速吩咐自己的仙侍——飞池和翰墨：“立刻去请乾坤法祖、普化天尊、救苦天尊、镇元子上神。”

飞池和翰墨还是第一次见到自家君上这副火烧眉毛的神情，二人皆一脸惊恐：“君上，发生了何事？可是四界异变？归墟提前破裂了？”

四界就要覆灭了吗？

玄商神君纠结许久，终于说了一句：“文昌帝君决意要让青葵公主从上书囊退学。”

我的天爷哎！

飞池和翰墨一言不发，飞一般地跑去替自家君上搬救兵了。

乾坤法祖、普化天尊、救苦天尊和镇元子上神得知消息，尽皆震惊。

——自家储妃被上书囊退学，这要是传到魔族，怕是魔尊炎方都要笑死在晨昏道。四位德高望重的老神仙匆匆赶到上书囊，文昌帝君的课也接近尾声了。

夜昙还在学堂外站着，乾坤法祖经过她身边的时候，不由自主地拧了拧她的耳朵。

“皮皮虾呀皮皮虾，你就不能心疼心疼我们几个老东西吗？”乾坤法祖一脸痛苦。

救苦天尊这次也苦着一张脸：“我是真不想看见文昌那张臭脸。”

普化天尊和镇元子上神对视了一眼——谁不是呢？

但玄商神君和三位天尊，连同镇元子上神还是一并踏入了学堂。

这下子，别说小香菜胡荽了，便是紫芜和碧穹都屏住了呼吸——这三位天尊，平时要见任何一位都难上加上，此时竟然一齐出现了？

就连退隐已久的镇元子上神也来了！

上书囊紫气环绕，清光普照，仙泽之厚重，令一众少年神魂俱清。大家个个都坐得笔直，眼神都不敢乱看。只有夜昙还在喂驴——这几个人有什么好看的，叫一声“打麻将”就全来了好吗？！

一直到课毕。文昌帝君自讲坛走下来，倒是向几人行礼。几人还礼，镇元子上神打着哈哈：“文昌呀，多年不见，一向可好啊？”

文昌帝君虽然礼数周到，但并不代表他会让步。他沉声道：“学堂之上，不宜叙旧。几位若要旁观，请退至一旁。”话落，他扫视诸人，扬声道，“朽木逢春术传授已毕，实操考核开始。”

三位天尊外加镇元子上神都摸了摸鼻子，仿佛上面有厚厚一层灰。

上书囊自然有实操考核的地方。

学堂外不远处，原本栽种着一棵巨大的芭蕉树。可今天，文昌帝君的坐骑白特把好好的一棵树啃得只剩了残枝碎叶。文昌帝君却似乎早有预料，他指指那树，也不见怎么动作，只见七色极光四垂，慢慢凝成一层圆形的结界，将整个芭蕉树包裹在圆中心。

文昌帝君走到芭蕉树旁边，背起双手，说：“以朽木逢春术将结界正中的芭蕉树恢复原状。本次考核成绩分为四等：若时间在一刻钟以内，则为甲等；若时间超过一刻钟，不足两刻钟的，为乙等；两刻钟到一个时辰的，为丙等；超过一个时辰的，为丁等。另外，若施法过程中，周围草木误受法术影响的，评级降低一等。”

说到这里，他看向夜昙。他对夜昙的第一印象就差，这时候看她，更是鼻子不是鼻子，眼睛不是眼睛。他意有所指地说：“若实在一窍不通，无法完成法术，也可以弃考。”

夜昙终于喂完了手上的青草，她站起身来，随手抓起碧穹的裙角开始揉搓。碧穹一脸困惑：“你在干什么呢？！”夜昙揉搓了半天，终于说：“我擦擦手上的草浆子。”

碧穹尖叫一声，一跳三尺高。

文昌帝君气得——此女脸皮简直是厚如城墙！他怒道：“离光青葵，末尾排队！碧穹，你先来。”

乾坤法祖等人互看一眼，心下松了一口气。这等考试，没有两三天时间完不了事。夜昙排在末尾，总算还有时间补课。

文昌帝君虽然不喜这个家伙，但总算顾及天界神族的脸面，也给了几位天尊一个台阶下。

人群中，碧穹犹犹豫豫地来到结界中心。那棵被驴嚼得七零八落的芭蕉树一副凄凄惨惨的模样。然而碧穹更惨，她一走到法阵中央，整个人颜值就变低了一半。

夜昙目瞪口呆："这是怎么回事？"

你还有空担心别人呢？

玄商神君无奈，还是紫芜小声说："天界诸人学法之后，大多会用修为调整外貌。但是这法阵之中，会隔绝修为，所以用其调整之后的外貌也会恢复原状。"

夜昙拍了拍额头："这哪是结界，简直就是个卸妆布嘛！"说完，她突然回过头，狐疑地看了一眼玄商神君，然后玄商神君就听见她嘀咕，"唉，有些人，看着人模人样的，真要卸了妆，还指不定是什么画皮怪呢。"

玄商神君脸色铁青，紫芜忍笑，小声说："不是啦。其实兄长……"

话没说完，文昌帝君就说："考场之上，不准交头接耳！"

紫芜不敢说话了。

夜昙可不怕他，她问："我们要等多久啊？"

旁边胡荽悄悄比了三个手指："三天左右。"

"就这么一个法术，考三天？！"夜昙大惊，"那我最后一个考试，岂不是要在这里等上三天？！"

结界里，文昌帝君真是气得胡子都翘起来了。混账东西！要不是三尊齐临，玄商神君又亲自求情，你能有这三天时间补课？他怒问："怎么，你很赶时间吗？"

乾坤法祖等人以手捂脸——求求你不要再说话了。然而夜昙显然并没有听见他们的乞求，她说："这不是废话吗？我们人族有句名言，叫'圣人不贵尺之璧而重寸之阴'。三天啊，值多少个'尺之璧'啦？你赔我啊？"

我……文昌帝君右手指着她，食指抖啊抖，半天说不出一句话——就你这德行，还"圣人重寸之阴"？！

他几乎是咆哮着道："你给我滚进来，马上考！不到乙等，自己主动退学，再也不要出现在我面前！！！"

三位天尊捂着眼睛，都不是很想活。

夜昙迎着众人的目光走进去，直接来到芭蕉树面前。七色极光飘浮交错，她如披彩纱，五官竟然半分也没改变。这个家伙，她没有用法术调整过容颜。

少年们都是一愣，然后，就见夜昙素手掐诀，一道柔光在她指间凝聚。那株被白特踩躏得面目全非的芭蕉树，瞬间被注入新的活力，茎叶复苏，伤痕渐愈。

不过片刻的工夫，整株芭蕉树迅速恢复原状。

大功告成。夜昙拍了拍手上微尘，问："这三天我是不是可以自由活动了？"

考场诸人安静下来。过了好半天，文昌帝君才问："你……你学过？"她是天族储妃，来之前玄商神君若是给她上过课倒也不奇怪。

然而夜昙说：“没有啊。”

“那……”文昌帝君看看芭蕉树，又看看她，“那这朽木逢春术，你为何如此熟练？”她刚才明明一直在喂驴啊……

夜昙理所当然地道：“因为你刚才课上已经讲得很详细了啊。”她看看芭蕉树，又看看文昌帝君，眼珠一转，一脸小人得志的样子，“怎么样，被本公主的无双智慧折服了吧？”

文昌帝君心中暗惊，也突然想起来——当初神族定下这人族的储妃，可是乾坤法祖和普化天尊亲自测定的根骨资质。这么重大的事，这二人难道会草率行事吗？

此女天资，真是堪比当年的君上了。

他心中暗惊，面上却不动声色——但凡为人师表者，没人不是爱才如命的。可若是喜形于色，脸上又挂不住。他冷哼：“考核中随意搭讪考官，降级一等。”

“喂！你这老头，你也太小心眼儿了吧！”夜昙被气到了。但好在这时候，文昌帝君已经不大跟她计较，只是冷哼道：“滚下去，领了法卷，预习第十七页！”

夜昙从魁星那里领了下节课的法卷，经过玄商神君身边，她问：“那么这三天时间，我是不是可以自由活动啦？！”

玄商神君都被这神转折弄了个措手不及，但这一次，她好歹还算是争气。玄商神君觉得自己像个操碎了心的老母亲，说：“休息半天。”

夜昙这下子高兴了。她飞奔到乾坤法祖面前，扬了扬下巴，意思很明白——打麻将去啊！乾坤法祖几乎秒懂，向普化天尊等人一使眼色，几人齐齐退走。

玄黄境。

乾坤法祖、普化天尊、救苦天尊和镇元子上神在打麻将，夜昙蹲在乾坤法祖的炼炉旁边，翻来找去。

炼炉里有不少炼化失败的材料，她挑挑拣拣了一阵。乾坤法祖说：“皮皮虾，你不过来打几圈，在那儿找什么呢？”

夜昙头也没回：“我翻翻有没有被你浪费的宝贝！”

“哈哈。”乾坤法祖说，“都是些废弃的材料，能有什么宝贝。”

“那不一定。”夜昙振振有词，“在我眼里，这些东西就全是宝贝。”

她搜罗了一些废弃的材料，二话不说，再次爬上炼炉，直接开炉炼器。乾坤法祖十分无奈：“皮皮虾，天界炼器，需要先递交材料清单，层层核准之后，由你家君上拨发。然后根据要求，报备炼炉品阶，再由玄黄境安排合适的炼炉。绝不是冲将进来，偷了材料，自行开炉。”

夜昙已经自己开了火，这时候满不在乎地拍拍手上的煤渣：“他们都说，你辈分崇高，乃四界万法之祖，是不是真的？”

乾坤法祖颔首：“然也。”

夜昙说：“那么四界苍生都要叫你一声老祖宗咯？”

马屁拍得不错，乾坤法祖说：“自然。”

夜昙问：“那我是不是四界苍生之一？”

乾坤法祖说：“当然是。”

夜昙瞬间眉毛一竖：“那我用自己祖宗的东西，凭什么要别人批准？哼！”

几位天尊和上神哑口无言。

天葩院。

夜昙回来的时候，小香菜胡荽正在刻苦攻书。这次考试，她因为没有学籍，所以没有参加考试，自然也没有评级。看见夜昙，她忙站起来：“公主。”

夜昙在她身边坐下，说：“我的草，本公主有点事跟你商量。”

胡荽站得直直的：“公主有事尽管吩咐，胡荽无有不从！”

“嗯！”夜昙满意地点点头，从腰间掏出一个黑乎乎的东西，说，“你把这个递出去，想办法转交给在魔族的夜昙公主。”

胡荽立刻接过来，说：“是，公主。”

夜昙倒是意外了：“你不问这是什么？”

胡荽一脸疑惑：“我既然跟定了公主，好好听公主的话不就是了？为什么要管这是什么？！”

“聪明绝顶啊！”夜昙摸摸她的头，“有前途！”

胡荽像只小狗狗，享受着主人的爱抚，半天，她终于还是问了句：“不过公主，你为什么要给你妹妹带个烤红薯？虽然礼轻情意重吧，但你这个红薯烤得也太焦了，她恐怕咽不下去……要不我重新帮你烤一个？”

“你什么眼神啊！”夜昙气得差点跳起来，“这么漂亮的法宝，怎么会像烤红薯？！”

她一吼，胡荽就不敢说话了。好在这时候，蛮蛮扇着翅膀进来：“吃饭了。今天晚上咱们吃菌汤火锅！咦……”它说到这里，突然鸟头一转，盯着胡荽手里的东西看了半天，问，“哪里来的烤红薯？”

……胡荽几乎是跳起来："你们聊，我先走了！！！"

人间。

五辛族的族长胡蒜开了个算命馆，打算补贴族内开销——五辛族实在是太贫穷了。

胡荽来到胡蒜算命馆，将夜昙给的法宝拿出来："族长，青葵公主命我们将这个转交给在魔族的夜昙公主。"

胡蒜接过来，一脸严肃地道："我们五辛族，多年以来被各族轻视嘲讽。好不容易攀上未来天妃这个高枝儿，她交代的事儿，我们一定要全力以赴，绝不能出半点纰漏。"

胡荽深以为然，连连点头。

胡蒜高深莫测地沉默了许久。胡荽知道五辛族处境艰难，他定然是在思考如何潜入魔族，于是也不敢打扰他，只得侍立一旁，安静等候。

胡蒜绞尽脑汁，一脸凝重地苦思半天，问："不过青葵公主为什么要送给自己妹妹一个烤红薯？"

夜里，胡荽完成了夜昙交代的任务，兴高采烈地回到天葩院。

夜昙说："东西转交了？"

胡荽说："嗯！我们族长说，保证完成任务。不过如果公主有空的话，他也想来拜见一下公主。"

夜昙说："五辛族的族长？谁啊？"

胡荽精神一振："回公主，我们族长叫胡蒜。因为族里贫穷，他就开了个胡蒜算命馆贴补家用。"

胡算算命馆！夜昙觉得脑壳痛，她揉着太阳穴问："他这个算命馆，生意不好吧？"

胡荽清澈的瞳孔里全是疑惑："公主您怎么知道？这个算命馆自开张以来，就没人光顾过！"

废话！夜昙翻了个白眼——我的天哪，这样的一个种族，真的能把东西转交给我姐姐吗？！

然而这东西，青葵还真的收到了。

魔族。

因着大皇子乌玳主动请缨，要前往修补归墟，魔族对他肃然起敬，前来探望拜访者络绎不绝。然而乌玳拒绝了所有的探望，闭门不出。

诸魔都以为他在苦修，只有近身侍从知道他在骂嘲风。

——嘲风这兔崽子，下手可真够狠的！以至于乌玳伤还没好，青葵派人送来的药却用光了。嘲风的兵器是上古神兵贪念，这东西造成的伤口，本就很难恢复。

乌玳躺在床上，翻来覆去好几天，终于还是偷偷溜出了门。

浊心湖。缠魂藤如同黑蛇，长满了半座岛。

青葵就坐在这纠缠的古藤上，手里捧着一卷魔族医师所著医书的残卷。她看得认真，晨昏道的半壁晨光泼泼洒洒而来，她如同光芒凝聚而成。

乌玳乘舟而来，一眼便看见光与藤之中的她。乌玳是个粗人，找不出什么词形容美人。但很多很多年以后，他依然记得那一眼。

好看。这一生他再没有见过这么好看的女人。

他跳下舟，喊："那个什么公主！"

青葵抬起头，见他过来，眼中倒是更添了几分温柔——这个人虽然粗犷，但是真正的好汉。她起身，轻施一礼，说："是大殿下。大殿下前来找我，是有什么事吗？"

一股女儿香气袭来，乌玳面皮一红，好在他皮肤黝黑，也不大看得出来。他也不绕弯子，直接说："那个药，再给我一些。"

他说得简单，青葵却比他细心得多。她说："大殿下对医修素来不喜，如今突然上门求药，可是受了伤？"

乌玳哪容得人说这个？闻言他立刻两眼一瞪："给药就行了，瞎问些什么？！"

青葵知他性子，直接抓起他的手腕，为他把脉。然而片刻之后，她眉头紧皱："大殿下且随我入内。"她前方带领，乌玳只得跟她进去。

女儿居处，不用香料，已经自有一股香气。乌玳在外殿坐下，青葵伸手去解他的外袍。他吃了一惊，立刻按住她的手："你干什么？！"

青葵说："我看一下大殿下身上的伤口。"

乌玳怒了："你一个女儿家，竟来解男人的衣袍，难道就不知羞耻吗？！"

青葵说："医者眼里，无男女老少之分。"

乌玳一甩袖，还要发怒，奈何牵动伤口，又出了一头冷汗。青葵直接脱下他的衣袍，才发现他身上，旧伤纵横交错，数不胜数，新伤横七竖八也有几十条。

青葵惊住："这……是谁竟然把大殿下伤成这样？"

乌玳一把挣开她，还要发火，青葵却已经低头，开始替他开药方。她低头写方子的时候，异常专注，就连下巴的弧度也是柔美的。

乌玳心中的怒火，不知怎的又熄灭了几分。

青葵把他的药开好，他坐立不安地走了几步，说：“今天的事，你别多嘴啊。”

话虽然硬气，但说话的人有几分底气不足。青葵微笑，她知道他的心思，说：“大殿下放心，此事绝不会有第三个人知道。”

谁知道她话音刚落，外面就有人笑着道：“是吗？怎么公主和大哥都没有听说过一句话，叫‘若要人不知，除非己莫为’吗？”

“……嘲风！”乌玳脸都气红了，手里再次握紧撼天斧。

青葵看向门口，果见嘲风带着侍从谷海潮走进来。于是造成乌玳身上的伤口的罪魁祸首也找到了。她说：“是你伤了大殿下？！”

嘲风耸肩：“纯属意外，是吧，兄长？！”

乌玳砍死他的心都有了。青葵是真的生气了，沉着脸问：“大殿下不日将前往归墟，这是何等危险的事？你身为他的亲弟弟，不助他增进功力，反而在这时候伤他！你还有没有一点友爱之心？！”

“说得这么严重？”嘲风吹了声口哨，“这不是有公主您这位大医修在吗？怎么这点小伤，也难得倒你吗？”

乌玳怒哼一声，到底觉得求医不光彩，拂袖而去。青葵怒视嘲风：“他身上伤口多达四十几条，什么样的意外可以重复这么多次？你明明修为在他之上，却贪生怕死，躲在自己兄长身后。若是龟缩不出也就罢了，偏偏在这时候逞威风，真是令人齿冷！”

她一甩袖背对着他：“我这个人有点洁癖，不欢迎卑鄙无耻之徒。你自行离开吧！”

魔族三殿下嘲风，第一次被人骂得狗血淋头，他脸上终于是挂不住了。

“卑鄙无耻之徒？”他猛然伸手，握住青葵的肩让她转过身来，以迅雷不及掩耳之势，嘴唇在她唇上用力一贴！然后放开她，掉头就跑！谷海潮再一次被他的行为震惊了，但他求生欲强过一切，瞬间跟着嘲风一起跑了！

“你！”青葵脑子嗡的一声，整个人都木了！半晌，她终于反应过来，顿时头顶火冒三丈：“嘲风！”她风一般追出来，哪怕是这么好脾气的人，也恨不得把嘲风抽筋扒皮、剁成肉泥！

嘲风带着谷海潮，两个人脚底抹油，都跑得飞快。青葵咬牙切齿，红着眼睛狂追，誓要将这奸贼挫骨扬灰。嘲风情急之下，连小舟都没用，直接凌空踏水，飞渡浊心湖。

青葵自然追不上他，这时候只能站在岛边，眼睁睁地看着他消失在湖上。

嘲风，你给我等着！

嘲风没有等着，他逃出生天，心情大好。嘴唇上仿佛还残留着温润柔软的感觉，他食指轻触，顿时觉得这一次不亏。他正得意时，一只手猛力拍在他肩头。

嘲风一回头，就看见喝得醉醺醺的魔将赤眼猪妖。

“哟，这不是三殿下嘛。”赤眼猪妖搂住他的肩，“这满面春风的，是遇上什么喜事了？”

他嘴里臭气熏天，嘲风却微笑依然：“是赤眼将军。既然见到了，我们再出去喝一杯？”

赤眼猪妖一听，眼睛都亮了：“走！”

谷海潮抱着刀，远离他们十几米，即使离得这么远还能闻到赤眼猪妖身上的臭气。他冷哼，这猪妖平时最喜欢吃腐烂的尸体，嘴里全是毒虫。因着一身臭味，整个魔族也没人愿意跟他来往。

也就嘲风忍得，竟与这等魔也能为伍。

嘲风携着他，来到一座八角凉亭。谷海潮纵然万分嫌弃，却仍然从法宝里搬出酒食，在亭中石桌上摆好。就这么一会儿工夫，他已经被熏得想吐。

嘲风却面不改色，反而伸手相邀：“赤眼将军，请坐。”

赤眼猪妖哈哈大笑：“三殿下也坐。三殿下今日心情上佳，莫不是得了哪位美人的眷顾？”他声音渐渐放低，“若蒙殿下不弃，让我老猪也跟着沾沾光可好？”

他虽然恶臭，但是话是问到了嘲风心坎里。嘲风说：“赤眼将军觉得，整个魔族，哪个女人最为貌美呢？”

赤眼猪妖眼睛都亮了，他举起一坛酒，猛灌一口：“说到美人，我们魔族那可多了去了。比如三殿下你那位未婚妻——沉碑渊的璇渊魔姬，便是姿容一绝。”

“哈哈哈。”嘲风想起那个女人，连连摆手，“我就从来没觉得她是个女人！”

赤眼猪妖说：“那是你千帆阅尽。不过要说最为貌美的，却不是她。”他一脸淫笑，“嘿嘿，咱们新来的那位夜昙公主，那可真是天姿国色，一见难忘啊。”

“嗯！”嘲风真正来了兴致，“还是将军有眼光！”

赤眼猪妖顿时也觉得自己找到了知己：“当时在魔后的接风宴上看见她，我老猪就魂儿都飞了！这女人披着个清冷高贵的壳，真是吊足了男人胃口。我老猪要是能摸摸她的小手，再……我就满足了。”

嘲风自顾自地喝酒，闻言只是笑，桌上的菜是一口没动。赤眼猪妖倒是吃得欢快，他灌了一坛酒下肚，更得意扬扬：“这女人啊，千依百顺的有什么意思？就得要这样故作姿态的，才能让人得趣。”

嘲风低头笑了一阵，复又给他倒酒。

浊心湖，侍女素水回到岛上，一眼就看见青葵正埋头调配一碗水。

她把手里的包裹放下，说：“公主，魔后今儿个又赏赐给您许多礼物，全在这儿了。”青葵“嗯”了一声，头也没抬。她手中的那一碗水里不知道放了什么，蓝得发绿。素水好奇地凑过去，问：“公主，这是什么？”

青葵用银针认真地搅匀那碗水：“这水以前叫什么不重要，从今天起，它就叫惩恶扬善水了。”

“惩恶扬善水？”素水凑近看了看，水没什么味道，她看不出什么名堂，“虽然不明白是什么，但听起来很厉害的样子。”

青葵也不知施了什么法术，直接将这蓝得发绿的水冻成了冰鸟形状。她说：“你把这个带到斥候营。”

“啊？”素水接过来，那“冰鸟”入手极寒，她用丝帕包起来，问：“公主这是要干什么？”

青葵说：“惩奸除恶！”

素水听了莫名其妙，但她没多问，拿了“冰鸟”离开浊心湖。见左右无人，她悄悄绕道，竟然来到晨昏道魔后的居处。

魔后见她进来，倒并不意外，问：“什么事？”

素水将那只“冰鸟”取出来，呈到魔后面前：“禀魔后，方才夜昙公主交给了奴婢这个，说是叫什么……惩恶扬善水。她好像……想向三殿下下毒。”

“下毒？”魔后接过那只冰鸟，左右端详了一阵，递还给她，说，“那你就帮帮她吧。她若真能除了本宫这肉中刺，本宫倒是可以给她大大地记上一功。”

素水跪地道：“奴婢遵命。”

八角亭，嘲风和赤眼猪妖正推杯换盏。赤眼猪妖打着酒嗝，连三殿下也不叫了，直呼他名：“嘲风，我老猪这辈子，要是有一回能近得她身，我一定……”

嘲风搁下酒坛，问：“赤眼将军吃饱了吗？”

赤眼猪妖拍着圆滚滚的肚皮：“饱了，饱了，三殿下，我老猪要先回去了。”

嘲风缓缓地放下酒坛，微笑着说：“我送将军。”

赤眼猪妖说："不……"他话才刚起了个头，嘲风猛然抽出战镰，一镰封喉，快若疾风。赤眼猪妖喉头咕咕作响，双眼望定嘲风——这样快的出手，哪怕是魔族第一勇士，也会败落下风。他们都看错了，这个落魄的三殿下，才是真正的深藏不露。

他一手捂着咽喉，一手指着嘲风，却一个字也说不出来，不一会儿，悄无声息地跌落在地。

嘲风弯腰，在他尸体上擦了擦自己的战镰贪念，半天，喃喃地道："你算什么东西，也配跟本座想同样的事情？！"

话落，他收起战镰，哼着歌，赶回斥候营。

第十一章

四时从经

第二天早上，嘲风起床，正在更衣，突然觉得胸中一阵烦恶。他忍了又忍，最后哇的一声开始呕吐。说是呕吐，其实也只吐出来一些酸水。

嘲风愣住。他的体魄一向强健，更何况魔族强悍，素来极少病痛。自己这是怎么了？！

是昨夜被那猪妖恶心了？

不可能啊，比它更恶心的自己见多了好吗！

嘲风皱眉，穿好衣服出来，便觉饿得感到烧心。

谷海潮见他神色不对，问："发生了什么事？"

嘲风说："我突然有点饿。"

"啊？"谷海潮愣住。嘲风以魔息铸体，吃凡人的饮食一向只是为饱口腹之欲，肉身饥饿应该是早就不会有了。他问："你没事吧？"

嘲风摇摇头："弄点吃的。"

谷海潮转头吩咐魔兵，立刻送了几个菜上来。嘲风坐在桌边，本是饿得前胸贴后背，然而闻到桌上的肉和油的气味，突然又开始呕吐。

谷海潮惊呆了："你……要不然，找个医修看看？"

嘲风吐得面青唇白，好半天才说："我去落微洞找我母妃。"

落微洞木荷花开，层层堆叠，芳华如画屏。

树下，魔妃雪倾心卧树栖花，身边小炉上烹着茶，她手中纨扇轻扇，茶香四溢。嘲风带着谷海潮，一路拨开花枝，踏香而来。见到花树下的人，嘲风轻笑道："母妃今日好兴致。"

雪倾心扶了扶鬓间的发钗，说："吾儿今日也颇为空闲，竟突然想起自己还有一个被幽囚在此的生母。"

嘲风脸皮厚，对她的嘲讽毫不在意，只是说："孩儿倒是觉得，母妃在此，过得惬意逍遥，远胜魔后。”

雪倾心笑了一声，素手执壶，替他斟茶。茶汤入盏，如金色琥珀，淡香绵长。雪倾心把茶盏递到他面前，问：“吾儿一向无事不登三宝殿，有什么事，说吧。”

嘲风伸出手，撩起衣袖，把手腕搁在她面前的几案上：“最近身体抱恙，孩儿想请母妃替儿臣看看。”

“身体抱恙？！”雪倾心眉峰微蹙，五指按在他腕间，替他把脉。雪倾心曾是天界上仙，倒是略通些医术。但这次，她把了半天脉，竟一改平时从容，面色越来越凝重：“嗯？”

嘲风见状，不由得狐疑地道：“很严重？”

雪倾心素来妩媚风雅，极少失态，然而今日，她的震惊溢于言表。半晌，她终于说：“吾儿，你这是……喜脉。”

“噗……”嘲风一口茶汤喷了一桌。雪倾心早有先见之明，手中纨扇一挡，遮住茶汤。嘲风抬头望向自己依旧风情万种的母妃，半天才问：“母妃逗孩儿玩的，是不是？”

雪倾心的神情也好不到哪儿去！她又把了一阵脉，说：“我也希望是。但这种脉象，母妃还不至于错诊。嘲风，这孩子……谁的？！”

问完，她目光移向一旁的谷海潮。谷海潮早就原地石化般一动不动，此时收到雪倾心投来的质问眼神，他一脸浩然正气：“魔妃倘有半点疑心，属下立刻剖腹自尽，以证清白！”

雪倾心这才收回目光，重新审视自己的儿子。

由于事实太过惊悚，嘲风汗毛都竖起来了。过了好半天，他问：“依母上看来，这是怎么回事？总不能孩儿肚子里真有您的孙儿吧？！”

雪倾心叹气，说：“虽然母妃也想抱个孙儿，但不是通过这种方法……你确实是有孕之兆，母妃思来想去，倒是记起传说中人间有条子母河。四界苍生若是在其间沐浴，或者饮了河水，便会受孕。”

“子母河？”嘲风皱眉。

雪倾心说：“嗯，可是此河早已毁于沧海变迁之中，此时出现，不应该啊。”

嘲风突然想起什么，问：“若是有人参透了子母河水令人受孕的原因，然后再想办法制成药下到别人身上，是不是也会有同样的效果？”

雪倾心点头：“很有可能。四界能人颇多，子母河水虽然只在传说中存在过，但也难保那些医修不会配出类似的药来。”

……那事情大约就能解释了。嘲风脸上的表情顿时十分精彩。雪倾心看看他："怎么，吾儿好像知道原因了？"

旁边谷海潮冷笑——还能有什么原因？百因必有果，这下报应来了吧？

雪倾心注意着这主仆二人的神色，青葱般的指尖轻敲几案："因为女人？"

嘲风就问得干脆利落些："若真是传说中的子母河水，母妃是否有法可解？"

"这个嘛……"知道了缘由，雪倾心便不大放在心上了，她轻抚珠钗，媚态宛然，"母妃倒真有一法。"嘲风和谷海潮都一脸期待地看向她。她慵懒地摇着纨扇，道，"不如生下来，母妃替你养着，如何？"

嘲风掉头就走——也是鬼摸了脑壳，自己居然会对她寄予希望。

斥候营。

谷海潮绑了医修回来。

嘲风卧在帐中，伸出一只手，隔着纱帐让医修诊脉。医修诊了半天，一脸喜色地说："恭喜夫人，这是……"

他话还没说完，嘲风就说："滚！"

谷海潮押着医修出去。嘲风撩起纱帐，还随手拿了一颗酸枣放进嘴里。这玩意儿他平时看一眼都恶心，鬼知道现在为什么爱吃得要命。他闻不得一点油腥味，平时吃得多却饿得快，呕吐更成了家常便饭。

他暗地里又绑了许多医修过来，但没一个能解决难题。

青葵倒是得了清净。她正在给大殿下乌玳配药，突然，外面有一棵蒜苗贼头贼脑地探出一点绿尖尖。青葵眼明手快，一把将它抓在手里："谁？！"

大蒜用力挣扎道："夜昙公主！小的是五辛族的族长，名叫胡蒜。"它左右看看，见殿中只有青葵，这才放了心，说，"我们家储妃青葵公主特令小的将这个烤红薯转交给你。"

说罢，他果然从蒜衣里掏出一个黑乎乎的东西递将过去。

"青葵公主？"青葵顿时明白过来，是夜昙托人带了东西给她。只是……这是什么？她接在手里，反复查看，也是一脸莫名其妙。她问："我……我姐姐可好？"

胡蒜说："青葵公主？她是神族早已立定的储妃，如今在神族哪有什么不好的？君上已经让她前往上书囊读书了。夜昙公主放心。"

青葵"嗯"了一声。上书囊，她虽然没有去过天界，却是知道它的。这是天界新贵学习法术的书院，内中学子，无一不是家世显赫、出身高贵。

夜昙进入天界神族时日尚短，但能入上书囊，显然暂时还没有危险。她说：“我知道了，请转告我姐姐，身在神族，需谨言慎行，好生珍重。对了，我有些东西，还请胡蒜先生带给她。”

说完，她拿出一个小包裹，里面装得满满当当。但她仍觉得不够，又塞了些丹药进去。

胡蒜接过包裹，向她施礼：“胡蒜一定转交。”他生怕让魔看见他私入魔族，立刻说：“既然东西带到了，小的就功成身退了。公主千万不要告诉别人我有来过！”

青葵答应一声，一直到他离开，这才重新打量夜昙带给她的东西。这东西虽然黑乎乎的，但它是个法器无疑。她正在摆弄，突然，法器上传出一个声音：“喂？！喂喂？你能听见我说话吗？”

声音里带着沙沙的杂音，但青葵仍然听出来——说话的正是夜昙！

她急急关上房门，小声地喊：“夜昙！”

天葩院。夜昙盘腿坐在床上，听见她的声音，总算是松了一口气。她说：“哈，你还活着啊？父王一定想不到，他那身娇肉贵的女儿，现今居然在魔族受苦吧。我真是期待他老人家知道后的表情啊。”

真的是她。青葵眼眶温热，对她话里的冷嘲热讽倒是不在意。从小到大，夜昙没事求她的时候，一向这么说话。她擦擦眼睛，笑着问：“你过得好吗？这法宝是你自己炼制的？”

夜昙说：“我不劳你惦记，你还是关心你自己吧。以后没人的时候，我们可以用这对法宝联系。这是仿制的霞族传声法宝万霞听音。丑是丑了点，不过是用从垃圾堆里翻出来的材料炼的，将就着用吧。”

青葵对这些当然不在意，能够随时跟夜昙联系，还有什么比这更好的事？她说：“以你的体质，长期留在神族一定危险。我让那位胡先生给你带了些用魔气炼制的丹药，你要好好收着。”

夜昙冷哼：“要你多事。”她嘴上虽然这么说，然而还是问了句，“他们没欺负你吧？”

“欺负？”青葵说，“除了三殿下嘲风人品低劣，以及魔族轻视医修以外，我一切都好。”

“轻视医修？”夜昙眉毛一横，“你是不是傻啊，你告诉男魔你能滋阴壮阳，告诉女魔你能减肥美白，他们还能轻视你？他们能把你供起来，然后把头都给你舔秃。”

“这……”青葵眉峰微蹙，“可我学医，本是为了悬壶济世，岂能……”

夜昙说：“大姐，现在哪个女人不是为美而生，难道减肥美白就不是悬壶济世了？”

好像也是。青葵不再争论了，说：“我记下了。你如今身在异地，不可再肆意妄为了。”她正说着话，突然，外面素水的声音响起：“公主？”

青葵赶紧说：“有人来了，先不说了。”她立刻将法宝收好，前去开门。

素水提着今日的水果进来。因着青葵是人族，她每日都要领取新鲜的食物，予以照顾。这时候她进到房中，不由得感到疑惑：“公主可是身体有恙？”

平时这个时候，这位公主可从不关门啊。她警觉地左右环顾，并没有发现异常。

青葵淡淡地说：“我累了，小憩片刻。”

素水“哦”了一声，说：“公主，斥候营那边，我们三殿下又闹出笑话了。他今日又吃上酸枣了，哈哈哈……”她说得高兴，青葵只是继续替乌玳配药。

——那个无耻之徒，活该！

天葩院。

夜昙刚跟青葵通完话，玄商神君就走了进来。夜昙一见他，立刻警觉得耳朵都竖了起来：“不是说好了我今天放假半天吗？”

玄商神君直接在她桌边坐下，说：“法卷呢？”

“啊？”夜昙一脸莫名其妙的表情，玄商神君叹了口气，说：“上书囊的法卷，拿出来，我帮你预习下节课的法术。”天可怜见，他真是不愿再像今天一样提心吊胆了。

夜昙松了一口气：“你说那个啊，我已经看过了。”

玄商神君说：“拿出来！”

夜昙没办法，只得一边嘀嘀咕咕一边去找法卷。

在桌上铺开法卷，玄商神君翻到第十七页，说：“上书囊下节课会传授法术——木偶衣冠。这是令草木得以粗浅化形，恐吓敌人的初级法术。民间有句话叫草木皆兵，大抵可以当作这个法术的来处。”

他说得认真，然而一眼看过去，夜昙已经打了个哈欠，整个人都趴在桌上。

玄商神君顿时沉下脸来：“我的话，你到底有没有在听？”

夜昙比他更不满："我们离得这么近，你又讲得大声，我又不是没长耳朵，当然有在听啊！"

玄商神君心火直冒："离光旸到底有没有教过你礼仪？身体坐正，颈、胸、腰保持平直，膝弯曲，足平放，双目直视对方，明白吗？"

夜昙更生气了："你神经病啊！你说话，我听着不就是了，用什么姿势听，重要吗？！"

"还敢顶嘴！"玄商神君只觉得全身血液都涌上了头。他直接施展一个法术，让夜昙保持一个端端正正的坐姿。夜昙大吃一惊，左右挣扎，发现自己丝毫不能动弹！

"喂！"她刚说了一句，玄商神君就说："嘴也要封上吗？"

……那还是算了。夜昙悻悻地闭上了嘴。玄商神君接着讲木偶衣冠术，可是没讲几句，他就发现夜昙上下眼皮开始打架，不过片刻，她就保持着这个端端正正的坐姿……睡着了。

玄商神君："……"

本君讲课，就是如此催人入眠吗？

玄商神君把法卷搁在桌上，听她呼吸渐渐轻浅，他突然又想起她的梦。君子不该探人隐私，但她的梦境又确实惹人好奇。未完待续的故事，总是最有悬念。玄商神君犹豫再三，却还是伸手，再探她的梦境。

这一次，是个柳絮飘飞、阳光和煦的日子。面前好像是学堂，人间的学堂。里面讲学的先生，玄商神君并不认识，但他所讲的内容，却是人间启蒙惯用的《三字经》。很显然，这是在教孩童读书识字。

但是……玄商神君站在门口向里面看，里面只有一个孩童，却不是上次梦境中他见过的那一个。不对，那女童不是她。玄商神君皱眉，正要寻找，却突然听到一个女子的声音。

"谁放她进来的？若是冲撞了公主，你们谁担当得起？！"这女子一声厉喝。玄商神君循声看过去，果然，那个小小的孩童就在学堂之外。

她扒着窗户往里看，被守在一旁的宫女发觉。

宫女们立刻上前，将她驱赶。

女童狡黠地眨了眨眼睛，飞快地逃离。但是不一会儿，她又悄悄地自围墙跳进来。学堂外隐约能够听见先生讲学，她躲在墙根处，一边得意扬扬地偷听，一边折了树枝，在泥土上学写字。

那字迹丑陋，歪歪扭扭，并不端正，但她写得非常认真。

然而，总有些字是听不见写法的。学堂里面，先生开始手把手地教里面的女童握笔，纠正她的笔画。

学堂外，她就只有自己琢磨了。

突然，一只手猛地伸过来，用力抽走她手上的树枝。

“又是你！”一个上了年纪的宫女将树枝折成几段，啪的一声扔在地上。“就凭你还想学识字？也不看看自己是个什么东西。”她用脚将地上写得歪歪斜斜的字踩了个乱七八糟，“你能不能躲起来，不要再害我们了？！”

玄商神君蹲在地上，想替她捡起那截树枝，可他的指尖穿过了树枝，所触尽是虚无。在这里，他什么都触碰不到。他随夜昙仰起头，两千七百年来，他第一次看见一张这样丑陋凶悍的面孔，那瞳孔之中尽是讥诮和冷漠。

那种寒意浸骨，胜过两千多年里，他所遇到过的所有的邪兽妖魔。

他以为，这个梦到这里就完结了。

但是并没有。

那个孩子被赶走后，没过多久，她就再度偷偷返回了。这一次，她的字已写得横平竖直，端正了许多。玄商神君缓缓地坐在她身边，阳光依然轻柔如纱，她写了太久，仍旧有好些字写得不对。

她悄悄向学堂里张望，目光在那本《三字经》上停留了许久。

玄商神君出了那个梦境，因为夜昙醒了。以这种姿势睡觉，她睡不了太久。玄商神君目光轻移，看见桌上的法卷，他问：“第二十页是什么？”

夜昙身上的禁咒已经解开了，她揉着眼睛，说：“啊？”

玄商神君说：“法卷第二十页。”

夜昙说：“第二十页，木人石心嘛。以草木之力坚定自身心性，不受幻术迷惑。”

玄商神君问：“第二十七页。”

夜昙说：“圆木警枕啊，用自身气息跟草木相连，草木发现异常时会有预警。作用跟养条狗差不多。”

她真的看过。玄商神君甚至不用问为什么。

——小时候那么渴望课本的她，大约真的不需要谁督促她去学习。

他说：“今晚，天界有流星雨，你去看吗？”

“啊？”夜昙以为自己聋了，“你说什么？”

玄商神君收起法卷，说：“你可以去弄晴阁，找紫芜，她会带你去。”

说完，他起身离开。

夜昙大声喊：“我的草、我的鸟！”

正在厨房研究明天吃什么的蛮蛮，还有正在后殿研究应该嫁给谁的胡荽都跑出来：“公主？”

夜昙掏了掏耳朵，说：“少典有琴居然让我去看流星雨，到底是我疯了，还是他疯了？”

蛮蛮扇了扇翅膀：“这还不好？听说天界神族的流星雨很好看的。”

胡荽也说：“流星雨！我们真的可以去看吗？！”

夜昙一脸怀疑的表情：“无事献殷勤，非奸即盗。我看这一定是个阴谋。”

胡荽一脸失望：“啊？那我们不去呀？”

还是蛮蛮说：“什么阴谋，快走啦！”

夜昙想了想，还是不放心，摸着下巴说：“根据常识，如本公主这等姿容的女子，要是去看流星雨，一定会遇上一个地位崇高、实力莫测的男人，然后跟他花前月下，令他对我一往情深，无法自拔，最后惹出一段生死爱恨。所以那种危险的地方，本公主就先不去了。你们去找少典远岫，与他同行。我且暗中观察一番，再作决断。”

蛮蛮和胡荽是翻着白眼走的。

天界流星雨，实属奇观。神族大多喜欢清静，平时闭关修炼，几十年不出门都不奇怪。但是这样的夜晚，几乎所有神都会出门观看。这是天界约定俗成的盛会。

所以，紫芜早早地就抱着帝岚绝，来到一个神迹罕至的位置。她把帝岚绝放到一块岩石上，从怀中掏出一个小奶壶：“我们就在这里等流星雨啦，时间还早，你快喝点石乳汁。”

那石乳汁味道还不错，帝岚绝也就毫不抗拒地喝了。

但是喝完，过了一阵，他就觉得不好——尿急。

人间的妖和人虽然都会学习法术，但因为人间没有清气，也没有浊气，故而人和妖始终无法完全辟谷。他们既然需要吃喝，当然也就得排泄。

他平时都是随便找个草树丛解决的，这会儿当然也想找个地方。

紫芜一看就急了：“你内急呀？哎呀，这里可不能乱拉，万一有其他神族经过，会嗅出你的味道的！”

她这么一说，倒是提醒了帝岚绝。帝岚绝抬头看她——那怎么办？说起来也都是你这个女人不好，带什么石乳汁啊。本少君一顿不吃会饿死吗？

他是真的急。紫芜只好悄悄地把他抱到一棵树后，然后原地立等。

帝岚绝抬头望望她——不是，你这是什么意思？

紫芜收到他的目光，说："你快拉啊，拉完我收拾，免得被别的神发现！"

帝岚绝龇牙，那我也得拉得出来啊。谁被你这样盯着能行啊？

紫芜叹了口气，蹲下来摸着他背上的毛，好声好气地劝："你快点啊，天界不准私自收留其他种族，让别人发现你的气息，你很可能会没命的。"

这有什么办法？

妖族少君一边尿尿一边骂少典氏的十八辈祖宗。而紫芜确实是个称职的铲屎官。她说到做到，果然是很尽职地替他清理秽物。完事后，她一撩帝岚绝的尾巴，用干净的布帛替帝岚绝擦了下屁股。

妖族少君尾巴一夹——完了，从此以后没脸见人了！

天色渐渐暗了，各路神仙纷纷出了洞府，占据自以的最好的位置，以便观赏流星雨。

帝岚绝心安理得地躲在紫芜的斗篷里，这下算是"破罐子破摔"了。周围神仙渐渐聚集，不乏有人带着神兽、坐骑，因此帝岚绝的气息也被掩盖了下去。

紫芜这才放下了心，抱着他坐下。帝岚绝伸出脑袋，左右观瞧，这样的盛会，夜昙那么喜欢凑热闹，应该会出来才对。

可夜昙没有来。

天葩院。

玄商神君站在院门前，犹豫了许久。君子不欺暗室，但此女身份显然存疑。离光氏不可能如此苛待神族未来天妃，她一定不是离光青葵。只是由她的梦境来看，她从小生活在人间，也并非魔族。

那她是谁，为何会被送来神族，顶替青葵公主？

疑惑不得解，自然是要查看一下她的居处有没有什么蛛丝马迹。玄商神君想了半天，终于还是伸手推门。门没闩，轻轻一推就开了。玄商神君缓步走进去，里面静悄悄的，空无一人。

当然没有人，这个时候，大家都去看流星雨了吧？

玄商神君径直来到内殿，这里是夜昙的寝殿，榻上被褥铺叠整齐，妆台上还放着夜昙平素喜欢的胭脂水粉。

玄商神君扫视左右，不见异样。

他来到妆台前，打开妆奁，里面只放着一些女儿家的首饰，看上面的印记，确实是出自人间离光氏皇族。他倾身拉开妆台的抽屉，里面是几条披纱，折得倒是整整齐齐。

再下面一个抽屉，是颜色鲜亮的……刺绣吗？玄商神君随手拿了一块，展开一看，好半天才反应过来——是女儿家的肚兜！

他赶紧移开目光，正要叠好放进去，突然听见一阵细微的鼾声。

不对！房间里有人！玄商神君将那水红色的肚兜猛地塞进袖中，猛一回头，榻上却空空如也。

他循声找过去，只见帐顶睡着一个人！不是别人，正是夜昙。她没有去看流星雨？玄商神君吃了一惊。第一次“做贼”，难免心慌，他慌忙地要退出门去，不料一个没留神，砰的一声，撞到床边挂衣的椸枷上。

帐顶，夜昙揉着眼睛坐起来，一眼看见他，不由得有点蒙：“少典有琴，你怎么在这里？”

我也想问你！你怎么在这里？玄商神君平生第一次说话含糊不清，他问：“我……你为何不去看流星雨？”接着就是第二个问题，“还有，你为何睡在帐顶？”

夜昙翻身从帐顶跳下来，说：“流星雨那种东西，适合有情人相携去看。你想呀，幕天席地，熠熠星光，那场景，放头猪进去也是头风花雪月的猪好吗？何况是本公主这样的天姿国色？本公主在天界又没有什么有情人，就不去拈花惹草、招蜂引蝶了。”

她打了个哈欠，又问：“你在这里干什么？”

玄商神君能说什么？自己怀疑她的身份，潜进来搜查她的闺房？这倒是好说，关键是袖中藏的女儿家的贴身衣物如何解释？她那张嘴可是不饶人的，若是被她发现，自己是跳进黄河也洗不清。

他说：“我……”

他一贯磊落坦荡，突然神情躲闪，一定有古怪。夜昙是什么人，小人好吗？！

“嗯……”她赶紧查看自己房间，“少典有琴，你不会是来我房里做贼的吧？！”

玄商神君实在是下不了台，只得说：“怎会？本君……特来邀请公主去同赏流星雨。”

夜昙是这么容易被糊弄过去的吗？她立刻就要查看自己的东西有没有少。

玄商神君是真的怕了，以她的性子，若是发现自己贴身的衣物被动过……后果不堪设想。他忙前头领路，说：“天界流星雨，远比人间壮丽。本君知道有一颗星星，最适合观景，走吧。”

夜昙满心狐疑，却被他领着，一路出了天葩院。

既然说了是看流星雨，那总要找个合适的地方。

玄商神君召出宝剑，带着夜昙御剑而行。当宝剑凌空，视野无限延展，星子闪烁着流转，铺陈为漫漫光海，仿佛是感觉到星辰之灵的靠近，无数星光予以回应。光点飘飘浮浮，在他身边萦绕。夜昙站在玄商神君身后，疾风浩浩，吹起他烟灰色的发丝和雪白的衣角。

仿佛在这浩渺星空里，他是傲雪凌霜，也是春风徐徐。

我就说吧，这样的情景，就算是放头猪，也是可以风花雪月的。哼。夜昙拢了拢衣袍。此地不知离天宫有多远，但风确实是寒冷了许多，她觉得冷了，说：“少典有琴，这些地方怎么一个神族也没有？”

玄商神君对聊天并不热络，其实她说得没错，携手观星，原本是有情人应该做的事情。而他与她不是。他淡淡地道：“乾坤浩瀚，四界神魔也不过沧海一粟。这些地方，因为神族人丁稀少，并未涉足。”

夜昙“哦”了一声。寒风凛冽，她鼻子发痒。她抬手揉了揉，终于忍不住，喊：“少典有琴。”

玄商神君不由得回头：“什……”他一句话刚说了一个字，夜昙就在他回头的一瞬间，阿嚏一声，一个喷嚏喷了玄商神君满脸唾沫星子。

玄商神君生性好洁，此时一脸唾沫星子，脸上神情真是比流星雨都精彩。

夜昙擦了擦鼻子，说：“看什么看，我又不是故意的！”玄商神君抬袖抹了一把脸，仍然望定她，一言不发。夜昙终于也有点心虚了，说，“好了，好了，大不了我替你擦擦。”

说着话，她一眼看见玄商神君袖中水红色的“锦帕”。她随手拿出来，真的替玄商神君擦脸。只擦了一下，她便觉得手感不对。

“咦？”她刚要查看，玄商神君已经脸都绿了，一把抢过来，团在手里，猛地转过身去。

夜昙一脸狐疑：“喂，你这个人，还真是古古怪怪的。”

玄商神君这次是说什么也不回头了。

二人一剑，在流动的星河中不知行走了多久。其间夜昙叫了他几次，玄商神君的回应都只有一个：“住口。”

一颗星星越来越近，玄商神君终于硬邦邦地说了声：“到了。”身后没有回应，玄商神君捏紧那方丝滑柔软的“锦帕”，说，“可以下去了。”

还是没反应，玄商神君这才谨慎地回头，然而回头一眼，他发现——夜昙下不去了！

她整个人被冻成了一座冰雕，长长的睫毛上都是霜花。这时候她脚上的鞋子已经跟剑上冰封粘连在一起，敲都敲不下来。

玄商神君只觉得一股寒气从脚底升起，好像他也被冻住了。

是了，这些地方，神族虽然设下结界保护，但毕竟无人居住。无法想象的低温，可以冻裂顽石。她一个十五岁的人族公主，怎么受得住？

玄商神君血都凉了：“离光青葵！”

他冲过去，冰层之下的女子脸色苍白如纸，甚至不知道是否还活着。

相比之下，另一个人就从容多了。

魔族，浊心湖。

青葵正在写字。突然，门口伸进来一抹白。青葵抬头看过去，那探进门来的，竟然是一面小白旗，还在挥啊挥，生怕别人看不见。

青葵皱眉，不用说也知道是谁了。

她哼了一声，不作理会。

小白旗挥了半天，终于，嘲风从白旗后探出头来。青葵不搭理他，他也不在意，反而上前就拿起墨锭，十分积极地开始磨墨。谷海潮站在门口，一脸嫌弃的表情，连看都不想看他。

青葵也不想理他，但练字就讲究一个静心，他在旁边，她哪里静得下来？

青葵索性搁了笔，转而配药。

嘲风也立刻搁了墨锭，拿起药碾子，不由分说，把该碾碎的、不该碾碎的药全碾了。

“你！”青葵气得搁了药。侍女素水从外面进来，说：“公主，该吃饭了。”说着话，她一眼看见嘲风也在，不由得皱了皱眉头。

青葵径自来到饭桌前，素水正要上前侍候，嘲风已经抢先一步。他夺过饭碗，二话不说添了满满一碗米饭，压得那叫一个实在，恨不得用饭勺再压两下。然后他开始殷勤地往里面夹菜。

青葵盯着碗碟里堆得很高的鱼、虾、青菜，实在是没有胃口。她终于忍不住，问："三殿下到我浊心湖，不言不语，到底是意欲何为？"

嘲风低着头不语，还是旁边的谷海潮说："他在道歉，公主看不出来吗？"

青葵显然余怒未消："三殿下就是这么向人道歉的吗！"

嘲风捧着夹菜的公筷，高高举过头顶，向青葵拜了三拜。青葵气笑了，终于正色道："三殿下真正要道歉，也不该向我道歉。你的兄长乌玳虽然性情冲动，却是顶天立地、耿直爽朗。你在危难之际，畏惧退缩，可以理解，因为这也是人之常情，但你不为兄长大义所动，反而视他性命如儿戏，着实令人齿冷。"

嘲风放下筷子，从怀中掏出一支玉钗，捧在手里，再次举过头顶，奉到青葵面前。青葵说："礼物便罢了。你若真的知错，就前往风雷壁，向你的兄长下跪请罚。只要他原谅你，我自然会替你解毒。"

去风雷壁外下跪请罚？那不得令整个魔族笑掉大牙？！

嘲风从怀里掏出一片手掌大小的花瓣，敬奉到青葵面前。

他要是说话，青葵或许不听。但他递来花瓣，青葵却是接了过来。花瓣上面写着两行小字——今夜天界流星成雨，可否有幸邀公主同往观星？

流星雨，青葵并不好奇，但是"天界"两个字，对她有着无比巨大的吸引力。

若前往天界，会不会遇到夜昙？或者遇到其他神，那么也许能向父王传信也说不定。她捧着花瓣，几番思索，问："前往天界观星？"

嘲风点头。

青葵问："魔族也能进入天界吗？"

她果然会好奇这个。嘲风右手一伸，做了个请的手势。素水赶紧说："你想带公主到哪里去？魔后要是知道……"

嘲风随手虚虚一指，她整个人便被定在原地。

浊心岛外，一叶灵舟如一片花瓣，纱幔飘飞，角系风铃，地毯如雪，显然布置的人十分用心。

嘲风带着青葵踏进去，里面鲜花美酒，香气袭人。嘲风将一条薄毯披到青葵身上，青葵问："这是干什么？"

三殿下又递上一片花瓣，青葵懒得去看——总不能每次都这么交谈吧？她终于说："说话！"

嘲风这才长舒一口气，温柔地道："天界一些孤星格外寒冷，公主是来自离光氏的人类，怕不能适应。故而舟上设了避寒幛，备了些保暖的衣物。"

这个人，存心讨好的时候，倒是细心。

青葵在船舷上坐下，灵舟起飞，果然长风骤起。谷海潮搬出小火炉，嘲风亲自烹茶。青葵披着薄毯，舟上又设了保暖的结界，再加之茶水暖身，她感到十分舒适。

嘲风把早就准备好的糕点奉到青葵面前，简直是奴颜媚骨，殷勤得就差摇尾巴了。

谷海潮都看不过眼了——早知今日，何必当初。然而，他还是小看了嘲风无耻的程度。

灵舟一路出了魔界，直接前往天界神族，但在接近神族结界的时候转向，融入无边宇宙。然后，三殿下就开始他的表演了！

他在青葵身边坐下，眼神忧郁地望向无垠的星空，说："说起来，我第一次看流星雨，还是跟随我母妃一并前往。"

青葵说："你母妃？魔妃雪倾心？"

她对神族的事知道得还挺多。魔妃雪倾心，据说曾是天界上仙，只是后来坠入魔道，不仅成为魔妃，还诞下一位魔族皇子。而其中原因，神族讳莫如深，魔族也绝口不提。

嘲风说："正是。只是……母妃在我六岁那年便被禁足落微洞，无法再带我观星了。流星雨，是我对母妃最真切的记忆。这么多年过去，我还记得熠熠星光下，她的容颜。"说到最后，脸上仍然带了一丝笑意，但声音却渐渐低微。

"六岁？"青葵微顿，"那……六岁之后，你就再也没有见过生母吗？"

嘲风不用回头就知道有戏，说："见过。落微洞有个狗洞，小时候我可以钻进去。我记得有一年大雪，落微洞滴水成冰。我为母妃送去御寒衣物，谁知被卡在狗洞里，卡了整整一夜。卡得我终于明白我已经长大了，旧时记忆中的路途，已经不能通行。"

他说得轻松，但青葵脑海里出现了完整的画面。在冰冷的寒夜里，一个幼小的孩子思念生母，偷偷探望，却被卡在狗洞里，饥寒交迫，天地不应。

她心生恻隐，不由得提壶给嘲风也斟了一盏茶，说："我虽从未见过我的母亲，但也知道母子连心的道理。三殿下幼年离开母亲独自生活，实属不易。"

旁边，谷海潮感到无语——你还要不要点脸！

流星雨确实是你对你母妃最真切的记忆——你用燃烧的陨石碎片点燃了你母妃的衣角，差点将你母妃原地火化了。那一顿狠揍确实是能让你牢牢地记住她的“容颜”。

还有那个狗洞！

你说得一脸煽情，但你卡在里面是因为思念母亲而前去探望吗？

难道不是因为你母妃新换了个漂亮丫头，你爬狗洞进去撩妹，结果被卡在里边出不来吗？

然而三殿下是何许人也？会把这点鄙视看在眼里？他双手接过青葵递过来的茶盏，继续煽情地说：“我虽不易，但好歹也算是平安成长。只是家母被困落微洞多年，病无药、寒无衣。我身为人子，却只能眼睁睁地看她受苦。每每暗中探视，见她愁眉不展、憔悴消瘦，我……心如刀割。”

他这一通描述，谷海嘲听得是呆若木鸡——病无药、寒无衣？

然而青葵却听得心中戚戚，问：“魔妃……到底是为何被囚落微洞？”

嘲风起身，走到舟边，目光穿过翻飞的纱幔，望向浩瀚宇宙、万里星空：“一些陈年旧事罢了。公主初来魔界，这些恩怨是非，不宜沾染，还是不要问了。”

到了此时，青葵对这个人的印象终于略有改观。以他目前的处境，显然他一直在遭受魔后的排挤，但他自始至终绝口不提。

只是这是魔族恩怨，自己确实也不便干涉。她从怀里掏出一颗珍珠似的丹药，说：“这……是解药，三殿下服下之后，所有的不适都会消失。但希望三殿下日后不要再为难大殿下。”

嘲风接过那枚丹药，眼里浮现盈盈笑意——完美解决。这个女人未免也太容易上当受骗了。她孤身一人随自己远赴孤星，还这么轻而易举地交出了解药，要是自己有什么不轨的企图……

他噙着一丝笑，把玩着这颗丹药——此女天真单纯，心无城府，今日如果略施手段，说不定可以一亲芳泽……

他刚要开口说话，旁边谷海嘲说：“即将到达观景星辰，三殿下还是陪公主多饮几杯热茶，驱寒暖身吧！”

他把“驱寒暖身”四个字说得很重，每个字都是警告——求求你别再招惹她了！别作死行吗？！

嘲风笑意浅淡，将这丸丹药纳入口中，说：“海潮说得是。”

青葵没留心这对主仆，倒是起身，用银钩将纱幔收起。外面光线渐亮，群星远近不一，星光明明灭灭。这漫漫星河，除了风声，便只余苍茫寂静，仿佛岁月风化，千万年都是瞬息。

“你母妃得了什么病？”青葵突然问。

“嗯？”色心又起的三殿下一愣，他母妃能有什么病？吃得香睡得好，天天养颜美容，烹茶煮酒，神仙也没有她逍遥清闲好吗？

但他很快反应过来，顿时声音忧郁：“母妃……当年从上界堕入魔界，身体本就不好。后来她与父尊相识……生下我之后，又受到魔族长老质疑，不能相容。她被禁足落微洞后，积郁成疾，已经病重不起。”

青葵听得这番言语，内心自然勾勒出一个命运坎坷的美人形象，深情错付，母子分离，终日忧愁。那样的人，郁气难舒，身体自然多病。她说：“此番回去之后，我会前往落微洞，为魔妃诊治。三殿下不必为此烦心了。”

啊？嘲风愣住——自己就是随口胡扯的。他母妃容光焕发，中气十足，诊治什么？

他说：“母妃……因是上仙入魔，魔族对她一直戒备，公主没必要接近，以免引人猜忌。”

从登上灵舟以来，嘲风说了这么多话，就这一句是真的。

魔妃雪倾心，乃是当年天界负责降雪的雪神。虽然入魔，但整个魔族对她都不信任。尤其是她生下嘲风之后，魔族长老担心魔尊立嘲风为储君，更是对她充满戒心。

青葵说：“神魔两族多年积怨，魔妃从天界雪神成为魔尊嫔妃，处境之艰难，可想而知。三殿下……这许多年来，想必也是受了不少委屈。”说到这里，她对嘲风又多了几分同情，先前的恶感，终于是散了个干净。

谷海潮真是听不下去了——雪倾心在天界时，乃天界雪神，差点成为神后。她堕入魔道，又差点成了魔后。这种女人岂会没有手段？

三殿下嘲风，虽然被贬为斥候，但魔后手段何其毒辣？魔族对他如何戒备？他不依仗母亲，仍能平安长大，这种人又岂会任人宰割？

离光氏这位公主，真是天真得可怕。

他怕嘲风又冒出什么歪心眼，立刻停下灵舟，说：“观星之地已到。”

青葵站起身来，环顾左右，但毫无疑问，她失望了。这里真是一颗孤星，灵舟之外寒冷无比，朔风割脸，比刀锋尖利。

周围地面凹凸不平，除了零星散落的黑色陨石，再无旁物。她是不可能在这里遇见神族的。

嘲风去到舟中，拿了一把白色的流苏伞，说：“公主如有兴致，可以下去走走。”

青葵说：“也好。”她第一次来到异星，纵然目之所及，皆是无边荒凉，但胜在新奇。是以嘲风的提议，她还算是可心。

嘲风撑起伞，陪着她步下灵舟。果然出了灵舟，外面环境便十分严酷。嘲风下意识地把伞往自己这边微微倾斜，青葵的左手顿时暴露在伞外。

青葵只觉得指尖一阵麻木，她飞快地缩回手，然而就这么一小会儿，指尖就已经冻得失去知觉。

“公主被冻伤了？”嘲风立刻把伞递给她，二话不说，握住她的手又搓又揉。青葵脸色微红，说：“三殿下。”她有意抽回手，然而嘲风哪里肯放？

他握了青葵的手凑到自己嘴边，轻轻呵气：“是我的错，伤了公主。”

明明是假意关怀，他却说得字字恳切。青葵又怎会计较他的无心之失？只是说：“我没事，回去敷点药便好了。三殿下不必放在心上。”

嘲风心中发笑，面上却一脸歉疚。趁着青葵撑伞，他离她远些，装出一副男女授受不亲的君子之状。但这伞就这么大，他若离远些，自然就会离开结界。他半边黑衣上都是冰屑，连发际都是白霜。

青葵看在眼里，又十分不忍，说：“三殿下还是靠近我吧，外面环境恶劣，世间俗礼，不必计较太多。”

谷海嘲待在灵舟上，真是无法直视。偏偏嘲风还装模作样地拿乔：“公主清名要紧，我这样便好，些许寒冷，我受得住。”

青葵本就心软，此时只能自己靠过去，将伞撑在两人头上。他一肚子坏水，这伞本来就小，青葵这一靠近，几乎就窝进了他怀里。

嘲风与她肩并肩，感觉到她的身躯是那么柔软温暖。一股淡淡的药香就那么淹没了他。其实，那头赤眼猪妖说得不错，这样的女人才是别有一番滋味的。他几乎半抱着青葵，同她披风戴霜同游孤星，还不忘给谷海潮一个眼神——看见没有，本座有生以来，就没有失过手。

谷海潮：“……”

嘲风春风得意之时，另一个人的情况就不容乐观了。

玄商神君好不容易敲开夜昙身上的冰层，里面夜昙已经浑身僵冷。她被严重冻伤，可孤星上只有漆黑的陨石和坚硬如铁的寒冰。玄商神君来这里，本就是临时起意，身上根本没有任何保暖的法宝。

——他根本就用不着，当然不会随身携带。

若是返回吧，以她目前的情况，只会死在途中。

必须为她找到热源，让她先恢复正常体温。

第十二章
万姓允诚

玄商神君手忙脚乱的时候，一团火球飞过天空。浮云被火光浸透，层层燃烧，一片通红。

诸人翘首以盼的流星雨终于来了。

可夜昙牌冰雕显然看不见。玄商神君掐诀一引，只听天边一阵锐利的声响，一块陨铁如受莫名力量牵引，直奔孤星而来，轰的一声在二人身边炸开。

面前坚冰破碎，露出一片坑坑洼洼的地面。陨铁撞击的气浪，令他衣袂飞扬。碎石和冰碴如同最锋利的暗器，四散激射。

陨铁与孤星撞击起火，熊熊燃烧。地面坚冰开始融化，周围温度也慢慢攀升。

玄商神君把夜昙放到火堆旁边，等她解冻，自己则去寻找天兵巡防营。在这样的孤星上，神族虽然不居住，但也会有天兵定时巡逻。

能够被派出来巡逻孤星的天兵，修为一般也都不高，因此这里一定备有保暖的法宝。只是天上星辰实在是太多了，就算是玄商神君，也不一定知道这些隐蔽的巡防营都建在何处。

天边流星雨呼啸而来。彗星的尘埃与冰块摩擦，在空中呼啸燃烧。整颗孤星亮得刺眼。

天界，诸神齐聚。大家准备充分，这时候纷纷摆上酒食，与友人相邀对饮，相谈甚欢。瞬间的强光，将所有人都照得纤毫毕现。清衡君看看身边，夜昙没有来。

他带的那些吃食，完完整整地放在桌上，没能得到青睐。

在他身边，胡荽双手举起蛮蛮，让它看得更清楚些。然而蛮蛮却在强光中一眼看见了另外的东西——紫芜仙君的裙子里，冒出了一个毛茸茸的、五彩斑斓的脑袋。

蛮蛮吃惊地张大鸟嘴——那不是我们家少君吗？天哪，我就知道你一定是被仙女绑架了！我就说男人太美貌不行吧。看看，你都被糟蹋得现出原形了！

我可怜的少君啊！蛮蛮扑棱着翅膀就跑了。

胡荽追了几步，但周围神族实在太多，她不能乱挤——没有神会喜欢五辛族的味道。若是她不小心冲撞了哪位上神，可就不好了。

她只得停下来，仍站在清衡君身边。

清衡君说：“站着干什么？坐。”

胡荽给他倒酒，说：“我还是站着吧，免得让人看见，说天葩院的仙娥没规矩。哇，二殿下带了这么多吃的。要是我们家公主在，一定开心。”

可不是吗？桌上小点心样样精致。

清衡君忍了又忍，终于还是问：“她为什么没来？”

“我家公主说，以她绝世的风华，与人一同观星，一定会惹得别的男神心醉神迷，怕是会惹出一段生死纠葛，所以不来了。”胡荽摊了摊手，对夜昙的厚脸皮表示钦佩。

清衡君听得无语，半晌却说：“她说得对。”

她虽然名分未定，但神族早晚会立兄长为储君。若她嫁给兄长，便是自己嫂嫂。她的一切，也自有兄长替她操心，自己确实不该邀她同看流星雨。

清衡君勉强收起心中的失落，可他不知道，夜昙现在有多后悔。

夜昙睁开眼睛的时候，喉咙又干又哑，周围一片强光，空气特别稀薄，她甚至不知道自己在哪儿！我是不是死掉了？这是地狱之火吗？

夜昙吃力地想动一下脖子，但连这么轻微的动作，她都做不到。身体好像已经不是自己的了，就连动动手指都痛得要命。

但夜昙还是动了，不仅动了，她还叫了——那地狱之火烧到她的衣角了！

“救……喀喀……救命！”夜昙被呛得直咳嗽，眼睛被烟一熏，泪水便止不住地往下滴落。她吃力地往外爬，地面陨铁被火烧得滚烫，她觉得自己像条爬行在铁板上的鱼，再过一会儿就成为一道菜了！

“救命！有没有人啊——”热浪逼得人几乎要窒息，耳边是火焰燃烧的声音，夜昙第一次觉得恐惧。

玄商神君果然找到了巡防营，他拣了件保暖的披风便立刻反身来找夜昙。但一找到，他顿时石化！

夜昙的衣服被火点燃了！

此时她一身是火，正在奋力爬行，像个……着火的蜗牛。

就算是沉着如玄商神君，也由不得他不惊愕。幸好只是愣神片刻，他就飞快地奔过去，脱下外袍，一把扑灭夜昙身上的火焰。

夜昙的衣裳早已被烧焦，脸上也全是黑灰。四肢因为爬行，沾满泥灰。玄商神君托起她的头时，连她的五官都已经看不清。

“水。”她喃喃自语。此刻的她双唇干裂，连眼前是谁都看不清。

玄商神君左右一看，陨铁燃烧时使不少冰融化成冰水，他立刻双手掬起来一捧，喂到她嘴里。夜昙被呛得咳了半天，倒是缓过气来，但这里的空气明显不适合人类生存。

她睁开眼睛，视野一片昏黄，好半天都没有恢复神志。

玄商神君知道不好，忙继续喂她喝水。她现在身上是不冰了，但是烫得吓人，皮肤也多处烧伤。就连玄商神君也开始忐忑——她真的不会死掉吗？

夜昙大口喘气，咳了半天，终于认清眼前的人。

“少典有琴！”真是仇人见面，分外眼红。她气得差点咬碎钢牙，再说不出一句话。

玄商神君心虚地移开视线，问：“可有好些？”

夜昙说：“你……你……”刚说了两个字，突然，她肠胃内发出一阵“轰鸣”。她慢慢地瞪大眼睛，问：“你刚才给我喝了什么？！”

喝了什么？玄商神君看看地上的冰水，说：“水。”

夜昙问：“是干净的水吗？有煮过吗？”

“什么？”玄商神君莫名其妙。

夜昙捂着肚子就跑，真是再重的伤势都顾不上了——她要拉肚子！总不能拉裤子里吧？真要这样的话，那么这场流星雨就太令人刻骨铭心了。

她肺都气炸了：“少典有琴，你这个杀千刀的！我要剁了你的头，做成扒烧整猪头！然后切了你的脖子，做成五香猪脖！再剔你胸前肉，做个香煎猪胸肉！然后剜了你的心，做个葱爆猪心……你这个没心没肝的破石头！天打雷劈的臭星星！”

周围陨铁燃烧，坚冰融化，气温一时之间没有那么低了，但空气更稀薄了。

夜昙觉得自己马上就要死掉了，肚子里一阵乱响。她蹲在隐蔽处，一边拉肚子，一边怒骂玄商神君，额头上的虹光宝睛也没能挡住她泥石流一般的怒气。

玄商神君追了几步，但见她解衣带，立刻转身背对着她，一个字都没敢回。

另一颗孤星上，星子如雨。

流苏伞下，嘲风递上酒囊："里面温了黄酒，公主小饮一口，以驱余寒。"

青葵接过来，果然是小小地抿了一口，一股暖意从胃里扩散到四肢百骸。她抬头看流星疾速滑落。可惜光明远在天边。

从小到大，她就知道自己会去往神族，背负起整个离光氏的期许，成为神族储妃乃至未来神后。

可现在，自己却身陷魔族，只能在这颗荒凉的孤星上，远远地看一眼天界流星。夜昙也不知在做什么。我们姐妹二人，究竟何时才能脱险？

青葵眉峰微蹙，不过是刚一想到夜昙，她就觉出身上剧痛。夜昙……她受伤了吗？

她心中一惊，嘲风立刻就察觉了，他问："公主有心事？"

青葵当然不会同他讲什么心事，她说："此情此景，令人感慨罢了。可惜今日没有带琴。"

嘲风感到意外："公主也懂琴？"

青葵当然懂。

整个离光氏都认为天界储君是少典有琴，少典有琴的本命法宝就是牺氏琴。她岂能不学琴？

她说："略知一二罢了。"

嘲风微笑着一伸手，灵舟中，一把黑色古琴如受召唤，瞬间飞出，落在他臂间。他怀中抱琴，领着青葵前行几步，发现前面竟有琴台。

"这是何人遗留的？"青葵惊疑——这里好像曾经有人来过。

嘲风说："我母妃。"

青葵明白了。她在桌前坐下，嘲风为她摆好琴，甚至点上檀香。青葵素手调弦，琴若有知，悠悠回应。思念、担忧，却偏偏无可奈何。她望向这空旷的孤星，心事尽付于琴。

嘲风替她撑着伞，看星辰坠落、佳人如玉，耳边琴音缕缕。

而另一边，夜昙已经连骂人的力气都没有了。

星河无垠，流星坠落成雨，如同浩瀚宇宙的烟花。嘲风在听琴，清衡君独饮。紫芜左手抱着帝岚绝、右手抱着蛮蛮看星星。诸神与友人举杯，共赏这壮丽时刻。

只有夜昙仰面躺在荒凉的孤星上，一动不动，像条死狗。拉了太多次肚子，她已经快要脱水了。

玄商神君就站在旁边，直到她实在是没有力气骂人了，他终于说："回去了。"

夜昙真是咬死他的心都有了："要是还原路返回的话，我死在这儿算了，就不劳烦君上迁坟了。"

玄商神君自知理亏，俯身把方才找到的暖石放进她怀里，只说了句："闭上眼睛。"

然后，夜昙便觉得眼前骤然一暗，身体失重，耳边如铁石爆裂，巨响惊天。星辰过境，空间扭曲。夜昙眼睁睁地看见气流逆转，无数陨铁和尘埃起火，熊熊燃烧。玄商神君挟着她，穿梭在火与星辰之间，雷霆开道，大风嘶吼，大雨倾盆。

夜昙想喊还没喊出来，已经回到南天门外。

整个天界狂风骤雨，雷电轰鸣好像天崩地裂，冰雹砸落下来，如同小孩的拳头。于是刚刚看罢流雨星的神族，先是被大雨浇了个透心凉，随后立刻就被冰雹一顿乱砸。

诸神正寻罪魁祸首，就见玄商神君披头散发，衣袂熊熊燃烧，就这么出现在雷电中央，声势惊天。

等到暴雨浇灭他身上的火焰，大家这才看清，他怀里还抱着一个人——一个女人。

这种时候，能被他抱在怀里的女人，除了天族储妃，还会有谁？

诸神心中的火气，都化成了八卦之光——离光氏这公主有点厉害啊，这么快就跟我们家君上出双入对、卿卿我我了？

清衡君站在雨里，静默地看着玄商神君抱着夜昙消失在雨幕重帘之中。

他身后，胡荽替他打着伞，这时候扯了扯他的袖子："二殿下，我们家公主回来了，我先回天葩院了。"

清衡君"嗯"了一声，胡荽把伞放在他手里，转身跑了几步，复又回头看。只见清衡君随手扔掉了伞，又没有使用避水咒，只是瞬间，浑身就被雨淋湿。

他好像有点不开心。

天葩院。胡荽是最先跑回来的。

"公主！"她大声喊，"公主！怪不得整晚都没看见你，原来你是跟君上一同观星去了呀！"

她一脸"我什么都懂"的笑容，可玄商神君怀里的夜昙没有应声。

玄商神君神情也很差，他说："去请药王。"

胡荽"啊"了一声："君上，我们家公主生病了？"夜昙还是不说话，胡荽赶紧说，“是不是看流星雨受凉了？哎呀，我这就去请药王。”

她转身就往药王殿跑，玄商神君抱着夜昙行往内殿。本来都没事的，结果蛮蛮回来了！

它扇着翅膀，显然心情不错。一眼看见玄商神君抱着夜昙，它顿时几步冲过来：“公主！你居然悄悄地跟这个谁出去。哼。”它为自家少君的情路担心，阴阳怪气地问，“流星雨好看吗？”

它不说还好，这么一问，夜昙哇的一声，就在玄商神君怀里号啕大哭。

蛮蛮吓得一缩鸟头，半天才小声地问：“怎么了，这是？”

夜昙哭得一抽一抽的，一边哭还一边叫道：“要是本公主成了神后，就规定以后天界谁也不准去看流星雨！谁敢去，我就戳瞎谁的眼睛，然后剥了他的皮，把他剁成肉泥，铲出去喂哮天犬……哇呜……”

她哭得上气不接下气，最后挣扎着下地，撕心裂肺地喊：“放手，本公主要去茅房……”

片刻之后，药王过来了。

他进去诊脉，玄商神君没跟进去，默默地等在殿外。

一直到药王出来，玄商神君才问：“如何？”

药王一脸困惑，说：“身体严重冻伤，后又经烧伤，又过量服用了铅霜，中毒颇深。”说着话，他不由得偷瞄了一眼玄商神君。

这位公主到底经历了什么！

内殿，胡荽正在给夜昙上药，夜昙痛得嗷嗷直叫。

胡荽一脸愁容：“公主，你跟君上不是去看流星雨吗？怎么弄成这样？”

一听胡荽提到这个，夜昙就眼泪横流。

鬼知道我都经历了些什么！

孤星上，青葵一曲奏罢。嘲风笑意温柔如情人，心里却琢磨着其他的事情——据斥候营打探来的消息，离光氏夜昙公主因生来不祥，被养在深宫。整个离光氏都视她如毒疮恶瘤，不愿提及。

可眼前的美人高洁端庄，擅琴技，精岐黄之术，天真单纯，温柔善良。

这样的一个女人，怎么可能不祥呢？

心中虽这么想，他说出来的话却是：“夜昙公主的琴声，带了几分思乡之情，倒让我想起，母妃也曾在此弹琴。”

他从怀中掏出一块琥珀，里面凝着一朵木荷花。他指腹轻轻摩挲，说：“这块琥珀是我母妃被囚时赠予我的。她说里面的木荷花像她，这一生坠茵落溷，皆是身不由己。这么多年，我一直把它留在身边。每一次遇到难关，它都陪我渡过，像是我母妃一直在身边一样。公主是第一个陪我旧地重游的人，我便将它赠给公主吧。”

青葵微怔。琥珀其实很常见，里面是木荷花的更是平常，但这块琥珀的意义不同寻常。

她伸手接过来，仿佛那个身世飘零的女子就在眼前。她说：“三殿下这份心意，我领了。我会尽快为魔妃诊治，三殿下不用担心。时间不早了，我们还是早点回去吧。”既然这里见不到神族，更见不到夜昙，那就没有久留的必要了。

嘲风细心地抱起古琴，说：“公主请随我登舟。”

二人共上灵舟，一路返回晨昏道。

魔族，魔后正在大发雷霆：“嘲风竟然敢带夜昙去看流星雨？！他算什么东西，竟敢跟魔族储妃如此亲近？！”

下方，素水吓得瑟瑟发抖，她跪倒在地，颤声说：“魔后，奴婢有意阻拦，但三殿下不但不听，还施法将奴婢定在浊心湖。奴婢实在是……”

她话没说完，魔后已经怒道：“闭嘴！没用的东西！”

她旁边的二殿下顶云说：“母后这是生的哪门子气？”

魔后说：“你没听见吗？你父尊定下的魔族储妃，跟别人去看流星雨了！”

顶云轻笑一声：“这个凡人公主本就是嘲风施了手段，骗得父尊定下的储妃，说不定嘲风跟她早有首尾。母后何必为了这事生气？”

魔后说：“你倒是一副没事人的样子。人待在浊心岛这么些天，乌玳都暗地里跑去好几回了，偏生你，半点不上心。”

顶云说：“母后，父尊定她为储妃，是说谁成为储君，她就嫁给谁，并不是说她嫁给谁，谁就是储君。何况一个卑微的凡人、低贱的医修，怎么能成为我魔族的未来女主人？母后就不必再为她费心了。”

魔后说：“话虽如此，但我们母子也不能大意，倒是得想个什么法子对付她才好。至于那个嘲风，哼。你！”她看一眼素水，素水赶紧膝行向前，魔后说，“你去告诉璇渊魔姬，三殿下携夜昙公主去看流星雨了。”

素水俯身道：“奴婢遵命。”

浊心湖。

嘲风携青葵返回，灵舟刚停泊在岛边，他就看见一个人。不是别人，正是璇渊魔姬。她领着一众女孩在浊心岛种花。

青葵下了灵舟，璇渊魔姬便迎上来。她身材丰满，抹胸裹得紧，更显得曲线分明。见到青葵，她脸上便带了几分温柔的笑意：“夜昙妹妹，浊心岛地方大，好些地儿都空着。我怕你忙不过来，便带姐妹替你种些花。”

青葵闻言，很是感动：“多谢璇渊姐姐。”

璇渊魔姬微笑，目光在她手上略一逗留——青葵手上，握着三殿下嘲风送给她的那块琥珀。

果然。

璇渊魔姬笑着说：“咦，妹妹手上这块琥珀，是三殿下所赠吗？”青葵还没说话，旁边一个头上长角的魔女就说：“这还用问吗？肯定是三殿下所赠了。”

青葵不解：“你如何这般肯定？”

那头上长角的魔女把自己脖子上戴的琥珀掏出来，说：“因为上次我们一起看流星雨，他也送了我一块呀。三殿下是不是还对公主说过，他每次看到这块琥珀，就会想起他母妃呀？”

她摇着头，耸着肩走了。她走之后，一个尖耳朵的魔女同样从衣领处掏出一块琥珀，小声说：“恭喜公主，这东西，魔族稍微有点姿色的女孩，三殿下基本都送过。”

“嘲风！”青葵咬牙。谷海潮迅速为她递上一盏茶水。青葵果然需要，她接过来，一抬手，泼在嘲风脸上，随即摔杯而去。

嘲风满脸是水，他双臂环抱，就这么盯着璇渊魔姬。璇渊魔姬“哼”了一声，驾舟而去。

青葵疾步返回房中，这次是真生气了——天底下怎么会有这么无耻的人！

她拿出那个“烤红薯”，打算问问夜昙发生了什么事。然而夜昙那边无人应答。

夜昙没法应答。

她躺在榻上，身上的冻伤处和烧伤处都上了药，再加上大半夜里多次上茅房，她浑身虚脱得发软。

药王喂她喝了药，一直等到她睡着了，这才背着药箱出来。他身边小药童悄声问："师父，青葵公主这是怎么啦？"

药王摇头道："当初陛下定下这个天族储妃，为师我就提过意见。人族女子，越美貌越是娇贵，不好养活。就算是在人间，稍微受点寒、伤点心，那都是会薄命早夭的。以咱们君上的性子，哪里养得活这么娇弱的人族公主？陛下偏不听，就是看中人家的资质和机缘。现在好了吧，这才来几天……我看哪，以后我们药王殿还有得折腾啊。"

他是叹着气走的。

第二天，夜昙是被痛醒的。

药王早早地就送了药过来。胡荽正喂夜昙喝药呢，碧穹就从外面跑了进来。

"喂，东西你看够了，可以交给我……"碧穹一句话还没说完，就愣住了。

——这时候的夜昙，所有的伤口全部紫红肿胀，简直是体无完肤。药王用药纱把严重的地方都为她包裹起来，她整个人裹得像个粽子。

"你又干了什么？"碧穹走到榻边，哪壶不开提哪壶，"昨晚你不是跟君上一起去看流星雨了吗？怎么搞成这样？"你这是被流星给炸了啊。

夜昙怒瞪："这个问题谁问谁死，知道吗？！"

碧穹耸耸肩："好吧。"她看看胡荽，夜昙了然，说："我的草，给我弄根拐杖。"

胡荽是最乖的，从不问为什么，她立刻就去了。

夜昙这才吃力地下了榻。她一动，身上的伤口就开裂，她咧了咧嘴，碧穹都"嘶"了一声——看着都痛。我怎么觉得我根本不用对付你，你自己就会把自己作死呢！

碧穹简直是无语，但她还是没忘记自己这次过来的目的，问："万霞听音你放在哪里了？我替你拿！"

夜昙向角落的柜子指了指，她倒是利落，很快跑过去，三两下翻出来。果然，一对万霞听音都在里面。她拿了一个，说："这个，我就替你送到魔族，交给你那个魔族储妃妹妹了啊。"

夜昙说："嗯。走吧。"

"走？"碧穹莫名其妙，"你去哪儿？"

夜昙一瘸一拐地往外走，没好气地道："还能去哪儿，上课啊。"

上书囊。

文昌帝君看着面前的请假条，一脸不悦："请假条？"他打开一看，更不高兴，"还是病假！"

他面前的玄商神君说："她……确实病势沉重，这几天的课，本君会抽时间替她补上。"

文昌帝君哪是这么容易被说服的？他说："君上亲自发话，我本不应多管。但是君上应该知道，上书囊是孩子们苦修的地方。人间尚有十年寒窗苦读之说，何况是我们神族？青葵公主是未来天妃，这学堂里多少双眼睛看着？倘若一点小病便旷课休养，其他孩子会怎么想？"

玄商神君脸上也带了几分为难的神色，说："若真是一点小病，倒确实是不至于。"

文昌帝君说："莫非她还生了什么重病不成？"

话音刚落，他目光扫见什么东西，顿时愣住了。玄商神君随之看过去，只见夜昙浑身上下缠满了药纱，脸上青青紫紫，两腮都肿成了包子。

她拄着拐杖，走得颤巍巍，胡荽和碧穹怕她摔跤，一左一右地护着她行来。

这……连文昌帝君这样的上神都惊呆了。

他看看玄商神君，玄商神君却显然不打算解释。只有他知道，夜昙的伤势有多重。陨石燃烧的温度，对她一个凡间女子而言，是致命的。

夜昙拄着拐，每走一步，就痛得直吸气。

她跟胡荽本来正在说话，然而看见玄商神君，顿时眉毛都竖了起来："哼！"

千言万语，都在这一个字里。她吃力地挪进学堂。

这哪里是重病，简直就是还剩最后一口气了好吗？文昌帝君看看这个伤员，又看看玄商神君。夜昙如此大不敬，他却是视而不见，只是准备取回请假条，说："她既然来了……就依先生，让她照常上课吧。"

文昌帝君赶紧摁住请假条——伤成这样，不会死在这儿吧？他说："青葵。"

夜昙停下脚步，好半天才转过身来。文昌帝君说："君上已经替你请了假，你既然受了伤，就回去歇着吧。"

夜昙痛得一阵龇牙咧嘴，怒道："这么痛，我歇得了吗我！要他假好心，哼！"

说完，她仍然挪动到最后一排坐下。

这一次，她可算是吸引了所有学子的目光。在座学子，都是神族子弟，哪见过这么严重的伤势？她整个人都肿胀变形，眼睛眯成了一条缝，几乎看不出本来面目。一个凡人受这么严重的伤，真的还没有死吗？大家都盯着她。

紫芜更是花容失色，她一把扶住夜昙，让她在自己身边坐下："青葵姐姐！你这是怎么了？昨晚……你去渡劫了？"

夜昙盯着她，幽幽地说："昨夜，你兄长邀我去看流星雨了。"

你……这是流星雨来看你了吧，烧成这样？紫芜上上下下地打量她，半天才小声地问胡荽："发生了什么事？"

胡荽摇头——咱也不敢说，咱也不敢问啊。

讲坛上，文昌帝君轻咳一声——他准备上课了。他会把天资聪颖的学生安排在最前面考核，考核成绩丁等以下的学员会交给副执教监考。至于考核不及格的孩子，只能由魁星替他们补课了。

文昌帝君是个没有耐心的先生，他可不会把时间浪费在天资不够的孩子身上。而上书囊的成绩，会直接影响少年们今后在天界的神职。

所以，直接由他授课结业的，都是神族的栋梁之材。

他开始讲课。

玄商神君不放心，坐在旁听席上听课，目光却不时地扫向夜昙。人族体弱，这可是整个神族都非常清楚的事。她贵为公主，受如此重的伤，竟然照常上课。

此女心志之坚韧，远胜常人。

这节课，夜昙没打瞌睡——全身都痛，她打不了瞌睡。

文昌帝君座下还是第一次出现凡人弟子，他问："青葵，昨日功课预习得怎么样了？"

夜昙说："木偶衣冠嘛。"她吃力地站起身来，右手向讲坛一指，文昌帝君桌边的兰花呼的一声向上一伸头，花朵竟然变成了一颗血淋淋的人头，叶片也瞬间化作无数白骨，伸伸缩缩，十分吓人。

少年们纷纷投过来异样的目光。文昌帝君"嗯"了一声，还算是满意——以这丫头的天资，这些法术基础对她来说太简单了。

他说："下课之后去找副执教，申领下半年的法卷。"

夜昙"哦"了一声，她就这么微微一动，身上的伤口就重新渗出血来，染红了药纱。文昌帝君看不过去了——天下的先生都偏爱优秀弟子，他把自己壶中的灵茶倒了一盏，搁到夜昙面前。

上书囊给先生的灵茶，乃天界特制，是补养润喉的佳品，给文昌帝君配发的尤其精纯。

满堂少年都看得眼热。

可夜昙不知道，她一看茶盏，玄商神君就知道不好。果然，她马上就嘀咕："你堂堂文昌帝君，也太小气了，赏茶你赏我一包嘛。就给倒一小杯……"

“你……”文昌帝君几时遇到过这样的家伙，他气笑了，却到底没跟她计较，只是说，“闭嘴，好好读书。”

他继续讲课。

等到一个时辰之后，乾坤法祖出现在学堂外。他这身份亲自过来，文昌帝君也只好停下讲学。乾坤法祖径直来到夜昙身边，拿起她的手看了看——她手上全是被火燎起的水泡。药王把泡扎破了，上了药，看着就更吓人了。

文昌帝君看了一眼，都觉得痛。

“唉，皮皮虾，药王殿的人说你受伤了，当时贫道还不相信。你可真是半点不让人省心啊。”乾坤法祖叹了口气，掏出一个小药瓶，倒了一粒丹药给她，“来，先吃了。”

那丹药色泽银白，丹气澄清，一看就知道品质必定上乘。夜昙却十分警觉：“这是什么？”

“你这是什么表情？！”乾坤法祖一个栗暴敲在她脑门上，“老祖还能害你不成？”

“那可难说。”夜昙嘀嘀咕咕，旁边玄商神君终于说：“不得无礼。”

夜昙只得把丹药含在嘴里，乾坤法祖随手把桌上的灵茶递给她。夜昙张嘴喝了，用以送服丹药。

学堂上多少双眼睛都盯着她。乾坤法祖啊，那是何等身份？竟然亲自前来为她送药！而且看这丹气，定是法祖亲手炼制。她一个凡间丫头，何德何能……

其他学子想什么，乾坤法祖不考虑。他眼看着夜昙吃了药，才问：“上书囊第一次收纳人族子弟，你觉得这里的课讲得怎么样啊？”

夜昙偷瞟了一眼文昌帝君，文昌帝君顿时板起脸来：“看我作甚？天尊问话，你照实直言便是。畏畏缩缩，不成样子！”

“哦。”夜昙于是说，“我觉得先生教的都是些没用的东西。”

文昌帝君气得拿戒尺一拍桌子：“混账！”

乾坤法祖倒是不生气，笑眯眯地摸了摸夜昙的头：“他也有难处。但凡有一丁点办法，谁愿意天天来这里教导你们这群没用的东西。这不是职责所在嘛。神和人一样，都应该互相体谅一下，你觉得呢？”

夜昙歪着脑袋想了想，说：“我怎么觉得你在骂我？”

乾坤法祖大笑，笑完又摸摸她的头：“继续上课吧。有空来找老祖玩。”

一直到他离开，夜昙才悄悄吐出那粒丹药。

神族的丹药，大多是用至清之气炼就，尤其是这种上乘丹药，吃上一粒真的会要她的命的。虽然过了一会儿，但她仍觉得五内如焚。

文昌帝君还在讲学，夜昙只能将喉间的血强咽下去。

——乾坤法祖的丹药，自己明明没有咽下去，为什么仍然会被清气所伤？夜昙低头，看见桌上空空的茶盏——是文昌帝君的灵茶！

她心知不好，却不能在这时候表现出分毫。

众目睽睽之下，一旦她吐血，所有人就都会知道，至纯的清气对她而言是剧毒。她的身份一定瞒不住。若她的身份暴露，魔族定会知道神族储妃是假的，那青葵恐怕也凶多吉少了。

她强打起精神坐直身体，让自己看起来一切如常。只是她的右手五指紧抠着桌角，指节发白。

上书囊的课，上午为讲学两个时辰，下午为优等生实战结业考核。副执教魁星会重新讲课，功课不好的下午可以重听。

文昌帝君这回倒是没犹豫，直接让夜昙第一个考试。

木偶衣冠是个小儿科，夜昙仍然是轻而易举地得了个甲等的成绩，然后她拄着枴往外走。

文昌帝君终于还是不放心，问了句："你没事吧？"

夜昙一个字没说，只是摇了摇头——她若是开口，恐怕是要喷血。

但她本就伤着，痛很正常，大家也不奇怪，就这么放她离开了。

天葩院。

夜昙刚一回来，蛮蛮立刻就迎了上来："喂，喂，你猜我昨晚发现了什么？！"

它说得兴高采烈，夜昙却冲它摇摇头，它立刻意识到不对。凭着多年的默契，它马上就说："小胡荽，快去做午饭了！"

胡荽扶着夜昙，只觉得她是因为痛不说话，却并未察觉异样。闻言她立刻就说："哦，哦，好。那你小心点，别碰到公主的伤口。"

她去了厨房，夜昙撑着拐杖慢慢地挪回后殿。直到蛮蛮关上门，她才没忍住，一口血喷出来。

蛮蛮吓得声音都变了："昙昙！你这是怎么啦？我去叫药王。"

"回来！"夜昙喘着粗气，指指墙角的箱子，"里面有我姐姐送来的魔丹，替我拿过来。"

蛮蛮赶紧翻开箱子，果然找到一个包裹。它把包裹叼过来，说："是不是有人给你下毒了？我就知道这些神族不安好心！”

夜昙来不及跟它多说，飞快地打开包裹。青葵一向细心，每瓶丹药上都注明了药效和药量。夜昙飞快地倒了几粒，一股脑塞进嘴里。

可灵茶的清气和陨铁的灼伤一并发作，她硬生生地忍到现在，肺腑都开始溃烂。魔丹的魔气，对此来讲，简直是杯水车薪。

夜昙趴在榻上，喉头一阵痒，又喷出一口血来。

蛮蛮手足无措：“这、这可如何是好！我昨晚发现我们家少君了，他在弄晴阁。我去找他！”

“站住！”夜昙叫住它，说，“他现在能做什么？你去找他，只会让他和我一起被神族抓住。”

蛮蛮说：“可是你看上去像是快要死掉的样子！”

正在这时候，外面有人敲门，是紫芜。她说：“青葵姐姐！你没事吧？我给你带了些仙丹，你给我开开门。”

夜昙呸干净嘴里的血，努力平复气息，说：“是紫芜啊，我没事，我想睡一会儿。晚点去看你。”

紫芜倒也知道不打扰她休息，说：“哦。那我把药放在外面，你记得吃。这些丹药对你的伤势是有好处的。”

夜昙“嗯”了一声，听她脚步声远去，才对蛮蛮说：“守在外面，不准任何神进来。”

蛮蛮没办法，只得去外面守着。果然不一会儿，霞族也派使者过来，说是送些丹药补品，说到底还是想打探夜昙的病情。蛮蛮直接把来使挡在了门外。

外面渐渐安静下来，云层焦黄，天近黄昏。蛮蛮待在外面，背抵着房门，里面却一直没有动静，它终于心焦了：“昙昙，你睡着了吗？”

夜昙五内如焚，半天才说：“我马上就睡着了，你别说话。”

蛮蛮把鸟头塞进翅膀底下，闷闷地说：“我怕我不说话，你就悄悄地死了。”

夜昙嘴里全是血，她咳嗽几声，又把一粒魔丹塞进嘴里，说：“不会的。我等到天亮就会好了。”

可更漏滴得很慢很慢，慢得时间好像停止了。

夜昙缩成一团，用带血的手指紧紧压住胸口。时间是不会停止的，而且这样的时刻太多，多到她不再畏惧痛苦加诸身的恐惧。

南天门外。

玄商神君巡视各处，经过天葩院时，他停住脚步——那个家伙的伤势，也不知怎么样了。但看她今天还能去上课，应该是没问题。

他推开门，本是打算看一眼就走，但立刻就发现了不对——血腥气太重！

——玄商神君的鼻子可是很灵的。

他身化微光，直接进到房里。

榻上，夜昙脸色通红，呼吸急促，铁锈味的血腥气更是浓烈无比。

玄商神君握住她的手腕，为她诊脉，顿时整个人都愣住——她身上伤势全部爆发，五脏衰竭，脉象已绝。这……怎么会这样？！

他以指尖沾了夜昙的血，轻轻一揉捻，顿时明白过来——是清气。

神族的至清之气，腐蚀了她的整个身体。

他也终于想起来，上次夜昙生病，他开的药也同样加重了她的病情。

出现这种情况，只有一个可能——她不是至清之体。当然，也就不可能是当年神族定下的天族储妃离光青葵。

既然她身份确实存疑，那么就应该把她交到神霄玉府，由普化天尊查实后再行处置。

玄商神君抱起她，一路去往神霄玉府。趴在门口的蛮蛮没有发现他，他无阻无碍，一路来到天界神族的刑罚之地。

神霄玉府的大门是黑色的，门前一对金色的獬豸双目怒睁，獠牙带血，令人望而生畏。

玄商神君正要叩门，突然，怀里夜昙双唇微张，轻声喊了句什么。玄商神君侧耳去听，只听见她说："姐姐。"仿佛不由自主地，他再次进入她的梦境。

"嬷嬷，我肚子疼。"女童的声音传进耳中，玄商神君没多费力气就找到了她。她躺在榻上，双手捂着肚子，眼泪汪汪。

床边，一个年过三十的宫女像是她的乳母，这时候手里端着碗，喂她喝药："肚子痛就要喝药，喝了药才会好哦。公主乖，再喝一口。"

女童张开嘴，又喝了两口，她捂着肚子，痛得脸色都变了："嬷嬷，我不喝了，我太疼了。"她别过脸去，宫女淡淡地说："不行，不喝怎么会好！一定要喝完。"

女童一脸委屈，却仍然乖乖喝药。

玄商神君皱眉，他只看一眼便知道，那碗里的药定有古怪。可是他什么都做不了。

他只能看着女童慢慢将一碗药全部喝光，她的乳母收起碗，说："好了，公主睡吧，睡醒就没事了。”

女童哇的一声，吐出一口黑血。她慢慢地抬头，看向自己的乳母。她的乳母只是迅速地退出去，关上房门，然后上了锁。

女童茫然地望着门口，半天才茫然地喊：“嬷嬷。”

就算是毒发到如此地步，她还在听乳母的话，还在乖乖喝药。可到头来，她所有的爱和依恋，全部被辜负。些许的关切与亲近，都是面具，下面藏着一副同样狰狞的面孔。

她慢慢地爬到门口，但也知道自己是打不开那门的。

“不，不，别死。”她裹紧身上的单衣，喃喃地说，“我只要等到天亮，姐姐就会来看我了。天亮了……就都会好了……”

玄商神君脱离了梦境，因为她抓住了他的手。她脉象已绝，然而一双眼睛却亮得令人心惊。她用脸贴紧他的手掌，一脸狡黠地道：“我就知道你会来的……姐姐。”

到了此时，玄商神君终于能确定她的身份——离光氏的小公主离光夜昙。

夜昙努力想睁开眼睛，但眼皮似有千钧的重量。思绪混乱，时间交错重叠，她喃喃地喊：“姐姐……我好疼。”她低声啜泣，“你怎么才来……”

但很快，她在玄商神君胸前抓了几下，又自言自语：“胸这么平……你不是我姐姐。”

然后，她便不再喊痛了。

玄商神君伸出手，握住门环，将要叩门，却又犹豫。

她已经性命垂危。可一个未来魔妃，不应该救治。何况以她的资质，若真是去了魔族，早晚会成为神族的心腹大患。

但是……她伤得这么重，天界没有什么丹药可以医治。若是就这么送进神霄玉府，不可能有活路。

他沉默无言。冷不防，他面前的大门打开了。

里面的仙官探出头来，看见是他，顿时惊住：“君上？”他慌忙行礼，“君上过来，可是有何要事？下官这就去请普化天尊。”

他准备将玄商神君迎进去，目光却不受控制地瞟了一眼玄商神君怀里——君上这是……抱着谁？

玄商神君却不由得后退了一步。他宽大的衣袖遮住怀里的人，犹豫很久，最后说了一句：“无事。”

——他是天生上神，生来悲悯，到底是不够狠心。

不如先治好她的伤，再送到神霄玉府治罪也不迟。

玄商神君下定决心，也不再理会面前的仙官，抱着夜昙转身离开。

他御剑时风大，怀中夜昙被风一吹，喃喃自语。玄商神君本不欲理她，但她被血呛了一下，又开始剧烈地咳嗽。他不得不停下来，为她擦去嘴角的血，身上没有手帕，倒是袖中她的肚兜还在。玄商神君也顾不得了，将就用吧。

夜昙慢慢张开眼睛，但是意识溃散，她已经认不出面前是谁。她缓缓伸手，碰了碰玄商神君的下巴，好半天才喃喃地说："你这张脸生得可真好看。"

敢情自己也只有这一个优点，玄商神君由着她打量，这次倒是知道她会冷，脱了外袍将她裹进怀里，问："你不痛了？"

她神志并未清醒，但仍含含糊糊地说："不……不痛啊。我觉得我还可以抢救一下。"

可她的血就这么从她嘴角蜿蜒而下，染红了他胸前的衣服，玄商神君第一次如此清晰地感受到生命的流逝。她就在他怀里，呼吸渐渐微弱，心跳越来越慢，余温渐渐消失。

这个充满至清之气的地方，每一次呼吸对现在的她来说，都是服毒。

可她仍在努力地向他微笑，以证明她还能活。

今日上书囊，她分明已经伤重垂危，却依然坚持去上课。此女虽然可恶，但其心性之坚韧，令人心惊。

玄商神君加快速度赶路。

——这么坚强的话，那就活下去吧。

昏睡中，夜昙做了许多光怪陆离的梦。她睁开眼睛的时候，眼前是灰白色的骨头。这是什么东西？

她想摸一摸，但是不知道自己睡了多久，只觉得手臂酸痛。她偏了偏头，又看见一团火，还是燃烧的陨铁。

人间有句话，叫"一朝被蛇咬，十年怕井绳"。她飞快地躲避，但好在这次点火的人似乎有了些经验，火堆离她挺远。

夜昙坐起来一点，发现自己身上披着玄商神君的外袍。这衣袍轻若丝、薄如纱，上面暗纹流光，明灭不定。就这么薄薄的一件，盖在身上却将她焐出了一身汗。

自己这是在哪儿？等到视线清明了些，她左右张望，然而目之所见，却让她惊呆了！

这是一个头骨啊！

灰白色的骨头，有两只空洞的眼眶，张开的嘴上还能看见两排整齐的牙齿。这确实是一个骷髅头，但绝不是普通人的。它真是太大了。

夜昙就躺在这个头骨里的一颗后槽牙上。这里气候适宜，周围还可以看见茂密的草木，野花层层叠叠，开到了天边。而这个头骨里，有紫黑色的光点射出来，如水珠般绵绵密密地渗入她的身体。

夜昙朝着光点的来处看过去，只见除骷髅头外，玄商神君也在，就坐在火堆旁的一块陨石上，正不断用清洁法诀清理着衣上的血迹，衣衫已经很干净了，他却仍眉头紧皱，显然心情并不愉悦。

夜昙觉得身上力气恢复了不少，她讪讪地爬到他身边，假装惊喜地说："竟然是君上，我不是在做梦吧？"身上伤势缓和，不用说也知道是玄商神君救了她。所以她变脸也快，蹭过去，不由分说就开始好话不断，"就算是梦，能够看见君上，也是个幸福的美梦。"

玄商神君避开她伸过来的手，也不说话，就这么盯着她。

夜昙被他看得发毛，知道事情不好，但仍硬着头皮，一脸娇羞地道："君上这样看着人家，人家会害羞的啦。"

玄商神君终于是听不下去了，怒道："离光夜昙！"

夜昙被吓得连连后缩，身上的伤口扯裂，她龇了龇牙，装傻："什么夜昙？"

玄商神君简直是火冒三丈："你还敢装蒜！说，你混入神族，顶替天族储妃，究竟有何企图？"

果然是露馅了！夜昙没办法，只得说："你……你都知道了？"

玄商神君沉声道："说！"

夜昙说："人家还能有什么企图，还不是那天你就顾着跟魔族打架，自己接错了人……"

玄商神君怒道："那日宫中初次见你，你冒认青葵公主，也是本君听错了？"

他气得血管都要爆了，夜昙脑袋一缩："那、那人家只是跟你开个玩笑嘛。谁知道你就当真了。我想着反正你早晚也会知道的啊，就没再说。"

她声音越来越小，玄商神君指着她，手指抖啊抖，差点成为第三个突发心肌梗死的神："你……小小年纪，满嘴谎话！这次婚约事关三界，你却视为儿戏！离光夜昙，你真是死有余辜！"

离光旸，看看你教出来的好女儿！

夜昙被骂得脑袋一缩，眼见他真是气狠了，她赶紧说：“是、是、是，我有错，我罪该万死。但是……事已至此，指责没有用，应该积极地解决我们遇到的问题，对吧？”

玄商神君真是不想理她，没好气地道：“把‘们’字去了，是你遇到了问题！”

夜昙揪着他的衣角，说：“你这么想就太无情了吧？难道我不是你玄商神君亲自接到天界的？再说了，你上次可还亲过我。我们人间有句话，叫一日夫妻百日恩……”

玄商神君挥开她的手，面红耳赤，怒道：“何为一日夫妻？不准胡说！”

夜昙又扯住他的袖子，说：“一日是暂时没有啦，但是你亲吻了我，这也算是肌肤之亲了吧？你总不能见死不救啊。”

玄商神君扯出自己的袖子一角：“等你伤势恢复，我会把你交给神霄玉府，普化天尊自会按照天规发落！”

神霄玉府？夜昙转了转眼珠，问：“按天规会怎么发落我？”

玄商神君别过脸，真是一眼都不想看见她：“假冒天族储妃、意图不轨，受九道雷击之刑，罚入畜生道，永世不得为人。”

“……你故意的吧？”夜昙气坏了，“那你救我干什么？”

玄商神君仍然清洁着自己的衣衫。方才夜昙吐在他身上的血已经清理干净，但气味始终无法完全消除。

他沉声说：“你虽犯下大错，但自有天规惩处。本君……”说到这里，他竟思忖了半晌，终究不该探她之梦。那个幼年无助的孩子，到底是让他心生恻隐。他说，“本君不会因一时好恶而决断你的生死。”

“你怎么什么时候都这么大义凛然啊！”夜昙身上不那么痛，就又不怕死了，凑过去一脸坏笑地道，“你不会是已经对本公主情根深种，不能自拔，所以……”

玄商神君的回应，就是直接用捆仙索将她一捆，提上就走。

夜昙猝不及防，回过神来时眼前的世界已经颠倒过来。她吃了一惊：“你要带我去哪儿？！”

玄商神君沉声道：“神霄玉府。”

“你！”这个家伙居然是认真的！夜昙赶紧说，“玄商神君，我错了，你先放我下来！”见玄商神君没反应，她又换了话术，“啊，啊，我旧伤复发了，我好痛，我要死了！”

玄商神君仍然大步向前。夜昙歪了歪头，突然想起什么：“等等，我突然想到一条妙计！”玄商神君本不欲理她，但她一脸正色，“真的，真的，君上您先放我下来。如果我说的话没道理，你再把我送过去也不迟。对吧？”

玄商神君终于低头扫了她一眼，她立刻再接再厉：“我就是一个柔弱无力的小女子，你还怕人家跑了吗？”

玄商神君把她放在地上，解开了她身上的捆仙索。

夜昙重获自由，顿时一脸狂喜，拍手道：“你看，你不是去了归墟就回不来了吗？”

因为实在太高兴，她眉眼飞扬，一双眸子都亮晶晶地发着光。

玄商神君目光凉凉地道：“怎么，这件事值得你欢欣鼓舞吗？”

呃……夜昙赶紧换了个悲戚的表情，哀声说：“君上，要不我还是替你守节吧？你看你去了归墟之后，可能就没命了。我要是活着的话，以后逢年过节，还能给你烧点纸钱、上炷清香什么的。这样我也能活，君上也算是有人念想，你觉得如何？”

“免了。”玄商神君继续施法清理自己已经洁白无垢的衣袍，显然对这个提议并不感冒。当初他提出来，是因为不想让两个人之间乱七八糟的事牵连到自己的亲弟弟。

可现在，既然夜昙是假冒青葵的，跟远岫自然也就没关系。自己何必招惹这个经常惹祸的家伙？

夜昙只得继续说：“人家只是离光氏一个可怜的小公主，跟魔族半点关系也没有。再说了，来天界也不是我自愿的呀。神族悲悯众生，我也是众生呀。你就这么害了我的性命，也太残忍了。而且我姐姐要是知道你们杀了她妹妹，肯定也会对你们心怀芥蒂，对吧？那对天界也是有害无益嘛。”

这话倒是有几分道理。

玄商神君皱眉。夜昙眼见他有所动摇，赶紧添柴加火：“再说了，我姐姐现在可是还在魔族。如果神霄玉府处置了我，那魔族不就知道他们的储妃是假的了？魔族难道会放过她吗？我姐姐可是你们早就定下的未来天妃，她可好了，真的！我保证你们神族见到她，一定会满意得不得了！”

玄商神君扫了她一眼，显然对此表示怀疑。夜昙立马开始吹嘘：“真的！我姐姐的性情简直跟你一模一样，她不仅精通药理，而且琴棋书画样样精通。我发誓，你们根本就不可能找到比她更好的天族储妃了。”

她后面说的话，玄商神君没有听进去——离光旸这小公主已经是这副德行，长公主能好到哪去？但无论如何，那毕竟是神族真正的储妃。

他可以把夜昙交给神霄玉府，却不能不顾及她的生死。神霄玉府是什么地方？一旦夜昙被关进去，谁能保证这个秘密不会被泄漏？

魔族万一知情，真正的青葵绝无生机。

夜昙暗中察言观色，蹭了蹭他。玄商神君下意识地用手挡住她的磨蹭，她也不在意，继续说："君上，你就救人救到底吧。你想想，你剩下的日子不多了，从哪里找一个像我这样的媳妇儿？你看我，我是这么……这么……"

"这么"了半天，她卡壳了。

玄商神君终于低头看。夜昙眯着受伤肿胀的泡泡眼，绞尽脑汁，竟想不出自己的一个优点，她目瞪口呆。玄商神君都被气笑了——死到临头了还在这里耍嘴皮子。

他说："话多。"

声音并不是很严厉，夜昙立刻就顺杆往上爬了。她说："虽然君上暂时看不见我的优点，但是，我……我能看见君上的优点呀！"

"哦？"玄商神君冷笑，"你说。"

"呃……"夜昙继续冥思苦想。玄商神君说："你今天哪怕说出一个，本君都饶你不死。"

这……唯一一个脸好的优点还是靠法术修正的。夜昙挠破了头皮，最后她说："其实爱一个人也不需要那么多理由啦。就像我虽然说不出君上好在哪里，但我对君上的真心，就像我对火锅里面的肥牛肉、肥羊肉、毛肚、鸭肠、藕片、金针菇……的真心一样。"

第十三章 与予论乐

巨大的骷髅头无声地仰望星空，宇宙的风穿过它空洞的眼，呜呜长啸。

旁边星辰陨铁燃烧的温度很高，夜昙被烤得满脸通红，但她还在努力求生：“再说了，君上也知道，我对四界法宝都非常了解。以后我就乖乖留在天界，一定好好炼器，为天界神族当牛做马，鞠躬尽瘁，死而后已。”

见玄商神君并不太相信的样子，她举起右手：“我发誓。”

若真能如此，倒也不失为一个办法。

玄商神君沉默许久——说到底，她也只是人间一个看尽世态炎凉、命运堪怜的女子，没必要非让她死。何况真正的青葵还在魔界，不能在此时惊动魔族。再者，以她的天资，若真能为神族效力，也是件好事。

他说：“你当真想活？”

“想！”夜昙小鸡啄米般点头。

玄商神君容色冷肃：“那本君的话，你便听好了。第一，从此以后，严守天规禁令，不能做任何损伤神族利益的事。”

“一点问题都没有！”夜昙答应得斩钉截铁。

玄商神君继续说：“第二，斩断和魔族的一切关系，若有半点牵扯……”

夜昙赶紧补充：“天诛地灭……天打雷劈。”说这话的时候，她额间虹光宝睛辉光聚集，又转瞬消散。夜昙犹自不觉，说：“我已经立下如此毒誓，你总该相信了吧？”

玄商神君“哼”了一声，算是勉强接受了这个建议。他说：“为免惊动魔族，你的身份暂时保密。”

这当然要保密，夜昙点头如捣蒜。暂时保住了小命，她又开始好奇：“既然你要去修补归墟，那就是清衡君继承神帝之位了？那以后，我姐姐是不是就嫁给他了？”

玄商神君沉声道："这些事，不需要你来过问。"

也是。夜昙说："其实她要是真的嫁给清衡君也好。"

玄商神君挑眉："也好？"

夜昙扯扯袖子，露出自己被烧得惨不忍睹的手臂，一脸沉痛地道："最起码清衡君为她点火取暖的时候，不会连她一起点着。"

玄商神君目光在她手臂略一停留，不说话了。

夜昙突然想起一个严肃的问题，问："哎，对了，你有没有什么遗产啊？"

"遗产？"玄商神君愣住，此女为什么总是语出惊人？夜昙说："当然啊。在人间，丈夫要是死了，都会给妻子留遗产的。不然我一个人，孤苦伶仃的，怎么生活？"

"还需如此吗？"玄商神君皱眉，想了半天，说，"垂虹殿有一些我的修行心得、医书法卷，以及自己铸炼的法宝、丹药，你若需要，可以留下。"

还真有遗产。夜昙喜笑颜开："那我要去垂虹殿看看。"

玄商神君"嗯"了一声，夜昙蹭到他身边。玄商神君一挑眉，她倒识趣，自觉地坐远了。

他的嫌弃，夜昙不在乎——看在遗产的分儿上，态度什么的可以原谅啦。少典有琴呀少典有琴，等你死后，本公主先领了你的遗产，然后溜之大吉。

反正你也要死了，临死之前，本公主大发慈悲，陪你看回星星吧。啊，本公主真是慈悲为怀！她指了指头上那颗最近的星星，问："那颗是什么星？"

玄商神君看了一眼，说："天狼星。"

"哦。"夜昙点头，"以前我在宫里的时候看见过它。"

玄商神君说："天狼星距离人间非常遥远，它的光到达人间，需要八年零六个月。所以你在人间看到的它，其实是八年零六个月以前的它。"

"啊？"这个倒是让夜昙觉得新奇，她问，"那它要是陨落了，人间在今后的八年里也还是能够看到它？"

玄商神君说："嗯。"

夜昙说："那你的命星是哪一颗？"

玄商神君指向远方的一颗星星："它与我命脉相连，吾若身死，它也会陨落坠毁。"

夜昙歪着头看了看："它离人间也很远吗？"

玄商神君说："它的光到达人间，需要千年。"

那颗星星挺大的，夜昙一脸感慨：“小时候，我以为星星就只有这么大。”她用手画了个小圈圈，“那个时候姐姐被定为神族储妃，我就一直想让她到了天界后，摘串星星给我。要像珍珠那么圆，但是比珍珠还要亮的那一种。现在真的到了天界，亲眼见到了，才知道原来星星这么大，有的还坑坑洼洼的，很丑。”

玄商神君站起身，向苍茫星空伸出手，宇宙中光芒凝聚。

星光偏移，无数淡蓝色的微尘在他身边飘浮。他的侧脸沐浴着星光，激起一种令人心仪的悸动。

他五指微握，那些散碎星光都凝聚在他掌心，变成一个淡蓝色的小星球。

玄商神君将它打磨得十分圆润了，这才递给夜昙。夜昙接在手里，但见它身上纹路如花如树，有水有光，有着无法言表的精美。

“这个跟其他陨铁不一样，要漂亮很多！”她捧着淡蓝色的光球，爱不释手，连带玄商神君看起来都顺眼了。

玄商神君说：“北方七宿中，有一颗凶星，名叫危月燕。危者，居高而险，因为在北方玄武之尾，如战场断后者，凶多吉少。故而此星当值，也被人视为不祥之兆。离光夜昙，以你的资质，早晚会有傲视四界的一天。吾时间不多，大约不能得见。今日吾将它亦赐名危月燕赠你。愿你生如星辰一般，在天璀璨，在地从容，担得起倾慕仰望，经得住黯淡平凡。”

鬼才要黯淡平凡，本公主就要众生仰望！夜昙捧着这颗缩小版的危月燕，教诲当然是没听进去，但对礼物是真喜欢。她连连点头：“会的，会的，一定，一定。”

答得毫无诚意。玄商神君却并不在意——对于不守信的人，他自然有的是法子治她。

夜昙在天界疗伤，青葵在魔族干着急。

这两天，一直联系不上夜昙，青葵身上剧痛，知道妹妹受伤，却没有一点办法。她正坐立不安，突然，外面有个魔女进来。青葵转头看过去，魔女笑着道：“公主，天界青葵公主托人给您送过来一些新鲜的药草，您可要收好了。”说完，她也不容青葵多问，转身就走。

青葵公主？新鲜的药草？青葵当然觉得可疑，她翻了翻药篮，只见药草下，藏着一件光芒流转的法宝。

这是……万霞听音！

青葵在神族送来的典籍中见过这件宝物，这是霞族的传音法宝。刚才侍女口中的青葵，一定是指夜昙。可是她之前不是已经送给自己一个“烤红薯”了吗？

怎么又会送来这个？

青葵将信将疑，虽然得了这法宝，却也不敢贸然使用。这是神族的法宝，而自己现在却在魔族。一旦被有心人发现，这可不是件好事。

她正犹豫要把万霞听音藏在哪里，突然素水推门进来：“公主，魔后给您送了些钗环首饰。你快看看。”话刚说完，她就觉得青葵面色有异，顿时问，“公主，怎么了？”

青葵把万霞听音塞到怀里，说：“无事。我去向魔后谢恩。”

她去了晨昏道，嘲风却到了另一个地方。

离光氏皇宫，朝露殿。

嘲风就站在殿中，问：“就是这里了？”

谷海潮说：“嗯，据说夜昙公主未出嫁前，就是住在这朝露殿中。不过我们为什么要来这里？万一让离光旸等人发觉，恐怕又要闹到魔尊面前。”

嘲风四下查看。如今两位公主，一个去了神族，一个还在魔族，这殿里当然没人居住，也没有侍候的宫女。嘲风说：“我总觉得咱们那位夜昙公主处处透着古怪，自然要过来这里看看。这殿中陈设完全没有使用的痕迹，应该是全新的。”

谷海潮说：“这不奇怪。根据我们查实的情况，夜昙公主与青葵公主虽是双生子，但夜昙公主出生时，离光氏黑云聚集，群鸦扑啄伤人，有宫女连眼珠都被啄出叼走。随后宫里的狗更是产下灾兽蛮蛮，人心惶惶。当初离光氏朝臣曾多次进言，请求离光旸赐死此女。为了稳定人心，离光旸下令烧死她。但据说当天正要点火的时候，突降暴雨，离光旸称天意如此，就又将她抱了回来。”

嘲风说：“所以，这殿中陈设应该是非常简陋的，简陋到离光氏觉得配不上未来魔妃的身份，于是才匆匆赶制了这些。”

谷海潮对这个推论表示赞同，说：“此女虽然保住了性命，但一直被离光氏视为灾星。据说但凡照顾她的宫女，没有不染病的。后来离光氏数年大水，死难者不计其数。百姓更是怨声载道，不少人想要杀死她，以平天怒。为了避免冲突，平时离光氏任何祭祀庆典，她都从不露面。直到近两年，离光氏太平了一些，她才渐渐被人淡忘。”

嘲风环顾殿中，说：“她精通医术，可是这殿中，却没有任何相关之物。琴艺高超，这里却连琴桌都没有。更重要的是……”

谷海潮也在查看四周，说：“气味不一样。我们那位夜昙公主在浊心岛才住了多少日子？岛上却飘散着淡淡的药香。这里没有。确实奇怪。”

嘲风抬头，突然问：“青葵公主住在哪里？”

谷海潮指指隔壁：“日晞宫。据说让她们姐妹住得近，是为了让青葵公主镇压妹妹的邪气，以免再生祸端。”

嘲风说：“反正也来了，就去青葵公主宫中看看吧。”

日晞宫里，同样空无一人，但从宫中陈设便能看出不是临时置办的。

谷海潮说：“殿下请看。”

嘲风的目光随他而望，只见院中亭台楼阁高低错落，十分精致。而不远处的假山之中，流水淙淙，旁边古树下，一张玉石琴台赫然可见。

嘲风走过去，在旁边坐下，指腹摩挲，发现这琴台不知被人抚摸过多少次，光滑异常。

树旁便是规置得整整齐齐的药圃，里面药草显然有宫人打理，依然生机勃勃。

谷海潮说：“怎么看起来，精通医理的应该是青葵公主才是啊。”

嘲风起身，再来到日晞宫的正殿，果然，内中陈设与浊心湖“夜昙”的陈设习惯一般无二，药房、药架都清晰可见。

连谷海潮都明白过来：“就是这个味道！我怎么觉得……”

嘲风轻笑一声：“觉得什么？少典有琴好琴，于是离光氏教她抚琴。少典有琴擅医，离光氏就命她学医。难怪本座总觉得她处处透着怪异，居然是离光氏为少典有琴培养的妻子。哈哈哈，果然是跟他性情一般无二。”

谷海潮的神情就严肃得多：“既然公主身份出错，就立刻禀明魔尊吧。”

“啧！”嘲风显然不准备这么做，“以父尊的性情，如果查实她是神族的未来天妃，一定会将她处死。此举不仅得罪离光氏，更会得罪神族。那么尚在神族的离光夜昙也定然凶多吉少。更何况，这两位公主的事本就是斥候营发回的消息，魔族长老们自然会把账算到我头上。魔后一定会搬弄是非。百害无一利。”

这么复杂的事，谷海潮就不愿意再想了，反正素来拿主意的也是嘲风。他索性问：“那依殿下的意思呢？”

嘲风说：“先行按下不提。两位公主只是客居天、魔两界，等到定了储君，早晚会把她们都送回离光氏，真正嫁娶。到时候自有离光旸去头痛。”

他笑容渐渐暧昧：“而且……少典有琴的未婚妻就在身边，本座怎么着也该尽一尽地主之谊才是。”

谷海潮面无表情，问：“殿下还想生二胎吗？”

嘲风拍拍他的肩，看上去心情极佳：“那只是本座一时不慎。你且去落微洞，找我母妃……”他在谷海潮耳边一阵嘀咕，谷海潮连话都不想说了——这魔族，有的人以战死为荣，有的人则以作死为乐。

落微洞。木荷花开得如火如荼。

魔妃雪倾心披花煮酒，面前的侍女们逗弄着一只鹦鹉说话，换着法子想要博她一笑。谷海潮就这么走进来，笔直地站在一边。雪倾心红唇微张，抿了一口酒，说：“怎么，现在的你，已经连规矩都不懂了吗？”

谷海潮直接跪下，说：“昨日，三殿下带离光氏的那位公主前去观赏流雨星。”

雪倾心扇了扇手中纨扇，对这事显然不太感兴趣：“他从小就爱‘拱白菜’，这点小事儿，值得你专程过来回禀吗？”

当然是不值得。谷海潮继续说：“三殿下对公主说，自己年幼时，母妃就被困寒窑，从此以后，您忧思成疾、衣食无继，受尽病痛折磨。”

雪倾心脸上的表情凝固了，她把自己心爱的酒盏稳稳地搁在桌上，深吸一口气，问：“所以呢？”

谷海潮说：“所以，那位公主准备前来落微洞为魔妃治病了。”

雪倾心手一抖，纨扇掉在地上。半晌，她坐起来，飞快地摘掉头上的发饰。其他侍女一见，不敢怠慢，将小炉、酒盏什么的全部撤下。

“那边……撒上树叶。哎，不够逼真。蜘蛛网，再来个蜘蛛网！”侍女指挥着仆从，忙翻了天，“门槛太新了，拿刷子刷旧！啊，梁上燕子太喜庆，赶走，赶走。还有，咱们娘娘的声音也很清脆，哪有半点久病落魄的样子？来人呀，给娘娘拿个辣椒……”

落微洞乱成一锅粥。

浊心湖。

青葵刚向魔后谢恩返回，就遇见正在等她的嘲风。看见这个人，她显然没有什么好脸色：“你来干什么？”

嘲风欲言又止，犹豫半晌，却只是低低说了句：“无事。打扰公主了。”说完，他转身准备离开。青葵见他神色是真的为难，到底心软，不由得问了句：“有话就说。”

嘲风思来想去，最后说：“今日晨间起，我母妃就病重难起。魔界没有医者，我思来想去，只能前来向公主求救。”

青葵对他的话，仍是将信将疑。但毕竟“医者父母心”，她说：“怎会如此？

落微洞在何处，你且带我过去。”

嘲风松了一口气，说：“真是有劳公主了。公主请随我来。”

落微洞，青葵由嘲风领着走进来。

入目之处，只见落叶铺陈，蜘蛛结网，整个洞府一片萧瑟，连盛开的木荷花上都布满薄尘。她踩着枯叶走进去，洞府门楹褪色，檐下有巢，却不见燕子归来。

嘲风急急地将她领到后殿，青葵见他焦心忧虑不似作假，也就信了七八分。

清冷的内殿阳光难及，里面传出一阵咳嗽的声音。

“母妃！”嘲风赶紧跪在殿前，说，“儿臣找了医者，前来为母妃治病。还请母妃开门，让人为您诊治吧！”

“医者？”殿里有个女人的声音传来，但这个声音也是沙哑而疲倦的，像烈火焚烧之后的灰烬——那是当然的。刚才那个辣椒到底是哪个混账拿的？现在她的嗓子辣得能喷火。雪倾心语调缓慢：“魔族禁医，你在何处寻来的医者？”

青葵说：“是雪倾心娘娘吗？我是离光氏夜昙，粗通些岐黄之道，特来为娘娘治病。娘娘且开门吧。”

“离光夜昙？”那个无力的声音响起，“我想起来了，你是魔尊定下的储妃？魔族利益倾轧，你初来乍到，毫无根基，何必为了我而树敌？快离开吧。”

她不肯开门，嘲风膝行向前，双手拍门：“母妃，您且让公主看一看，您病成这样，让儿臣如何能够心安啊，母妃！”他声音颤抖，俨然已经痛心疾首。

然而内殿，魔妃雪倾心说：“你明知我们母子俩在魔族的处境，为何拖累夜昙公主？这些年母妃如何教你的，你可有听进去一个字？速带公主返回，今后落微洞，你不准再踏入一步。否则我便没有你这个儿子！”说到最后，已是咄嗟叱咤。

“母妃！”嘲风将额头抵在褪了颜色的殿门上，心中哀戚溢于言表。

殿内，雪倾心似是真怒了：“带上公主，马上走！”声音里带着决然，也带着心酸，说完之后，又是一阵急咳。

她决意如此，嘲风也只得罢了。他站起身来，说：“母妃说得对，是我不应该一时情急便牵连公主。我送公主回去，母妃万万不要动怒。”

青葵自然是感动，这位天界雪神，哪怕堕入魔界，仍保留了善良的天性。她说：“雪娘娘到了这般境地，却还在为旁人着想，其心性之高洁，真是令人敬佩。”

嘲风悲色不改，说：“公主且先随我回去吧，免得被人看见，落人口实。”

青葵看看这陈旧的内殿，叹了口气，没办法，也只能跟着嘲风离开。

他二人刚刚离开，殿门就开了。有侍女伸个脑袋出来，四下观望，确定人已经走了，她欢喜地道："娘娘，已经没事了。"

殿里传来一阵惊天动地的咳嗽声，雪倾心怒吼："水，给本宫水！"

侍女们惊慌失措，忙着喂水。雪倾心被辣得眼泪都流出来了："谷海潮，让你们家殿下把人送回去之后，马上滚回来见我！"

谷海潮有什么办法——三殿下，你妈喊你回家挨打！

果然，嘲风把青葵送回浊心岛，立刻就背着藤条前来落微洞。

他笔挺地跪在雪倾心面前。雪倾心一边饮茶，一边轻摇纨扇，倒是没问刚才的事儿，只是说："人送回去了？"嘲风一个头磕在地上。雪倾心说："本宫听说，你大哥已经自请前往修补归墟。"

嘲风说："是有这事儿。父尊已经准了。"

雪倾心以纨扇半掩面，许久说："没有盘古斧的碎片，他进归墟定是有去无回。"

嘲风说："盘古斧碎片，一共三枚，如今只知一枚在神族，其他皆下落不明。归墟封印破裂在即，来不及寻找了。"

雪倾心说："真要论起来，乌玳并不是合适的人选。他修为虽然尚可，但性情冲动易怒，不可能与神族配合。"

嘲风说："儿臣明白。"

雪倾心说："单是明白吗？"

嘲风再次以额触地："如果兄长失败了，魔族一定会举族惊惧。儿臣在此时方才自请再次前往修补归墟。临危之际，力挽狂澜，此举定能让诸位长老乃至父尊去除戒备，以我为荣。"

雪倾心说："可是你也可能一去不回。"

嘲风依然微笑，说："兄长会失败，但大抵会有些作用。有兄长替我打头阵，我生还的概率会增大许多。何况富贵险中求，就算儿臣一去不回，起码母妃在魔族的境遇，总会改观。"

雪倾心伸出手，轻轻抚摸他的头顶，说："你能这般想，母妃就放心了。"

嘲风双手恭恭敬敬地递上藤条，雪倾手拿在手里掂了掂，缓缓地说："这藤条你让母妃如何用得？"嘲风脸上一喜，然而紧接着就听她道，"连倒刺都没有。"

半个时辰之后，谷海潮扶着嘲风出来。

这魔妃可真是一点也没手软啊。她真命人找了根有倒刺的藤条，结结实实地揍了嘲风一顿。谷海潮都看不过去了："魔妃下手也太狠了。"

嘲风倒是不太在意，反而说："你不理解我母妃的良苦用心。"

谷海潮看着他背上嵌进肉里的倒刺，说："这样的良苦用心，莫非你能理解？"

嘲风嗯哼一声："还不快扶我去浊心岛。"

谷海潮呆愣住，嘲风说："愣着干什么？走啊，没见本座伤势沉重吗？"

……魔妃的"良苦用心"，谷海潮好像也懂了一点。

浊心岛。

青葵虽然人回来了，心里却还想着雪倾心的事。她由神族堕落为魔，只是体内清气被浊气感染，但原身还是雪女。也许可以用魔气为她炼制一些雪族常用的丹药。

她正思考，外面就又有脚步声响起。她转头一看，就见谷海潮扶着嘲风进来，且嘲风背上血迹纵横，隐隐可见好些倒刺。

"这是怎么了？"她上前一看，更是皱起了眉头。

谷海嘲没说话——怎么回事，还是让他给你编……呃，不，说吧。

果然，嘲风嗓音低沉："母妃一向不愿拖累旁人，今日我向公主求助，她心中不安，故而责罚于我。公主放心，只是些许皮肉伤，我并无大碍。"

谷海潮换了个方向，背对着他而站——你母妃责打你，是因为你拖累公主吗？明明是因为那个辣椒真的太辣了好吗？再说了，并无大碍你上这儿干吗来了……

但是青葵不这么想！

她只看见嘲风背上的伤痕，真是触目惊心。她说："本不是什么大事，魔妃不该动怒。我为三殿下挑出倒刺吧。"她转头吩咐素水，"素水，取我银针来。"

素水一愣。她看看嘲风，又看看青葵，虽然不情愿，却终究还是替她取来。

青葵示意谷海潮为嘲风脱去外袍和上衣。嘲风倒是很顺从地让脱了，他穿衣显瘦，脱了衣服却十分健壮。小麦色的皮肤包裹着条条鼓起的肌肉，仿佛每一条都在喊——我们就是看起来瘦，但是能打。

青葵的目光只在他身上微微驻留，立刻就看向了伤口——医者有杂念，这可不好。

雪倾心是真没手下留情，嘲风背上条条伤痕已然红肿，且皮下深深浅浅都是小刺。青葵俯身，指腹轻轻按住一处，右手银针落下，针尖大小的刺便被挑出来。

也许是因为她动作太轻柔，嘲风竟然并未觉得有多痛。他微微侧过脸，青葵的长发如丝缎般滑落在他眼前，发梢轻轻地扫过他的侧脸，感觉微微刺痒。

她身上带了点草药的香气，令人心安。

天界。

夜昙捧着危月燕，旁边灰白色的头骨仍然有紫黑色的魔息如水珠般一颗一颗地渗入她的身体。她觉得自己死不了了，就又开始好奇："这个头骨是谁的？为什么会有魔气？"

玄商神君重新为她把脉，见她脉象平稳了——她受内伤后，果然是需要魔气滋养。他说："不准打探天界机密。"

夜昙双手在骷髅头上一阵乱摸，一脸兴奋："管它是什么，反正肯定是宝物。我多摸几下，说不定能为我带来好运呢？"

此女真是……玄商神君提醒道："它如今魔气微弱而清气太盛，你若是再被清气所伤，后果自负。"

夜昙一听，赶紧收回手，但不知是不是心理作用，总觉得双手滚烫。她赶紧在玄商神君身上擦了擦手。

反正夜昙的内伤也好得差不多了，这头骨溢出的魔气也越来越少，玄商神君便带着她返回天葩院。

夜昙不那么痛的时候，精力是很旺盛的。她东瞧西看，说："为什么这头骨附近的草木长得特别茂盛？这里是依靠它来维持生气的吧？它里面为什么会有魔气？你是怎么把这些魔气炼化出来的？"

玄商神君沉声说："多口。"

好吧，关于天界的秘密，无论多少，他都是不会泄露给她的。夜昙冷哼，也不在意。

这里离天界可也还远着，夜昙的外伤仍觉得痛，离那个头骨远了，周围的温度也开始下降。她不想走了，说："你把手摊开。"

"做甚？"玄商神君感到莫名其妙。

夜昙蹭过去，说："把本公主盘回上书囊，等我们到了，差不多该上课了。"

还挺会偷懒。玄商神君说："上书囊人多眼杂，本君带你过去，会惹人非议。"

夜昙不满地说："本公主都应下替你守节了，那以后就是你的未亡人了嘛。虽说有名无分，但好歹也算是夫妻。他们非议什么？"

这……好像也是。玄商神君犹豫，夜昙瞪他："你现在不送我上学，以后也没法送我了。我才十五岁，又这么漂亮，这么可爱，却要从此孤苦一世。难道就连这么点小小的要求，你都要拒绝吗？"

玄商神君说不过她，只好把她变成核桃，放在掌心。夜昙轻车熟路地滚到他手掌心的窝窝里。他掌心宽厚温暖，她舒适地叹了一口气，说："少典有琴？"

玄商神君加紧赶路，不理她。夜昙是不会在乎他回不回答的。她问："你没有想过你将来的妻子会是怎么样的？"

"没有。"玄商神君于百忙中抽空回了两个字——反正肯定不是你这样的。

夜昙说："我却是想过的。"

对于这个，玄商神君倒是理解——哪个女子没有想象过自己的如意郎君呢？他随口问了句："你想象中的夫君，是什么样的？"

一说到这个，夜昙就来了精神。她在玄商神君掌心里滚来滚去，说："首先肯定是要找一个长得英俊的，让我看见他的脸就觉得幸福。"

玄商神君"嗯"了一声，这想法虽然肤浅，但不奇怪，甚至可以说很平常。夜昙接着说："然后再找一个修为高深的，我看谁不顺眼就让他去打谁！"

"嗯？！"玄商神君低下头看她。夜昙继续说："接着再找一个富有四海的，我想要什么就让他给我买！敢不给我买，就让修为高深的那个打他。啊，还要找一个风趣浪漫的，我不开心了，就让他想着法子哄我开心！"夜昙越想越觉得美得冒泡。

玄商神君打断她的美梦，正色说："本君亡故之后，你记得将本君的坟墓用蜃灰封死，不可留一丝缝隙。"

"啊？"夜昙觉得莫名其妙——神族有这风俗吗？她问，"为什么？"

玄商神君怒道："免得本君墓中的绿光冒出来，与日月争辉！"说完，他一把将夜昙丢在地上，"下去，自己走！"

待他们回到天界，时辰已经不早。上书囊有学生陆续前来。

其他学子见到玄商神君后，纷纷行礼，但目光又都透露着那么几分不可说——这么多年来，几时见玄商神君送谁上过学？

玄商神君确实是第一次送人上学，这个家伙素来不省心，可别一眼没看好，再惹出什么祸事来。但夜昙对未来夫君的盘算实在是让人大跌好感，他怒道："滚进去！"

夜昙身份泄漏，有小尾巴在他手里，也不敢造次，只是嘀咕了句："滚就滚，凶什么凶！"

玄商神君连看见她的背影都忍不住想叹气。他离开上书囊，刚走出几步，身后魁星赶来，叫了声："君上。"

玄商神君顿时一个踉跄，他慢动作转身，魁星一见，强忍着笑安慰："君上且宽心，公主很好，在里面乖乖上课呢。"

玄商神君这才稳了稳心神，问："那是何事？"

魁星说："文昌帝君说，公主资质惊人，已经可以申领其他的法卷了。卑职特地过来，请君上示下。"

玄商神君终于松了一口气，在法卷上签了个"同意"。

——一提到她，自己现在简直是惊弓之鸟。

他心惊肉跳，另一个人却十分闲适。

浊心岛。嘲风竟然睡着了。

青葵也没有叫醒他，等到帮他挑完所有小刺，又替他清洗了伤口，方才轻轻地拍拍他的肩："可以了。"

嘲风骤然惊醒，他猛地抬头，发现谷海潮还守在旁边。多么危险，他竟然在有人替自己清理伤口的时候睡着了。他起身，正要再调戏青葵几句，却看见了她眉眼间的倦色。

这是自然的。她一个凡间女子，就这么挑了一个时辰的刺。那些针尖大小的刺钻进皮肤里，要一个一个挑出来，谈何容易？

嘲风调戏的话，不由自主地就咽了下去。他正穿上衣袍，突然，外面有人大步走进来，人还没到跟前，话已经传来："夜昙公主，我今日猎得一张兽皮，你若见了，定然喜欢……"

嘲风抬起头，只见自己兄长乌玳走进来，手里果然捧着一张兽皮。乌玳自然也看见了嘲风，他虽是个粗人，但嘲风正在穿衣服，他还是能看懂的！

乌玳立刻就怒问："你在这里干什么？"

青葵知道他性情冲动，立刻上前，说："三殿下受了点伤，过来上药。"

乌玳把兽皮递给她，仍然不满："什么伤还需要脱衣？你难道不知道男女有别吗？"

嘲风冷哼一声，慢条斯理地穿好衣服，眼睛在他送来的兽皮上一扫，说："这皮毛，你取来只为博美人一笑，然而对兽而言，却是噬骨之痛、灭顶之灾。大哥何必只为一时起意而害它性命？"

"什么？！"乌玳是真的困惑，这番话不可怕，可怕的是这番话居然出自嘲风之口！你但凡有一丁点空，哪次猎魔兽少得了你啊？！

然而，就是这通在乌玳看来简直是屁话的言论，居然获得了青葵的认同。青葵捧着那张皮子，正色说："三殿下所言甚是。万物有灵，不该因一己私欲而剥夺它们的生命。兽皮我并不喜，以后大殿下也不要再送我了。"

乌玳一听这话都头痛，他怒哼一声："爱要不要！"自己打了一整天猎，好不容易才剥下这一张完整的兽皮，居然换来这一通狗屁不通的大道理！

他转身要走，青葵一眼便看见他衣袂被兽爪划出一道破口。乌玳没有娶妻，下仆又不尽心，难免顾及不周。她到底是对这位大殿下有些许好感，当下说："等一等。"

"做甚？"乌玳好心被当成驴肝肺，自然没有什么好脸色。

青葵也不在意，取了针线过来，说："大殿下衣衫都划破了。"说着话，她蹲在地上，穿针引线，替他缝补破口。乌玳就站在原地，一腔怒火顿时消散得毫无踪影。这个女子，她眉梢眼角的温柔与沉静，能融化世上最坚硬的寒冰。

嘲风默默地出了宫殿，来到岛边，等候驶来的小舟。

一路无话。

谷海潮就跟在他身后，好半天才说："你嫉妒了。"

"我嫉妒？！"嘲风指了指自己的鼻子，冷笑，"嫉妒那个没有脑子的莽夫？"他指指殿里，一想到青葵还在为乌玳缝衣服，就肝火上升，"就因为那个同样没脑子还烂好人的女人？！"

灵舟行来，慢慢靠岸。嘲风低头登舟的时候，突然看见水里自己的脸，随后愣住。

谷海潮说："嫉妒使人丑陋。"

嘲风双手揉脸，直到自己看起来没有那么面目狰狞了，他说："说起来也是你无能！你跟我那大哥一样，都是蠢人。把衣袍撕破个口子，这么简单的事，人家都想到了，怎么你就想不到呢？"

谷海潮第一次同他讲道理："殿下何必恼怒？归墟破裂，四界危难当前，大殿下主动请缨，三殿下龟缩不前。这位公主心性极高，对大殿下另眼相看，并不奇怪。"

嘲风沉默片刻，手中战镰一挥，将谷海潮击落水中。

"实话真是难听。"他收起战镰，悻悻道。

天界，垂虹殿。

夜昙刚一下学，就兴冲冲地往这里来了。飞池迎上来，还没来得及说话，夜昙已经绕过他，一头跑进了殿里。

玄商神君叹了一口气，缓缓地搁下手中狼毫——她依然如此冒失无礼，自己却已经麻木了。

“少典有琴！”夜昙看见他，又是高兴，又有点不好意思。但是巨额遗产的诱惑谁能受得住？她说，“你不是说，要让人家看一下你的宝贝吗？”

玄商神君这才想起来，昨夜她曾问过自己有没有遗产留给她。他一脸无奈：“随我来吧。”

看一下君上的……宝贝？这话怎么听着如此诡异啊？外面飞池和翰墨听见这话，愣是没敢跟进去。

玄商神君还真是有数不清的宝贝！

夜昙随他来到内殿，玄商神君打开一间密室，夜昙立刻觉得自己双眼都要被闪瞎——里面百宝格上，满满当当的，全是法宝。

玄商神君随手一指，说：“这些都是我自行铸炼的法宝，你可以先看看。”

夜昙张大嘴巴，雕像般站了半天，愣愣地问：“有、有多少？”

玄商神君皱眉：“并未细数，但两千七百年来，除了赠送弟子，其余全部在这里。有……三千余件。”

发财了！夜昙内心狂喜，脸上却一派庄重严肃，她问：“我做你遗孀这事儿，不会有变吧？要不……我们现在就拜堂成亲，我再免费赠送一次洞房花烛，以免夜长梦多，你看怎么样？”

我看不怎么样！玄商神君对这个家伙的品行真是瞬间鄙薄到了极点。他怒道：“你好歹也是离光氏的公主，哪怕不能心忧天下，好歹也应有公主的心胸与气度！可你功利如斯，与市井小人有何区别？”

然而他话音刚落，夜昙立刻就说：“对，对，是我不对！以后我一定努力修行，心怀苍生、兼济天下，不羡黄金罍，不羡白玉杯……”

“你……”玄商神君捂着心口，心脏真是感觉一阵一阵地疼。

夜昙狗腿地伸手，轻抚他胸口：“哎呀，夫君莫生气，千错万错，都是奴家的不是。虽然奴家是来为你守节的，但你也没必要现在就死。毕竟其他的遗产你还没交代呢。”

玄商神君用力拍开她的手，就这德行，就算自己不死在归墟，早晚也得死在她手里。玄商神君怒道：“此四殿皆是，自己翻找！”怕她真的乱翻，他赶紧又补充，“一应器物，用完必须及时归回原位。不准乱丢乱放！”

夜昙欢呼一声，疯了一样冲将进去，由于跑得太欢实，玄商神君一眼就看见她腰间戴了个什么流光溢彩的法宝。什么东西，看着如此眼熟？

他几步上前，一把摘下来，却当即愣住。

“这是……万霞听音？”他眉头皱成了个川字，“霞族的法宝，怎么会在你这里？”

夜昙在一众法宝里，选择了一个净瓶，脸贴着它，简直是欢喜得失去了理智。这时候听见玄商神君的话，她也只回头看了一眼，说：“这个啊？是碧穹送给我的呀。”

又是霞族！

玄商神君沉声问：“你难道不知道这是什么吗？”

夜昙表面上在欣赏这满室法宝，一双眸子却狡黠地转来转去：“我知道啊，霞族的万霞听音嘛。”

玄商神君强忍着火气，问：“既然知道，你留着它做什么？”

夜昙说：“这个法宝漂亮啊。再说了，我研究一下嘛。这法宝是一对，碧穹以为只给我一个，我就用不着了。你信不信，再等个三天，这法宝我就能自己炼制一堆！到时候我气死她。”

再过个三天，你说不定已经掉进别人设好的陷阱里，身首异处了！玄商神君都顾不上修理她——这是霞族的本命法宝，碧穹不可能随便送给她。这定是一个阴谋。

此事必须禀告父神，否则霞族必会生事。可若是父神得知，定会问罪于霞族。再如何，霞族也是自己的母族，自己又怎可让母神为难？

他握着这万霞听音，陷入两难。

夜昙就完全没把万霞听音当一回事儿。

垂虹殿。她正在翻找这堆“遗产宝藏”。还别说，这老男人两千七百年真没白活！夜昙原是想拣好东西就往身上塞，但后来发现，玄商神君让她用完之后放归原位的话是有道理的。

这里面好东西实在是太多了，三千多件法宝啊，根本不可能搬完。

一直翻到晚上，她从内殿出来，飞池才小声地问：“公主……您……看到我们家君上的宝贝啦？”

夜昙拢了拢鼓鼓囊囊的衣袍——里面法宝实在是塞不下了。她说："看到啦。"

连翰墨都睁大了眼睛，飞池满脸笑容，问："那……公主觉得怎么样啊？"

夜昙一想到那三千余件"遗产宝藏"，就忍不住惊叹："比本公主想象的厉害太多了！简直是……无法形容。怎么，你们俩侍候他这么多年，居然没有见过吗？"

飞池和翰墨疯狂摇头："没有，没有，君上虽然宠信我们，但我们可是正经仙侍。"

夜昙说："那太遗憾了，有空我让他也给你俩看看，你们肯定会大吃一惊的。"

"不、不、不……免了，免了，公主自行观赏就好，自行观赏就好……"飞池和翰墨惊得满头大汗，连连推拒，头都摇成了拨浪鼓。

夜昙一路回到天葩院，胡荽和蛮蛮都已经等待多时了。夜昙也不废话，直接把顺出来的法宝放到桌上。胡荽和蛮蛮一左一右地为她捶肩。蛮蛮尤为殷勤，眼睛都在冒光："公主，你今天这是发财了呀，有没有我蛮蛮的一份？"

夜昙现在真是财大气粗，她豪气地一挥手："看见这条天光绫了吗？回头给你改个背心！"

蛮蛮大喜，替夜昙捶肩差点把翅膀尖捶断。

胡荽也想要，但她不好意思说，只是问："公主今天从哪里挑了这么多法宝呀？"

一提到这事儿，夜昙仍忍不住心花怒放："还不是从夫君那里继承来的巨额'遗产'。啊，要是每嫁一个人、丧一次夫，就能获得这么多的法宝，本公主还修炼什么呀。我就天天嫁人、继承财产，然后嫁人……"

"啊？"胡荽莫名其妙。夜昙虽然高兴，却还没忘记自己的这个小尾巴，她从怀里掏出一卷法卷："这是玄商神君最初修行时的一些心得，你拿着应该比较有用。好好看，看完记得还我。"

胡荽接过来的时候，手都在抖，人也有点呆："君上的修行心得？"

夜昙说："对啊。你没看上面，都是他的亲笔备注吗？"胡荽迅速伸手，死死地掐住自己的人中。夜昙问："你干吗？"

胡荽大口大口地吸气，好半天，她翻开第一页，只看清头一个字。"噫，好了，我光宗耀祖了。"她双眼一闭，往后就倒。

胡荽人昏了，手却没松，依然掐着自己的人中，不一会儿，她就醒了。然后她拍着巴掌，手舞足蹈地跑出去："噫，好了，我光宗耀祖了！"

这不会是疯了吧？夜昙喊：“哎，你先别疯啊！去给本公主做个夜宵。”

蛮蛮说：“我去做吧，你饿啦？”

夜昙摇头：“饿什么，本公主要去帮人挖个坟。”

“挖坟？”蛮蛮觉得莫名其妙。

夜昙理所当然地道：“当然要替人挖坟啊。不然，我姐姐就是个傻子，她要是到了天界，还不让人给害了去？”说到这里，她豪气干云地一挥手，“这碗夜宵，就是本公主的洛阳铲！”

蓬莱绛阙。

神帝少典宵衣仍在查看归墟封印的法阵图，神后陪坐一旁。乾坤法祖、普化天尊、救苦天尊也正在讨论如何修补。

夜昙捧着一盅甜汤进来，乖乖地拜道：“神帝、神后，三位天尊，青葵特地做了荔枝酥山，还请神帝、神后及三位天尊不要见笑。”

少典宵衣“嗯”了一声，对这个未来儿媳妇还算是勉强满意。女孩儿嘛，不需要太聪明、强势，温柔体贴，贤良淑德，懂得以夫为天就好。

神后见到她，眼里倒是多了几分笑意。她伸出手：“好孩子，搁这儿吧。”

夜昙乖乖地端过去，用小碗分出来，挨个奉到神帝及三位天尊面前。

因为这是蛮蛮的手艺，所以酥山入口甘甜清凉，少典宵衣倒还算满意：“你舞姿优雅，厨艺也不错，暾帝会教女儿。”

呃……哪怕是夜昙这么厚的脸皮，都有点不好意思了。但是不好意思归不好意思，正事儿还是要做的。她端着一碗酥山，将要捧到神后面前时，突然脚下被绊住，“哎哟”一声猛地往前一扑。

神后都被吓了一跳。她身为神后，身上的防护结界岂能小视？夜昙毫无征兆地扑过来，顿时砰的一声，被弹出两丈有余。

而夜昙体内，有什么东西被结界冲撞，破体而出，掉落在地。

夜昙整个人如撞在一堵墙上，耳边似乎飞满了蜜蜂，嗡嗡作响。

少典宵衣先是不满——此女怎的如此冒失？

但随后，他的目光就定在地上。三位天尊也在此时起身，同时来到夜昙身边。夜昙撑起身子，跪地请罪。乾坤法祖却捡起一片符纸：“这是何物？”

夜昙也转头去看，其实完全不用问，她也知道那是什么——傀儡符嘛。上次玄商神君用它来控制她跳舞，却忘了收回去。

果然，旁边普化天尊、救苦天尊看了一眼，都变了脸色：“傀儡符！”

少典宵衣皱眉：“什么？！”

他径直上前，接过这张符看了一阵，说：“果然是傀儡符，而且已经被使用过了。”

乾坤法祖说：“既然在公主身上种下了傀儡符，只怕是想要对公主不利。”

神后闻言，面色都白了：“谁会如此大胆？”

乾坤法祖没说话，少典宵衣想了想，说：“此人在她身上种下傀儡符，定会对她不利。我们只需要等着谁跳出来，那便是谁了。”

夜昙一脸纯洁无辜：“什么是傀儡符？青葵来自凡间，又是刚到天界，并未得罪过谁。为什么会有人对我不利呢？”

神后眼神中全是担忧，少典宵衣看了夜昙一眼，怒哼一声，说：“这件事情，朕自会替你做主。回去之后，不必声张。”

夜昙答应一声，随即又小心翼翼地问：“神帝，神后，可是青葵有什么做得不对的地方？否则为何会引人不满呢？青葵若是当真做错了，还请神帝、神后教诲，日后青葵一定改过。”

她一副楚楚可怜的模样，少典宵衣口气都软了三分：“此事与你无关，神族无论如何不会包庇心思叵测之徒。你且回去吧。”

夜昙这才盈盈下拜，随后离开了蓬莱绛阙。

丹霞上神呀丹霞上神，顺手帮你掘个墓，你也莫谢我，谁让本公主一向乐于助人呢？！

第十四章
配天之灵

第二天，神、魔两族代表聚集于归墟之畔，议定修补归墟的人选。

气氛十分凝重，只有夜昙满心雀跃——如果不是归墟突然裂了，她怎么可能继承那么大一笔“遗产”？

这归墟是本公主的福地啊。

夜昙饶有兴趣地打量。只见前方，归墟如一道暗河，深不见底。一条古铜色的巨龙浮游于河中，遮住了整条裂隙。这龙是法阵凝结而成，须发皆张，每一片龙鳞都清晰可见，本是不怒而威，但是，它的眼睛已经有了隙缝。

夜昙走得更近些，只见龙身之下的暗河中飘散着灰色的烟雾，似水非水，十分古怪。

而一双龙目上，灰色的烟雾正从裂缝中溢出来，像是逃脱束缚的妖魔。

归墟一侧，魔族的刑天战旗猎猎飞扬，旗下，魔尊炎方一身黑袍，衣上刑天战纹带着冲天煞气。他正盯着少典宵衣，目光显然并不友好。

不过他是否友好，夜昙并不关心。青葵呢？

她目光扫视，很快停住——青葵就站在群魔之中。她一身白衣，依旧前襟与衣袖绣云气纹。在众魔之间，她如落在黑岩的雪，又似揉碎在墨上的云。

此时，她也焦急地向神族这边找寻，二人目光相触，千言万语，却终究化作一声苦笑。

玄商神君也在看青葵。那女子实在是太显眼，由不得他不注意。

——她才是离光氏为神族培养的未来天妃吗？看上去倒确实娴静典雅，只是不知真正性情如何——离光夜昙装乖的时候，也是温顺可人的，还柔弱无辜呢！

玄商神君视线一转，再看看身边的夜昙。

唉。只余一声叹息。

青葵就站在魔后身边，眼见夜昙脸上青紫色的瘀痕，她忍不住红了眼眶。再没有谁比她更清楚自己这个妹妹的性子了。

这些日子夜昙在教条森严的神族，不知如何艰难。

可是如今对面不能相认，自己还能做什么呢？

她正神伤，突然，身边魔后的声音响起：“在看什么？”

她当然知道青葵在看谁，却仍明知故问。

青葵恭敬地道：“回魔后，在神族做客的……青葵，乃我亲姐妹，我和她有些日子没见，实在忍不住，方才多看了几眼。”

魔后微笑：“你不说本宫倒是忘了，你二人姐妹情深，是该找个时间好好叙叙。”

青葵知道自己应该步步小心，说：“如今我和她殊途陌路，虽是姐妹，却也无话好说了。”

“无话好说？”魔后冷笑，意有所指地道，“公主与雪倾心素未谋面，却能前往落微洞为她诊治。与三殿下男女有别，也能让他赤着上身，为她上药。公主如此善良多情之人，与自己的亲姐姐，怎么会无话可说呢？”

青葵听出这话中含意，不由得一怔——魔后这是因为三殿下母子而对自己不满吗？

她轻声说：“我……身为医者，照顾病患是分内之事，绝无私心。”

魔后哪听得进这话？冷哼一声，不再理会她。前方，魔尊炎方沉声道：“此次修补归墟，事关重大。魔族决定，由本尊长子乌玳担此重责。”

果然是乌玳！少典宵衣目光在魔族三位皇子身上一扫，说：“魔尊当真认为，乌玳能够配合神族，修补蟠龙古印吗？”

“为何不能？”魔尊正要再说话，突然，有人道：“尊上、魔后！奴婢有要事禀报。”

诸魔几乎同时回头，只见一个侍女匆匆跑来，跪倒在地。

——不是别人，正是侍候青葵的丫头素水。

青葵微怔，魔尊已经怒道：“这种场合，也是你能擅闯的吗！”

素水连连请罪，倒是魔后好奇，说：“尊上不妨先听听她要说什么。”

“尊上、魔后，”素水双手举起一封书信，“奴婢自知该死，但是就在刚才，奴婢为夜昙公主整理床铺时，发现一封书信。奴婢不敢擅自做主，只能呈给尊上！”

“书信？”众魔不明所以，青葵更加莫名其妙——什么书信？

魔后上前，接过那封书信展开一看，又是惊诧又是狂喜：“尊上，这封信是天界的青葵公主写给夜昙的。信中言及，她转交给离光夜昙一个万霞听音，要求姐妹二人暗中传递消息！”

“什么？！”诸魔皆惊，魔尊一把抓过那信，一目十行地看完，顿时大怒：“岂有此理！魔族不得私通神族，你不知道吗！”

青葵忙跪下，还没说话，魔后火上浇油：“此事定然没有这么简单。陛下请想，她们姐妹二人都不过是凡间女子，分别许给神、魔两族，需要暗中传递什么消息，甚至不惜动用天界的万霞听音？”

她这么一说，魔尊炎方心头也不由得疑云密布。他目光如利箭，看向对面的少典宵衣。

少典宵衣神色冷厉——怎么，这场大戏竟然是魔族先登台吗？

旁边，霞族丹霞上神轻声说：“魔族这是怎么了？好好的夜昙公主，怎么就私通神族了？”

她一说话，旁边的神后面色顿时发白：“丹霞！”

话里已含警告之意，然而丹霞上神却只道她维护“青葵公主”，当下笑道：“神后不必如此紧张，我们且听听魔族在说什么吧。”

她身边的朝霞说：“怎么魔后说夜昙公主是和我们的青葵公主私下互传消息啊？”

丹霞上神故作惊讶：“竟有此事？”

其他神族听得这一唱一和，纷纷看向夜昙。

夜昙一脸莫名其妙，她看看丹霞上神，又看看少典宵衣：“互传什么消息？”

丹霞上神一看，好家伙，这丫头一脸无辜的表情，比她的故作吃惊都更像真的！你演技还挺精湛！丹霞上神暗暗咬牙，说话却十分缓和：“既然我们都不知情，就不如听听看。”

她话音刚落，魔尊炎方已经怒喝：“少典宵衣，你干的好事！想不到过了这么多年，你还是如此卑鄙！竟然派一个凡间女子入我魔族打探消息！亏你想得出来。如此卑鄙龌龊，也配为神帝？！”

少典宵衣神色也并不好看，他沉声说：“证据。”

炎方将那封书信揉成一团，猛掷过去。玄商神君扬手接住，心里也有些狐疑。他将书信展开抚平，方才呈给少典宵衣。

但就是这么几个动作间，他已经看见，那书信上确实是夜昙的笔迹。

少典宵衣看完书信，自然一切谜团都已经解开。

——昨夜“离光青葵”身上的傀儡符，有人利用它，让“青葵”写了这封书信。随后将这封书信交给魔族，诬陷其姐妹私相授受。若照魔尊的性格，恐怕不会详查就会直接杀了这凡间公主。而自己这边的“青葵”如何辩白？

好狠毒的计划。好恶毒的人。

少典宵衣看了一眼乾坤法祖——万霞听音，事到如今，还有什么不明朗的？

旁边丹霞上神厉声说：“大胆离光青葵，还不跪下！”

“我……”夜昙缓缓地跪在地上，眼泪说来就来，“陛、陛下……什么书信，青葵毫不知情啊。我是冤枉的！我从来没有写过什么信！”

丹霞上神觉得很奇怪——这丫头，她明明知道这封信，也明明知道万霞听音，可是她的演技实在是太精湛了。如果自己不是事先知情的话，恐怕也会以为她确实无辜。

不过……丫头，你的亲笔书信在此，万霞听音也在你身上。你不会真的以为，就凭你几句话、几滴眼泪，就能将此事撇清吧？

她说：“你的亲笔书信，难道有假吗？”

夜昙右手轻掩檀口，眼泪成雨：“这信上的字……是我的笔迹。可是陛下，我从没写过这封信，更没有和妹妹私传过什么消息。我根本不知道这是怎么回事。”

座上，神后站起身来，再次提醒：“丹霞！”

可是丹霞上神哪里理她？她冷笑：“你自己写的信，岂能抵赖？这信中提到的万霞听音，乃是我霞族本命法宝，你使了什么手段得来，还不如实招来？”

夜昙还没答话，神后缓缓坐下。她救不了丹霞了，她知道。

魔族，青葵也跪在地上。

怎么会这样？自己居处哪里来的书信？她心中慌张——这事如果被查实，会害死夜昙的啊！还有，万一连累父王可如何是好？自己怎的这么没用？那书信是自己没有留意，不慎遗失了吗？

旁边，大殿下乌玳首先忍不住，说：“什么书信，不过就是一张纸，谁都可以写。父尊莫要冤枉了好人！”

他向来出言无状，现在又自请修补归墟，魔尊也不生气，只是道：“闭嘴！来人，马上搜查面前这个女人，查找另一只万霞听音！”

魔后倒是积极，说：“她毕竟是魔族储妃，还是本宫亲自搜身吧。”

青葵背脊绷直——怎么办，另一只万霞听音正在她身上。还有，夜昙转送给她的那个“烤红薯”也还在浊心湖。万一被查出来，她跟夜昙都是死路一条。

她心慌意乱，魔后却已抬手，她指尖微凝，一缕紫黑色的魔气瞬间笼罩了青葵。不过顷刻，便带出了一件光芒四散的法宝——正是万霞听音。

诸魔色变，魔后冷笑一声，将这法宝呈给魔尊。旁边乌玳立刻挡在青葵身前，说："找到这东西就代表夜昙公主私通神族吗？说不定……"

他话没说完，魔尊就怒喝："闭嘴！"

一旁，谷海潮小声问："要袖手旁观吗？"

嘲风说："不然呢？跟那个莽夫一样，只知道挡在前面，说'不是'吗？"

谷海潮闭上嘴——你最近对你大哥是真不满啊。

魔尊查看无误，一扬手，把万霞听音掷到青葵面前："你还有何话说？！"

青葵咬唇，不……不能认下，否则夜昙怎么办？

她硬着头皮，说："回尊上，我……毫不知情。"

"不知情？！"魔尊震怒，"你不知情，这万霞听音会自己来找你吗！"

青葵咬了咬唇，不说话。魔尊看向少典宵衣，问："证据已经查实，你这个神帝，总该对本尊有个交代！"

少典宵衣也在看那只被摔落在地的万霞听音。旁边，玄商神君终于忍不住——无论如何，总不能任由霞族诬陷夜昙，否则还深陷魔族的青葵一定会有危险。

他行至少典宵衣身边，轻声说："昨日，儿臣在'青葵'身上同样发现了一只万霞听音。据查，是碧穹所赠。'青葵'似乎并不知情，只是想参透法宝的炼制之法。事后，儿臣立刻前往天葩院，也确实找到了她绘下的仿制图。儿臣认为此事，乃有人蓄意陷害，还请父神三思。"

少典宵衣沉默不语，纵然真凶已经清楚，然而现在却不是表态的时候。魔族好战，若是知道此乃霞族陷害自家未来储妃，恐怕立刻就会开战。那样还怎么和谈，怎么修补归墟？

这不是今日的目的。

他犹豫，魔尊可不犹豫——一个凡间女子，杀便杀了，哪来那么多废话？他直接下命令："来人，将离光夜昙枭首示众。"

青葵微惊，少典有琴已经扬声道："慢着！"

——知道青葵真实身份的他，是不可能让魔尊就这么斩杀青葵的。他正要说话，少典宵衣摇摇头阻止了他，轻声说："还有人急着登台唱戏，你扫什么兴？"

他当然不能让魔族在此时处置他们的储妃，否则二人私通消息的罪名会坐实。炎方也一定会逼神族诛杀"青葵"。但……有人想演戏，他自然也愿意把这场戏演完。

夜昙也在看青葵。炎方令下，便有魔兵持刀上前，气氛顿时异常肃杀。魔后当然不满意，只杀一个凡间女子，有什么用处？

她说："尊上，这个离光夜昙胆敢私通神族，定然是受谁指使。她被举荐嫁入魔族，会不会从头到尾就是一个阴谋？"

她此话一出，便有那些别有用心的魔，把目光移向嘲风。

离光夜昙为什么会被魔族定为魔妃？因为斥候营发回的消息里，对离光氏两位公主的资质大书特书。而斥候营是谁的势力，众魔自然是心知肚明。

现在，这位离光氏的公主是奸细，那她是谁的奸细？

魔后话音刚落，众魔就低声议论起来："传闻当年三殿下的母妃，与神帝少典宵衣就是恋人，三殿下更是神帝与她的私生子！难道是三殿下……"

眼见魔尊的脸色越来越难看，魔后终于说了句："住嘴！皇子的身世，也是你们能够质疑的？！"

魔尊炎方再次盯向少典宵衣，这次，目光沁血。

少典宵衣浑身僵硬。他目光甚至不敢落到嘲风身上，然而双手却仍忍不住在微微颤抖。魔族那些人，哪里在乎一个凡间女子的生死？他们真正想要杀的，是面前这个孩子啊。

魔后则是看了一眼嘲风——就算是魔尊这次不处置他，但埋在众魔心里的这根刺却永远不能拔除。从此只要他在一天，众魔就都会对他充满戒备，猜忌永远不会消散。

嘲风站在顶云身边，面对身边横来的目光依旧保持微笑，无动于衷。

不见血的刀当然可怕，但若是见得多了，也就不畏不痛了。

而对面，少典宵衣目光移向嘲风。他就站在众魔之间，龙章凤姿，卓尔不凡，却无端地令人心疼。那个神堕入魔界，已经两千八百年。这个孩子，也被魔界猜忌了两千八百年。

少典宵衣一抬手，将一物掷到魔尊炎方手里。炎方伸手接住，低头一看，却是一张傀儡符。这符已经失去效用，显然被使用过。他问："什么意思？"

少典宵衣将目光移向魔后英招，不管怎么说，是有意栽赃了。他说："有人在青葵身上种下傀儡符，使她写下了这封书信。青葵只是凡间女子，她总有睡眠之时，此人在那时催动傀儡符，她当然一无所知。至于这个心思毒辣的人是谁、有什么目的，你大可自己猜测！"

他这话一出，所有人都愣住。

丹霞上神更是吃惊——什么傀儡符？！

玄商神君也皱眉——那傀儡符，怎么看着眼熟？他立刻想到自己先前替夜昙跳舞时，种在她身上的那张傀儡符。他横了夜昙一眼，夜昙立刻跑到神后身后，抱住神后就不撒手。神后怜她被霞族“算计欺凌”，当下将她揽在身边，只是叹气。

夜昙得了靠山，狗仗人势，得意地回了玄商神君一个白眼。他不能在此时戳穿此事，否则神、魔两族真要开战，归墟只会遗祸四界生灵。

他保持沉默，而魔尊炎方却在第一时间把目光移向另一个人——魔后英招。

魔后一凛，说：“尊上，这封书信，乃是从浊心岛搜出，万霞听音也是从她身上搜出，与臣妾何干？！再者，这一切都只是神族片面之词，谁知道这傀儡符从何而来？！”

她刚刚辩白了两句，旁边谷海潮就说：“公主若真得了这书信，不仅不焚毁，反而留在浊心岛让人查证？还有这万霞听音，以魔后修为，若要设计陷害，她一个凡女，岂能察觉……”

他话刚刚说完，嘲风回身就是一掌。他这一掌毫无保留，谷海潮猝不及防，生生受了这一掌，顿时后退几步，喷出一口血来。

嘲风这才冷冷地道：“我的母后，岂是你能非议的？！”

谷海潮擦了擦嘴角的血，跪在地上。魔后被这主仆演的一场双簧气得是咬牙切齿。

——不能非议，你等他说完了才打？！

然而少典宵衣紧接着就补刀了，他道：“万霞听音之所以成为霞族的本命法宝，是因为它会永久留存每一次传达的内容，只有霞族能够重复听取。如果你仍然质疑，何不让霞族打开它，一听究竟？若这两个孩子是被人陷害，这法宝的留音，自然是什么也没有。”

魔尊目光阴冷地看了一眼魔后，捡起那只万霞听音，掷到少典宵衣面前。

少典宵衣看向丹霞上神，丹霞忙捡起这只万霞听音，凝聚修为输入其中。然而，里面传来的，只有其原主人的声音，再没有别的内容。

这只万霞听音，青葵和夜昙根本就没有使用过。

丹霞猛地转头，目光如利箭般射向夜昙。夜昙一脸惊悸地靠在神后身边，享受着神后的安慰和保护，无辜得像朵纯洁的白莲花。

魔族，魔后的脸色同样不好看。

她说："尊上，这书信确实与臣妾无关。分明是少典宵衣有意维护谁，污蔑臣妾！"

炎方没有理会她，只是一抬手，一道暗紫色的魔气如刀锋般斩落。青葵以为自己死定了，然而劲风却掠过她，一下将旁边素水的人头斩落。血喷了一地，青葵的侧脸再次被溅上温热猩红的血。魔尊根本没去看素水倒落的尸体，只是对她说："起来，别跪着了。"

魔后忙伸手来扶青葵，她满脸笑意，仿佛刚才的狠辣并不存在。青葵好半天不敢搭手上去，还是乌玳一伸手将她架起来，说："儿臣先前就说，此事定有蹊跷。若让我查到是谁用这么卑劣的手段陷害公主，我乌玳非将他剁成肉泥不可！"

青葵哪里受过这种惊吓——方才魔族的刀，离她颈项不过寸余！她不惧死，可离死亡太近时，由不得人不恐惧。她依靠着乌玳坚实的臂膀方才站稳身形。

谷海潮小声说："啧啧，又被人抢先一步了。"

嘲风目光在青葵身上转了一圈，最后落在她的手上——她仍紧紧地抓握着乌玳的手臂。

哈，不过就是自请修补归墟罢了，真值得你崇拜成这样吗？

这个莽夫做了什么，就让你觉得可以依靠了？

哼，真是愚蠢又浅薄的女人。

对面，少典宵衣没有急着处置丹霞，而是问："这蟠龙古印的法阵，你想必已经参详过了。"

说话间，他一挥袖，一卷法阵图缓缓铺陈开来。炎方抬手按住飞来的画轴，说："自然已经看过。"

少典宵衣说："就算看过，你也依旧认为，乌玳是最合适的人选吗？"

炎方冷哼："怎么，你是天帝当久了，连我魔族的内政也想干涉吗！"

少典宵衣说："朕只是提醒你，如果这次修补归墟失败，乌玳回不来，你仍然需要再度派人前往。"

他的话掷地有声，也正中炎方的软肋。他沉默良久——可是，没有盘古斧的碎片，他无论派哪个儿子前往，都没有把握。他沉声说："够了，吾意已决。此事不容再议。"

青葵握着乌玳的手臂，闻言不由得抬头看他。乌玳察觉到她的目光，他从来没有见过如此温柔的眼神。

如果为了这种眼神而死，又怎么会是死亡呢？

他瞬间豪气干云，说：“父尊放心，大丈夫总有一死，就算回不来，我乌玳也会不辱使命！”

青葵檀口微张，却什么也没说。

他是为了四界而去。自己明知他有去无回，也只能默然相送。他们无言的凝视都落入另一个魔眼里，于是他说话了。

——嘲风讥诮之意溢于言表：“不辱使命？我倒是想知道，凭兄长对法阵那么可怜的一丁点了解，如何不辱使命？”

这话一出，所有人都望向声音的来处。只有谷海潮拍了拍额头。

——果然美人面前，什么英雄好汉都是蠢货。

嘲风就这么迎着所有人的目光走来，可是神魔注目的时刻，他只看见了一个人的眼神。那眼神现在落在他身上，如冬日暖阳，熨过心底的每个角落，令人舒适。

他向魔尊深施一礼，说：“父尊在上，归墟之事，关乎四界，只能成功，不能失败。兄长虽然勇武，但对法阵了解不如儿臣。此事，还是由儿臣去吧。”

一瞬间，神魔俱静。魔后疑心自己听错了——这可是天降大喜啊！便是少典宵衣也屏住了呼吸。

炎方沉声说：“你可知你在说什么？”

嘲风说：“当然。可是为父尊解忧，本就是儿臣的分内之事。”

乌玳愣住——以往嘲风可是事事龟缩的，为什么今天如此大义凛然？

嘲风来到这张法阵图前，上面一条古铜色的巨龙清晰可见。

这便是封印归墟的蟠龙古印了。这龙身的每一片龙鳞、每一根龙须都是不同的阵法。现在归墟之中，并不知道是哪里破损。要寻找破损处，就要对每一处法阵都了如指掌。

靠那个莽夫？哼。

他回头，看了一眼青葵。见她看着的仍是自己，他一时得意，向玄商神君示意：“来吧。”

玄商神君看向少典宵衣。少典宵衣沉默许久之后，终于缓缓点头。他放开手中的画轴，顿时，完整的蟠龙古印就出现在归墟上空。古铜色的巨龙飘飘浮浮，如在游弋。玄商神君和嘲风分阴阳两面站立，各取一支神笔，在法阵亮起的瞬间跃至空中。

那些艰涩难懂的法阵符号就这么在他们笔下延展，契合进龙角、龙目、龙须，以及每一处的衔接。

这卷法阵图，是一幅演练图。但凡任何地方出错，巨龙立刻就会滴血。可是没有。

少典有琴和嘲风一白一黑如同山水画中渐渐化开的墨痕，在法阵图上延绵生长，相伴相生，流畅优雅。就连魔尊炎方都忍不住叹气，乌玳修为当然不差，但若论心思冷静缜密，嘲风能胜他十倍。

诸魔同样惊住——这位三殿下，一直以来似乎并不成气候的模样，在魔族更是不受待见。但是今日看来，他的修为竟是不输神族少典有琴啊！

这时节，便有人偷偷地看向魔后——三殿下一路被贬为斥候，真的不是有人只顾一己私利，蓄意打压吗？

魔后当然知道这些魔在想什么，但如今怎么辩白都没有用。这嘲风一心想要消弭魔族对他的成见，哼，也不看看自己有没有命回来。

诸魔各怀心思，却又都一言不发。

一纸法阵图的复绘，二人用了足足一个时辰，最后同时完成，竟然丝毫没有出错。

法阵图完成使命，化为轻烟。

嘲风跃下来，长发被汗水湿透，贴在修长的颈项。他跪在魔尊面前，低下头，再次毅然请缨：“父尊，就让儿臣前往吧。”

这一刻，哪怕是炎方也心如刀割。这孩子啊，他受生母身世所累，从一出生，就被魔族当作异类，百般防范。他堂堂一位皇子，被贬到斥候营。整个魔族，几时有过这种事？可现在，他依然愿意为了整个魔族牺牲自己。

炎方伸出手，慢慢地按在他肩膀上。也是第一次，他发现原来这个孩子的肩膀已经如此坚实，可以扛起千钧重担。

他说：“准。”

少典宵衣沉声说：“既然人选已经确定，那么……”

炎方显然心情不佳，冷淡地道：“明日，此时此地。”

说完，他带领魔族尽数退离。

一直到魔族全部离开，少典宵衣终于回身，他来到丹霞上神面前。丹霞上神受他威压所迫，后退好几步方才站稳。少典宵衣沉声道：“丹霞上神这些年打理霞族，也辛苦了。”

丹霞心知不好，尴尬地道：“承蒙陛下关怀，丹霞能为神族做事，不觉辛苦。”

少典宵衣问：“上神前次历劫，是几时的事？”

丹霞求救般看向神后，神后只得道：“陛下。”

少典宵衣听若未闻，继续道：“普化天尊，安排丹霞上神再历百劫，洗炼心性、提升修为。霞族之事，暂交霓虹打理。”

丹霞双腿一软，身后碧穹扶住她，她直到现在都不明所以——这是发生了什么事？那个什么傀儡符，哪里来的啊？

夜昙被紫芜扶着，经过丹霞身边的时候，她一脸认真地向神后请旨：“娘娘，我与丹霞上神虽然没有交集，但她毕竟是碧穹的娘亲。我来天界之后，一直承蒙碧穹关照，她的母神要渡劫，我想去送一送。”

真是个善良又毫无心机的孩子。神后叹了一口气——难道直到现在，你都不知道霞族对你心怀不轨吗？

神后轻声说：“去吧，同普化天尊一起，不要单独行走。”

夜昙答应一声。神后仍不放心，赶紧又叮嘱顺便也是提醒普化天尊：“这孩子要送一送丹霞，还请天尊额外照应，莫让她单独乱跑。”

普化天尊当然知道这是要他保护夜昙，以免丹霞又做出什么事来。他忙应下。夜昙欢喜地跑到丹霞上神面前，口吻亲热：“上神，上神，听说您要去历劫啦，我来送送您。”

丹霞上神有心一掌劈死她，但普化天尊就在一边，她忍了又忍，最后一口老血喷了碧穹一脸。

诸魔离开归墟，返回魔界。

青葵跟在乌玳身边，刚走了几步，身后，嘲风就重咳一声：“喂！”

乌玳回头瞪他，青葵停下脚步。嘲风几步赶上去，一时之间，却又找不到话说。青葵等了一阵，问：“做什么？”

嘲风挑眉：“你对我就没有什么话说？”不对啊，那个莽夫自告奋勇的时候，你不挺感动的吗？为什么换了我，你的态度就这么冷淡？！

青葵脸色泛红，说：“我……回去之后，我把丹药给你送过去。”

“这还差不多。”嘲风经风一吹，热血冷却，又觉得亏，只得拼命回本，说，“谁知道你说话算不算数？本座跟你去取！”

魔族，落微洞。

十几个侍女跪成一排。魔尊炎方一身黑袍，上面用金线绣刑天战纹，硕大的红色宝石嵌在精美的织纹上，华丽而冰冷。他手上戴着上神仙骨打磨而成的骨戒，眼神扫过落微洞满是灰尘的草木，最后盯着墙角的蜘蛛网，目光渐渐冰冷。

他站在陈旧的楹联前，问："这是发生了何事？"他的声音也带着说不出的寒气，像滴血的刀锋。

侍女们瑟瑟发抖，一个字都说不出来。

内殿，雪倾心的声音柔美温润，带着说不出的妩媚："是我吩咐下去的，魔尊又何必责怪她们？"

魔尊炎方眼中的杀气这才渐渐消散，他进到内殿，问："如此布置，你有何用意？"

内殿，雪倾心端坐于木荷花下，面前纸页铺开，正在作画。闻言，她笔下不停，慢慢勾勒出一幅繁花盛景："尊上经久不来，我大约是已经失宠。一个囿于冷宫的女子，自然要慢慢适应这萧条落魄。"

她说话的时候并不抬头，素手执狼毫，艳丽繁花在她指下朵朵盛开。炎方缓步走到她面前，握住她的手。她指尖蔻丹红似火焰，他握在手里，只觉得心都要随之燃烧。

"不过几日没来，你便满腹怨言。"他轻轻凑过去，嗅到一缕淡香。

雪倾心抽回自己的手，说："尊上几时来，我都不会有任何怨言。但……若是炎方几日不来，我……会日日想念。"

炎方微怔，许久才叹气，说："这么多年，委屈你了。"

雪倾心轻抚桌上的画纸，说："为何这样说？你看这纸，它禁锢了花，却也保护它永不凋落。"她慢慢地将笔递给炎方，"我愿意为炎方绽开在笔下。"

炎方接过狼毫，轻点砚中朱砂，小心翼翼地接着作画。他画得那么认真，如同正在雕琢一件稀世珍宝。

——于是让嘲风前去修补归墟的话，他无话如何也说不出口。修补归墟，嘲风确实是最合适的人选。但这是他最爱的女人，就因为她曾是天界上仙，就受到整个魔族的指摘戒备。他只能将她困在这落微洞里，而她也只能对外称病。

这么多年，她从未埋怨过一句。

哪怕是嘲风从堂堂一个皇子，一路被贬为斥候，迁去斥候营。她自始至终，也只是摇头感叹他不争气。

这样的女子，自己怎么还能再让她唯一的儿子离开呢？

炎方笔上的朱砂，在纸上盛开。突然，他握笔的手一暖，却是雪倾心的手覆上他的手。

风抚过木荷花，带来一阵暗香。雪倾心说：“尊上有心事，不宜作画。”

她一直就了解他。炎方心中隐隐作痛。

雪倾心笑着问：“尊上明明有话，却不忍对我说。是……魔族决定，让嘲风前去修补归墟封印了吗？”

炎方眼眶温热，面对神族亦能血战不屈的他，第一次不知如何开口。

雪倾心嘴角含笑，眸子里却带着泪。她说：“我早知道会有这么一天。”

炎方终于说：“倾心，是我负你。”

雪倾心说：“是呀，尊上负了我。我只有这么一个儿子，从小到大，魔族从未信任过他。现在，却要他牺牲自己，以解四界之危。”

炎方身躯颤抖，如同忍痛。

雪倾心却自身后慢慢环抱他，将额头贴在他肩上：“但我也知道，炎方是不会负我的。若不是万不得已，他不会做出这样的决定。”

炎方低下头，双唇碰到她冰冷的手，有水滴顺着脸颊滴落，咸咸的，带着苦涩。

雪倾心没有去看，只是拇指微抬，拭去他脸上的泪：“嘲风是尊上的儿子，他理应为自己父亲分忧。”她的眼泪一滴一滴，滑落在炎方后颈，“我身为其母，虽然心痛，却也知道，此时此刻，他的父亲，必然与我同样心如刀割。”

炎方将脸埋进她的双手之中，七尺身躯轻轻颤抖。

浊心岛，嘲风土匪一样，将青葵的丹药狠狠地搜刮了一通。

直到青葵这样好的性子都有些忍不住。她说：“这些是给相柳大祭司的，你根本用不上。”

嘲风冷哼：“本座用不用得上，你如何知道？”

青葵小声说：“这些……”她脸红了，声音更微弱，“滋阴壮阳的。”

“那确实是用不着！”嘲风飞快地将那种丹药全部挑出来，放到一边。

青葵拿他没办法，只得任他翻找。

嘲风将挑选出来的丹药全部打包，然后说：“你也别心疼。明天，本座要是回不来了，你自己去斥候营拿回来也就是了。”

青葵对他的所有成见，都在这一刻被压了下去。她第一次如此认真地打量面前这个人。嘲风的眼神中，没有了往日的吊儿郎当，那淡紫色的眸子里满是温柔。

青葵惊慌地移开目光，只是这一眼对视，竟然让她心跳加快。

嘲风提着药包，说：“我走了。”

青葵“嗯”了一声，然而这声音也是绵软无力的，好像两个人发生了什么一样。她意识到了，于是俏脸通红，脸颊如燃起两朵火烧云。

嘲风走到门口，又转身说：“你看，本座活到现在，还没真正亲近过女孩儿。要不你发发善心，让本座……”

……无耻！青葵一腔慌乱都化作了怒火，啪的一声，关上了门。

嘲风摸了摸差点被门拍扁的鼻子，半天才说：“亲一下都不让，真是太亏了啊！”

青葵背抵着门，一直等到他走远了，才来到窗边。窗外十里烟波，嘲风提着药包走到湖边，等那艘小舟来接。青葵就站在窗前，一直等到他登舟，最后消失在烟水深处。

第十五章 迁于圣贤

落微洞。

雪倾心将魔尊送到门口，就见嘲风缓步行来。见到炎方，嘲风双膝跪地："父尊。"

炎方面沉如水，不见喜怒，只是道："多陪你母妃说说话。"

嘲风恭敬地应是，心下却微微诧异——父尊的声音沙哑，他好像哭过。

炎方大步离开，嘲风这才起身。雪倾心甚至没有看向他，只是返身入内："进来吧。"

庭中，侍女正在收拾雪倾心方才作的画。嘲风扫了一眼，那画已经完成得差不多了——方才炎方万分珍惜地完成了剩下的部分。

雪倾心顺手将画扫落到桌下，嘲风捡起来，说："母妃生气了。"

"生气？"雪倾心在石桌边坐下，淡淡地道，"这么多年，不是一直如此吗？我还有什么可生气的？"

嘲风细品这画，说："画尾是父尊的手笔，很是用心。此画精良，母妃确实不必生气。"

雪倾心说："两千八百年前，我从天界雪神堕入魔道，前来拜见他。他称赞了一句我的容貌，魔后英招嫉妒心大起，派人追杀我。我被人一箭穿心的时候，他一脸沉痛，那个时候他就身不由己。"

她很少说起曾经，嘲风听得津津有味。

雪倾心说："英招追得我走投无路，我只能跟他在一起。魔族不许他纳我为妃，他也是身不由己。我只能施点手段，暗中生下你。魔族发现木已成舟，看在你的面子上，只能同意他纳我为妃，却要求他将我囚于此地，他也是身不由己。现在，他们要让你修补归墟，你父尊同样身不由己。"

这些往事，每一段都伤情，然而她说来却字字冷静。

嘲风说："母妃恨我父尊吗？"

"恨？"雪倾心一脚将他踹得跪倒在地，"母妃说了这么多，你居然只有这个愚蠢的问题！"

嘲风膝盖生疼，一脸莫名其妙。雪倾心轻声说："爱与恨是美丽的珠宝，可以点缀人生。但是若真到了生死关头，这些没用的东西既不能御寒，也不能果腹，毫无用处。"

嘲风说："母妃的意思，孩儿不明白。"

雪倾心说："不明白？那么母妃问你，为何突然改变计划？"嘲风慢慢地低下头，雪倾心追问，"你喜欢上那丫头，想博美人一笑？"

嘲风嘴角终于带了一丝苦笑："孩儿一时冲动，让母妃见笑了。"

雪倾心拿起纨扇，啪的一声，打了他一记。打完之后，她却又轻声说："母妃刚才已经说过，当初生下你，不过是为了得到一个让魔族承认的身份罢了。"她伸出手，轻轻抚摸嘲风头顶，"如果明天……你有去无回的话，值得吗？"

嘲风任由她抚摸，笑着说："孩儿倒希望母妃这么想。那样一来，就算结果再坏，您也不至于太过伤心。"

雪倾心轻笑："说得对。"

嘲风抬起头，认真地注视她："临别之际，孩儿再让母妃端详一番。"

雪倾心笑着推开他，轻声骂："滚吧，早就看够了。"

嘲风也跟着笑："那……儿臣就告退了。"

他跪着后退几步，站起身要走，雪倾心突然说："等等。"

嘲风回过身。雪倾心屏退侍女，这才摊开掌心。她掌中，有一块黑色的东西，像是燃尽的陨石。嘲风接在手里，顿时感觉到一股汹涌的力量。

他皱眉："这是……"

雪倾心目光在这黑色的陨石上停留片刻，一句话却石破天惊："盘古斧的三块碎片之一。"嘲风缓缓抬头，震惊之色溢于言表。雪倾心微笑，说，"也是母妃最后的退路。这些年，我视它如性命。"

嘲风说："是神族的？"

这是当然的。盘古斧的三块碎片，其他两片早已失落，不知所终，只有神族有一块。

雪倾心笑笑，算是默认。

嘲风说："母妃要将它交给我？"

“曾经，我视它如性命。”雪倾心缓缓地靠在椅背上，用纨扇盖住脸，“可你对我而言，毕竟是重于性命的。我可不喜欢像你父尊一样，一辈子只会身不由己。拿去吧，尽量别弄丢。但若实在不能两全，那就……尽量活着回来。”

嘲风的右手慢慢地握紧，感受着盘古斧开天辟地的力量。他明白雪倾心给了他多么珍贵的东西。自己的母妃，从来就没有打算让自己牺牲性命。

他缓缓跪地，额头叩在花砖上，发出沉闷的声响。

天界，垂虹殿。

清衡君和紫芜都耷拉着脑袋，一脸准备挨训的模样。桌上摆放着几样精美的素食，难得的是，竟然还有一小壶酒。但这兄妹二人脸上半点欢喜也无。

因为玄商神君与他俩相对而坐。

清衡君硬着头皮扯了个僵硬的笑，说：“兄长何故唤我们前来？”

紫芜的脑袋已经要垂到碗里了，生怕玄商神君看见她似的。玄商神君淡淡地道：“我们兄妹三人许久没有像今天这样，一起饮酒了。”

清衡君赶紧说：“兄长，我最近可没有饮酒！你交代的功课我都做得差不多了。”玄商神君抬眼一扫，他立刻就心虚了，“好吧，好吧，昨天是喝过一点，功课也还差一点。但我保证就差一点点了。”

玄商神君无言，又看向紫芜。

紫芜更慌了：“兄长！我最近都在乖乖上课。我发誓我绝对没有乱养宠物，更没有因为乱养宠物而荒废学业。我发誓！”

玄商神君只有一声长叹：“你们二人啊！”

他垂目，许久才提壶，为他二人斟酒。

清衡君和紫芜互相看一眼，满眼都是惊慌失措。二人齐声喊：“兄长！”

玄商神君语声沉缓：“饮了这杯酒。”

他举起酒盏，紫芜不敢伸手拿杯子，她小声问：“二哥，这酒里不会有毒吧？”

清衡君怎么知道？他也正盯着那杯子发抖呢。

兄长今天实在是太古怪了。

然而玄商神君发话，他二人也不敢不从。兄妹二人颤巍巍地站起来，正准备喝酒，外面一个人跑进来。

不是别人，正是夜昙。

她一看殿里，目光就落在桌上的酒食上，然后她不满了：“你们喝酒怎么也不叫我？！”

紫芫和清衡君都松了一口气。玄商神君问：“你知道什么叫不速之客吗？”

夜昙脸上带笑。她用那张傀儡符陷害丹霞，玄商神君肯定是要收拾她的，还不如自己过来呢。她说：“没听过。不过我知道什么叫不请自来。”

说着话，她也在桌边坐下。

飞池一看，还有什么可说的，自觉地给她添了一副碗筷，再斟上一杯酒。

夜昙是不会客气的，她立刻举杯：“这还是我们四个第一次一起吃饭，恐怕也是最后……”

她话没说说完，玄商神君突然打断她：“喝酒便喝酒，莫要说话！”

夜昙“哦”了一声，说：“那我先干为敬了。”

说完，她一仰头，果然将杯中酒喝得一滴不剩。

清衡君和紫芫总算是放了心——看来酒里没毒。兄妹二人乖乖喝了酒，紫芫说：“兄长，你上次教我的御剑术我已经快学会了。等你修补归墟回来，我御剑给你看！”

夜昙听见这话，不由得一愣——怎么，紫芫和清衡君好像不知道玄商神君修补归墟有多危险啊？

她看看紫芫，却见她眼里全是笑意，确实不太担心。

她把目光移向玄商神君，玄商神君却并不打算为她解惑。她小心翼翼地问：“那个，明天少典有琴就要去归墟了，你们俩不担心呀？”

玄商神君瞪了她一眼。紫芫嘴快，忙说：“兄长修为深厚，我们神族又有盘古斧的碎片，他去修补归墟，是万无一失的。”然后，她还问，“对吧，兄长？”

说这话时，她难掩眼中的崇拜。玄商神君淡淡地答了一声：“嗯。”

夜昙又回头看看清衡君。她虽然缺点多，但唯独不傻。她立刻问：“所以如果没有那个什么盘古斧碎片，就十分危险咯？”

清衡君说：“那是当然。归墟之中充满混沌之炁，没有盘古斧碎片，神、魔两族进入其中都会被腐蚀。何谈什么修补蟠龙古印？所以现在应该担心的是魔族。”

夜昙“哦”了一声，又看一眼玄商神君，似乎有点明白了。

清衡君和紫芫这顿饭，吃得并不开心。很显然有兄长在，两个人胃口都不是很好。好不容易吃了一会儿，清衡君就搁了筷子：“我饱了。兄长要是没有别的吩咐，我就先回去练功了。”

紫芜也赶紧道：“我也回弄晴阁看书了。”

玄商神君注视着面前的兄妹二人，他的目光仍然是清冷而孤寂的，一如往常。许久之后，他淡淡地说：“去吧。”

清衡君和紫芜跳起来，几乎是小跑着逃了。

夜昙啜了啜筷子，问：“盘古斧碎片是什么东西？”

玄商神君说：“盘古用一把巨斧劈开天地混沌，然后力竭而死。当时这把巨斧也碎成了三片。其中一片由神族获得，里面拥有巨大的力量，甚至可以抵挡混沌之炁。”

夜昙“哦”了一声，又问：“这块碎片丢了？”

玄商神君说：“这不是你应该过问的事。”

夜昙说：“我不明白当然应该问呀！这碎片听起来这么重要，如果真的丢了，神族为什么不追究看守人的责任，反而秘而不宣？”玄商神君不说话，夜昙又说，“你眼里一向容不下沙子，这次居然也这么坚决地包庇这个人……嗯，说明看守碎片的这个人很重要，而且丢失碎片的原因也不光彩。值得你这么维护的人，不会是神帝陛下吧？”

玄商神君啪地一拍桌子，说：“多嘴！”

“果然是他！”夜昙猜对了，一脸得意，“若真是他弄丢了碎片，自然应该他来承担后果。凭什么要让你去冒生命危险？”

玄商神君说：“此事你若敢泄漏一个字，虹光宝睛会立刻取你性命！”

夜昙赶紧双手捂住额头，等了半天，没动静，她才轻轻松手，小声说：“我这不是在替你打抱不平吗？这件事情，乾坤法祖知道，神帝知道，神后肯定也知道吧？这么多人知道，没有一个人站出来替你说句公道话。你何必巴巴地上赶着去送死？”

玄商神君一拂袍袖，神色不善：“你如果吃饱了，那就马上离开！”

夜昙气笑了：“你莫不是个傻子！现在除了那几个知情者，大家都以为你会带着盘古斧碎片进入归墟。要是你死在里面，世人只会知道你弄丢了这块劳什子碎片。你无论做什么，都只有过失，哪来什么功劳？”

玄商神君正色道：“离光夜昙，人的一生不能只固守自己的利益。归墟封印破裂，混沌之炁外泄，四界皆受其苦。你年幼之时，离光氏为何水患频频？又为何瘟疫横行？那些苦难，你最应该懂得。”

夜昙气得直翻白眼：“我不懂！他们不是一直怪我是个灾星吗？我管他们死

活！再说了，这些又关你什么事？你是神帝长子，只要捅出这件事，逼他去修补归墟，你就能承继神帝之位。难道不完美？”

玄商神君厉声说：“吾身为神子，于公于私，皆责无旁贷，岂能存此大逆不道之念？”

夜昙气都气饱了，她啪的一声摔了筷子：“我觉得跟你说话纯属多余！你这个榆木脑袋，活该被人坑死！”

玄商神君也不想同她多说，怒道：“吃饱就滚！”

夜昙本来都要走了，一听这话，她又怒火中烧：“你以为你自己伟大？你死掉之后，你父神逃脱罪责，偷笑还来不及！你母神还有一个儿子，你妹妹仍然是小公主。天界一切如常，谁会感激你？！”

她话音刚落，玄商神君就说：“吾之所求，正是如此。”

他字字冰澈，掷地有声。

端得是清风傲骨，正气凛然。

夜昙与他对视。他双瞳清明坚定，净若琉璃。她蓦地沉默了。

良久，她说：“你跟我见过的那些人确实不同。宫里的人，总是绞尽脑汁地你争我夺。为了一点点利益，可以兄弟阋墙，父子相残。掀开薄薄的一层锦绣，下面全是自私和贪婪。”

她提到宫里，玄商神君想到自己曾经探寻过的她的那些梦境。终于，他也放缓了语气，说：“你见惯了争斗，却也要相信人心之善。”

夜昙说：“行吧。那你有没有想过，怎么接回我姐姐？”

她前来垂虹殿，初衷倒不是关心玄商神君的死活，主要还是关心青葵。再说了，玄商神君要是直接向神帝供出她的身份，估计她也讨不了好。

玄商神君显然早想到了此事，他说：“青葵公主现在只是客居魔族。无论如何，待魔族储君定下，还是会将她送回离光氏。到时候，你父王自会将她嫁入神族。魔族顾及神族和人族，也不会为了一个凡间公主开战。如果现在贸然搭救，只会陷她于险地。”

夜昙问：“那我呢？”

玄商神君拿出一封书信，说：“你不必再回人间。吾会留下这封信，等到魔族将青葵公主送回离光氏，神族自然会向离光氏迎娶天族储妃。到了那一天，会有人将此信交给父神。父神看到我的亲笔信，定会留你性命。”

夜昙若无其事地答应一声，却突然跳起，抢他手中的书信。

玄商神君下意识地侧身闪避。夜昙扑得猛了些，眼看就要摔个狗啃泥，玄商神君一把抓住她背后的裙衫。随即，他只听见刺啦一声响。

夜昙一下摔在地上，玄商神君手里揪着一条碎布。夜昙后背的裙衫被撕成三片，露出光滑如丝缎般的美背。

“我说，你故意的吧！”夜昙爬起来，后背嗖嗖透风，她反手捂也捂不住，真是气不打一处来。

玄商神君侧过脸，缓缓地将书信收入怀中。到底令她难堪了，他终于解释道：“今日以魔气为你疗伤，浊气腐蚀了你身上的衣料。”

夜昙试了几次，双手怎么也拢不住背上的衣裙，她说：“那你让我怎么见人！”

玄商神君说：“本君记得，殿中有针线，你可以略作缝补。”

说着话，他来到隔间，果然找到了针线。夜昙看着那个七彩针盒，好半天才说：“缝补？我说我会，你信吗？”

玄商神君发出一声叹息。

夜昙说：“算了，我去找飞池帮我缝。”

她双手反扯着衣裙，就要出去。玄商神君赶紧道：“站住！衣冠不整，岂不惹人非议？”他领着夜昙来到内殿，指了指绣着松涛雾海的屏风，“进去，脱下来。”

夜昙来到屏风后，看到里面有个澡盆，她说：“咦，你也要洗澡吗？”

玄商神君真是不想说话，但就算他不说话，夜昙也是不会让他清静的。他说：“偶尔疲乏之时，沐浴能让人安定清醒。”

夜昙“哦”了一声，慢慢解衣。松涛雾海的屏风上，佳人倩影若隐若现，如山间水墨。

玄商神君回过神来，才发觉自己竟然正盯着这幅美景。非礼勿视，他侧过脸去。

夜昙把衣裙递出来，玄商神君接了那衣裙，就坐在桌前，穿针引线，为她缝补。

“不是吧？”夜昙惊奇，“你怎么什么都会？”

玄商神君当然是不理她。她等得无趣了，就站在屏风后，这摸摸，那看看。

这里没有什么珍奇之物，连香料、澡豆都没有。作为神帝长子的洗浴房，它简直简陋到了寒酸的地步。

夜昙失望地叹了口气，转头望向屏风之外。

隐隐松涛之后，玄商神君正襟危坐，手中银针穿着紫线，在烛火之下为她修补衣裳。窗外天色已晚，室内却灯火明亮。

他侧脸的轮廓，专注的神情，让人无端生出一种岁月静好的错觉。

夜昙竟然忘了催促他。

晨昏道。青葵站在水边，凝望浊心湖。这湖水半明半暗，明处如水中浮光跃金，暗处浓黑如墨。她数着自己来到魔族的日子，然而数来数去，脑子里却总出现嘲风的脸，有时讥诮，有时凝重。

她不知道那个人还会不会再来，觉得心里烦乱，只得架了琴，对水抚琴。

浊心湖边，嘲风和谷海潮一前一后行来，本是要前往斥候营，突然听见琴声隐隐，拂水凌波而来。

嘲风驻足聆听，谷海潮说："你要是想听，今晚应该可以过去听。她心肠软。"

"连你都看出来了？"嘲风轻笑，"说起来，也是个可怜人。"

谷海潮不解："可怜？论出身、才情，她何处可怜？"

嘲风说："她的所有喜好，都与少典有琴相似。就连琴声，也同样透着几分孤高清冷。想必这些年离光氏对她的栽培，不过是希望她能讨得那人欢心。谁又在乎她本来的样子？"

谷海潮微微一顿，说："这世上，原就没有几个人能活成自己本来的样子。"

嘲风就站在湖边，野旷天低，烟水茫茫，他难得同意谷海潮的话，说："说得对。"

这四界生灵，要有多幸运，才能风雨不侵、寒暑不扰，活成自己最想成为的样子？

垂虹殿。

玄商神君将衣裳缝好，递到屏风里侧。夜昙换好衣服，本来还想瞅瞅那书信，然而实在是没机会。她只能说："那我走了。"

玄商神君挥挥手，示意——马上滚！

夜昙只能滚了。玄商神君这个人说话其实还是算数的，他若不会在临死前揭穿自己的身份，那自己还是安全的。

她滚得放心，滚得舒心。

她走之后，整个垂虹殿突然变得十分寂静。

玄商神君来到窗边，窗外夜色浓重。他踱了几步，发现自己像是从闹市重回云端。他盘腿坐在榻上，凝心静气，等待天亮。

就算生死当前，他依然很快入定。须臾间，眼前一片松涛雾海。山里大雨初霁，水汽凝结在松枝上，露珠将滴未滴。

一阵风吹来，身边如下小雨。扫过脸颊的松枝，仍带了湿气。

正是两千七百余年前，自己初见的人间！

玄商神君陷于雾中，对松抚琴，耳边松香阵阵，风声飒飒。人间美景中，突然有伊人倩影渐浓，如迷雾成精、山岚化妖。

玄商神君指下一缕琴音逼近，想要逼退这累赘的败笔。

可琴声剥开山岚，只见美人脊背如玉生辉，弧度完美得令人心醉。

玄商神君骤然惊醒！

外面不知何时已是黎明，乾坤法祖亲自过来，沉默一阵，才说："到时间了。"

玄商神君应了一声，想了想，把一封书信交给他："今日一去，生死难料。如果魔族将待在自己族内的公主送回离光氏，还请法祖立刻将此信交给父神，以全吾小小遗愿。"

法祖接过书信放进袖里，半晌才说："君上既然将此事托付贫道，便请放心。只是盘古斧碎片遗失的事，乃是天界机密。这事如果传扬出去，恐怕会动摇陛下的威信。"

玄商神君声如朗月："盘古斧碎片，会由本君带入归墟，并不慎遗失。除此之外，再无其他。"

就算是看尽世事，乾坤法祖仍然动容——这个孩子啊。

玄商神君神情平静，淡淡地说："走吧。"

归墟之侧，炎方早在等待。少典宵衣随后也疾步行来。

神魔两族到场的不下百人，却都一脸沉重肃穆。

——除了夜昙。

夜昙扇着蛮蛮牌羽扇，简直是乐开了花！

因为她表现得实在太高兴，蛮蛮小声说："嘴快收一收，都要咧到耳根了！"她赶紧低下头，蛮蛮嘟囔，"需要高兴成这样吗？"

夜昙悄悄地说："你知道什么，少典有琴死掉了以后，本公主偷个令牌就能逃出天界。到时候我回离光氏，让父王换出姐姐，我去魔界。本公主一定要先嫁给顶云，混成储妃。"

蛮蛮点点头，这个想法还是挺正常的。夜昙接着道："然后除掉炎方，成为魔后。"

啊？蛮蛮愣住。夜昙越想越美："然后生个儿子，再除掉顶云，让我儿子当魔尊。培植心腹，废了儿子，最后，本公主君临魔界，指日可待。哈哈哈……"

蛮蛮鸟嘴张得可以吞下一个鸡蛋。夜昙捅捅它："到时候你就跟着本魔尊，荣华富贵不在话下！"

我谢谢你啊！蛮蛮气得想要吐血——少君你快来接我，我不想跟着这个疯子啊！夜昙你快把我放生了，谁要跟你去魔界啊！你姐姐是嫁人，你这简直是作死啊……

光明前程就在眼前，夜昙正偷乐，玄商神君走过来。清衡君、紫芜都没太当回事，毕竟兄长身上有盘古斧碎片，危险并不太大。而且，那是自己的兄长啊，这么多年以来，他一直是无所不能的。

区区一个归墟封印，怎么能难倒他？

玄商神君拜别神帝、神后，神帝面无表情，神后则强敛悲色。玄商神君不想引她落泪，走到清衡君面前。清衡君说："昨天的功课我已经做好了，等兄长回来验看。"

玄商神君双手握住他的肩，许久才说："远岫，记住，你长大了，从此以后，你的功课吾都不再查阅了。"

"啊？"清衡君一脸狐疑，"真的？"

玄商神君拍拍他的肩，"嗯"了一声。旁边紫芜说："兄长，那我的功课，你也不要检查了好不好？"

玄商神君垂眸，许久，才说："好。"

紫芜一脸兴奋，玄商神君看向旁边的夜昙。夜昙跟这两个傻子不一样，毕竟领了大笔"遗产"，也不好太高兴。她低下头，免得自己偷笑出声。

玄商神君对她倒也无话可说——毕竟无论说什么都是对牛弹琴。

他转而向魔族嘲风示意："开始吧。"

嘲风回身，同样拜别魔尊："父尊，诸位叔伯，嘲风此去，别无惦念，唯独放心不下落微洞中久病的母妃。父尊，若儿臣此去不回，母妃就……"

他没有继续说下去。魔尊炎方嘴角抽动，双手慢慢地握紧。

嘲风也不等他回应，他的目光在青葵身上略一停留，继而向玄商神君示意。青葵前行几步，不及开口，他二人已同跃进归墟。

归墟之中，原本平静的混沌之炁突然如沸水般翻涌。

夜昙只觉额间剧痛，她抬手一摸，果然额上虹光宝睛烫得吓人。她一手捂住额头，另一只手拉住乾坤法祖："天尊，这法宝的禁制，到底要怎么才会解除？！"

乾坤法祖早就知道她这虹光宝睛，闻言说："这是君上的本命法宝，君上自己才能摘除。”

夜昙瞪大眼睛：“那他要是死掉了呢？”

乾坤法祖说：“就没人能摘了。”

我！夜昙身如利箭，向归墟冲去：“少典有琴！”你忘了给我摘除你这该死的虹光宝睛啦！

她冲得实在太快，神族反应不及，竟未阻拦。夜昙整个人扑入混沌之炁中。

归墟之中，玄商神君只觉光线渐暗，混沌之炁腐蚀着他的至清之体，如万蚁钻心。从他身后传来一个声音，渺渺茫茫地唤他的名。他回过头，看见夜昙一身浓紫，衣袂翻卷，长发飘飘，美不可言。

曾经她问他，有没有觉得她很美。玄商神君直到这一刻才倏然发觉，惊鸿坠入心中，像神识初凝时，萦绕他的那一束星光。

她向他伸出手，额间虹光宝睛光芒闪动，更衬得她冰肌玉骨、姿容姣姣。玄商神君右手微抬，又缓缓收回。他嘴角微勾，竟然露了笑意。

虹光宝睛自然是不可能摘除的，你自己立下的誓言，就每一条都必须遵守。

好生修行吧，莫负天资。另……真的别再闯祸了，离开你，本君真是如释重负，又似脱离苦海。

他笑意未消，少典宵衣已经一把抓住夜昙，将她提了上去！

夜昙额间的虹光宝睛感应到主人的痛苦，发作得更厉害了。夜昙哭得撕心裂肺：“少典有琴，你回来——”你这是什么破记性！能不能把这该死的法宝摘了再死……

她哭声之凄厉，天地动容。神、魔两族静默围观，紫芜和清衡君去扶她，清衡君轻声安慰：“你别哭了。兄长身上有盘古斧的碎片，他一定能平安回来的。”

你懂什么！夜昙推开他，对他的安慰听若未闻。半晌，神后来到她身边，轻轻地抱住她。夜昙从她眼里，看到深不可测的哀恸。

她轻声说：“此时此地，只有我们的悲伤相同。”

夜昙一边痛哭一边摇头。

才不同，一点都不同！

归墟之中，嘲风开始寻找蟠龙古印破损的地方。但这条裂隙不知通向哪里，浩瀚得令人迷失。因为有盘古斧的碎片护身，混沌之炁对他的影响并不大。

但是哪怕只是这微弱的侵袭，也让他全身如针刺。他转头看过去，少典有琴的白衣已经染血了。

看来，必须加快速度啊。否则要是少典有琴坚持不住死在归墟，凭自己要想修补封印恐怕不可能。

玄商神君并没有看嘲风，他拼命前游。混沌之炁中紫色的魔息侵入他的身体，他鲜血滴落，很快被混沌之炁吞化吞噬

嘲风跟他游了一阵，终于问："你到底知不知道方向？"可别游半天搞错了！

玄商神君头也没回，只是说："跟我来！"

归墟之中根本不知道时间，嘲风也不知道随他游了多久。但是他衣衫已然赤红，可依旧未见归墟封印的破损之处。

嘲风已经不知道自己是在蟠龙古印的哪个位置，果然，实践跟看法阵演练图是两回事啊。他伸手触摸身边的法阵，但是还没来得及辨识，玄商神君已经去远了。

嘲风骂了一句。他不信任玄商神君，只能自己辨识法阵，先确定自己的位置。

好在平时所学这时候都派上了用场。他触摸壁上法咒，很快明白自己现在是在龙腹的位置。这里的法阵是完好的。他顺着法阵向前，一一确认。

神魔两族原先设想的办法确实行不通，至少没有盘古斧碎片的少典有琴，是不可能慢慢地确认整个封印是否完好的。他根本坚持不了那么久。

若不是母妃暗暗留藏盘古斧碎片，这归墟……必然是自己的葬身之地。

但好在自己是有时间的。嘲风以最笨的办法，检查整个蟠龙古印。

二人在归墟内寻找法阵的破损之处，归墟之外，神、魔两族仍在等候。

没有人说话，除了夜昙的哭声，便只余风声。

于是神、魔两族都看向夜昙——哭成这样，真是情深义重啊。

就连青葵都愣住。这才没多少日子，夜昙对玄商神君已经如此牵挂了吗？

等待的时间越来越久，两族都开始躁动不安。

终于相柳轻声说："蟠龙古印的龙目还在渗漏混沌之炁，他们会不会……"

"失败"两个字，他还是没有轻易说出口。炎方紧盯着归墟，里面的混沌之炁依然翻滚如沸。他沉声说："再等等。"

神族更为严肃。其他人不知道，但乾坤法祖和少典宵衣等人却心如明镜。失去了盘古斧的碎片，玄商神君面临的情况，可比嘲风严峻得多。

以至于……他只要能修补归墟，哪怕不能活着回来，都已经是最好的结果。

神后抱着夜昙，只有在她身边，自己才能假装是陪着她落泪。神后轻拍她的肩，开始喜欢这个女孩儿，至少她对自己儿子的感情是如此"热烈真挚"。

时间渐渐晚了，天近黄昏。

浮云被阳光烤得焦黄，天地之间一片暗沉猩红。少典宵衣和炎方的脸色也越来越难看。清衡君和紫芜终于也开始焦急，紫芜小声问：“母神，兄长他为什么……还没上来？”

神后只是把夜昙抱得更紧些，哪怕是这种时刻，她也不能放肆地悲伤。否则整个神族都会知道盘古斧碎片遗失，少典宵衣难辞其咎。

而自己的儿子，甚至只能拿性命去弥补自己父神犯下的错误。

魔族，乌玳终于也沉不住气，说：“父神，儿臣请命，入归墟查看。”

魔后和顶云母子二人都没说话。归墟之险，以前只是听说，但是现在看到，连携带盘古斧碎片的少典有琴都没能修补完成的话，其他人哪有什么胜算？

顶云看向魔后，魔后轻轻地摇了摇头。

魔族几位长老都看向这母子二人，见他们实在没有要说话的意思，大家脸上的失望之情也是溢于言表。炎方迟迟没有说话，如果嘲风身死，自己就要失去一个儿子。

这是何等残酷却无奈的事。

神族，清衡君已经开始意识到情况不对。他望向乾坤法祖：“天尊，这是怎么回事？”乾坤法祖闭口不言，他急道，“兄长难道是遇险了？”

仍然没有人回应他。从小在玄商神君的管束下成长的少年，第一次意识到，一直挡在自己身前的山岳，可能会崩塌。他茫然片刻，突然快步来到少典宵衣面前，跪地道：“父神，兄长到现在还没出来，儿臣请命入归墟查看。”

此时天并不冷，然而所有人都觉得寒冷。少典宵衣牙齿咬得紧紧的，神后浑身颤抖。

眼看天色将晚，少典宵衣眼眶温热——不能再让自己另一个儿子也涉险了。当年的一念之差，自己终将付出代价。他说：“事到如今，朕也应弥补自己犯下的错误。朕决定，亲入归墟……”

然而话音未落，突然，乾坤法祖说：“等等！蟠龙古印修复了。”

所有人顿时望向龙目！果然，只见蟠龙古印的一双龙目停止了渗漏混沌之炁，变得清明如初。已经等得心急如焚的神、魔两族，顿时长舒一口气。

大家都望着归墟，引颈而盼，等着这拯救了四界的两位英雄顺利归来。

时间放慢，每一刻都仿佛无限延长。又过了许久，突然，归墟之上，一个身影骤然浮现。他一身血红，步履蹒跚——是玄商神君！

少典宵衣连同乾坤法祖都惊在当场——这真的不是因为他们太期盼而产生的

幻觉吗？

夜昙却没有发呆，她飞身上前，一把抓住玄商神君，将他带离归墟。身边的玄商神君异常轻盈，她将他拉出来也毫不吃力。

“少典有琴！你回来了，太好了！”她如绝处逢生，欣喜若狂，小声说，“快把你这该死的虹光宝睛给本公主摘了！”

然而少典有琴没有回应她，他右手紧紧地抓握着夜昙的肩，每一个字都异常艰难：“父神、母神，儿臣一时不慎，将盘古斧碎片遗落归墟。”

少典宵衣两颊肌肉抖动，许久说不出一句话。

盘古斧碎片，早在两千八百年前，少典宵衣成婚的前夜就被雪倾心盗走。

可现在，他抱着必死之心进入归墟，一个人揽下了所有的过错。少典宵衣向自己的长子伸出手，刚毅如他，仍双眼通红：“有琴。”

旁边，乾坤法祖朗声说：“君上修补归墟有功，遗失盘古斧碎片虽是重罪，但……就请陛下允准，让君上功过相抵，不再追究。”

其他神族纷纷跪下：“请陛下不再追究。”

少典宵衣要极力强忍，才能让自己不落泪。他说：“准。”

玄商神君死死地抓住夜昙的肩，字字带血：“回垂虹殿。”

“哦。”夜昙答应一声，扶着他回天界，一路还不忘讲条件，“那你记得把这虹光宝睛给摘了啊。哎呀，你的手轻一点，弄疼我了！”

玄商神君没有说话。他脸上全是血污，连表情都看不清。

二人刚一进到垂虹殿，飞池和翰墨甚至还没来得及搀扶他，他身躯一软，倒在夜昙怀里。身后赶来的清衡君见状，立刻去找药王，紫芜等人也迅速帮忙，将他扶到内殿的榻上躺下。

紫芜帮他脱去鞋，忍不住惊叫一声，昏厥在地。夜昙这才发现，玄商神君身上皮肉皆慢慢消失，露出森森白骨。她慢慢掀起他的衣袖，原来方才她之所以觉得玄商神君毫无重量，只是因为他的皮肉全部被混沌之炁腐蚀。

她坐在榻边，看见榻上玄商神君整个人都在化掉。那些烟灰色的混沌之炁就附着在他身体的每一处，慢慢地吞噬着他。

这种痛苦，其他人或许不知道，但夜昙是清楚的——她曾经被清气腐蚀过。

她不由自主地为玄商神君擦脸，发现他额头上也已经开始露出头骨。

“伤成这样，值得吗？”她轻声问。重伤濒死，就换一个无功无过，值得吗？

榻上，玄商神君毫无回应。

夜昙轻轻地擦拭着他身上的混沌之炁，就算她不懂医术，也看得出来——伤成这样，恐怕是活不成了。

她说：“我知道，就算你现在清醒，你还是会认为这一切都值得。卫道而死嘛，死得其所。其实你这个人很讨厌，对你的道，我也不认同，但……你也确实让人敬佩。”

她象征性地伸手，在玄商神君双眼上从上到下一合，难得一脸肃穆：“今日之后，相见无期。玄商神君，走好。”

第十六章 莫不咸听

归墟之侧。魔族还在等待，可归墟之内，蟠龙古印中的混沌之炁一片平静。

诸魔心中的希望如风中残烛般渐渐微弱。可魔尊还在等，谁也不敢多言。天暗又明，当夜色散开，神族已经全数离去。

相柳终于忍不住，说：“尊上，我们留下等待，尊上且先回晨昏道吧。”

炎方沉声说：“你等先行返回，本尊再等一等。”

相柳等人叹气，虽然大家已经不抱希望，但他不走，谁敢离开？

青葵同样焦急。嘲风先时是不愿意修补归墟的，他突然提出此事，青葵不知道是不是有自己的原因。甚至，她也不愿这么去想。

可是心中忍不住总是怀疑。

那个本想明哲保身的三殿下，他最终还是毅然决然地去了。要……就这么一去不回吗？

青葵就站在归墟旁边。裂隙之中，烟雾滚滚，只是都被困在蟠龙古印中。青葵捏了捏袖中的丹药，她昨夜一夜未眠，将所有丹药全部赶制出来。

原以为像他这般无赖又怕死的性子，还会再来搜刮一次。但是他没有来。

他直接到了归墟。

眼见东方日出，朝霞又布满了天空。

归墟中的混沌之炁依然飘飘浮浮，青葵突然想，他会不会已经快要上来，却被阻在不远之处？也许是因为等待的时间太久了，她第一次如此担心一个人。

终于，炎方轻声说：“返回魔界。”

魔后和顶云脸上同时露出一抹笑容，虽然这次的沉默和退缩让诸魔看轻了，但毕竟是保住了命。嘲风身死，归墟之危解除，真是完美的结局。

一行人转身要走，青葵却突然看见归墟中有影子在动。

是嘲风吗？！

她几乎没有多想，猛地跃入其中。相柳沉声喊：“夜昙公主！”诸魔同时回头，只看见她的身影没入归墟。

眼前光线骤弱，青葵沿着记忆中的方向追逐那个影子。

混沌之炁围绕她，却并没有想象中那么灼热。

“三殿下！”她大声喊。前方没有回应，影子似乎失去了意识，飘浮在混沌之炁中。她的声音不由得带了哭腔：“嘲风——”

混沌之炁中，嘲风以为自己出现了幻觉。

他当然是不能这么快、这么容易就上去的。任何事情如果完成得太容易，那么之前的牺牲看起来也就不过如此了。而且自己身上，因为有盘古斧碎片护体，伤势看起来也并不算太严重。

当然还是得再等一等，让自己的付出得到最大程度的回报。

可是茫茫归墟，混沌障目。

谁唤我名，惊醒我，于这天地蒙鸿之中？

他回过身，看见有人衣裙雪白，发如丝藻，她拨开混沌，向他而来。

“嘲风。”她声声呼唤，周围混沌之炁饱饮了她的血，而她仿佛不觉疼痛，她抓住他的手，把伤重当作他目光呆滞的全部理由。

她抱着他奋力向前游，几缕长发滑落下来，发中馨香沁入他肺腑中。他抬手，握住那一缕发丝，才确定这不是梦。

嘲风回来了，他还活着！

魔族震动。

魔尊炎方亲自抱着嘲风回到魔族。这一次，他们终于发现医者的重要性了！

炎方毫不迟疑地吩咐：“夜昙，嘲风交给你照顾，有任何需要都交由大祭司去办！”

青葵应了一声，几位魔族长老全都围上来。虽然这些年，魔族一直视他如眼中钉，但两千多年来，他们母子一直安分守己，并未做出过任何有损魔族的事。

何况这次，魔后母子与他们母子相比，可谓是云泥之别。

大家对这位三殿下，当然开始另眼相看。

人围拢得多了，青葵赶紧说：“诸位，三殿下虽然成功归来，但是身上伤重，需要静养。”

炎方立刻说：“全部退下，让夜昙先为他诊治。”

待人全部出去后，青葵这才上前。嘲风听见她的脚步声，虽然身上剧痛，但是他一动不动。突然，身上衣衫滑落，他把眼睛悄悄张开一条缝，只见青葵正在解他的衣带。

素水被炎方杀了，这里没有别的帮手，她只得亲手脱去嘲风的衣袍。

身上伤痕斑驳，几乎没有一处完好的皮肉。但是嘲风却并不觉得痛，他的目光在青葵脸上凝固。

值了！这一次大赚啊！

谷海潮，你要是敢在这个时候闯进来，本座一定会捶烂你的狗头！

落微洞。

雪倾心拿了一根羽毛，正在逗猫。谷海潮就站在她身后，脸拉得比驴脸还长。

他是真不明白，自己儿子在归墟涉险，一夜未归，这个女人为什么还能如此镇定自若，在这里逗猫？片刻之后，外面有侍女过来，说：“魔妃，外面传来消息，”雪倾心逗猫的手顿住，侍女接着说，“三殿下已经回来了。只是伤重，魔尊亲自抱着他前往浊心岛，交给夜昙公主医治了。”

雪倾心“嗯”了一声，谷海潮立刻转身要走。雪倾心问：“你去哪里？”

我当然是去看你儿子啊！那是你亲生的吗？谷海潮老老实实地说：“属下前去看望三殿下！”

“回来！”雪倾心头也没回，把手里的羽毛递给他，然后指了指猫。

什么意思？谷海潮满脸狐疑。雪倾心优雅地斟了一盏茶，浅啜一口，因着心情不错，终于也耐心地讲解了一回：“面对自己最重要的人，只要给出力所能及的帮助即可。收起无谓的关心与焦虑，也是帮助的一种。还有，你要相信，现在本宫让你在这里逗猫，绝对是对你的一种保护。”

谷海潮不说话了，他其实并不喜欢跟雪倾心说话。

雪倾心这个人，如果跟她说话之前自己是半懂不懂的话，那么经她一番解释之后，自己就会……什么都不懂。

浊心岛，青葵开出长长的单子，相柳问也没问，立刻派人加急送来。

她忙里忙外，几位魔族长老还是第一次认真打量这个女孩儿。她身上也被混沌之炁腐蚀了些，但可能是因为进入时间很短，不太严重。她并没顾及自己的伤情，只是帮嘲风擦洗伤口。

魔族没有合适的药童，她一个人忙碌却并不慌乱。

这个丫头，虽然是凡间女子，可是她跃入归墟之时，毫不犹豫。相比之下，二殿下顶云简直连个女人都不如。

尸魔之母白骨夫人也不打扰她，只是问魔尊：“魔妃还在落微洞，三殿下……是否还是让她亲自过来看看？自己亲生儿子涉险，她想必也担心得很。”

魔尊这才说：“来人，去请魔妃。”

身边侍从答应一声，迅速前往落微洞。但很快，他又垂头丧气地回来，说：“回禀魔尊，魔妃说，三殿下这边有尊上和各位长老在，她并不担心。她是久病幽居之人，就不过来了。”

诸魔听到这话，就连魔族几位长老，也不由得心生惭愧。这些年，大家百般防范她，逼得她被幽囚于落微洞，称病两千多年。然而，看看人家是怎样的心胸气度。

魔后暗自咬牙，可是嘲风大功当前，她真是半点办法没有，还只能赔着笑假意关怀。

神族。

玄商神君的情况就严重多了。

他全身上下连血肉都所剩无几，乾坤法祖和少典宵衣一并用清气为他重塑功体。但很快，两个人就大汗淋漓地收了手。

神后赶紧问：“如何？”

乾坤法祖面色凝重，久久不语。少典宵衣用被子将玄商神君盖好，想了许久，说：“他元神即将溃散，单靠清气……无法修复。”

神后再顾不得仪态，一把扯住他的衣袖，质问：“你这话是何意？”

乾坤法祖说：“神后且息怒，容我等再想想办法。”

神后这才出了内殿。她一出来，清衡君和紫芜都围上来，看见兄妹二人，神后眼泪再也止不住。

夜昙趁人不备，偷偷地溜出垂虹殿——她不仅继承了大笔“遗产”，还顺走了玄商神君的出入令牌。如今整个神族都在为玄商神君受伤之事忙碌，正是逃走的好时机。她带着蛮蛮，一路小跑到弄晴阁。

弄晴阁里，紫芜不在——她当然不在，不是在垂虹殿守着她哥嘛。

夜昙大摇大摆地走进去，只见内殿，一只皮毛光滑的小老虎穿着一件织工精美的小背心，正在玩球。那球里有糖，如果它玩耍得当，糖就会掉出来。

这几天它可是已经玩得很熟练了，随便玩玩就能吃光里面的糖。

于是紫芜给它熬了挺多糖，要不是天界的清洁诀厉害，只怕虎牙都要吃成蛀牙了。

夜昙一进去就惊呆了："你在干吗？"

帝岚绝瞥了她一眼，没理她。夜昙揪住他的虎耳朵："这才几天，你就堕落到这种地步了？"

"几天？"小老虎挣扎着吃完最后一颗糖，才怒吼道，"原来你也知道已经过去了几天！"

夜昙把他抱在怀里，帝岚绝四爪乱蹬："这几天你都在干什么？！跟少典有琴玩得太开心，所以忘记我还在等你了？！"

"我的大少爷，我不是让你多养养伤吗？！"夜昙抓起一根磨牙骨塞到他嘴里，再把蛮蛮塞给他，让他抱好，"少废话，快走！"

帝岚绝吐出磨牙骨，问："玄商神君死了？"

夜昙莫名其妙地问："为什么这么说？"

帝岚绝用爪子把蛮蛮的鸟头按压下去，说："天界的守备松散了很多，想来是发生了大事。"

夜昙一边将他抱出去，一边说："虽然没死，但是快了。"说到这里，她有一丁点良心发现，感叹了句，"那个人，其实也挺可惜的。这四界遍地伪善贪婪之徒，好不容易有个耿直的笨蛋，还这么早就死了。"

然后她那点良心就耗光了，说："不过吧，他为自己的道而死，也不需要我为他叫屈。走吧，本公主已经闻到了自由的香味儿……"

帝岚绝混入天界的时候，就研究过逃离的路线。他带着夜昙，很快离开了南天门，一路返回人间。

然而刚刚离开天界，夜昙额上的虹光宝睛就是一闪，突然开始发热。夜昙一手捂住额头，随手把帝岚绝放在地上。帝岚绝发现不对，问："怎么了？"

夜昙捂着额头，说："少典有琴给我种下这个破法宝，只要触犯天规就会发作。天规规定不准私自下界。那个老男人，真是做鬼也不肯放过我！"她刚骂了一声，虹光宝睛的热度更甚，她赶紧说，"啊啊，他不老他不老，他年富力强，貌比潘安，学富五车……啊，你这破法宝，等我把你摘下来，我非把你磨成粉用来喂狗不可……嗞……救命，救命……"

帝岚绝细看她的额头，他指尖轻触，那法宝确实有一种奇异的力量。他说："藏识海有位大能，名叫东丘枢，传闻有大神通，就连少典有琴也曾慕他之名，前往游学。我带你去找他，他或许有办法摘除这法宝。"

夜昙被烫得龇牙咧嘴："那位可敬可爱的先生在哪儿？我已经迫不及待地想要见他了！"

斯由猛风起，洪流鼓冥壑。

藏识海。

一条瀑布垂悬于黛色沟壑之间，正是"豁开青冥颠，泻出万丈泉"。夜昙就站在瀑布之下张望，眼前却只见水雾，哪有什么人影？她问："东丘枢就住在这里？"

帝岚绝开始整理衣冠，说："嗯！要叫先生。"

夜昙捂着额头，这回倒是乖顺，她大声喊："东丘枢先生在吗？！"

耳边水声轰鸣，帝岚绝说："这瀑布是法阵结界，不是每个人都能进入藏识海的。先生会设法考验，你要……"他话还没说完，突然，眼前水雾消散，现出一条干干净净的白石小路，一棵迎客松自崖边探出身来，似乎真的在迎客一般。

帝岚绝微怔——迎客松？这是准许我们进去了？

夜昙却不管那么多，既然有路了，当然就应该进去了！她顺着白石小路，一路向上攀爬。行不多时，她就见半山腰上，现出几间干净的院舍。

耳边书声琅琅，这里居然有人在读书。

夜昙东张西望，突然，有个声音说："过来。"

"谁？"夜昙心中一凛，转头一看，才见旁边迎客松下有一方白石棋枰，棋枰旁坐着一个人。夜昙走过去，只见他身着一袭白色深衣，衣领和袖口绲了一圈黑边。

明明是个读书人的装扮，然而头发披散着，遮住了半张脸。

夜昙慢慢地走过去，发现他青丝中混杂了白发，看样子已经不再年轻。

她低下头，想从滑落的发丝里看清他的脸，却发现男人也在凝视她。目光相对，她说："你应该把头发束起来。"

男人感到意外，问："这么多年来，所有人在此见吾，第一句话都是——'阁下就是东丘先生吗？'你为何与他们不同？"

夜昙捂着额头问："我为何要与他们相同？"

这时，帝岚绝赶过来，说："不得无礼。这位就是东丘先生！"

东丘枢倒是没有怪罪她，只是又问："吾为何要束发？"

夜昙认真地说："你的脸被头发遮成这样，让你看起来很阴险，像个正盘算着阴谋诡计的坏人。"

东丘枢沉默良久，突然，他起身，抬手摘下帝岚绝头上的发簪，认真地束好头发。

他明明头发已经半白，脸却仍然是英俊的。夜昙虽然被虹光宝睛烫得龇牙咧嘴，却仍点头："我就说嘛，这样就好多了。先生腹有诗书，看起来就是一位饱学大儒了。"

帝岚绝怕她再说下去，就要被东丘枢轰出藏识海了。他赶紧说："东丘先生，这是离光氏的公主，请恕她无礼。这次我们来，是因为她受一件法宝所困，想请东丘先生摘除。"

东丘枢不用他说，早就已经看见夜昙额间的虹光宝睛。他抬手，撩起夜昙的刘海，仔细打量着法宝。由于离得太近，夜昙看见他一双眸子里，似乎有着深深浅浅的纹路，如平静河面下不可预见的暗流。

夜昙凝视他的瞳孔，突然说："我觉得我好像在哪里见过你。"

"是吗？"东丘枢饶有兴趣地问，"何时何地？"

"咝……"夜昙捂着额头，"我的头太痛了，想不起来。等你把这个该死的虹光宝睛摘了，我再想。"

东丘枢说："这是玄商神君的本命法宝，以吾修为，摘是能摘，但……如非主人而是他人擅自摘除此物，定会遭遇抵抗。也就是说，很可能我还没能摘除它，它已经将你反噬致死。"

"什么意思？"夜昙一张脸都被烫红了，"你也摘不了？"

东丘枢更正她的说法："不是摘不了，只是不能保证摘了它之后你还活着。"

夜昙捂着额头，转身就走。东丘枢忙问："你要去往何处？"

"我当然是要先回天界。这虹光宝睛跟玄商神君一样混账，肯定是我每在下界待一天，它就会算我私自下界一次。"夜昙痛得额头上冷汗直流，湿了刘海。

她掉头就往山下跑，东丘枢问："玄商神君何在？"

夜昙捂着额头，一脸痛苦的神色，走也走不快："他修补归墟受了重伤，我走的时候只剩一口气了，看起来凶多吉少。"

东丘枢叹了口气："那便只能先将他救回。否则此物宿于体内，会随你修为的增强而增强，永远约束、惩戒你。"

"该死的少典有琴！"夜昙气得大骂，"枉我还觉得他死得有那么一丁点可惜！"她骂完之后，一个趔趄差点摔倒在地，此时虹光宝睛已经变成血红色。

东丘枢伸手，试图压制这法宝，然而真气灌入后，法宝威力丝毫不减。

“她必须返回天界。”东丘枢扶住夜昙，说，“我会送她回去。少君私逃在外，妖皇已经下令抓捕，少君还是及早返回吧。”

帝岚绝说：“如今她变成这样，我实在不能放心。等到玄商神君替她摘了虹光宝睛，我自会回去，向父皇请罪。”

东丘枢说：“吾会将她送去天界，想办法替她压制虹光宝睛。少君跟去于事无补，若真要助她，倒不如打听这三个人的下落。”

他右手蘸茶，在棋枰上写下三个名字。

帝岚绝低头一看，这三个人分别是——苏有琴、梅有琴、闻人有琴。

“这三人是……”他突然想到什么，问，“他们跟玄商神君少典有琴有何关系？”

东丘枢却不再多说，指尖一指，一朵祥云凝结在脚下。帝岚绝也知道夜昙情况紧急，他把蛮蛮塞进夜昙怀里，向东丘枢作了个揖：“这三人我会去查，她就有劳先生了。”

夜昙痛得连二人说了什么都没听清，她踏上云朵，随东丘枢返回天界。

天界，垂虹殿。

神帝少典宵衣和乾坤法祖相对无言。神后和紫芜陪在榻边，看见榻上的人伤得生生脱了相。清衡君说：“父神、天尊，兄长的伤势一直在恶化，我们难道一点办法都没有吗？”

诸神焦虑不安，却毫无办法。

——混沌之炁已经侵入他的骨血，而他元神溃散，毫无意识，纵有神丹妙药，他又如何吸收转化？

殿中气氛十分凝重，突然，有天兵跑进来，跪禀道：“陛下！南天门外，一位来自藏识海的东丘先生求见。”

少典宵衣和乾坤法祖同时抬头，少典宵衣几乎立刻说：“请。”

片刻之后，殿外果然有人进来，却不止一人。

——还有夜昙！

她几乎是迫不及待地冲进殿里，一眼就看见躺在榻上不成人形的玄商神君。

“少典有琴！”刹那间，如同一个即将渴死在沙漠之中的旅人骤然见到泉水，夜昙猛扑到他床前，拉着他的手就贴在自己额头上，然后痛哭流涕。

——少典有琴啊少典有琴，你可真是阴魂不散啊！我上辈子干了什么缺德事，这辈子才遇上了你这个扫把星啊！本公主花容月貌、正值妙龄，本应在魔族潇洒，自由来去，可是你看看你把本公主祸害成啥样了……

她越想越是悲从中来，顿时哭得痛不欲生。

诸神互相一望，皆是感慨万千——神族多少年未见如此深情的女子了啊。

神后上前，轻轻地拍拍夜昙的背，柔声劝慰：“好孩子，你虽担心有琴，但不能不顾自己的身子。你想找东丘先生搭救他，可以直接请示本宫，何必私自下界，令虹光宝睛发作成这样。本宫看了，也是心疼。”她握住夜昙的手，话说得情真意切。

夜昙的眼泪滴到她手上——我更心疼我自己啊，杀千刀的少典有琴！

神后轻抚她的背，柔声道：“东丘先生已经到来，想必会有法子搭救有琴。等他大好了，本宫便奏请陛下，立他为储君。你也能早日嫁到天界，与他夫唱妇随，双栖双飞。”

……那我恐怕不至于那么倒霉！那样的事，真是想想都太恐怖了。

夜昙一边痛哭一边拼命摇头。

东丘枢微微欠身行礼：“陛下。”

他乃四界大能，少典宵衣对他亦客气三分，说：“先生远道而来，请恕神族未能相迎。”

东丘枢说：“陛下客气了。君上与吾毕竟有师徒之谊。十年前，他到藏识海游学的情景，仿佛就在昨日。如今他伤重至此，吾身为人师，自然也万分挂心。”说完，他来到榻前，查看玄商神君的伤势。

但这一看，哪怕是东丘枢，也不由得皱起了眉头，说：“君上神识溃散，已然药石罔效。吾方才行至天界时，见他的命星也已经十分暗淡，只怕是……”他平静地说出了所有人都不愿听见的事实。

少典宵衣说：“吾儿受此劫难，也是为了四界生灵。如今他命在旦夕，先生可有良策？”

他虽然作此问，但是没有抱太大希望，毕竟他和乾坤法祖都知道这是已经无力回天的事。然而，东丘枢却缓缓地道：“眼下，恐怕只有一法可行。”

所有人都望过来，神后更是忍不住急切地问：“什么办法？东丘先生请讲。无论如何，神族一定不惜一切代价。”

东丘枢看着榻上，夜昙正用力往玄商神君身边靠近。虹光宝睛感受到主人的气息，渐渐平静下来。夜昙疼痛稍缓，终于长舒一口气。

东丘枢说：“君上自气凝神聚至今，已有两千七百余年。这些年月里，他渡劫无数，但最为严重的，是他一千岁时所历的一场死劫。”

神后霓虹上神也想起来，说：“确有此事。当时有琴修为耗尽，元气大伤，休养了许多时日方才恢复。”

东丘枢说：“许是君上福缘深厚，命不当绝。那次死劫虽然危险，却也为今日的君上留下一线生机。”

“一线生机？”少典宵衣皱眉，“先生此话怎讲？”

东丘枢说：“陛下是否还记得？当初君上历劫，惊雷直击君上元神，他元神受损，有三片燃烧飞落，化为陨石坠入人间。许是得了君上些许灵力，这三块陨石化为人身，经过一千七百年，也已经颇有修为。如果他们愿意牺牲自己，重新融合并进入君上元神之中，想来……定能滋补君上元神，助君上吸收丹药之力。”

他这话一出，少典宵衣连带诸神都是一喜。神后说：“陛下，先生的话有道理，此法定能奏效！”

少典宵衣自然也焦急，他转头吩咐太阳星君：“立刻派人查找这三块陨石的下落。”

太阳星君领命，旁边的乾坤法祖沉吟道：“已经有人去查了。只是，这三块陨石脱离本体已久，浸淫尘世多年，如今……不知性情如何。他们会愿意牺牲自己，救助君上吗？如果他们并不情愿，就算强行融合，那么也只会适得其反。”

少典宵衣说：“无论如何，总要全力一试。”

清衡君立刻说：“父神，儿臣愿前往寻找他们，说服他们帮助兄长！”

紫芜擦着眼睛站起身来：“我也去！”

神后想了想，说：“陛下是否还记得？有琴少时，与水仙花令使步微月感情深厚。这三块陨石既出自有琴，对幼年好友必然也存有旧情。不如让她前往劝服，说不定能事半功倍。”

少典宵衣点头：“所言有理。来人，下界去寻水仙花令使步微月，并查找这三块陨石的下落。”

夜昙用玄商神君的手揉着自己的额头，啜泣着说：“我也要去。”

神后温柔地道：“本宫知道你心系有琴，想必是不能放心。你也跟去吧。但是有件事，本宫还是要叮嘱你。步微月与有琴虽然旧谊颇深，但这绝不会影响你的储妃之位。你万不可同她赌气。”

夜昙不断地用玄商神君的手轻揉自己的额头，点头如小鸡啄米：“明白，明白。只要她能救醒少典有琴，我不仅不同她赌气，我还可以给她磕几个响头。”

“你……唉。”神后叹了口气，拍了拍夜昙的手背，“你今夜就留在垂虹殿，好好照顾有琴。明日同紫芜、远岫等人一同下界。”

少典宵衣带着东丘枢出去，飞池和翰墨则在殿外侍候。殿里就剩下夜昙和蛮蛮，再加上躺在榻上毫无知觉的玄商神君。

夜昙倒在他身边，本来是想睡一会儿，但她又哪里安静得下来？

她伸出手，偷偷地掀起玄商神君的衣襟，向里偷瞄。

蛮蛮趴在枕头上，问：“你干吗？”

夜昙理直气壮地回答：“有个男人躺在我身边，我睡不着，看几眼怎么了？”

她用食指戳戳玄商神君的胸口。他身上的肌肤被腐蚀，很多地方已经露出白骨，看上去十分可怖。但他的脸还是完好的，英俊中透出几分病弱。

夜昙又摸了摸他的下巴，说：“少典有琴全身上下，也就这张脸最拿得出手了。”

蛮蛮说：“你要是想猥亵他的话，我去替你把风。”

夜昙大怒：“我猥亵他？瞎了你的鸟眼！本公主如此倾城绝色，用得着猥亵男人吗！”她一边说话，一边在玄商神君身上翻翻找找，突然，她轻声说，“咦，找着了！”

蛮蛮伸长脖子去看，夜昙正解开玄商神君的腰带：“他们这样的神仙，一般都会有墟鼎、乾坤袋什么的。能够放在里面随身携带的，那才是宝贝！现在趁他没有意识，我们正好……”她把手伸进玄商神君衣服里，不一会儿，掏出一只白色的布袋，“嘿嘿嘿……”

“高啊！”蛮蛮急切地凑过来，鸟头一拱，已经钻进袋子里，“快让我看看，里面有什么？”

“啊！他的琴！”蛮蛮边看边扒拉，“还有一把剑！还有……咦，这是什么？手绢吗？”蛮蛮叼出一块水红色的丝帕一般的东西。夜昙接过来，抖开，然后她脸上的笑容凝固了。

蛮蛮也好不到哪去，它盯着这东西，张大鸟嘴惊讶地说：“这是……女人的肚兜哇？少典有琴居然私藏女人的肚兜！这消息实在是太劲爆了！我们应该把它挂到南天门外，让所有神来围观，说不定还会有女仙前来认领呢！”

它叽叽喳喳地说了半天，见夜昙没回应，问：“你猜这肚兜会是谁的？听说他有个旧情人叫步微月，不会是那个女人的吧？”

夜昙很肯定地说：“不是。”

蛮蛮满脸狐疑地问：“你怎么知道？”

夜昙幽幽地说："因为这是我的。"

蛮蛮一头栽倒在地。夜昙捂着额头，也是感到奇怪——这老男人几时偷的这东西？他不会是个变态吧！肚兜收集癖？

我的天哪！

第二天，天色还没亮，夜昙就已经梳洗完毕——因为她一夜没睡。就凭那个肚兜，谁在少典有琴身边睡得着啊？在这个世界上，色魔不可怕，正人君子也不可怕，但这种一副正人君子模样的色魔就太让人害怕了。

夜昙打开房门，刚喊了声"飞池"，就愣住了。

房门外站着一个人，一个女人。

五月的天气已经很温暖，但这个女人依然身披白裘，面色苍白。她不知道已经等了多久，正右手拿着手绢轻轻地捂着嘴，不住地咳嗽。

病美人啊！

夜昙突然想起她是谁了！

"水仙花令使，步微月？"这个女人，夜昙还真的见过。当时她渡劫失败坠入凡间时，夜昙就站在溯源镜前，看得清清楚楚。

步微月轻拢衣裳，得体地向她行礼："青葵公主。"

她渡劫失败后，本就修为尽失，落得一身伤病，此时袅袅婷婷地下拜，更有弱不胜衣之态。

夜昙问："你在外面等很久了？"

步微月又咳了几声，说："公主奉神后之命照顾有琴……不，君上，微月不好打扰，于是在此等候。"

她说话时也是病弱无力的，仿佛一阵风就能把她吹倒。

旁边蛮蛮把鸟头凑到夜昙耳边，小声地说："小心，这是个高手！"

夜昙没有理它，只是围着步微月转了一圈。她身上很香，伤病不仅无损她的美丽，反而使她更添了几许水仙花的清新淡雅。

夜昙说："本公主现在已经起床，你可以进去看他了。"

步微月又对她深施一礼，这才入内。

她虽然极力保持礼仪周全，但是步履间多了几分急切。此时站在玄商神君榻边，亲眼见到他的伤势，她微微侧过脸，眼泪不由得滑落下来，但她很快用丝绢拭去。

美人无言，黯然神伤，端的是令人动容。

外面，清衡君和紫芫一并进来。看见夜昙，两个人都有些无措。紫芫拉过夜昙，小声说：“微月和我兄长从小一起长大，是儿时的玩伴。二人感情很好，你不要介意。”

夜昙翻了个白眼：“我介意什么？她渡劫失败的时候，玄商神君眼睁睁地看着她坠入人间，无动于衷。这样也能叫‘感情很好’？我要是有这样的朋友，早就断绝关系了！”

紫芫说：“兄长并不是全然无动于衷啦，只是天规禁令，明言不得干涉他人渡劫。如果因为是自己好友就横加施救，岂不是有违规矩，失了公允吗？”

夜昙不以为然：“所以本公主对这样的感情毫不介意。我真的替这个步微月感到不值，幼年同修，儿时玩伴，到头来却如怀中抱石，所有的爱和付出，都只感动了自己。”

紫芫说：“也不要这么说啦。兄长……严守天规禁令，也没错嘛。”

夜昙“哼”了一声：“他是没错，只是心如铁石，无情无义……”话刚说到这里，她“哎哟”一声捂住额头，开始碎碎念，“啊，不、不、不，他英明神武，温柔多情，本公主对他，那是魂牵梦萦，顶礼膜拜……”

榻前，步微月终于转过身来。

方才夜昙的话，她听在耳中，却没有什么别的反应，只是眼眶红透了。她轻声说：“有琴……君上并非无情之人，只是为了顾全大义，难免只能看淡儿女私情。他的选择，我都理解。宽仁大义，不徇私情，这正是微月心中的君上。”

夜昙好不容易才哄好额上的虹光宝睛，说：“好吧，好吧，你善解人意，你顾全大局。我们是不是可以走了？”

步微月轻轻点头，临出门时，她回眸看向榻上的玄商神君。临别一眼，饱含着说不尽的千般眷恋，万种柔情。

有情人不能相守，而且在对方的未婚妻子面前，还只能含泪退让，将一腔心事掩藏。清衡君和紫芫互看一眼，两个少年亦同样感伤。

蛮蛮小声地说：“我蛮蛮有预感，这个步微月，段位很高哇。”

夜昙摸摸额头，说：“段位越高越好。希望她真的能带回与少典有琴有关的三块陨石，让我摆脱这该死的虹光宝睛。”

四人一起出了垂虹殿。

南天门外，天帝少典宵衣、神后霓虹上神、乾坤法祖和东丘枢都已经在等候。

四个少年上前行礼，少典宵衣说：“因为这次的事必须保密，所以也不便增派人手给你们。行走下界，不要亮明身份，以免引起魔界警觉。”

旁边东丘枢说：“你等前往人间月窝村，自然有人接应。”

神后也是一脸担忧，叮嘱清衡君道：“下界之后，你要小心行事，照顾好紫芜她们。”

清衡君拱手应是。旁边，步微月一直在低声咳嗽，最后终于忍不住，一阵猛咳。神后说：“你这伤势，竟还如此严重吗？”

步微月咳得喘息不定，好半天才说：“承蒙娘娘关心，微月无恙，可以……”

话音未落，她猛地以手捂嘴，然而鲜血仍然从指缝间溢出来。

紫芜大惊失色，忙扶住她：“微月！”

神后转头，和少典宵衣对望一眼。少典宵衣说：“先传药王，替她疗伤。”

步微月挣扎着站稳，道：“不，陛下……我的伤不要紧。微月愿意先行下界，寻回君上的三块陨石！”

但刚说完这句话，她又剧烈咳嗽起来，丝帕上有血迹渗透出来，令人心惊。

少典宵衣沉声道：“来人，把她送到药王殿疗伤。”

“不，陛下！”步微月一边吐血一边道，“君上危在旦夕，就请陛下让我……让我……”她本就虚弱，此时一时急切，竟然晕了过去。

神后亲自将她扶起来，命人将她送往药王殿。

夜昙叹了口气，说：“陛下，君上那边也耽搁不得，还是我等先行下界吧。”

神后欲言又止，最后还是乾坤法祖微笑着说：“微月上仙伤重至此，看来这件事，也只好交给皮皮虾你去做了。”

“可不是吗？”夜昙嘟哝了一句，她走到乾坤法祖面前，问，“不过天尊您看，这么重大的事，你们不给个上古法宝防身，也说不过去，对吧？”

她这话一出，清衡君等人都十分惊愕。乾坤法祖是何等人？她竟这般无礼？

少典宵衣沉下脸来，说：“放肆！”

然而乾坤法祖微笑着说：“应该给，应该给。不如就从君上那三千余件法宝里边……”

……休想动本公主得到的“遗产”！夜昙立刻一脸视死如归的表情：“法祖说的什么话，君上为四界而受难，我等解救他义不容辞，怎能借此邀赏！我去了！”

一直等到三个少年下了界，少典宵衣终于说：“晚辈就该有晚辈的样子，天尊不应太过娇宠纵容。”

乾坤法祖一甩拂尘，说："君上性子清冷，若是有她，倒是可抵御三分清寒。再说，陛下也不会和一个孩子计较。"

少典宵衣"哼"了一声，说："但是她……能找回三块陨石吗？"

这个问题，便是乾坤法祖也不敢贸然作答了。二人一齐望向人间，俱是无言。

清衡君、紫芜和夜昙一路出了南天门，下到人间。

熟悉的土地被踩在脚下，鼻端缭绕着泥土的芬芳，夜昙深吸了一口气。因为她这次是奉命下界，不是私自下界，所以虹光宝睛并未发作。

夜昙一身轻松，问："那三块陨石在哪儿？"

清衡君左右查看，说："东丘枢先生让我等在此等候。"

夜昙这才打量着周围。这里是座小村庄，一条小河绕村而过，里面浮着几只肥壮的鸭子。一只母鸡正带着自己的一窝小鸡在咯咯叫着找食物吃，前方传来几声犬吠，反而让村庄显得清幽宁静。

"这是座村子嘛。"夜昙正准备下去看看，突然，身后林子里树叶一动。

一头五彩斑斓的老虎正要长啸，头都仰起来了，然而一眼看见三个少年中的紫芜，立刻紧紧地闭上了嘴。他站起身来，变成了一位绿衣贵公子。

他钻出林子，几个人都吓了一跳。清衡君更是一马当先，将两个女孩儿和一只蛮蛮鸟都护在身后。

倒是夜昙亲热地上前："帝岚绝！"

蛮蛮也亲热地跳到他肩上，扇扇翅膀，不走了。

他当然就是妖族少君帝岚绝。

清衡君问："青葵，你和他认识？"

夜昙翻了个白眼，说："拜托你能不能问点正事？"

清衡君只好问："东丘先生说的接应之人，就是你？"

帝岚绝先是警惕地看了一眼紫芜，见她并没有反应，显然并没有认出自己，他这才放下心来。

他虽然不认识清衡君，但看眉眼也知道是玄商神君的弟弟。他说："这里叫月窝村。详情东丘枢先生应该已经跟你们说过，玄商神君的三块陨石，如今已经化作人身。其中一个化名苏有琴，就在这座村子里。"

"就在这里？"几个少年显然都不解，这里可不像是什么风水宝地。

紫芜小声地问："这里有什么灵脉仙山有助修行吗？"

帝岚绝说："修什么行？他在这里……算了，你们自己进去看吧。喏……"

他一指不远处的一间石屋，“就在前面。”

夜昙已经等不及了：“那我们快去找他！”

帝岚绝拦住她，说：“等等。你们要有心理准备，他只是玄商神君的一块陨石，其性格习性，已经跟玄商神君……大相径庭。”

清衡君和紫芜也等不及了，紫芜说：“他虽然只是兄长的一块陨石，但总应该有坠落之前的记忆。我相信兄长的品行，无论发生什么事，他都不会改变。”

帝岚绝耸肩，他显然一个字都不想跟紫芜说：“那你们过去吧。”

夜昙一向冲得快，她此时已走在前面。清衡君一把将她拉回来：“别乱跑，小心危险。”

帝岚绝眉毛一挑，沉声说：“我既然让她自由走动，自然就确定此地安全。”

他说这话的语气、神态都另有深意，清衡君转头，与他四目相对。两个少年眼中都有火花迸溅，蛮蛮鸟仗妖势，也跟着怒瞪清衡君。紫芜倒是没发现气氛有异，她说：“那我们快去找兄长吧。”

夜昙立刻附和：“就是，就是。”说话间，人已是跑远了。

清衡君说：“你应该知道，她是我们天界未来的储妃。”

帝岚绝扫了一眼夜昙，说：“你要是不担心少典有琴，我们可以继续在这里理论。”

清衡君冷哼一声，到底是跟着夜昙走了。

前面就是石屋，还没走近，夜昙就觉得温度很高。

“这里怎么这么热？”她左看右看。紫芜也觉得奇怪：“青葵姐姐，你看！这些草都枯了！”

夜昙低下头，果然，附近的草木全部焦黑枯死。

“这是……被火烧的！”夜昙拈起地上灰白色的粉末，这才发现，石屋附近，寸草不生，这些粉末全是燃烧之后的灰烬。

清衡君也发现了，三个少年一起看向这座热浪逼人的石屋。

旁边有村民路过，看见几个人衣饰不凡，忙说：“几位仙长，你们是来帮我们除妖的吗？”

“除……除妖？！”几个少年皱眉。

村民愁得都快哭了，说：“仙长们有所不知啊。我们月窝村，以前虽然清贫，但也是个山明水秀的好地方。谁知道，也不知哪个年月，来了这个妖怪，可害苦了我们！它来之后，咱们这村子，房子全都烧光了。冬天都感觉热得出汗，更别说大热天了！草木燃的燃，死的死，土地更是龟裂起壳，种什么都种不活！”

他说得伤心，夜昙问：“你们没有派人捉妖吗？”

村民终于哭出声来：“这妖怪脾气暴烈如火，前来捉妖的大师们，都被烧得哭爹喊娘，再也不来了！”

“这实在是太欺负人了！”紫芜怒道，“本仙君在此，岂容小妖放肆！我这就除了它，为你们……”

她话刚说到这里，石屋里就走出来一个人。

这人一出来，几个少年就愣住了！

这个“妖怪”，他一头长发是火红色的，却偏偏穿了一件绿袍。他手里提着一个宝葫芦，像只鲜亮的野鸡。

他一“出场”，几个少年都被唬得后退了一步，连蛮蛮都被吓得一哆嗦。紫芜小声地问：“这妖怪穿成这样，是何物成精？”

夜昙用手拢在她耳朵边，说：“我觉得你应该认真地看看他的脸。”

紫芜果然异常认真地端详着这“妖怪”的脸，然后她一手指着这红发绿袍的“妖怪”，全身上下抖啊抖：“兄……兄……兄……”结果她一口气没上来，往后就倒！

第十七章

饔乎鼓之

清衡君急忙掐紫芫的人中，旁边的村民说：“这妖怪是挺凶的！几位仙长可有办法？”

那红发绿袍怪已经听见几人说话，他右手成爪，向这里一挥。夜昙多机敏啊，她迅速飞身后退就躲起来了。蛮蛮一向会看形势，跟着夜昙连滚带爬地跑远。帝岚绝紧随其后。那村民被烧了多年，显然也已经成了个“练家子”，此时见势不妙，拔腿就跑。

清衡君和紫芫可没这样快的反应，顿时只见一团火球呼啸而来，啪的一声，砸落一地。清衡君和紫芫只来得及“啊”了一声，然后就……身上着火了。

幸好是堂堂两位神君，不至于就这么被烧死。兄妹二人灭掉身上的火焰，再看一眼那红发绿袍怪，相顾无言。

那村民早就跑得没影了，几个人也问不出更多的话。紫芫还处在震惊之中，久久不能回神，她说：“兄长怎么会变成这样？”

帝岚觉得她说话，总是带着优越感：“我早就说过，他只是你兄长的一块陨石！而且已经坠落人间一千七百年了。”

紫芫说：“那我们怎么说动他搭救兄长？他看起来已经不认得我们了。”

她这个问题一提出来，其他几个人是真的答不上来。

另一边，红发绿袍怪追上来，二话不说，又搓了一个火球砸过来。几个人也二话不说，拔腿就逃！

一直跑出老远，见身后的红发绿袍怪终于没再追来，夜昙才双手叉腰，喘着粗气说：“我说，这个少典辣目，看起来不太欢迎我们。”

清衡君无语：“少典……辣目……好歹是我兄长的陨石，你能不能不要胡乱给他起外号？”

“他哪里像少典有琴？”夜昙伸手，想要拍拍他的肩安慰一下，然而手刚抬起来，就被帝岚绝打下去。她只好说：“前面有座村子，我们进去问问情况。”

前面果然有个小山村，但村民们面黄肌瘦，显然过得并不好。

几个少年进到村里，发现这里也全部是石屋，且柴堆都离屋子很远，看来是经常被烧从而总结出了一些经验。

夜昙拉住一个看起来比较八卦的大婶，问：“大婶，前面那个红发绿袍的妖怪，经常来祸害你们吗？”

她说别的还好，一说到这个，大婶立刻就开始诉苦了：“几位有所不知啊。从前我们这里方圆五十里，多么富饶肥沃！自从有了那个妖怪，我们的房子被烧光了，土地干裂，什么也种不出来……”

她说得伤心，拍着大腿就哭。

夜昙问：“那你们怎么不搬远点啊？”

大婶说：“我们祖祖辈辈都住在这里，这里是我们的根呀……多年以来，我们遍请法师，没一个能把它赶走的。”

她有倒不完的苦水，紫芜心里却有些不是滋味——这可是自己功盖四界的兄长啊！他为了四界修补归墟，到现在还不省人事。他的陨石，怎么能是妖怪呢？她说：“他并不是什么妖怪，他是……”

夜昙打断她的话，说：“如果我们能帮你们降了这妖怪，你们愿意出多少银子啊？”

什么啊？清衡君和紫芜都愣住了，只有帝岚绝和蛮蛮早就习以为常。大婶听见这话，顿时眼睛发亮：“你们……真能替我们降妖？可是几位仙长，你们看起来……年纪可是不大呀……”

夜昙瞪着她：“长生不老你难道没听过吗？要是我们七老八十，走路都喘粗气，打得过妖怪吗？”

也是。大婶想了想，说：“如果几位小仙长能够替我们降伏了这妖怪，我们全村人愿意捐出全部钱财，敬奉神明！”

夜昙说：“现在立刻让村民凑钱！本大仙可不白干活，明白吗？”

大婶一脸恳切的表情，显然全村人都被那红发绿袍怪折腾得不轻。她马上说：“我这就去，这就去！”

清衡君和紫芜无言以对，清衡君说：“都什么时候了，你还不忘赚钱……”

夜昙说：“你懂什么，我这叫一举两得。”她指指前面的村庄，说，“远岫、紫芜，你们先在村子里住下。注意小心隐藏踪迹，不要被魔族发现。”

帝岚绝的语气有些酸：“远岫？”叫得可真亲热。

夜昙瞟了他一眼，说：“你已经出来很久了，该回去了。”

帝岚绝冷哼：“不必赶我，眼下情况不明，我不会放心你一人在此。”

当他说这话时，便是紫芜也目露疑惑。她看看帝岚绝，又看看夜昙：“你们很熟？你是青葵姐姐的朋友吗？”

帝岚绝不想理她，清衡君道：“我再警告你一次，她是我们天界的储妃，希望你和她保持距离！”

眼见二人又要对上，夜昙不想管了，说：“既然你们有如此雅兴，就在这里吵架吧。我先去会会那个少典辣目。但是别打起来啊，最好布个结界，别让你们的气息外泄。”

话落，她回身就往石屋的方向走——这个少典辣目，到底要怎样才能让他自愿融合进入玄商神君的元神之中呢？唉，少典有琴啊少典有琴，你的“遗产”，还真是不好拿啊。

天界。少典宵衣派人密切注意着魔族动向，以免让他们察觉三块陨石的存在。步微月则是被送回水仙花殿养伤。她渡劫失败后，水仙花令使已经换成了她的大弟子步青瓷。此时，她人尚未入内，步青瓷已经迎了出来。

“师父！”步青瓷见到她，忙双手来扶。

步微月将手搭在她肩上，以她为杖勉强行走，问：“我离开的这些日子，天界可还安好吗？”

步青瓷红了眼睛，说：“水仙殿一切安好。天界却是发生了一些变故。”

“变故？”步青瓷皱眉，问，“什么变故？”

步青瓷说：“丹霞上神被陛下遣下凡间渡劫了。”

步微月直到现在才露了一丝惊讶，她以帕掩唇，咳了几声方问：“丹霞上神？为何？”

步青瓷说：“因为她当众指认青葵公主私通魔族，结果……陛下在青葵公主身上发现了一张使用过的傀儡符。当时，陛下虽然什么也没说，也把此事推脱给了魔族，却打发她下凡历劫了。”

步微月说：“青葵公主是未来的天妃，丹霞上神确实不该轻易指认。碧穹仙子呢？”

步青瓷扶着她回到房间，说：“碧穹仙子伤心欲绝，这些日子都没有怎么出门。”

步微月“嗯”了一声，说：“母女情深，丹霞上神受此劫难，她定是不好受。有空让她来水仙花殿坐坐，免得闷出病来。”

步青瓷答应一声，犹豫着说：“师父……青葵公主自进到天界之后，不仅跟三位天尊十分亲近，就连文昌帝君也对她高看一眼。甚至……”

她想说又不敢说，步微月说：“说。”

步青瓷说：“天界流星雨，君上与她同去观星，回来时正遇风雨，君上还亲自将她抱回天葩院，甚至……君上还曾亲自送她上学。”

步微月一把握住门口花瓶里的水仙花，许久之后才松开，但水仙花已经在她掌中化为齑粉。

她五指张开，粉末自指间散落飞扬：“其实你不说，我也知道。”她轻声叹气，步青瓷感到意外：“师父知道？”

步微月终于神情低落，说：“虹光宝睛在她身上。这是有琴的本命法宝。有琴性子清冷，我实在是想不出，他们之间到底发生了什么事，有琴才会将此物送给她。”

步青瓷很少见到这样的师父，顿时心里难过，说：“师父……可能是因为婚约在身，君上才……”

步微月说：“无论什么时候，为师都不需要你来安慰、同情。”

步青瓷连忙行礼：“是。”

步微月环顾房间，里面桌椅干净，纱幔带香，水仙花的雕纹随处可见，一切都还是她离开时候的模样。她说：“你退下吧。”

步青瓷终于还是忍不住，问：“可是师父，青葵公主这次下界，如果让她解救了君上，那可是大功一件。”

她言语之间十分担忧，步微月唇角却出现了一抹笑意：“当然是大功一件。但……也是大过。关于这件事，天帝陛下召我回来，就是希望我用尽心机、不择手段，以达到目的。”

步青瓷暗暗心惊：“师父的意思是……”

步微月说：“那三块陨石，早已开了灵智，有了自己的意识。单凭几句软话，他们怎么可能牺牲自己，搭救有琴呢？想要让他们就犯，必须用尽心机、手段。就算我让三块陨石融合，解救了君上，但所用的这些手段，也必然会让所有人觉得我是个心机深沉、行事狠毒的女仙。而这种恰恰是君上和陛下都最讨厌的女仙。”

步青瓷恍然大悟："陛下是想将这些肮脏的事交给师父去做，免得脏了青葵公主的手！"

步微月冷笑，说："那是当然的啊。她是未来天妃，关乎神族颜面，自然是要干干净净的。我算什么呢？所以在解决这件事前，我当然是要装作伤重。她是天族储妃，自然会抢着去做。她要是能顺利完成，那就再好不过了。"

步青瓷惊叹于她的智慧，说："就算青葵公主救了君上，君上和陛下也会厌弃她。可是万一她不能完成呢？"

步微月说："昨日我去看了有琴的伤势，是很严重。但是陛下和天尊用了大量灵丹，极力延缓他伤势的恶化，他还能撑一阵。我们先密切注意人间的动静，如果她确实无能，那我也只能不惜此身，亲自下界了。"

步青瓷说："师父对君上一片痴心，君上终有一日会明白的。"

"攒眉千度，终日凝眸。"步微月轻声说，"我的心，他又怎么会懂？你有空多去看望碧穹仙子。"

步青瓷说："师父何必如此？当初丹霞上神在时，霞族可看不上咱们。"

"霞族出了六位神后，天界除了星辰一族，还有谁能与之争锋？她看不上水仙花殿，有什么不对吗？"步微月坐下来，声音含笑，"青瓷，有些事必须有人去做。而我这双手，却一定要干干净净，无尘无垢。"她唇角含笑，注视着自己的双手，竟然也流露了几分温柔，"毕竟，有琴喜欢。"

月窝村，石屋旁。

刚才的火球已经熄灭，但周围温度仍然高得吓人。红发绿袍怪坐在石屋前，手里抱着一个玉白的宝贝葫芦。夜昙仔细观察，发现他玉白葫芦里传来阵阵酒香。显然，里面一定盛满了美酒。

这个人，夜昙方才只看了一眼，就觉震撼，这时候细看，还真是辣眼。她有些想笑，但隐隐地又有些感慨。不知道为什么，就想起少典有琴前往归墟之前，她讥讽他的话。

"你以为你自己伟大？你死掉之后，你父神逃脱罪责，偷笑还来不及！你母神还有一个儿子，你妹妹仍然是小公主。天界一切如常，谁会感激你？！"

自己这么说的时候，他说什么来着？

啊，他说："吾之所求，正是如此。"

这个人，无论什么时候，都是一副大义凛然的样子。

可现在，他的陨石化身滑稽得令人捧腹。若是少典有琴本人看见自己的陨石化身是这个样子，恐怕不会很想活。

“哎！那个辣目！”夜昙远远地喊了一声。石屋前，正在喝酒的红发绿袍怪猛地站起身来，他显然认出了夜昙，说：“你还敢回来！”话音刚落，一团火球飞掷而来。

夜昙急忙跳开，火球落地，燃成一片火海。夜昙回头看了一眼，她一向很会找话题，跟谁都能聊起来，当下就问：“你喝的酒，是九丹金液吗？”

红发绿袍怪果然停手，他上下打量着夜昙。

夜昙赶紧再接再厉地说：“这酒虽然是宫里御用，但其实并不算太好。我知道一种酒，比它好喝。”

红发绿袍怪怒了，他说：“胡说！这么多年来，我饮遍天下美酒！还有比九丹金液更好的酒？！”

夜昙说：“说你无知你还不信。你若有胆量，跟我去取酒，看看我那酒到底能不能跟你的九丹金液相比！”

红发绿袍怪的权威受到挑衅，他立刻咆哮道：“你若交不出更好的酒，我烧死你！”

夜昙说：“这么说就不公平了。那要是我带来的酒更好呢？”

红发绿袍怪似乎没有想到这个结果，他愣了一下。这个二愣子似的神情出现在与少典有琴一模一样的脸上，显得有一种说不出的好笑，又……说不出的可怜。

夜昙说：“这样吧，如果我带来的酒更好，你就要听我的！”

红发绿袍怪右手一举，火球将出未出。夜昙立刻指着他道：“是不是玩不起？！你要是怕输，就别赌了！”

“九丹金液已是名满天下，若是有比它更好的酒，我岂会不知？你休要诓我！”红发绿袍怪一说话，怒火更盛，手中的火球也越搓越大。

夜昙赶紧说：“你就说你敢不敢赌吧？我要是输了，让你烧死！但你要是输了，你就得听我的话！”

红发绿袍怪脾气暴烈，经不得激，他立刻说：“好，我就让你死个明白！”

夜昙说：“跟我来！”

她转身就走，冷不丁身后呼的一声，虽然她反应已经够快，整个人往前一扑，但一片火焰直扑过来，仍然燎了她一个三分熟！

“你！”夜昙指着他，气得一句话也说不出来。红发绿袍怪哈哈一笑，他还挺有理："我只是答应与你一赌，有说过在这期间不烧你吗？！"

他一脸得意扬扬。夜昙简直被气得没了脾气——少典有琴啊少典有琴，你自己大仁大义，为了四界而牺牲也就罢了，为什么要连累无辜的我！

夜昙在前面带路，红发绿袍的少典辣目跟在她身后。稍微离得近了，她就怒道："离远些！"

少典辣目说："怎么，你也怕热吗？"

夜昙睨了一眼他的装扮，说："不，我怕丢脸！"

话音刚落，一团火球从天而降！

夜昙一脸平静地拍灭了自己身上的火。

唉。少典有琴啊少典有琴，本公主为了你吃的苦，你这辈子到底要怎样才还得起！

二人一前一后，很快来到一座宫苑前。宫殿巍峨，守卫森严。

少典辣目说："这是离光氏的皇宫，我们来这里干什么？"

夜昙找了一堵墙，准备翻墙进去，闻言说："你对这里倒是熟嘛。"

少典辣目看着她熟练地爬墙的样子，难得谦虚地说："大约没有你熟。"

他跟夜昙爬墙入内，里面居然是一座湖。

少典辣目举目四望，只见水榭失修，岸边杂草丛生，人迹全无。

"这里衰败至此，岂会有美酒？！"他怒道，"你个丫头，竟敢骗我！"他一怒，右手就又搓了一个火球。夜昙翻了个白眼，说："好了！本姑娘既然带你来，肯定是有酒啦！你这一言不合就放火的性子能不能改改？！"

少典辣目瞪着她："酒在何处？！"

夜昙在湖边走了几步，最后指着一块荒地说："刨！"

少典辣目说："我刨？"

"废话！"夜昙说，"你不刨，难道让我一个小姑娘干这种体力活？！"

但很显然，只是一块陨石化身的少典辣目，是没有什么风度可言的。夜昙跟狗一样刨坑的时候，就明白了。她擦了擦脸上的汗，看着旁边坐在石头上喝酒的少典辣目，喃喃地道："少典有琴啊少典有琴……我竟然开始有点想你了。如果你在的话……"

她歪着头想了想，要是面前站的是少典有琴，那他大约只会一甩袖，高高在上地丢下两个字——无聊。

唉，也好不到哪儿去！

夜昙认命地刨坑。幸好这酒埋得并不深，不一会儿，还真就挖出一个酒坛子。少典辣目一愣，想不到这下面竟然真的有酒。

夜昙拍开封泥，就有一股酒香溢了出来。

少典辣目赶紧伸手来接，夜昙忙护着酒坛子躲开："我们的约定，你还记得吧？"

"嗯……"少典辣目盯着她手里的酒坛子，喉结轻动，咽了咽口水，他说，"怎么不记得？如果这酒不好，就烧死你！"

夜昙气得大叫："我是说后半句！"

少典辣目被酒香馋得受不住，他施了一个定身咒，夜昙顿时动弹不得。

——这个少典辣目毕竟是玄商神君的陨石化身，而且已经修行一千七百年，其修为岂能轻视。

他从石头上跳下来，几步来到夜昙面前。夜昙一时解不开禁咒，只得转动着眼珠问："你想干什么？！"

少典辣目一把夺走她手上的酒坛，仰头喝了一口。

这……果然是好酒，入口顺滑。

他又品了一口酒，缓缓地坐回石上，神情渐渐凝重。夜昙气得大骂："少典辣目！你这混账！"

少典辣目沉浸在酒香之中，许久才问："这是什么酒？为什么会被深埋在皇宫禁苑的废湖之畔？"

夜昙没好气地说："你觉得在这种情况之下，我有兴致跟你聊天吗？"

也是。少典辣目一弹指，解开她的定身咒。夜昙刨了半天土，身上全是青苔和湿泥。她来到湖边，说："少典辣目，你过来！"

少典辣目细细地品着酒。也是沾了这酒的光，他对她略微有了一丝好感，于是他提着酒坛走过来问："干什么？"

夜昙指指湖边的浅水，说："来，来，站在这里。"

少典辣目站过去，一脸莫名其妙的表情："你到底想做什么？"

他身上过热，刚一站过去，周围的浅水立刻咕嘟冒泡，竟然开始沸腾。夜昙非常满意，选了个水温适宜的地方，开始泡澡。

天上月色正好，湖水静谧无声。

夜昙把身上的泥、草、灰都洗干净，只觉得一身惬意。她向后伸手："来，酒给我喝一口。”

少典辣目当真把酒坛递给她。这酒坛被他拿在手里，竟然已经开始发烫。夜昙仰头喝酒，这荒草丛生的废湖，都染上了绵绵的酒香。

“果然是好酒啊。”夜昙轻声叹道。

旁边，少典辣目也坐在水里，问：“你还没有告诉我，这酒从何而来？”

夜昙说：“是我姐姐酿的。她说平常人家的女儿，刚出生的时候，父亲就会为她酿一坛酒，埋在地下。等到她出嫁的时候，就把酒挖出来，用以待客。于是，她就帮我也酿了一坛，说是以后我成亲的时候，就能跟我夫君一起喝。我想，她总不会骗我，肯定会酿一坛最好的酒。”

说着话，她把酒坛递过去。

少典辣目接过又品了一口，说：“此酒天地无双，她对你一定极好。”

夜昙说：“她对谁都很好啦。哎，你坐远一点，这水太烫了。”

少典辣目接过还真就坐远了一点，他问：“是我输了。你这酒，确实胜过九丹金液。你让我听你的话，是想要让我做什么？杀人还是夺宝？”

夜昙一脸莫名其妙的表情：“怎么，你经常干这些事吗？”

少典辣目冷笑：“但凡用好酒来孝敬我的，不都是为了这些事吗？凭你这坛酒，我可以为你做三件事。”

夜昙问：“任何事都可以？”

少典辣目仰头饮酒：“任何事都可以。”

夜昙于是一脸认真地说：“那你先把衣服脱了吧。你这身打扮，简直像只野鸡！我看着实在是……哎、哎、哎，不准搓火球！！！”

但很显然，抗议是徒劳的。夜昙只好一头扎进湖里，一直等火熄灭了，方才探出头来。

然而刚一出水，她就愣住了。

浅水里，少典辣目解开绿袍的系带，扬手丢进湖里。他红色的长发沾了水，柔顺地披在双肩上。他缓缓地脱下中衣，轻声说：“你的第一个愿望。”

皓月当空，奶白色的月光如同精魅，在他光滑的背脊上舞动。他白色的中衣在指间转了个圈，高高飞起，盖住了夜昙的头。

夜昙只觉鼻间一股热流涌出，她抬手一摸，摸到了温热的鼻血。

——等一等，我不是这个意思啊！

少典辣目显然没有很好的领悟能力。他赤身立于水中，重又饮了一口酒，说：

“第二个愿望，说吧。”

夜昙还敢说什么？！石头都是实心的，没有心啊！

她背对着少典辣目，这回这货是真辣目了！她说：“你想得美啊！这算什么愿望，你以为你是绝世美人啊？脱个衣服可以抵我三分之一坛酒？你快把衣服穿上，我眼睛都要瞎了！”

少典辣目这时候表现得还挺聪明，他问：“你刚才看得可是目不转睛，不像要瞎的样子。穿上衣服是你的第二个愿望？”

“呸！”夜昙说，“你穿脱个衣服就想抵两个愿望吗？”

少典辣目说：“哦。”

他就这么坐在湖里喝酒。夜昙看了一眼，赶紧用双手捂着眼睛——杂念啊杂念！想不到哪怕只是少典有琴的一小块陨石化身，身材也是这么……

啊啊，我的鼻血！

她忙仰头捂着鼻子，晓之以理，说：“少典辣目，这里随时会有人来的，要是让别人看见……”

然而少典辣目毫不在意，他一边喝酒一边说：“顽铁本无衣，生来坦荡，为何会怕人撞见？还有，你为何称我少典辣目？”

他终于注意到这个了。夜昙可不想再被火烧了，她说：“嗯……少典是个姓。”

少典辣目问：“辣目二字，何意？”

“嗯……”夜昙扒了扒滴水的头发，周围都是腾腾热气，她随口胡诌，“辣目的意思，就是火辣而醒目！”

对这个解释，少典辣目倒勉强还算是满意。他说：“这两个字，颇得吾心。日后，吾便以此为名了。”

夜昙含糊地道：“自然，自然。”

少典辣目说：“你说这坛酒是你姐姐所埋，那此地必然就是你家了。”

夜昙抬头四顾，随后说：“小时候，全家人都不喜欢我，我在家里不得宠。他们都喜欢我姐姐，所以这里也不算是我家。整个皇宫，我最喜欢这个地方，特别是废弃之后，待在这里反而更令人心安。所以若真要说起来，这座饮月湖才是我的家。”

少典辣目认真聆听，半天才问：“你姐姐嫁人了吗？”

“啊？”夜昙愣住，“还没，但是已经定了人家，快要出嫁了。你问这个干什么？”

少典辣目认真地说：“我也喜欢你姐姐，她酒酿得好，我想娶她。”

“我说了这大半天，敢情你就听见我说我姐姐了！”夜昙站起身来，也顾不得他的“坦荡”，一脚将他踹进水里。

不生气，不生气！石头都是实心的！

没有心！！！

魔族，浊心岛，另一个人却是空心的。

——嘲风仍然卧床不起。

青葵从浊心湖的水中提炼出至纯浊气，为他擦洗身上伤口。嘲风身上的伤势，看起来十分可怕，但那是因为他故意在归墟中逗留了大半夜。

他的神识丝毫没有损伤。

此时他的眼睛悄悄地张开一条缝，隐隐约约地看见，青葵用洁净的药纱为他擦去伤口的混沌之炁。精纯的浊气清洗过伤口，让人有种莫名的舒适感。

他第一次这样衣衫不整地出现在一个女子面前，而这个女人，她的肌肤如美玉般晶莹无瑕，一双眼睛睫毛很长，向上卷翘，如蝶翼微微轻颤，那唇也是鲜嫩而饱满的，仿佛轻轻一吮吸，便能沁出甜汁。

嘲风看得入神，青葵却面色微红。嘲风全身都是混沌之炁腐蚀出的伤口，看着十分吓人。她细致地替他擦洗，未有遗漏。

于是嘲风就开始心猿意马，想入非非。

心往邪处想，身体当然更诚实，他顿时就出了丑。然而还来不及掩饰，青葵就直接拿一根银针，往他紧要处一扎。三殿下顿时如漏了气的皮球。

“你！”他翻身坐起来，伤口血如泉涌他也顾不得了，“喂！”

青葵没想到他还醒着，忙说：“只是暂时抑制，殿下快些躺好。”

这……这是什么女人啊！嘲风咬牙想着，这回算是老僧入定般心无杂念了。他闭上眼睛，邪念一散，倦意终于冒了出来——毕竟是在归墟中奔忙了一天一夜。

他恍惚入梦，隐隐约约似乎还在归墟之中。突然，有刀锋入肉！

嘲风猛然惊醒，下意识地擒住了握刀的手。正是青葵，只见她手里握了一把小银刀，刀锋切入他肩头。嘲风皱眉：“做什么？”

他五指如钳，青葵不由得“咝”了一声：“三殿下！我已经替殿下清洗了伤口，接下来要剔除一些腐肉。还请殿下忍着些。”

嘲风松开她的手。她肌肤娇嫩，仅是这么一握，整个手腕便现出一圈淤伤。青葵也顾不得了，勉强下刀。

她手中刀锋一动，嘲风全身便随之颤抖起来。青葵问：“我知道很痛，但殿下必须忍住。”

嘲风强忍了一阵，终于伸手握住她手中的银刀：“我自己来。”

“啊？”青葵说，“可是……”

嘲风不再多说，用银刀极快地削去自己身上的腐肉，青葵愣住了——他方才轻颤，好像并不是因为疼痛。

嘲风的身上血如泉涌，他下手可没有青葵那般小心翼翼，而是快如疾风。见青葵盯着他看，他说：“小时候被动过刑，现在见不得别人对我动刀，会忍不住反抗，这是自然反应。”

青葵“嗯”了一声，见他下手果绝，毫不留情，不由得问：“殿下不痛吗？”

嘲风没有抬头，只是淡淡地说：“魔族没有医者，我又爱跟人打架。偏生大哥勇猛，二哥又有人护着，因此我经常受伤。到稍大一些，我被长老们猜忌排挤，危险的事大多由我去做，受伤流血是家常便饭，习惯了。”

这一番话，他说得云淡风轻，青葵却听得满心疼痛怜惜。那个小小的孩童，在年幼弱小的时候，想必也曾委屈痛哭，也曾相信他人，毫无保留。直到最后，他发现眼泪没有用，于是习以为常，对任何人都不再抱以希望。

她虽未经历，但她亲眼见过——夜昙就是这样长大的。

小时候她也经常哭闹，后来她更喜欢微笑，笑嘻嘻的，什么也不说，于是谁也不知道她在想什么。

青葵不说话。嘲风很快就把身上伤处的腐肉剔得差不多了，就连背上，他也以气为刀，该削的都削了。这时候他整个成了血人。

青葵正准备替他止血，他说：“去请我父尊他们进来。”

“啊？”青葵说，“可是你的伤现在不宜见人。”

真是个天真无邪的姑娘。嘲风微笑着，声音也不知不觉地变得柔软起来：“无事，去吧。”

——我当然要在最痛苦、最狼狈的时候见他们，不然怎么让他们看到我对魔族的“忠诚”？活在阴影中的人，总有自己的生存法则。像你这样白璧无瑕般的瓷人儿，不用去看，也不必多问。

魔尊等人一直守在门外，此时见青葵出来，大家立刻围上来。青葵行礼，说："尊上，三殿下醒了。"

她这话一出，魔尊等人哪里还等得，纷纷入内。

嘲风勉强穿好衣袍，此时伤口鲜血淋漓，已将外袍打湿。而他削下的腐肉，也被丢在木盆中。诸魔见过各种各样的伤势，但亲眼看见这样惨烈的景象，仍然动容。

嘲风勉力下床，就要行礼。魔尊哪会容得他此时下跪，立刻伸手扶住他，说："伤成这样，就不要多礼了。"

"儿臣的伤不要紧。"嘲风不管不顾，仍然跪地，向魔尊磕头行礼，"还请父尊派人禀告母妃一声，就说孩儿已经无恙，请她老人家不必担心。"

旁边几位长老尽是叹气。这孩子，恃宠不骄，是个沉稳的。

尸魔之母白骨夫人说："已经派人去过了。三殿下快些起来吧。"

嘲风这才轻舒一口气，说："如此，儿臣就放心了。"

白骨夫人问："你不希望你母妃过来看看你吗？"她问这话，当然是问嘲风，需不需要趁机解除雪倾心的禁足。

嘲风说："回姑奶奶，嘲风身为魔族，就这一点小伤，还受得住。再说，这些年母妃深居简出习惯了，也就不必劳动她了。"

白骨夫人点头，嘲风的这声"姑奶奶"倒是叫得她心头舒畅。她是魔尊炎方的姑姑，也是魔族长老之一，在魔族位高权重。

先时她并未把这个雪神之子看在眼里，但今日看来，这孩子被教得很好，智勇双全，可见这天界雪神是非常识大体的。

她说："难得你母妃也是这个意思。你为魔族立下如此大功，想要什么奖赏，尽管开口吧。"

旁边，魔后脸色阴沉不定，顶云也面上无光。母子二人站在白骨夫人身边，只能强作欢颜。

嘲风满身是血，魔尊不忍他跪着，说："先让孩子起来说话吧。"

白骨夫人说："无妨，先说。"

嘲风说："如果姑奶奶同意，孙儿倒是真有一个请求。"

白骨夫人轻轻地按了按拐杖，说："讲来。"

嘲风说："不瞒姑奶奶，斥候营的花销实在巨大，孙儿接手之后，经常入不敷出。今天既然姑奶奶为孙儿做主，孙儿请求姑奶奶，让父尊提高斥候营的运作经费。拨款如果能增加三倍，那孙儿就……”

他这不像提要求，更像是晚辈对长辈撒娇，想多要些零花钱。果然话未说完，白骨夫人就笑出声来。

魔尊也是又好气又好笑：“闭嘴！好好养伤。不成器的东西！”

白骨夫人也忍着笑，说：“等伤好一些，姑奶奶自当为你做主。快些躺下吧。”

魔后心里有气，却不得不故作贤德：“尊上、姑姑，不如我们还是出去说话，莫扰了风儿休息。”

白骨夫人点点头。魔尊到底心疼儿子，亲自把嘲风扶到榻上，看他躺下，才与魔后等人一并离开了房间。

浊心岛边，白骨夫人、烛九阴、相柳与魔尊、魔后、顶云等人一道乘九婴画舫返回。

魔后心中不安——这次的事，着实让几个长老对嘲风的看法大为改观。这实在不是件好事。可如果真的让顶云去冒这个险，她又确实不舍得——看着从嘲风身上剔下来的腐肉，简直触目惊心。

作为一个母亲，谁能狠得下心让亲生儿子受如此苦楚？

她说：“尊上、姑母，风儿被贬到斥候营这一年多，想必也得了教训，不再似以前那般胡闹。这次他戴罪立功，尊上确实也应该予以嘉奖才是。”

“戴罪立功”这四个字，说得可真是轻巧。魔尊扫了她一眼，不说话。

白骨夫人倒是笑着问：“魔后认为，应该如何嘉奖啊？”

魔后勉强笑笑，说：“当然是将他从斥候营调回来。堂堂三皇子，被贬为斥候，也着实不像样子。”

白骨夫人说：“说起来，风儿被调往斥候营历练，也有一年了吧？”

魔尊这才“嗯”了一声：“一年有余。”

魔后心中暗喜，赶紧顺着白骨夫人的话往下说：“一年零七个月了。以前呀，这斥候营一直收支平衡，也不知咱们这位三殿下是怎么了，竟然口口声声称入不敷出。想来他必是做了许多事情。今天正好有闲暇，不如我们去斥候营看看？”

说话间，她与顶云对望一眼，母子二人皆有得色——这嘲风就是个只会花天酒地的混账玩意儿，斥候营又是魔界最为鱼龙混杂的兵营，他能带成什么样？这一年时间，魔后也不是没有留意，营中事务一团乱麻，就连侍婢都能随意出入。如今他要求加拨军饷，恐怕是贪污军饷，中饱私囊了吧？

白骨夫人倒也真的感兴趣，说：“也好。”

于是在魔后的极力主张下，九婴转舵，很快停靠在岸边。

魔尊与白骨夫人等相继下船。没过多久，一行人就来到斥候营。斥候营是整个魔族中底层的兵营，它主要负责一些收集情报的工作。

魔尊站在营前，但见周围收拾得很整齐，连一片落叶都没看见。

大祭司相柳上前，道：“魔尊巡营，速速开门！”

不一会儿，有一队兵丁赶来，隔着营门行礼，随后道：“请尊上出示令牌。”

相柳挑眉：“放肆！”

兵丁排列整齐地下跪：“尊上恕罪。三殿下曾立有严令，探营必须出示令牌。哪怕……哪怕尊上亲临，也不能例外。”

“嗯？”魔后皱眉，“平素三殿下在的时候，好像没有这规矩。”

兵士一脸严肃的表情：“殿下曾言，他在时，斥候营中万事皆是小事，便以他为规矩。他若不在，属下等便须严守军规，不得有丝毫违背。”

魔后隐隐地有一种不祥的预感，她看了一眼魔尊。

魔尊不但不觉得被冒犯，反而笑道：“好个轻狂的小子。”

白骨夫人说：“少年人，狂点好，这样才有大出息。”

魔尊点点头，从怀里掏出一枚黑色刻刑天战纹的令牌，着相柳递进去。里面的兵士校验无误，这才开门迎接。

然而入斥候营内之后，与诸人想象的杂乱无章却大不相同。

斥候营营房规整，兵士着装整齐，见到魔尊巡营，也并不慌乱，只是各司其职。

魔后愣住了——前一阵子自己派人查看时，斥候营还不是这样的啊！

白骨夫人看了看魔尊，说：“不如，去宗卷室看看？”

魔尊“嗯”了一声，一行人来到宗卷室。但见里面被重新修缮过，所有宗卷用各类秘术存储，归置得整整齐齐。看守的兵士亦是严格按照章程，登记魔尊等人调用的宗卷。

白骨夫人一边翻看，一边说：“宗卷详尽，调用迅速。”

相柳也忍不住问：“这里几时修缮过？”

旁边的兵士说："回大祭司，三殿下被调来之后，称斥候营哪里是个兵营，简直就是个筛子。但斥候营没钱修缮，他只好自掏腰包。之前的法阵，因为太过老旧，他便自行绘制了法阵图。因为斥候营请不动阵法大师，所以这些阵法都是由三殿下亲手布置的。"

魔后知道自己上当了。

嘲风这个人，他早有准备。跟雪倾心那个人一样，虚伪做作，最擅长沽名钓誉！

白骨夫人和魔尊却连连点头。

"斥候营的工作向来细碎繁重，难得这孩子上心。看来，他要求涨经费，是有理有据呀。"白骨夫人微笑着说。

魔尊的话语中也带了几分为人父的骄傲与温情："这么些年，他总算有了点做事的样子。"

魔后像头踩中了夹子的野兽，满腹苦水，却一个字也说不出来。

浊心岛。

嘲风刚才还谈笑风生，魔尊等人一走，他就开始喊疼了。

青葵为他敷上止血的药粉："三殿下先睡一觉吧。"

嘲风说："本座剧痛难当，睡不着。"

青葵心里有些诧异——不是说习惯了吗？而且方才你剔肉时面不改色，现在才开始剧痛难当？她说："可是殿下的伤势，需要好好休息。"

嘲风慢慢地移过去，靠着她："受这么重的伤，本座如何能休息？你不能为本座止痛吗？那你这医术也高明不到哪去啊。"

青葵无奈，耐心地解释："魔族体质非凡人可比，殿下修为又深厚，我若为殿下止痛，药物分量过重，难免伤及殿下的根本。何况殿下已经剔除腐肉，如今只要静养即可，不必服药止痛。"

嘲风哪管得了那么多？他往青葵肩头一蹭："药都配不出来，还学什么医？既然你不能为本座止痛，那你唱个小曲儿，哄本座睡觉。"

三殿下想得不错，此时美人在侧，轻吟浅唱些柔情蜜意的小曲儿，也算有几分情趣了。

"我……"青葵无奈，想要推开他，但看他满身是伤，只得说，"唉，好吧。"

嘲风依靠在她肩头，听她唱着婉转的小调。

斥候营。

魔尊一行人刚出来，乌玳就回来了。魔尊问："神族那边，情况如何？"

乌玳跪地道："回父尊，并未打探到少典有琴的消息。他可能是回垂虹殿养伤了。"

魔尊挑眉道："可能？！本尊让你打探消息，你就带回这么一句话？"

乌玳拱手道："父尊，儿臣请命带一支精兵杀进南天门，闯进垂虹殿，自然能将少典有琴的情况打探个一清二楚！"

"你……"魔尊气得手指头在他脑门上戳了半天，到底没办法，"混账，滚！"

乌玳退到一边，魔尊自言自语地说："不应该啊。按道理，风儿活着回来了，少典有琴拥有盘古斧碎片，应该伤得更轻才是。他当众承认遗失盘古斧碎片，这时候更应该站出来稳定人心才是。可竟然一直没有消息，真是令人生疑。"

旁边的大祭司相柳说："少典有琴行事极为谨慎，为什么会遗失盘古斧碎片？这事着实令人不解。"

魔后见机会来了，赶紧向顶云使眼色。

顶云忙出列："父尊，儿臣愿前往天界，打探少典有琴的行踪。"

他这次退缩，实在难看，魔尊对他也不冷不热，只是说："去吧。如能探得盘古斧碎片的下落，也算你立了大功一件。"

顶云以额触地："儿臣遵命。"

饮月湖里，少典辣目死活不肯穿衣服，不管夜昙怎么劝，他就只有一句话："如果这是你第二个条件的话，可以。"

夜昙是这么容易屈服的？她怒道："没门！"

少典辣目想了想，说："或者，你把你姐姐介绍给我！"

夜昙扑上去就想掐他脖子。少典辣目被她一扑，往后一倒，夜昙整个扑到他身上，与他一起没入水中。他附近的水烫得吓人，夜昙如被水煮，几乎昏厥。

少典辣目感觉到了，他一把将夜昙推到岸上。夜昙趴在岸上，一动不动。

"你没事吧？"少典辣目等了半天，见她没反应，只得穿衣上岸，"喂，"他伸手摇了摇她，"不会死了吧？"

然而手刚伸过去，夜昙一个鲤鱼打挺跳起来，右手比了个"二"："哈哈哈，我还可以提两个条件！"

少典辣目提起酒坛子，喃喃地道："果然女人都会骗人。"

夜昙带着他，准备翻墙出去的时候，又看了一眼这座庞大的宫殿。少典辣目问："你不进去看一眼你的亲人？就算是从小不受宠，父母亲总还是可以见一面的。"

父王？夜昙皱眉，仰头看了一眼明月，说："他见到我，只会生气。我才不要去看他。"

而此时，御书房。

另一个人也在仰望明月。

离光旸站在窗前，看月光如水，润泽万物。

"又过了一天。"他小心翼翼地抱着一盆花，仿佛这是什么稀世珍宝。这花倒确实怪异——它半株黑，半株白，相依而生，顶端一朵黑色和一朵白色的花都十分硕大。此时黑白双花花瓣微拢，都垂着头，不是很有精神的样子。

离光旸叹了口气，小心翼翼地给黑花浇水。白花微微偏了偏头，离光旸说："好了，知道你不喜欢水。"他用布帛将白花蒙上，一直等黑花喝饱了水，才轻轻摘掉布帛。

"明天再抱你出去晒太阳。"他摸摸白花，满是爱怜。而就在此时，外面檐下的风铃突然响了。

他的案上，一把黑色的玉壶猛地射出一道绿光。绿光落处，有黑影一闪，随即离开。

离光旸立刻护住怀中的双色花，靠近玉壶。这玉壶正是上次神族送给离光青葵的生辰贺礼，名叫计都圣壶，传闻是玄商神君和乾坤法祖共同炼制的，威力可想而知。

他这一动，黑影便没了动静。外面脚步声渐渐密集。

"陛下！方才有人闯入宫中，陛下无恙否？"屋外的人语气十分焦急。

离光旸沉声问："知道来的是谁吗？"

门外守将说："国师已经去追了，我等……并未看清来人。"

离光旸"嗯"了一声，再看看这株奇异的双色花，顿时神情凝重。

如今青葵和夜昙已经被分别接往神、魔两族，还有谁会夜探宫闱？

饮月湖边的宫墙上，夜昙也看见一道黑影。

她说："快追。"

少典辣目问："这是第二个条件吗？"

夜昙急了："对，对，第二个条件，抓住这个黑衣人！"

少典辣目闻言，立刻飞身跟上。二人一前一后，追了许久。夜昙原以为，以少典辣目的修为，追个人是手到擒来的事，然而，谁也没想到，少典辣目竟然追丢了——黑衣人跑了。

宫外长街上，因着时辰已晚，也没几个行人。夜昙神情难得有些凝重："有看清是谁吗？"

少典辣目也感到意外，但他仍实打实地说："没有。"

"哪里的高手，会夜探离光氏？到底想干什么？"夜昙半天想不出结果，少典辣目说："不管是谁，这个人修为深不可测。"

追都追丢了，夜昙也没办法，只得说："那么这第二个条件可不算啊！"

少典辣目冷哼一声，把酒坛里的酒灌进自己的宝葫芦里。

夜昙是真看不惯他这身衣衫，长着与少典有琴一模一样的脸，穿成这样不是暴殄天物吗？她说："走，本姑娘带你去买衣服。"说话间，她去拉少典辣目的手，却在触到他手的瞬间缩回——这个少典辣目身上的温度实在太高了。

夜昙吹着手，问："你这么烫，谁敢碰你啊？"

少典辣目不动，说："我身带异火，一般的衣物，无法穿着。而且……此地房屋老旧，我若靠近，必然起火。只有我身上这件衣袍，乃异兽吐丝织就，能勉强防火，但也穿不了几年。"

"这样啊。"夜昙有点同情他了，说，"那你岂不是什么都不能碰？"

少典辣目仰头喝了一口酒，自顾自地往前走。他刻意远离了房屋，一个人行走在月夜的街头。夜昙跟上去，问："你为什么会身带异火？"

无论何时何地，她总是能找到话说。

少典辣目说："不知道。我生而为陨铁，自有意识起，便在燃烧。"

夜昙明白了，必是玄商神君渡劫的时候，这块陨石燃烧坠落。而天火到了一千七百多年之后，仍未熄灭。她轻声叹道："这样多不方便呀。"

路边的花草，在少典辣目经过的瞬间立刻枯萎焦黑。他看了一眼，没说话，却下意识地避开了其他的树木。夜昙问："你要去哪里？"

少典辣目一边喝酒一边说："你既然还没想好下一个条件，我自然要回月窝村。"

夜昙不理解，问："回去干什么？那里的村民都不喜欢你，你不知道吗？"

少典辣目抬头看天，说："那不重要。天亮之前，我必须回去。"

夜昙擦了擦头上的汗，问："为什么？啊，难道月窝山里面有什么宝物，你需要时刻守着？”

少典辣目没有理她，却很快就返回了月窝村。

夜昙这个人，最是听不得“宝物”这两个字，不仅听不得，想都想不得！一想就心里痒痒。

这月窝村若是有宝贝，自己一定要好好地查探一番才好。

她一路赶回村子里，心心念念都是少典辣目守护的宝物。然而清衡君跟帝岚绝却都神情严肃。

夜昙问：“怎么都是这副表情？你们找到住的地方了吗？”

清衡君说：“魔族的斥候跟过来了。”

夜昙眉毛微扬：“魔族？来的是谁？”

帝岚绝说：“二殿下顶云带队。我们需要引开他，不然的话，他很快就会发现这座村子。”

紫芜抱着蛮蛮，问：“青葵姐姐，你是去找……他了吗？”面对那个红发绿袍怪，她实在是喊不出“兄长”两个字。

夜昙说：“是啊。我还送了他一坛酒，他答应可以帮我做三件事。现在还剩两件事没做。”

帝岚绝说：“那很好啊，你不是可以直接要求他去救玄商神君了？”

夜昙说：“他又不傻，哪会这么轻易答应啊！”

紫芜的问题就一针见血了，她问：“那第一件事，你让他做了什么？”

呃，这个问题一出，夜昙满脑子都是那个家伙“坦荡的胸怀”，她摆摆手：“不要在意这些细节，先拖住魔族要紧。现在我们几个分开诱敌，紫芜，你和帝岚绝同行。远岫，你多去烟花妓馆走走。”

三个人几乎同时问：“为什么？！”

夜昙叹气：“因为顶云看见紫芜和妖族少君在一起，会以为她是下凡私会情郎。看见远岫流连妓馆，也只会以为他下界鬼混。一时半会儿，他不会想到别的。”

紫芜满面通红：“私会情郎？！”

夜昙问：“你还想不想救你兄长了？”

紫芜不说话了。少典远岫问：“那你呢？”

夜昙说：“我嘛，自然是要去看看那位二殿下到底是何方神圣。蛮蛮，跟我走！”

蛮蛮答应一声，翅膀一扇就跳到了夜昙肩上。

四人一鸟兵分三路，一直等清衡君、帝岚绝和紫芜走得看不见身影了，蛮蛮才问：“昙昙，你是不是发现什么好东西了？”

夜昙一愣：“你怎么知道？”

蛮蛮说：“不仅我知道，少君肯定也知道，不然他能走得这么干脆吗？你看你这满眼精光的样子！”

“大意，大意了！”夜昙严肃地说，“那个少典辣目一直守在这里，这月窝村附近一定有什么法宝！能被他惦记千余年的，不可能是平常之物。我们先拿到手再说！”

蛮蛮同她，一向是一拍即合：“走！”

夜昙寻宝，还挺专业的。

她也不走远，就在少典辣目的石屋周围转悠。蛮蛮不停地扇着翅膀，因为石屋周围气温高，太热了：“昙昙啊，这里看起来不像有什么宝物啊。”

夜昙认真地选定了一个地方，从乾坤袋里翻出少典有琴留给她的“遗产”，里面的东西五花八门的，什么都有——包括一把铲子。

这铲子铲土极为方便、省力，切石头像切豆腐，她不一会儿就刨出一个大洞来。

夜昙整个人都钻进洞里，用玄商神君送给她的“危月燕”当灯。蛮蛮紧随其后，瓮声瓮气地说：“你好像一只土拨鼠啊！”

夜昙怒道：“混账，你见过本公主这么漂亮的土拨鼠啊？！”

一人一鸟一边斗嘴，一边挖洞。然而洞里的温度越来越高了，夜昙停铲擦汗，蛮蛮的鸟脸上神情也是狐疑不定。它问：“怎么会这么热，那个红发绿袍怪在上面吗？”

夜昙很确定：“他不可能在上面。这地下怎么会这么烫？”她又小心翼翼地挖了几铲子，“难道是个跟火有关的宝贝？”

蛮蛮说：“昙昙，你头上的虹光宝睛颜色怎么不对啊？”

夜昙用手一摸，虹光宝睛并没有发热，然而却一阵一阵地跳动。她说：“我没觉得痛，它怎么了？”

蛮蛮指着她的额头说：“它在闪光！”

夜昙也不知道是什么情况，思考半天，说：“难不成前面有什么危险？”她将耳朵贴在土石上，仔细去听，隐隐约约间，是有声音传过来，咕噜咕噜……

“这像是……水泡声……”夜昙皱眉，待又挖了几铲子，那声音就更清晰了。而她手里，玄商神君亲手炼铸的铲子都被烫得通红了。金红色的水一样的东西冒出来——是熔岩！地底开始震动，发出奇怪的轰鸣声。

蛮蛮几乎是尖叫道：“这气味……不对！昙昙，你是不是把地刨漏了？！”哪还用它说？夜昙提起它就跑！身后，那种奇怪的味道越来越浓！

夜昙猛地明白过来——这月窝山里藏着的，不是什么宝贝，而是一座火山！

这岩浆要是喷出来，任她有通天之能，也只能瞬间被火烧掉。

她提着蛮蛮，几乎是连滚带爬，一路飞奔。蛮蛮吓得一身羽毛都抖得不成样子：“昙昙，这要跑多远才安全啊——”

然而夜昙还没跑多远，迎面就碰上了红发绿袍的少典辣目。

他看了夜昙和蛮蛮一眼，一言不发就往夜昙刨出的洞口飞掠而去。

“喂！”夜昙刚喊了一声，他已经钻进洞里，不见踪影。片刻之后，那种奇怪的味道渐渐淡了，地面的震动也停止了。他从洞里钻出来，迅速把洞口的土石回填进去。

这洞刨得是真深，他填了半天，才来得及审视夜昙：“你想干什么？”

呃……夜昙眼珠乱转，说：“我……听见奇怪的声音，所以来看看是什么东西。”

少典辣目这时候才掏出宝葫芦喝了一口酒，问：“你用的是什么铲子？以后不要乱刨了。”

夜昙“哦”了一声，见他一边喝酒，一边返回石屋。夜昙望着他的背影，半天，蛮蛮伸出翅膀尖，在她眼前挥啊挥。她拍手打掉：“干什么？”

蛮蛮问：“人都走得不见了，你还在看什么呢？”

夜昙这才发现，少典辣目已经踪影全无了。她抱起蛮蛮，喃喃道：“他守在这里，只是因为下面有火山。”

只是因为这里危险。

蛮蛮说：“那不然呢？”

夜昙轻声说：“少典有琴……我以前一直以为，他的义正词严、正气凛然就是‘站着说话不腰疼’。未经污秽，何谈高洁？可是……他的一块陨石，坠落人间一千七百余年，记忆消散，性情大变，却依然护佑着人间。”

蛮蛮扇了扇翅膀，说：“听起来你挺感动的，你不会是爱上他了吧？”

夜昙弹了弹它的喙：“蛮蛮，你不懂。‘善’之一字，其实是很难的。人在顺境，谁都能行善。可他身处逆境一千七百年，一缕残魄，面对谩骂、误解，仍能固守本心，不曾入魔，这个人确实值得尊敬。唉，跟你说不着……我今天回了一趟皇宫，突然就好想青葵啊。你说她在魔族干什么呢？”

蛮蛮翻了个白眼：“放心吧，青葵公主又不像你，一天天的，捅天扎地，日常作死。”

夜昙冲上去就掐它的鸟脖子。

（未完待续）